謹以此書

紀念鄉土文學論戰三十周年

大地之子

黃春明的小說世界

◎肖成

一個國家，一個社會，有貧窮不見得是可恥的事，可恥的應該是，不准許談貧窮，貧窮得不到照顧。

出自黃春明〈一個作者的卑鄙心靈〉

序
中華文化和台灣文學　◎陳映眞

一、前言

　　一個民族的文學，是那個民族的文化的一個璀燦的組成部分；一個民族的文學，以那個民族的語文之審美的形式，表現其民族文化的心靈；而一個民族的獨特文化，釀造了那個民族的文學獨特的風格與特色。這都是毋庸贅言的共識。

　　而像中國這樣一個幅員遼闊、人口衆多的民族，中華文化和與之相應的中華文學多彩多樣，豐富繁榮。其中既有鮮明的民族共性和同一性，同時也有突出的地方的、歷史的獨特性。

　　時間的限制，不允許我們在此論及台灣原住各民族的文化和他們的口傳文學。

　　中華民族最早在台灣留下勞動與生活的蹤跡，可上溯到第三世紀的三國時代。然而中華民族的典章制度和文明教化在台灣島上實踐，要等到明鄭入台時的十七世紀六〇年代以後，設立府、縣，任命府尹、知縣。同時，隨著鄭成功入台的大陸著名文人學士，藉著明鄭當局廣設官學，積極建設以科舉爲經緯的文化教育體系，大大提高了中華文化在台灣的影響。由較早的沈光文及後來的沈佺期、辜朝薦等人的創作，留下了台灣第一批台灣地方文學作品，動情地表現東渡流亡之人對故園鄉關

的懷思和立志恢復明室的情懷。

一六八三年，與清王朝對峙的明鄭敗亡，台灣收復後，大量的大陸閩粵移民湧入。在清統治下，官學更加普及，而科舉制度更加正規化，中華文化和文學更加昌盛。此時大陸來台的遊宦作家，例如郁永河，留下傑出的遊記、詩歌、散文和地理學筆記。而鴉片戰爭失敗後，中國國勢遭到沉重打擊。這期間的各家作品，或關懷民生疾苦，或歌詠亞熱帶寶島鄉土風光。另有姚瑩、沈葆楨、丘逢甲等文武雙全的知識份子，寫下了保國憂時、抗擊帝國主義的愛國主義和民族主義的思想感情，壯懷激越，動人心弦。

二、台灣的殖民地化和台灣新文學的發展

一八九五年，台灣依恥辱的《馬關條約》割讓日帝，淪為殖民地。在異族統治下，遺民作家如丘逢甲、洪棄生和連雅堂等人，留下了哀國破之慘痛、砥礪漢節的作品，使他們成了殖民地台灣的第一代反帝抗日作家。

一九一五年，長達二十年之久的台灣農民武裝抗日鬥爭全面失敗。一九二〇年左右，台灣人民改變抗日策略，展開「非武裝抗日」時期。與之相適應，台灣新文學運動便在這一波現代抗日民族、民主鬥爭中發軔、成長與成熟。受到祖國大陸「五四」新文學運動的直接影響，以東京為基地，以漢語白話文為主要語文，由留日台灣知識分子先後編刊的雜誌《台灣青年》、《台灣》和《台灣民報》等為言論陣地，發動了一場台灣的新舊語文革命和相應的新舊文學革命。在理論資源和文學創作上，台灣新文學直接受到陳獨秀、胡適之、魯迅、郭沫若等人的影響。島內主張以漢語白話文和新文學體裁創作的陣

營，與主張仍然使用文言文和舊文學體裁的一方展開激烈地爭鋒，結果舊派不敵新派，台灣新文學在日帝統治下的台灣宣告其勝利。

台灣新文學的登場，是作爲台灣反日民族、民主運動之一翼而發展的。而在日帝強權統治下已經二、三十年，強行日語同化教育的環境下，台灣新文學作家賴和、楊雲萍、楊守愚、朱點人、楊華、張深切、呂赫若、吳濁流等小說家，絕大多數仍堅持以漢語白語文寫作，在題材上一律宣揚反日帝、反封建的思想意識，表現了他們在日帝統治下堅守中華文化、頑強不屈的抵抗的英姿。

三、殖民地下堅決守衛民族精神和民族語文的鬥爭

台灣居民大半爲大陸閩粵移民，口說閩粵方言，與以中國北方方言爲基礎的普通話頗難相通，加以日帝據台，使台灣人民無法共有中國現代共同語形成的經驗，又加上日人處心積慮收奪台灣的閩客方言，以強制教育灌輸日本語剝奪台灣人民的母語，有識之士痛感到在殖民地下喪失民族語的危機。二十世紀三〇年代初，台灣抗日進步文壇內部，爲了文學大衆化和提倡大衆語文，發生了所謂「台灣話文」論爭。

以黃石輝、郭秋生爲中心的一派，覺察到白話文對一般台灣勞動人民無異於文言文，因而主張把閩南方言文字化。這顯然是當時「文藝大衆化」和「大衆語文建設」在殖民地台灣條件下特殊的提法。另外則有以廖毓文、林克夫、朱點人等爲中心的，堅持自覺地推廣漢語白話，使白話文進一步大衆化而以「台灣話文」的建設爲多餘的一派。這使人想到魯迅和瞿秋白也主張不同策略的大衆語方策。

值得一提的是：漢語方言的表記和表音從來會遇見難解的問題。激烈主張建設「台灣話文」的黃石輝、郭秋生皆反對以羅馬化解決避免母語脫離民族語言表現系統，主張以傳統六書的原理研究方言表記，也主張方言文字化最終形成全民族可以共通的表音和表記。激烈的語文革命，目的在解決殖民地下的大眾語問題，以尋求對廣泛大眾宣傳、教育、啟蒙和煽動手段的答案。而欲達到此目的，又絕不犧牲中華文化的語文資產與傳統！

八〇年代「台獨」文學論起。其論者以「台灣話文運動」為「台灣文學抗拒中國白話文」，是「台灣文學主體意識」之表現。但新的數據顯示，黃石輝在面對白話文派究問台灣不是一個獨立國，何需倡導「台灣鄉土文學」時，黃石輝明確回答，正因台灣非獨立國，才倡導「台灣鄉土文學」而未倡導「台灣文學」。「台獨」文論的曲解捏造，在史實前成為徒勞！

四、在殘暴的「皇民文學」高壓下堅持中華文化的民族氣節

殖民制度帶給被殖民民族最大的災難是收奪其民族母語，以制度化的民族歧視挫折其民族自尊，迫使被殖民者在社會、政治和精神上奴隸化。

一九四〇年後，日帝擴大對華南及南太平洋的侵略，除了強化對台灣、朝鮮及其在華日占區的劫掠與鎮壓，並在這些地區施展各種精神和心智的控制，強力宣傳日本皇國思想與戰爭意識形態。在文學領域上，則在台灣等地推廣支持和宣傳向日同化和日帝侵略戰爭的「皇民文學」。

但是，「皇民文學」除了周金波和陳火泉等極少數漢奸文學家，日統下台灣作家都採取消極不合作態度，引起日本當局

與在台日本官方作家的不滿。一九四三年以西川滿、濱田隼雄
爲首的戰爭派作家，公開抨擊台灣現實主義文學的「鄙陋」和
缺乏爲「聖戰」服務的意識，爲「狗屎現實主義」文學。在嚴
峻形勢下，以楊逵爲首的一些台灣作家公開反駁。楊逵發表
〈擁護狗屎現實主義〉，爲台灣人現實主義文學辯誣，維護了
戰時下台灣文學的尊嚴。

　　環顧當時日帝支配下的東北亞，在日本法西斯主義威暴
下，在日本、朝鮮和僞滿都有大量的作家──包括曾經抵抗過
日本侵略政策的左派進步作家，大面積向日本法西斯軍部「轉
向」投降，寫下不少支持日帝擴張政策的作品，至今成爲日本
與韓國文學史的恥部與痛處，無法清理。相形之下，台灣的轉
向附日作家只有周金波、陳火泉等極少數，作品粗糙、數量極
少，影響不大。應該指出，自鴉片戰爭及日帝據台以來，「帝
國主義加諸中國最大的傷害在於台灣，中國文學中反映對帝國
主義之抗爭最爲動人的作品也在台灣」（陳昭瑛，一九九六）。

五、克服民族內傷，堅持台灣文學的中華民族屬性

　　一九四五年八月十五日日帝戰敗投降，十月，中國政府代
表在台北正式受降，台灣從殖民地枷鎖中解放。台灣人民在歡
慶之餘，自動地提出了去殖民化，積極自覺地推動「中國化」
和「把我們的母語搶回來」的運動。在語言政策上，主張「恢
復閩南話作爲中國方言的地位」予以尊重與復權，禁止日語，
從而在民族方言基礎上推行「國語」（普通話）。

　　可惜國民黨當局無心順應當時全國性要求「民主化」、
「和平建國」、「反對內戰」的廣泛輿情，加上接收日產官員
貪瀆成風，朋比爲奸，一九四六年夏，國民黨打響國共內戰，

致社會動盪、政治不安、民生凋敝。一九四七年二月台灣爆發二‧二八事變，民眾的要求也是民主化、反內戰、高度自治、和平建設。三月，國府當局以武裝鎮壓，造成流血慘變，兩岸民族團結與和睦受到重大內創。

但就在三月流血鎮壓後八個月，來台進步的省外知識分子歌雷、雷石榆、駱駝英、孫達人、蕭獲等人，與團結在楊逵身邊的本地知識分子歐陽明、賴明弘、周青、張光直、賴亮等人，以當時《新生報‧橋》副刊為基地，熱情洋溢地展開「如何重建台灣新文學，使之成為中國新文學無愧的一部分」的議論。經一九四七年十一月到一九四九年四月長期論議，取得了這重要成果：

一、參與議論的省內外人士，即使在一九四七年三月血洗後，也取得了這重要共識，即「台灣和台灣文學是中國和中國文學不可分的組成部分！」

二、省外作家和文論家比較系統地介紹了中國三○年代以迄四○年代左翼文學和抗戰文學的理論。

三、對楊逵先生所主張深入台灣社會、深入台灣民眾、寫台灣人民生活與心聲的作品，為當時所急切需要的「台灣文學」這一見解，議論各方都取得了共識。

四、楊逵高瞻遠矚地提出堅決反對台獨，反對國際「托管」台灣，說凡有為「台獨」、「托管派」服務的文學是「奴才的文學」，今日視之，尤有重大意義。

可惜的是，一九四九年四月，國府在台當局發動「四六事件」，逮捕台北進步學生和《新生報‧橋》副刊的重要作家。楊逵被捕入獄，判刑十二年，給予當時校園內和文化界民主力量巨大的打擊，「重建台灣新文學」之議論戛然而止，至今

絕響。

六、反對文學之惡質西化，主張台灣文學復歸於中國人立場和中華主體

　　反共文學和現代主義文藝自一九五〇年後支配了台灣文藝界長達二十年之久，而弊端叢生：即極端的形式主義、虛無主義和個人主義，對西方文論、西方創作技巧的惡質模仿，表現語言的晦澀，失去文藝創作上的民族風格和形式等，使文學走進了死胡同。

　　一九七〇年保衛釣魚台運動在海外激發了左右分裂。保釣左派推動重新認識中國革命和中國三〇年代以降文學和文論的運動。這運動頭一次衝破了內戰與冷戰文藝的統治意識形態。現實主義、大眾文學、民族文學的理論衝擊著一代被西方現代主義統治的知識分子。一九七一年，留美回台的知識分子唐文標向台灣現代主義詩提出了嚴厲批判，主張詩歌的大眾性和民族性，引起軒然大波，沉重地打擊了「現代主義」文學的威信。

　　一九七七年至一九七八年，國府當局以有人主張「工農兵文藝」的紅帽子，扣向主張現實主義、文學的大眾性、民族形式和民族風格，反對外來殖民性文學的一批人，在大報上搞點名批判，並籌開「國軍文藝大會」，準備全面鎮壓。後來經過胡秋原先生、徐復觀先生、鄭學稼先生向當局力諫，才阻止了一場大的文字獄。

　　在這一場論爭中，「鄉土文學」派主張在思想上、創作方法上反對外來西方文論的統治，使台灣文學復歸於中國人立場和中華文化，在創作方法上要深化現實主義，表現中華文學的民族物質與風格。

七、反動、反民族的八○年代及其鬥爭

　　一九七九年，在台灣戰後資本主義發展過程中與中國民族經濟脫鉤，而以獨自的「國民經濟」在依附外資下成長出的台灣資產階級，有要求其階級政治份額的「黨外」反蔣、親美、反共的「民主化運動」。一九七九年，這運動在高雄點燃了「高雄美麗島事件」，沖毀了國民黨長期的排外獨占的政治。而由於美國護航，加上運動本身反共親美性格，台灣資產階級民主運動很快浸染了同樣具有反共、親美、反華性質的「台獨」傾向。

　　一九八八年，蔣經國去世，李登輝繼位，出人意外地利用政權資源全面推動「台獨」反民族進程。二○○○年陳水扁取得政權，把反民族「台獨」政治又推上一個台階。

　　與之相應，「台獨」思想和意識形態在台灣有顯著發展。「台灣民族論」、「愛台灣論」、「台灣土地與血緣論」、「台灣意識論」、「台灣主體意識論」等，一時沸沸揚揚，一定程度衝擊了台灣政治和社會生活，取得論述霸權。

　　而台灣文學界也產生了相應的變化。在文論上「台獨」派提出了「台灣文學獨特性論」、「台灣文學與中國文學無關論」和「台灣文學主體性論」，基本上是「台獨」政治在文學上的反映。在文學教育上，受到「台獨」當局的直接支持，廣設獨立的台灣文學系所，宣傳和教育反民族的台灣文學論，形勢是嚴峻的。

　　另外，台灣當局「行政院文化建設委員會」也以豐沛的資金與資源，組建「國家台灣文學資料館」，以台灣文學為「國家文學」。此外，並結交外國、特別是日本右派學者為反民族

「台獨」文學寫書寫文章、出版書刊，辦「國際研討會」，出錢出力爲「支獨」外國學者出書，鼓勵他們爲皇民文學史翻案，爲「台獨」文學論的建構出謀獻策，形勢也比較嚴重。

然而，十多年來，在反對淨化和美化皇民文學的批判上；在反對以日本藤井省三爲首的日本支獨台灣文學研究上，在反對「台獨」派以「台獨」台灣史觀炮製台灣文學史分期理論的鬥爭上，我們堅持了及時的，切中要害理論和學術的批判與鬥爭，沒有讓「台獨」派占上便宜。

八、結論

大約在一九三五年，即日帝竊據台灣已四十年，離日帝自台敗退僅十年之時，台灣總督府編纂了《台灣警察沿革志》。其中第二大卷依據殖民地大量公安檔案，歷述自一九二〇年代以降台灣反日抗日思想啓蒙運動、民族運動、政治運動、階級暨社會運動。在其總序中說，台灣改隸日本已四十年，但人民反日抗日運動前仆後繼，殆無間斷。究其主因，乃在台民有強烈（中華）民族意識，以中華五千年文化爲榮。其原文如下：

……關於本島（台灣）人的民族意識問題，關鍵在其屬於漢民族系統。漢民族向來以五千年的傳統民族文化爲榮，民族意識牢不可拔……雖已改隸四十餘年，至今風俗、習慣、語言、信仰等各方面仍沿襲舊貌，可見其不輕易拋除民族意識……本島人又視（福建、廣東）爲父祖墳塋所在，深具思念之情，故其以支那爲祖國的情感難以拂拭，乃是不爭之事實。故自改隸後，……仍有一些本島人頻頻發出不滿之聲，以至引起許多不祥事件，此實爲本島社會運動勃興之主要原因……（《台灣社會運動史》卷一，創造出版社，台北，一九八三）。

　　這說明了日據下台灣新文學為什麼表現出始終如一、堅定不移的中華民族文化與精神之根源所在。

　　中華文化獨一的特質，在於它以漢字為基礎建構起來的典章、典律、人文、思想體系。這一文化體系，在境內成為強大的文化、思想及感情的凝聚力，藉以將以漢族為中心，邊境各非漢族民族群體為成員，化育凝合起來，創造一個大漢族共同體的想像，而逐漸形成一個古典意義上的中華我族意識。而在境外，一直達至十九世紀中鴉片戰爭後，中國國勢崩解之前，在東北亞的朝鮮和日本、法國入侵前的越南，都形成以漢字、漢語音及中華文化為主要根幹的漢文化圈，這都是不爭的事實。

　　前面說過，中華文化澤被台灣始於十六世紀的明鄭。自斯三百餘年以來，歷經中國統一，鴉片戰爭後被迫開港，日帝割台後淪為殖民地，光復後又成為外國勢力干預中國內政的前沿基地，至八〇年代又吹起一股自一九四〇年初日帝「皇民化」運動以來未曾有過的反民族的分裂主義風潮。然而正是在這帝國主義侵華史的磨難中，特別激起了台灣近三百年來歷代遺民和移民，以數千年中華文化的積澱和基因，抗擊外來勢力，堅守民族文化的主體認同，發而為歷代不息的強烈的愛國主義傳統。

　　而從台灣文學史以觀，台灣是帝國主義侵凌中國最集中、最嚴重的受災區。因此，在國破家亡的現實中成長的台灣文學，不論是以傳統體裁或現代體裁表現，其反映堅守中華民族文化的驕傲，誓不臣夷，而奮力抗擊帝國主義的思想和藝術表現、最大無畏、而且最動人的作品，較諸包括偽滿在內的廣泛日占區，也以台灣最多。

　　台灣文學有偉大光榮的愛國主義傳統，有強烈的以中華文

化爲根柢的中華民族精神，是台灣文學的驕傲。雖然在當下台灣文學正遭逢自四〇年代日帝「皇民文學」壓迫以來未曾有過的反動，即反民族「台獨」文學的逆流，但只要我們堅持台灣文學的愛國主義傳統精神不動搖，堅持鬥爭，就一定能克服一時的橫逆，取得勝利！

大地之子

黃春明的小說世界

◎肖成

緒論

黃春明

一個時代的文學面影

　　衆所周知，一時代有一時代的文學。然而，在文學史上，卻並非所有作家都可以有幸被鑴刻於歷史的年表上。歷史常常選擇一些人物作爲其座標上的一些點來顯示自己的進程，得到歷史垂青的總是那些出類拔萃的人物。不論人們對於黃春明作品的興趣如何，有一點是無可置疑的：他絕對是有幸被歷史選中的那些作家中的一員。而且由於他來自於台灣大地，創作亦緊緊扎根於台灣大地，因而他是樸實的，從不懼正面袒露自己的。在數十年漫長的文學歲月中，他從未降低過自己的精神標高，始終行進在「爲人生」的文學道路上。無論人們是否喜歡他，他始終是歷史顯示自身進程時那個座標上被選中的點。綜觀黃春明半個多世紀來的文學世界，簡直就是──「一個時代的文學面影」。

　　黃春明一九三九年初春誕生在台灣宜蘭一戶並不富裕的家庭。八歲那年母親不幸去世，撇下黃春明及其弟妹，這一副生活重擔就壓在年老的祖母肩上，父親再婚後也顧不上管他。生活的困窘使得黃春明養成了一副不屈不撓的倔強性格。他曾說：「我是相當衝動型的一個人。跟我同過學的，或者是跟我同過事的人，都看過我一言不合就揮拳頭的醜事。另一方面，

一感動起來心軟得不得了」。[1]上初中時，因為受不了繼母的虐待，黃春明隻身離家逃往台北。他偷偷地爬上一列由宜蘭開往台北的貨車，瑟縮地躲在一個車廂的角落裡，被一個搬運工人發現了。那位工人並未聲張，卻拋過來一條麻袋，叫他睡在裡面。這並不起眼的好心照顧卻使飽受欺凌的黃春明感動不已。他事後追憶時曾說：「我那天晚上享受了前所未有的溫暖，也就是從那晚起瞭解了憐憫弱小的重要。」[2]到台北之後，黃春明考入台北師範專科學校，後來又轉學到台南師範就讀，最後才在屏東師範學校拿到畢業文憑。黃春明當過學徒、服過兵役、教過書、做過工人，任過電台編輯，還從事過廣告設計等，這些人生的豐富經歷對他後來的文學創作產生了很重要的影響。[3]

五○年代初期是文學極端政治化和非政治化對峙、衝突尖銳的時期。一方面，國民黨政權抵達台灣初期的政治背景和文化政策，使得以「反共」為標籤的「戰鬥文藝」，幾乎覆蓋了整個文壇。文學的極端政治化傾向，其實質是封建性的極權政治在文學上的反映，它把文學逼進到「非文學」的死胡同。面對台灣文壇被這種虛妄狂熱的官方「戰鬥文學」壟斷的不正常的現象，當時台灣文學界一些有識之士表示了不滿。由於台灣處於和祖國大陸隔絕的不正常狀態，從大陸到台灣去的人無時不在懷念祖國大陸的骨肉同胞；因此，就題材而論，在五○年代的台灣文壇上有將近一半的作品表達的是「具象化的鄉愁」，於是在台灣便產生了一種獨特的民族文學——「鄉愁文學」。這些「鄉愁文學」是對官方提倡的「反共文學」的一種反撥，表達了當時台灣作家對現實的一種不滿。而且，一九五六年台灣大學外文系教授夏濟安主編的《文學雜誌》也在創刊

號〈致讀者〉中,進一步提出了文學應該反映時代精神的現實主義主張。此後,隨著台灣光復之後的第二代文學新人開始登上文壇,台灣文學的主流便逐漸轉移到「學院派」作家的手中,於是現代派文學出現了。現代派文學的出現有著複雜紛繁的社會和文化背景,在戰後特殊的地緣政治境遇裡,「它一方面是伴隨西方政治經濟湧入台灣的文化產物,另一方面又是台灣社會經濟變遷對文學發展的一種現代意識的呼喚。」〔4〕換言之,現代派文學是戰後台灣文化危機的產物,這種危機是一種被迫從傳統社會中抽離所造成的精神上的流離失所,是一種文化認同的失序和自我身份的焦慮。

六○年代,台灣當局的施行的高壓政治和戒嚴措施,造成了「冷戰」意識形態的一邊獨大,台灣文壇進入了西方現代派文學的模仿時期。在被人爲地割斷了五四新文學傳統的歷史語境裡,這一代文學青年在前無「古人」的空虛中,他們很自然地轉向西方文學——尤其是西方的現代派文學中去尋找學習的對象,不知不覺地學習著西方人的感情和思維方式,跟隨著他們世紀末的頹廢世界觀,仿效他們麻木、荒謬、病態的姿勢,不斷地通過報紙、雜誌廣泛地介紹艾略特、卡夫卡、薩特、加繆、D.H.勞倫斯等西方現代派作家。在這一時期,「一般作家甚至對一切直接反映現實社會的文學,都起了反感。……餘下來的一條路,似乎就只有向內走,走入個人的世界,感官經驗的世界,潛意識如夢的世界;弗洛伊德的泛性說和心理分析,意識流手法的小說,反理性的詩等等,乃成爲年輕作者刻意追慕的對象。」〔5〕而戰後混亂、迷惘、壓抑的時代情緒則急需沉澱和宣洩,也表明人們內在地需要一種更貼近文學本身、更貼近人的心靈的眞實書寫。具體來說,就是建立在外援基礎上的

經濟起飛，並不能消除人們因國家與民族分離帶來的漂泊無根感，反而催生出了後發型現代化區域必然產生的傳統與現代、本土與西化等價值衝突。而現代派文學正是以陰鬱破碎的悲劇風格體現了戰後台灣知識分子對歷史、文化與個人命運自覺而痛苦的認知，也寄寓了存在主義式的現代悲劇認同，這使自我的迷失、異化與超越成了現代派苦惱意識的重心所在。此外，由於現代派與浪漫性之間的交纏關係，以及它和存在主義之間的接受關係，使文學中與生存焦慮有關的主題不斷浮現，而詭異出格的語言文體探索，以及身體敘述和宗教性的追尋，都言說了現代派作家自我悲劇意識的複雜性。簡言之，現代派文學是戰後台灣社會文化危機在知識分子主觀心靈世界的投影。它的哲學立場是建立在相對主義和主觀主義基礎上的現代懷疑論。它不再對總體化的社會觀照抱持信心，而是以破碎化、主觀化的感性方式表現個體的主觀精神世界，以此折射一個失去了權威的現代社會。於是，那一代的台灣作家以虛無荒謬為「偉大」的題材，視蒼白無根為「高貴」的情操。這種情況「就造成了台灣文學相當普遍的缺乏具有生動活潑、陽剛堅強的生命力的作品，而到處散發出迷茫、蒼白、失落等無病呻吟、扭捏作態的西方文學仿製品。而他們又自封為社會的上等階級，對一般不能理解其偉大作品的凡夫俗子，持著一種傲慢的、不屑一顧的態度。」[6]

而黃春明開始步入文壇的時候，台灣現代派文學的發展正到了登峰造極的階段。因此他的文學創作也不可避免地染上了這種「時代病」。一九五六年至一九六六年是黃春明自認為「蒼白而又孤絕」的創作早期。他這一時期的作品，大多刊登在《聯合報》副刊和《幼獅文藝》上。包括〈清道夫的兒

子〉、〈小巴哈〉、〈「城仔」落車〉、〈兩萬年的歷史〉、〈玩火〉、〈北門街〉、〈借個火〉、〈把瓶子升上去〉、〈胖姑姑〉、〈男人與小刀〉、〈跟著腳走〉、〈麗的結婚消息〉、〈沒有頭的胡蜂〉、〈照鏡子〉、〈橋〉、〈他媽的，悲哀！〉和劇本〈神・人・鬼〉等。這些作品均充滿著焦躁、憤懣與自我毀滅的情緒，作品的主題大部分都涉及愛情問題，甚至可以說，「愛情是黃春明早期作品的第一主題，他的愛情小說是寫實的。也可以說，黃春明早期小說中寫了不少年輕人的愛情。」[7] 黃春明通過這些作品，探討了當時社會一般男女的情愛觀念。譬如具有超現實意味的小說〈把瓶子升上去〉就是一個關於男女約會、跳舞的故事，描寫一個青年教師失戀後喝悶酒，竟因性衝動而惡作劇般把兩隻空酒瓶升到校園的旗竿上；〈兩萬年的歷史〉寫兩個軍人因為性苦悶在營區外借酒醉鬧事而被關禁閉的故事。其實這兩篇小說中，還用惡作劇的顛覆方式表達了對當時台灣權威體制的某種挑釁意味。〈請勿與司機說話〉寫的是一個老實的司機和天天見面的女乘客譜出的戀曲。〈麗的結婚消息〉則寫一個男孩接到女友的結婚喜帖之後，受了感情重創的他只好「把自尊裝進罐子裡」了。〈玩火〉則寫一個年輕的時髦女子以挑逗、玩弄和征服男性為樂，結果在一場愛情遊戲中反而成了男人的獵物，小說以隱喻手法表現了「玩火自焚」的主題。而〈胖姑姑〉寫一位純樸的村婦至死不肯諒解為情私奔的女兒。不過，除了表現愛情之外，黃春明的早期作品中還有另外一個主題，那就是對人性的關懷與探究。〈清道夫的兒子〉描寫了小學生吉照由於誤解而產生的自卑；〈小巴哈〉敘述了小孤兒修明的所受的虐待與歧視；〈北門街〉講述了老道士阿塗因房子被賣而產生的失落；〈照

鏡子〉刻畫了漁會員工阿本因為貧窮而產生的自卑；至於〈借個火〉則首次嘗試將揭露社會弊端納入作品主題之中，雖然這並非故事的核心部分，但已經隱約透露出了後來黃春明作品中社會批判的雛形。其中比較引人注意的是，一九六二年發表在林海音主編的《聯合報》副刊上的〈「城仔」落車〉，這篇小說標誌著黃春明正式登上了文壇。小說以細膩的筆法和充滿真情的語調刻畫了一對孤苦無望、貧病纏身的祖孫在寒風淒淒的傍晚搭車時所遭受的一場無妄之災，竭力渲染了祖孫倆的慌張與無助。雖然小說中孫子阿松的形象中折射出了黃春明童年的某些經歷，但與他這一時期的其它作品相比較，這篇小說並沒有表現出過多的現代主義色彩，反而因其關心人生問題，而具有了一定的現實意義。若說這一時期最能代表黃春明「現代派」風格的作品，當推〈男人與小刀〉一作，寫青年陽育顧影自憐，用小刀自盡身亡來解脫人生的痛苦。小說運用象徵手法，通過主人公陽育種種憤世嫉俗的「異端」行為來演繹存在主義哲學的理念。主人公陽育因不滿現實，最後以小刀結束了自己的生命，選擇了毀滅自我。由這樣的作品可見黃春明早期的小說世界極不和諧，各種互相對峙、矛盾的情緒，經常荒謬地混為一體，顯示了作者現代認同的繁雜混亂，的確如黃春明自己剖析的那樣：「有多蒼白就多蒼白，有多孤絕就多孤絕」。[8] 然而這些抹不去的存在主義的質問和傷痕，卻是黃春明這一時期個人生活的真實投影。恰如美國漢學家葛浩文所言：「這些早期作品的寫作題材相當有限，多數是根據他的個人生活和親身經驗而發揮。當然，這些作品都是試驗性的——作者想借此投石問路，初試啼聲。」[9]

然而，當時的台灣社會真正需要的並不是這類無病呻吟之

作，因為六○年代到七○年代初的台灣正處於社會轉型時期。這是一個思想禁錮，但經濟卻急速變化的年代；也是一個政治高度戒嚴，但社會卻劇烈變動的年代。「美援」和「外資」在強力的政治導控下，使台灣的社會經濟在短期內快速地由小農經濟進入資本主義經濟，傳統農業社會迅速轉變成現代工商業社會，完成了資本主義的原始積累，而積累的源泉便是工商業對農業剩餘價值的大量榨取。這雖然使以工商業為主體的都市繁榮了，但廣大的農村卻走向衰疲而處於整個台灣社會經濟結構的底層。為了維持溫飽，或尋找新的工作機會，佔當時台灣總人口一半以上的農村人口，遂開始大量流入城市成為廉價勞工，淪落到新興工商社會的最底層。而且，「在現實中，工廠、鹽村、農村都有許多問題，……但我們的作家卻不去面對這些困境，反而把外國人的問題，和我們這裡還沒有發生的問題，一窩蜂地接收過來，把別人的病當成自己的病，別人感冒，我們立刻打噴嚏。所以，目前台灣的現代文學，與台灣的現實生活脫了節，而且許多小說、新詩，都有意無意地與生活距離很遠。在這種情況下，我們多麼需要一種健康的寫實藝術和文學。但是，很遺憾的，我們所接觸的卻是一些知識分子自瀆的作品。個人去自瀆倒也罷了，然而他們不但不肯承認這個事實，反而打著現代主義至上的理論，來『美化自己的醜陋』。」〔10〕因此，在這一時期的最後幾年裡，台灣文壇出現了一股清新的涓涓細流。一九六六年尉天驄等人創辦了《文學季刊》，他們旗幟鮮明地提出：「一個藝術家首先應該把自己置身於現實生活之中。這種置身現實是連自己也包括其中的，這樣他才能領略這時代的痛苦和歡樂，而不會像電視機前欣賞戰爭片的觀眾一樣，雖然面對現實卻無法體驗現實的痛苦，甚

至拿別人的痛苦當成自己的娛樂。也由於他能體驗這時代以及這時代帶給他的痛苦和歡樂，他才能用自己的悲憫和同情去關懷別人，並從對現實的種種不幸的反擊中把人從有限的世界（時間、空間及其它）帶到一個廣大的、崇高的境界。因為有了這種理想，所以他所作的種種反擊，並不執著於個人的利益，執著於那種社會現象常見的『報復』，而是透過痛苦的現實面，由瞭解而追究產生它的根本原則。」這些有民族自尊心的台灣知識分子，開始不滿於台灣文藝界一味模仿西方現代主義文藝的傾向。他們不僅在理論上抵制西方現代主義的影響，而且在創作上提出了應該「回歸到現實」的主張。而現代派文學在這一時期取得標誌性成就的同時，也暴露出了自身文化偏至的種種弊端。此時的台灣文學界和文化界，以一場影響深廣的「鄉土文學論爭」，重新肯定了台灣文學的民族精神和現實主義傳統，也促使了現代派文學在重新認識傳統和關懷現實中進行新的審思和調整。而「鄉土文學」也就在這一時期被重新提了出來。那麼，什麼是「鄉土文學」呢？

這種文學之所以會被普遍接受並引起廣泛的重視和愛好，是基於一種反抗外來文化和社會不公的心理和感情所造成的。因此所謂的「鄉土文學」，事實上是相對於那還盲目模仿和抄襲西洋文學、脫離台灣的社會現實，而又把文學標舉得高高在上的「西化文學」而言的。……這裡所說的「鄉土」，……所指的應該就是台灣這個廣大的社會環境和這個環境下的人的生活現實；它包括了鄉村，同時又不排斥都市。而由這種意義的「鄉土」所生長起來的「鄉土文學」，就是根據根植在台灣這個現實社會的土地上來反映社會現實、反映人們生活的和心裡

的願望的文學。……凡是生自這個社會的任何一種事物、任何一種現象，都是這種文學所要反映和描寫、都是這種文學作者所要瞭解和關心的。這樣的文學，我認為應該稱之為「現實主義」的文學，而不是「鄉土文學」；而且為了避免引起觀念上的混淆以及感情上的誤解和誤導，我認為也有必要把時下所謂的「鄉土文學」改稱為「現實主義」的文學。[11]

於是，在這種文藝思潮影響下的台灣「鄉土文學」作家，在崇洋媚外的「社會風氣與文學風氣下的台灣社會，……頑強地、固執地堅守在他們生長的泥土上，以他們生活的鄉土為背景，真誠地反映了他們所熟知的社會生活現實，甚至於企圖用鄉土的背景來襯托近代中國民族的坎坷。」[12] 而且，「一個誠懇的文學青年，總是首先而且主要地從自己民族的過去和當代的文學家及其作品中，吸收滋養，受到鼓舞，逐漸成長為那個民族新生一代的文學家」。[13] 「一個民族的文學教育，總是首先，而且主要地把自己民族的文學，當做主要的教師和教材，使那個民族的文學之獨特的民族風格，得以代代傳續。」[14] 而黃春明恰好就是這群「鄉土文學」作家中最堅定的一員。

作為《文學季刊》同仁的黃春明，他雖然沒有直接參加後來發生的那場意義深廣的「鄉土文學論戰」，然而他卻以富有前瞻性的眼光，提早以他的創作實績表明了對「鄉土文學論戰」的堅定支持。在六○年代到七○年代之間，台灣社會處於傳統農業社會轉型為現代資本主義工商社會的過渡期，在這個過渡、轉型時期中，黃春明開始逐漸意識到「虛無荒謬」之怪誕，感覺到「蒼白無根」之飄零，他便從早期一味描寫「自己的蒼白與孤絕」中徹底擺脫了出來；經過自身的深刻反思，他

開始重視反映現實社會中出現的問題了。由於黃春明恰好生活在寧靜的鄉土被城市創造的奇蹟猛烈侵蝕的年代，他情不自禁地為那些現實的衝突所觸動，終於尋覓到了一個屬於自己的創作空間。這個獨特空間——便是從台灣社會轉型過程中，揭露現代文明對鄉土人物殘酷、無情的逼迫與碾壓。換言之，在這樣一個歷史環境中，黃春明首先感受到的是，在資本主義現代工商經濟衝擊之下農村自然經濟的解體與農民瀕臨破產的困境，以及建立在農村自然經濟基礎上的宗法社會和傳統觀念的崩潰；發現了當時人口佔絕大多數的台灣鄉土社會正面臨工商業的嚴重榨取而處於不平等經濟地位的現狀，而這正是變化中的台灣社會的核心矛盾。這一切使黃春明陷入了深深的憂慮之中，一邊對那古舊、純樸、率真的傳統感到深深的眷戀，一邊又顧念到現代化的發展和進步帶來的實際利益，於是，他默默地將文學心靈扎根在他生長的鄉土社會，將筆觸從自我表現的狹小天地，拓展到正視社會與人生的大格局。從六○年代後期起，他開始以家鄉蘭陽平原為背景，描寫他所熟悉的「小人物」在轉型期台灣社會所受到的命運的無情撥弄，表現了他們不得不尷尬地面對這一無法解決問題的困惑，歌頌了他們依舊能在這樣強大的壓力之下活下去的毅力與精神。黃春明之所以將這些「小人物」放進其作品中當主人公，是因為他是這樣認識的：「我在想，所謂小人物的他們，為什麼在我的印象中，這麼有生命力呢？想一想他們的生活環境，想一想他們生存的條件，再看看他們生命的意志力，就會令我由衷的敬佩和感動。——如果能寫成功這種作品，永遠永遠，不管何時何地，都會感動人的心靈的。」[15]換言之，這些「小人物」雖然社會地位卑微，受盡屈辱，卻從不向命運妥協，在任何情況下他

們都未喪失自尊和愛心，因此黃春明選擇這些「小人物」爲他故事的主人公，爲他們樹碑立傳，並使這些形象成爲映照那個特定時代變遷的一面鏡子。就轉型期台灣社會而言，在黃春明筆下出現的這些「受屈辱的一群」的一個個故事，的確組成了一部多聲部合唱的紀實性史詩。由於他這一時期的作品大多刊登在《文學季刊》上，故黃春明自稱「文學季刊是我的搖籃」。[16]這一時期也是黃春明創作的鼎盛期和他小說的成熟期。他先後創作了〈青番公的故事〉、〈溺死一隻老貓〉、〈鑼〉、〈看海的日子〉、〈兒子的大玩偶〉、〈魚〉、〈癬〉、〈阿屘與警察〉，以及〈兩個油漆匠〉等作品。通過這些作品，黃春明著重刻畫了台灣現實生活中一些底層「小人物」的遭遇、性格與心聲，表現了資本主義現代文明對於鄉土「小人物」的逼迫。〈青番公的故事〉描寫了老人對孫兒的愛、對自己一手創建的家園的驕傲，以及期望孫子繼承土地的期望；〈看海的日子〉展示了不願受命運擺弄的妓女白梅，以無比堅定的毅力使自己重新找回了人的尊嚴；〈兒子的大玩偶〉描寫了因生活所迫而不得不把自己扮成社會與兒子「玩偶」的坤樹；〈鑼〉刻畫了在生存與尊嚴之間苦苦掙扎的羅漢腳憨欽仔，〈癬〉刻畫爲了生活咬牙苦撐的無奈，卻因生育過多，以及環境不佳而面對難堪、尷尬現實的江阿發；〈魚〉呈現了因一條「鰹仔魚」的丟失所引發的一場難以言喻的祖父與孫子阿蒼之間的衝突；〈阿屘與警察〉描繪了爲維持生計向警察哀求、討饒的賣菜老婦阿屘；以及〈兩個油漆匠〉在表達對都市文化的不滿與無奈的同時，對離開鄉土進入城市的打工仔投射了深切的同情與關懷，敘述了到城市尋求幸福卻不幸被城市吞噬的打工仔猴子、阿力等等。不過，面對這些鄉土「小人

物」，黃春明在揭示他們的悲劇命運時，卻是以「笑中含淚」
與「淚裡帶笑」的方式來表現的。這恰如馬克思所言：「從人
的情感上說，親眼看到這些無數辛勞經營的宗法制的祥和和無
害的社會組織一個個土崩瓦解，被投入苦海，親眼看到它們的
每個成員既喪失古老形成的文明又喪失祖傳的謀生手段，是會
感到難過的；但是我們不應當忘記，這些田園風味的農村公社
不管看起來怎樣祥和無害，卻始終是東方專制制度的牢固基
礎，它們使人們的頭腦侷限在極小的範圍內，成爲迷信的馴服
工具，成爲專制制度的奴隸，表現不出任何偉大的作爲和歷史
的精神」。[17]儘管如此，黃春明筆下的這些在轉型期台灣社
會備受侮辱與損害的鄉土人物，在台灣文學的「小人物」畫廊
中仍然綻放出了獨特的風姿。黃春明同他生活的小鎮上人物的
結識和交往，使他獲得了豐富的題材和創作靈感。而這些渺小
的、卑微的、委屈的、愚昧的，以及忍辱負重活著的人物幾乎
全都成了他小說中的主人公。黃春明曾這樣叙述了自己創作時
的情形：「他們像人浮於事，在腦海裡湧擠著浮現過來應徵工
作似的，……費了很大的勁兒想把腦子裡的老鄉拂去。但是他
們死賴活賴不走，還有我自己溫情的根性所纏，只好讓他們在
那裡吵嚷，而無奈於對。反過來我不寫，他們也奈何於我。」
[18]此外，他在小說集〈鑼〉的自序裡也談起過自己早年的經
歷，他曾先後兩次路過一個小鎮，看到一個十歲左右的男孩用
殘廢的小手當作搖鼓，一個油漆工又在其手上塗了顏色，邊搖
手邊向路人乞討。這一形象一直縈繞於他的腦際，令其久久難
忘。他說：「從此我就老留在這小鎮。後來我認識了這個油漆
工，他不喝醉酒的時候，是一個老實人。當然，我也認識了這
個小男孩和其他鎮上的人：像打鑼的憨欽仔、全家生癬的江阿

發、跟老木匠當徒弟的阿蒼、妓女梅子、廣告的坤樹。還有，還有附近小村子裡的甘庚伯、老貓阿盛、青番公等等。他們善良的心地，時時感動著我。我想，我不再漂泊浪遊了。這裡是一個什麼都不欠缺的完整世界。我發現，這就是我一直在尋找的地方。如果我擔心死後，其實這是多餘的。這裡也有一個可以舒適仰臥看天的墓地，老貓阿盛也都躺在這裡哪。」〔19〕由此可見，黃春明之所以被稱為「鄉土寫實派作家」、「悲天憫人的作家」，以及「小人物的代言人」，正是因為他的生活境況和社會地位決定的。黃春明曾經談到當時自己一家人生活的困境：「像我的小家庭，我和太太、嬰兒一家三口，而當爸爸的我，竟然是自私自利的夢想著當一個作家，那是很悲慘的事。結果太太和小孩受到無法彌補的傷害了。」〔20〕因此「諸位要是看過那時候寫的〈兒子的大玩偶〉、〈癬〉之類的作品，那裡面多多少少都有我們的生活影子。」〔21〕因為那時黃春明自己就是苦難的「小人物」群中的一員，這種處境不僅使他較能感同身受地體察「小人物」生活的艱辛和理解他們的內心感情，而且也激起了黃春明替這些「小人物」樹碑立傳的強烈欲望。因此黃春明這一時期的作品，特別強調了作為一個人所必備的那些基本條件，如保持個人的尊嚴、堅毅不拔的精神，以及博大的愛心等，他筆下的人物幾乎都生活在不利於他們表現這些美德的環境中，選擇了為人們不太熟悉的和不願接受的方式來表現這一切；人們也許會感到這些「小人物」的行動有些滑稽，缺乏人們一般理解的嚴肅性和悲劇性，但是這些「小人物」的可愛就是因為他們以獨特的表現方式，給人們留下了深刻的印象。換句話說，通過黃春明的小說，人們不僅看到了人性的光輝，這是任何不利的生活環境都無法剝奪的，生

活的艱苦、折騰與迫害都是對人性的考驗而不是摧毀，而生命的意義也因之被積極地肯定了，因為人是堅韌的，不論他多麼卑微，都有一種力量可以使自己站起來，而這力量是不可征服的；而且通過黃春明的小說，還使人們看到了那種建立在互助互愛之上的人與人之間的可貴關係。也正因如此，林毓生這樣評價說：「黃春明在〈青番公的故事〉、〈看海的日子〉、〈兒子的大玩偶〉、〈小琪的那一頂帽子〉中所展示的世界是一個極不公平的世界；然而在這個世界中被剝削、被踐踏的人卻不知從哪裡得到那樣充沛的力量，自靈魂深處散著愛、憐憫、堅忍、寬容與犧牲的精神。這種精神給予這些從世俗觀點被認為是『小人物』的人們的生活以莊嚴之感，並肯定了人的生命是由勇敢、自尊、希望、憐憫與愛而得其偉大。在充滿了貪婪、卑鄙與不公平的世界裡，這種精神居然『無動於衷』，頑固地存在著。」[22]因而從某種意義上來看，黃春明正是通過對鄉土眷戀和對城市的批判，找到了讓自己的創作與社會相契合的一個榫頭，進而形成了屬於他小說的思想藝術特色。同時在這個過程中，黃春明還讓自己的創作在台灣文學這樣一個傳統與現代兩者並存的繁雜多元的格局之中得以被定位，從而成為台灣以現實主義為主流的「鄉土文學史」上的一塊鮮明的里程碑。這就如美國漢學家葛浩文所說的那樣：「黃春明的小說是千姿百態的，可是它們也有一個共同性。黃春明寫的是台灣那裡的家園，那裡的風俗習慣，那裡的不平，那裡的美和那裡的人——主要是寫人，這方面他是無與倫比的。……我認為即使他今天就停止寫作，他已經用他的台灣鄉土小說為現代中國的文學和社會史，留下了具體的貢獻了！」[23]然而，由於當時台灣社會仍處在「橫的移植」滔滔滾滾的洪流之中，這些

陸續出現的鄉土作品似乎並不顯眼，一直到了七〇年代以後，黃春明創作的這些小說才開始廣泛受到注意，並引起了人們的強烈共鳴和歡迎。事實上，這種情形的出現是同台灣當時興起的「民族復興」和「鄉土回歸」運動有著直接與密切關係的，因為黃春明的小說為這一運動提供了有力的證明。

台灣社會進入七〇年代之後，即在爆發一九七七年「鄉土文學論戰」前夜的台灣，整個社會中崇洋媚外已是蔚然成風。這是由兩方面的原因造成的：

一方面，從一九五三年開始，台灣當局開始接受美援與日援，外資開始迅速進入台灣，雖然促進了台灣社會的轉型，經濟開始加速發展，社會也逐漸繁榮起來了；然而，這也使台灣在科技上無法獨立，經濟對外依賴程度迅速增大。事實上，台灣已經再次淪陷為以美、日為主的西方國家的經濟、文化上的新殖民地了。換言之，五、六〇年代那種主要以鄉村小農經濟為資本積累來源的資本主義，隨著農村的凋敝基本上已達到極限，再無發展餘地了；取而代之的是以依賴美、日的資本、技術和市場為特徵的，以大量廉價勞動力為資本積累來源，進行加工出口的新殖民性質的資本主義。這種帶有新殖民色彩的資本主義的發展勢頭更為迅猛，台灣的城市化進程進一步加速。整個台灣的社會經濟結構發生了新的變化，不僅出現了一批迅速暴富的新興資本家，產生了大量的城市勞工，而且還出現了一個新的社會階層——中產階級。在這一階段，台灣社會固有的各種矛盾進一步加深，特別是城鄉之間，以及農民、城市勞工和市民之間的貧富差距被迅速拉大了。與此同時，伴隨著政治與經濟上對美、日的依附，各種畸形社會現象——崇洋媚外，特別是「崇美媚日」等，亦日益凸顯為新的社會問題。

　　另一方面，由於正處於國際冷戰格局中，台灣社會雖然已經不再像戒嚴初期控制得那麼嚴密了，但是也就是在這一時期，台灣社會卻不得不經歷了一系列重大的政治、外交動盪：一九七○年發生了保衛釣魚島事件；一九七一年台灣失去了聯合國席位；一九七二年尼克松訪問中國，中美兩國在上海發表了舉世矚目的「聯合公報」，美國同台灣斷交；中日建交，台日斷交等重大歷史事件都發生在這一時期。這一切強烈地震撼了台灣民眾的心理，致使「許多人無法面對這種國際孤兒的衝擊，紛紛以尋求自保遠走他國，也使得台灣社會整體經濟結構受到衝擊。」[24]「初退聯合國時，一時物價波動，資金外流，連帶影響到對外貿易，房地產下跌；移民簽證排長龍，對台灣的威脅，自然十分嚴重。」[25]而這一切也刺激台灣民眾檢討以往過分依賴美、日為首的西方國家的的失策，於是對「洋」的崇拜失落了，人們開始彌覺「土」的可貴。具體來說，在這一階段，台灣民眾對於台灣國際生存境遇和社會前途的反省，頓時成為了一個迫在眉睫的問題，而促使民族意識開始覺醒，增強了民眾的反省精神與自我生存意識等思想，更在台灣社會形成了一股「回歸民族」、「回歸鄉土」的巨大浪潮，人們開始尋求自救與自主之路。與此同時，由於在一九七三年所發生的世界性石油危機中，台灣又再次遭受了重創，台灣經濟嚴重衰退，這也進一步促使人們開始重新認識台灣經濟的性質及其弊端。我們知道，自一九五一年開始，美國為了穩定風雨飄搖中的台灣經濟，強化台灣的反共軍事實力，以平均每年一億美元的額度對台施行經濟援助。在這期間中，美國通過資本控制，逐漸支配了台灣的經濟。美援一方面支持台灣的軍事性消費與政治性消費，鞏固台灣軍事政權的專制統治；另一方面又

支持台灣公營和私營企業，形成了「美帝國主義特殊的雙重介入方式」[26]。事實上，美援經濟的本質，就在於為美國獨占資本培育其在台灣的買辦性資本，並以這買辦性官商資本為基礎，美國獨占資本大舉侵入台灣，促成了台灣「依附型經濟」的成型。當時台灣社會的情況，其實「和中心國資本主義在發展水平上、構造上仍有巨大落差，內包著諸多複雜的問題所造成的後進性」，[27]只能「規定為『半資本主義』」。[28]而這個「半資本主義」即經濟新殖民主義。台灣對美國的這種物質的、經濟方面的依附化，也帶來文化、政治意識形態方面對美國的扈從化，「而美日對台灣新殖民主義支配，因而成為現實」[29]，這與舊殖民地時代幾乎無異。這一切都使台灣民眾開始認識到台灣經濟的殖民弊病和帝國主義「經濟援助」的侵略、掠奪本質。而台灣經濟的快速發展和對外開放，亦使歐風美雨滾滾而來，使崇洋媚外之風無孔不入地滲透到社會各階層，甚至是各個角落，台灣一時間出現了「民族意識淡薄，價值觀念倒錯，社會問題迭出」的情況，促使人們開始在反觀台灣「全盤西化」之風中徹底覺醒，對國人崇洋媚外的心態進行了尖銳批判。換個角度來看的話，「這段時間的台灣社會，由於國際重大事件的衝擊，與國內經濟極不平衡的發展，而產生了強烈的反抗帝國主義，與反抗殖民經濟和買辦經濟的民族意識和社會意識，要愛國家、愛民族、要關心社會大眾的生活問題。」[30]這一時期，台灣民眾的愛國主義情緒空前高漲，「民族復興」的呼聲一浪高過一浪。在新一代知識分子中間也產生了新的社會思潮，他們站在民族與民眾的立場上提出了呼籲，要求批判「全盤西化」，要求回歸民族、鄉土，以及社會現實的思潮風起雲湧。社會各界都開始重新反思台灣被包括日本在

內的西方國家「重新殖民」的現象，一些有識之士開始深刻檢
討「台美關係」與「台日關係」，揭露與鞭撻了國人的「崇洋
媚外」。換言之，正是由於台灣當局在政治上、經濟上長期依
賴外國，美軍和美軍顧問團駐扎在台灣，美國的軍事援助、經
濟援助源源不斷，美資與日資在台灣開設的工廠林立，隨之而
來的就是外國人在台灣享有各種特權，不僅招徠美國兵和日本
商人的酒吧、舞廳充斥於市，而且「崇美媚日」的社會風氣亦
愈演愈烈。加上這時期的台灣社會，「因現代文明衝擊所導致
的農村經濟的動盪已逐漸平息，社會矛盾的焦點轉移到都市，
這時的作家開始反省資本主義工商業社會帶來的弊害，以及精
神生活的貧困，並且開始尋求民族文化傳統之根。於是，在這
個時期出現的作品中開始出現含有民族主義的抗議和控訴。」
〔31〕而黃春明由於同《文學季刊》的主要成員過從甚密。而《文
學季刊》這個文學群體的成員在七〇年代以後，始終高舉民族
主義旗幟，以批判現實主義的文學主張，積極反對「全盤西
化」，反對西方的文化、經濟新殖民主義對台灣的侵略與壓
迫。這些思想都對黃春明產生了重大的影響。此時正沿著現實
主義道路大步前行的黃春明，雖然還沒將他所熟悉的家鄉「小
人物」的故事一一說盡，然而卻毅然開始以一連串筆鋒尖銳的
作品來迎接七〇年代的到來。他小說的背景由農村轉移到城
市，題材開始涉及到民族傳統和民族自尊的重大課題，表現出
了強烈的民族意識。齊益壽曾就此指出這一階段的黃春明創作
已經發生了棄「土」就「洋」的轉變，〔32〕並且稱「從〈鑼〉
以後，黃春明就不肯再一味的『土』下去，而寫起『洋』來
了。」〔33〕而黃春明自己也幽默地承認了自己的「洋」，他說：
「我這一隻羊是淋濕了的羊，帶三點水的『洋』了。」〔34〕他

的筆觸轉向關懷城市「小人物」生活的同時，也開始迅速將焦點集中於批判、嘲諷帶有新殖民主義色彩的工商經濟和買辦意識。黃春明這一時期作品的主題，涉及的幾乎全是反對外來經濟掠奪和精神奴役的內容，揭示了外來經濟和精神侵襲之下民族寶貴傳統的失落，批判了崇洋媚外的社會風氣，表現了民族意識的覺醒。這不但讓人們感受到黃春明創作上新的改變與發展，也讓人們重新瞭解了他所表現出來的社會責任。就如黃春明自己所說的那樣：「自從我看清自己的過去，認識了自己與整個社會的關係，我的心靈才有一點成長，開始會多思想。無形中，作品也慢慢地有了轉變，寫的東西不再考慮文學通的趣味。於是從〈魚〉一變〈蘋果的滋味〉、〈莎喲娜拉・再見〉這類作品了。」[35]這一時期的黃春明，先後創作了〈甘庚伯的黃昏〉、〈蘋果的滋味〉、〈莎喲娜拉・再見〉、〈小寡婦〉、〈小琪的那一頂帽子〉、〈鮮紅蝦──「下消樂仔」這個掌故〉和〈我愛瑪莉〉等小說。在這些作品裡，〈甘庚伯的黃昏〉通過甘庚伯獨子阿興的發瘋，揭露了日本軍國主義的遺禍直到戰後二十五年仍然在延續，發出了「誰之罪？」的強烈控訴；〈小琪的那一頂帽子〉通過美麗少女小琪的帽子被摘掉之後，所顯露出的真相與「優質」日本快鍋的突然爆炸，揭露了新殖民主義經濟援助表象之下的醜陋本質與恐怖真相；至於〈鮮紅蝦──「下消樂仔」這個掌故〉則寫因患隱疾而成為村人笑柄，卻也重新回歸平淡的莊稼人黃頂樂。除了上述的作品之外，其餘四篇小說都帶有強烈的民族主義情緒與色彩，批判的對象都直指外國人的趾高氣昂，和某些國人的奴顏卑膝與挾洋自重。同小說內容變化相適應的是，黃春明在藝術表現方式上也發生了變化，大部分作品都是用諷刺手法寫成的。這種諷

刺不僅是一種手法，而且是一種實質。它的基本內涵是對社會腐敗與不公的現象進行揭露和抨擊，以高度誇張與近乎漫畫的方式形成了一種痛快淋漓、犀利鮮明的小說風格。〈蘋果的滋味〉就是一篇帶有諷喻意味的小說。故事的肇因乃是一起美軍上校撞傷台灣城市貧民的車禍，小說由此勾勒出台灣與美國之間極度不平等的政治、經濟關係，以及台灣竟還以「感恩」的心情，滿足於這種不平等關係的可笑又可悲的事實。通過那「酸酸澀澀，嚼起來泡泡的有點假假的感覺」的「蘋果的滋味」，來象徵並「沒有想像那麼甜美」的美援，揭露殖民經濟給台灣人民帶來的災難，反映城市貧民所處的生存困境。〈莎喲娜拉‧再見〉是一篇民族意識非常強烈的小說，通過揭露來台買春的日本新殖民者的醜惡嘴臉，檢討了「台日關係」。〈小寡婦〉是「越戰」之際美軍來台休閒娛樂的一段歷史記錄，敘述了一個發生在高度企業化管理的專門接待越戰來台渡假的美國大兵的色情酒吧中的故事。通過一群無法主宰自己命運的來自鄉土的酒吧女和莫名其妙被送到越南殺戮戰場上看不到明天的美國大兵的遭遇，揭露了台灣經濟起飛過程中資本主義原始積累的血腥與骯髒，批判了台灣新興資本家與買辦知識分子出賣民族良知的醜陋靈魂。〈我愛瑪莉〉則通過對洋行買辦大衛‧陳的「愛狗」勝於愛妻子的冷嘲熱諷，批判了崇洋媚外的社會風氣。這些作品成功地塑造了眾多反映當時台灣社會特殊「面貌」的人物形象，充分顯示了七〇年代的黃春明對台灣社會所進行的一系列重大思考。很顯然，「這是由於『保釣運動』等激起普遍的民族情緒的高漲與民族意識的覺醒對黃春明激盪的結果；也是文學中反對西化思潮感染了黃春明的靈魂所致。」[36]這些作品發表後，在台灣激起了人們的強烈共鳴，

把台灣同胞胸中的那股悶氣像火山爆發般地「噴」了出來，激起了台灣同胞高昂的民族意識。這恰如齊益壽所言：「我以爲黃春明是在進入社會諷刺階段後，他的作品才開始波瀾壯闊、地動山搖起來，思路越來越清晰，視野愈來愈開闊，看法愈來愈深刻精到，其作品涵蓋之廣，氣魄之大，是罕見的。」[37]

這裡，我們不得不稍微論及一下那場發生在一九七七～一九七八年間的著名的台灣「鄉土文學論戰」，這場論戰可以說是台灣當代文學發展史中最爲重要的一場論爭。這場論戰不僅將國民黨主政台灣後，知識分子積蓄了近二十年的對政治、經濟，以及文化等方面的鬱悶完全爆發出來了，徹底終止了五○年代以來充斥於台灣文壇的「反共文學」，而且在「鄉愁文學」和「現代派文學」之外，爲台灣文學界，乃至於整個藝術界、文化界，以及思想界都開闢出了一條新的現實主義路線，使台灣文學重新回歸到了五四以來「爲人生」的軌道上來。這一時期，黃春明雖然沒有直接著文參與這場論戰，但他此前創作的那些作品，卻扎扎實實、明明白白地顯示了「鄉土文學」的實績，對於這一場「鄉土文學論戰」來說，確實起到了啓蒙性的歷史作用。

隨著「鄉土文學論戰」的塵埃落定，世界政治格局的變化、兩岸關係的緩和，以及台灣內部的變革，都促使台灣社會的文化環境也隨之發生了很大改變。而且，從經濟層面來看，八○年代以來台灣社會的變化亦非常顯著，城市化的進程已經基本完成，整個台灣幾乎已成了「都市島」；與此相應的是，大眾消費潮流的洶湧和都市文化意識的高漲，更由於大眾傳媒產業的迅速發展，使台灣進入了向後工業文明過渡的社會階段。這也使文學創作發生了相應的變化。人們開始較多地關注

社會富裕之後所出現的新問題。如果具體來看，進入八、九〇年代以後，表面情緒化的對立逐漸淡去，台灣文學開始呈現出多元並存的繁複結構；「鄉土文學」的概念在拓展為關懷本土的現實主義文學之後，也進一步擴大了它現實關注的視野和社會參與意識，並把批判的鋒芒由文化、經濟延伸向環境、老人、資訊等新領域。而黃春明在這一時期，則將精力主要放在從事電影劇本的改編，以及散文和兒童文學的創作方面，他先後把〈兒子的大玩偶〉、〈看海的日子〉、〈兩個油漆匠〉、〈我愛瑪莉〉和〈莎喲娜拉・再見〉等中短篇小說改編成同名電影。

　　八〇年代末期，黃春明還出版了一部散文集——《等待一朵花的名字》，所收錄的作品的時間跨度非常大。這是黃春明出版的唯一一部散文集，也是他在「為人生」的現實主義創作道路上的另一項收穫。如果說黃春明的文學世界是一軸色彩繽紛的畫卷，那麼他的散文也以其率性見真、愛憎分明、明快坦蕩的個性占據了這軸畫卷的絢麗一隅。換言之，散文創作對於黃春明而言，既不是一種消愁解悶的工具，也不是單純獲取「稻粱謀」的手段，而是要借助它在時代大潮中發現和解釋、懷疑和確定、反省和認清人生價值的本質追求。我國古代著名文論家劉勰在《文心雕龍・時序》篇中曾云：「文變染乎世情，興廢系乎時序」。黃春明所處的時代是台灣從傳統農業社會向工業社會，直至向後工業社會過渡的時代，因此他的創作自然地會「染」上台灣社會的「世情」，「繫」上「變遷」的「時序」。黃春明一生的經歷相當豐富、坎坷，故而他的散文創作視野亦相應地比較開闊，作品題材所涉及的面可謂相當寬泛：既有對童年生活的親切回顧，對社會變遷的客觀摹寫，對

醜陋時弊的無情針砭，對人文景觀的刻意描畫，對民族歷史的
深入挖掘，對個人際遇的誠摯訴說，對親朋好友的深沉緬懷，
以及對鄉土愁緒的繾綣抒發等等。這些散文篇章，不論是敘
事、議論，還是抒情、論辯，都凝聚了他對土地與人民深厚的
感情，鮮明呈現出了作者的「真性情」。

　　黃春明散文中的一個首要內容，就是反映時代的變遷。這
類散文有：〈往事只能回味〉、〈屋頂上的番茄樹〉、〈啊！
火車〉等。黃春明以社會批評與文明批評的方式，真實敘述了
自己對五十年來台灣社會變遷、發展的獨特感受，既追懷了逐
漸消逝的古老鄉土，又揭示了現代社會的崛起。寫的大多是平
淡生活中一些不會被人注意的細微瑣屑的小事，不過這些小事
一到他的手中，由於開掘得很深，因此帶給人們的啟示與感觸
也就特別複雜與豐富。〈往事只能回味〉一文就是在如訴家常
的語調中，娓娓道出人世的變遷和自己追思往日的情懷。通過
對於「牽豬哥」職業變遷的敘述，以及插敘了過去和現在兩個
社會婚姻締結的不同方式，在懷想中肯定了過去歲月中的人情
美，傾訴了一種戀戀不捨的心情，這是見識了人生滄桑之後的
惆悵心情。換言之，由於特定的文化歷史背景，面對城市中的
喧囂，黃春明情不自禁地懷鄉思舊，懷念故鄉的山水親人，使
作品流露出濃濃的人情味。作者也由此對台灣城鄉的變遷提出
了深刻的省思，既反映出台灣鄉村面貌的歷史變遷，又反映出
昔日鄉土社會的樸素醇厚，特別那永恆的美好的人間真情，其
深刻與感人是作家記憶深處難以忘懷的。於是他形諸筆墨，不
僅表現了對台灣鄉土和親人的戀情，而且也透過城鄉不同生活
狀況的對比描寫，展示了台灣社會的芸芸眾生相，寫出了鄉土
社會的變遷和現代社會中人情的隔膜。至於〈屋頂上的番茄

樹〉一文，則帶有很明顯的「自傳」色彩，將個人的成長史、家庭史，以及城鄉變遷史交融在一起，寫出了半個世紀以來台灣社會中人們的悲歡離合，以及思想觀念的變化，從而折射出台灣城鄉的發展歷史。而〈啊！火車〉僅僅數百字，卻讓人們看到了火車滿載的「歷史變遷」，以及作者所產生的情感漣漪。黃春明的散文中還有不少感慨人生，反映歲月滄桑之作：〈相像〉、〈愕然的瞬間〉、〈等待一朵花的名字〉，以及〈母親的手〉就屬於這類性質的散文。黃春明十分重視生活與創作的關係。他的散文題材都是從生活中觀察、提煉出來的。從他的散文瑣屑平凡的描寫中，人們可以瞭解到黃春明那豐富的生活閱歷，看到他接觸過的多姿多彩、紛繁複雜的人、事、物，感受到他那濃厚的生活情趣和對生活的樂觀、嚴肅態度。黃春明很擅長以素描或速寫的方式給人物畫肖像，抓住對象的重要特徵，三兩筆就勾勒出了人物的精神風貌。〈相像〉一文就以「特寫」手法勾勒了妻舅和馬的相像、妹妹和她養的母獅子狗「Honey」的相像、阿蕊和她養的雜種哈巴狗「來旺」的相像、補鞋匠和他的拳師狗的相像，以及一對企業家夫妻的相像。在此過程中，作者不停地探究「相像」的根本原因，最後告訴了人們「相像」的根本原因之一，就在於「感情使然」，並以此類推到台灣社會出現的各種「相像」的現象，其中的原因恐怕就更爲複雜了，值得人們深究。至於〈愕然的瞬間〉這篇散文，則採用敘事與抒情相交織的手法，表達了一種「己所不欲，勿施於人」的人生感慨。小說通過回憶自己當教師時出於善意而造成的一件遺憾的往事，對於自己在無形中對一個學生造成的傷害表示了深沉的懺悔之意，指出某些自以爲是的行爲，即使是出於善意，也會造成難以彌補的傷害，因此，我們

不要輕易去改變一些已經形成的人文關係和文化生態，否則，一旦改變了，就會如文中所說的那樣──「要讓它恢復原來的面目是不可能的事了。」〈等待一朵花的名字〉和〈母親的手〉這兩篇散文，在藝術手法上有一些共同之處，都採用了以意象結情的手法，從記憶之河中精選個性特徵突出而又鮮明的意象，給予集中而又具體生動的描寫，形成凝結往事、情感，以及記憶的磁力場，從中編織與之有關的人事變遷，從而產生具體感人的藝術魅力。〈等待一朵花的名字〉寫得聲情並茂，作者以細膩的筆觸，以「垃圾花」為意象結穴，聯結自己關於鄉村的溫馨回憶。文章通過作者探尋偶然在鄉間見到的一朵野花名字的過程，將台灣社會今昔變遷融會其中，以當今鄉土社會的年輕人不識野花的情形，感慨了鄉土社會的無情消逝，當作者最後從一位老阿婆處得知了此花名為「垃圾花」的時候，在驚詫與愕然中，回首反思自身的經歷，點明自己就像是那朵「垃圾花」，雖然綻放著美麗的風姿，但是卻於鄉土毫無價值或意義，感慨自己已經從鄉土之子，徹底蛻變了。在這裡，「垃圾花」不僅是一種個人的象徵，也是一種具有普遍性意義的人生的見證，伴隨著「垃圾花」搖曳的是作者對人生的慨嘆與沉思，而人們的心也隨之感覺到作者那起伏不定的情感波濤。〈母親的手〉則是一篇很短的文章，以「母親的手」這一意象所帶來的不同時代意義來表現文明批判與社會批判的主題。即以「母親的手」所象徵的安慰、愛撫意味，反襯了當今台灣社會酒家中「馬殺雞，或是雞殺馬的手的愛撫」中所隱喻的「世紀末」的及時行樂況味，譴責了台灣社會的日漸墮落、糜爛和頹廢。

　　隨著黃春明社會文化視野的日漸開闊，他也愈發能體驗人

生的況味，他的散文中的文化批判精神也得到了進一步加強，常常從不經意間捕捉到的社會細微現象的表面透視到其內底裡，深入挖掘其本質；換言之，黃春明就像醫生一樣對現實施以「拆開」或「拆穿」式的精微、深入的剖析，從而使其作品的深刻性得到不斷加強。〈從「子曰」到「報紙說」〉、〈小三字經，老三字經〉、〈感傷的腳步走向黑暗〉，以及〈改掉吸奶嘴的習慣吧〉就屬於這一類的散文作品。〈從「子曰」到「報紙說」〉一文，可以同黃春明的小說〈現此時先生〉一道進行「互文性」閱讀，都批判了大眾傳播媒介中的虛偽性和荒謬性。在信奉「子曰」的時代，人們確實感到「古人誠不欺我」；而在「報紙說」的時代，編造、杜撰的假新聞，卻會令人送命。因此作者提醒人們在當今這個文化工業興旺發達的時代要謹慎，因為所有與「報紙說」相類似的，譬如電視、廣告、廣播、電影等一切大眾傳媒，都是以其文化壟斷形成的「權威」來懾服人與控制人的，人們絕對不可以盲目迷信或崇拜大眾傳媒。文章就這樣通過捕捉現實社會中看似一閃即逝的現象，竭力挖掘其內在的深遠內涵，將「一言一動之微，一沙一石之細」的社會現象，經過無情而有力的「穿拆」解剖之後，使其真相與本質很自然地顯露在人們面前了，而那遮蔽人眼的社會帷幕也就被掀開了一角，隱藏於其間的醜惡亦曝光於天日之下。〈小三字經，老三字經〉一文則在回憶往事的同時，並不掩飾對國民性痼疾的暴露。作者從中國人「國罵」的批評，進而深入到文化批判，嘲諷了中國人盲目搶救「國粹」的行為，從而提醒人們對傳統文化應採取辯證的「揚棄」態度，而不可一味食古不化，當然也表達了重建國民良好道德風尚的願望。顯然，該文是由物質文明上升到精神文明的層面上

來思考的。這種隨時隨地進行的社會批判與文化批評，始終是黃春明不懈堅持的創作圭臬，他堅決將形形色色的假惡醜現象曝光於太陽下，使之枯萎、死亡。與之相關的另外兩篇文章：〈感傷的腳步走向黑暗〉和〈改掉吸奶嘴的習慣吧〉，亦屬於針砭時弊的文化批判之作，既是對台灣社會當下現實的激情而理性的批判，又體現了黃春明作為一個知識分子事事關心的入世精神。這兩篇文章都不長，均為數百字的短文，但是卻揭露了台灣都市社會中普遍存在的一種現象──失掉了自信心與自主能力的生存狀況。面對這一切，作者嚴厲批判了造成人的「異化」的現代都市文化，表現了作家深沉的憂患意識。至於〈戰士，乾杯〉則是一篇具有特殊的歷史警示意義的作品。文章通過台灣霧台鄉一個名叫「熊」的魯凱族家族四代男人的真實故事，不僅揭示了台灣「原住民」的悲劇歷史，而且為一個多世紀以來台灣普通民眾的苦難史做了一個形象詮釋。作者的筆觸並未停留於慘像的表層描繪上，而是由此及彼地進行聯想，進而從更深的層次發掘出造成悲劇的罪惡根源，引導人們追索與質疑「誰之罪」與「誰之責」的重大問題。這篇散文的確是關注台灣「原住民」文學中最具有自我審判意義的作品之一。由此可見，直面歷史、對歷史進行深刻的反思，並從這種反思中獲取於我們今天有益的經驗和教訓，這正是我們寶貴的精神財富。黃春明還寫了一些反映文化差異與探討民族性問題的散文──〈我愛你〉和〈琉球的印象〉。〈我愛你〉這篇散文生動說明了傳統文化在中國人心底的積澱，形成了中國人含蓄、內斂的性格，不善表達感情的中國人，無法以「我愛你」這類顯得有些赤裸裸的語言來直接表達內心的愛意，不過卻有更為豐富、曲折而戲劇性的表達方式。黃春明運用與人物身

份、表情貼近的語言，不僅將語言中所包含的文化韻味展露了出來，而且把台灣社會中人與人之間被隱藏和遮蔽起來的感情也表達出來了。文章結束之時，更進一步說明了中國人，特別是使用方言的人，在現代社會所處的不利地位。作者通過見微知著的方式，將不同民族與生活環境中的人在語言使用、性格體現等方面的差異給揭示了出來，從而挖掘出了其中深藏的「和而不同」的文化問題。文章從表面上看，談的似乎是生活中常見的現象，但是隱含在其間的文化批判意義卻是相當豐富的。〈琉球的印象〉雖然是一篇普通的遊記，但作品核心並不在於「記遊」，描繪的也不是什麼異域風光，或名勝古蹟，而是將文章的重點放在對琉球人文化性格的探討上面。文章從琉球人辛酸的歷史寫起，追溯了琉球和中國、日本之間錯綜複雜的歷史文化關係。發現琉球人的文化與中國有更多的相似點，琉球人性格的成因與他們歷史上始終處於夾縫中小心求存的處境有著莫大的關係。琉球人之所以會形成那種「媚外」的性格，是歷史文化長期積澱之後形成的一種集體潛意識。由此作者深刻反思了與琉球人有著相似文化的中國人，提醒人們不要忽視自己民族性中也可能出現與琉球人相類似的問題，指出如果不從歷史文化的根子上去挖掘我們民族性中存在的問題，那麼即便社會經濟再繁榮，民主的腳步邁得再快，但「我們仍然是精神文化的侏儒」。

黃春明散文創作中，涉及民謠題材的作品數量相當多，它們集結起來，一起反映了黃春明對民間文學與民間藝術的基本立場——以辯證的態度努力保存與搶救這些寶貴的文化遺產。這類作品有：〈丟丟銅仔〉、〈一個可愛的鄉村歌手〉、〈使我想起來了〉、〈產生民謠的時代〉、〈老調和新聲〉、〈民

謠的歌詞〉、〈嗨呵！嗨呵！嗨喲呵！〉、〈算術民謠〉、
〈一支令人忌諱的民謠〉、〈台灣民歌札記〉，以及〈走！我
們回去〉等。其中〈走！我們回去〉雖然寫的是西班牙游擊隊
員的故事，但也仍然與民謠有關，表現了民謠之於民族精神的
重要意義。〈丟丟銅仔〉和〈一個可愛的農村歌手〉，均指出
了民謠因其所含有的巨大趣味性，從而與人們的生活產生了密
切關係。而〈使我想起來了〉這篇，則顯出了一點「學術論
文」的味道，作者仔細辨析了一支流傳甚廣的恆春民謠──
「思相枝」名稱的來龍去脈，發現這一名稱存在以訛傳訛之
誤，其實應該是「思想起」，甚至有可能是「使想起」，文章
通過這個辨析過程，呈現了民謠發展的歷史，以及這段歷史上
所記錄與流傳下來的人生經驗。〈嗨呵！嗨呵！嗨喲呵！〉和
〈算術民謠〉講的則是民謠的實用性價值。前者以太平山伐木
工人唱歌所唱的民謠，指出這種產生於勞動中的民謠的實用性
價值；後者則通過宜蘭養鴨人家做生意時所唱的算術民謠，揭
示了民謠的商業性價值。至於〈老調和新聲〉、〈產生民謠的
時代〉和〈台灣民歌札記〉，均為介紹台灣民歌與民謠的歷史
發展過程之作，不僅將經過歲月潮水沖刷與湮沒的如煙往事一
一發掘出來，而且還使人們通過不斷演變的民謠──這個象徵
著台灣民間社會人文精神和文化靈魂，看到台灣社會變遷的歷
史面影。現代著名作家郁達夫在論及五四散文特徵時曾說：
「作者處處不忘自我，也處處不忘自然與社會，就是最純粹的
詩人的抒情散文裡，寫到了風花雪月，也總要點出人與人的關
係，或人與社會的關係，以抒懷抱，一粒沙裡見世界，半瓣花
上說人情，就是現代散文的特徵之一。」〔38〕這段話在黃春明
的散文中可以說得到了充分印證。黃春明始終嚴肅直面現實人

生，從未忘記自己作為一個作家的職責，總是盡力從生活中擷取題材以表現自己對時代社會的感受。他的散文雖然不以旖旎風光、交融情景和俊俏文字騁其所長，但卻是有意運用豐富的社會生活閱歷和平民化的素樸文風統觀全局氣勢，以敏銳的觀察力和深刻的剖析力表達他對政情世態的感受，以素描刻畫人物，以速寫勾勒場景，用隨感自由議論、敘事與抒情，充分發揮了散文的社會價值，展現了散文之於人生的重要意義。他的散文語言上最突出的美學特質是自然無飾。他從來不堆砌華麗的辭藻，他的散文完全採用質樸無華的日常語言，「拉家常」般隨便、平常，卻讓人們感受到他本真的心靈閃動，而這種平淡無奇其實是更高層次上的詩意棲居；更為難得的是，在他的散文中，既沒有陷入於思想泥淖的苦悶，也沒有陳腐的「頭巾氣」，亦見不到崇洋的「麵包味」。換言之，他始終行走於現實主義的大道上，竭力實踐著「為人生」的文學目標，他的散文就是他在一個個人生驛站上奮筆直書的記錄，留下了他藝術探索的足跡，因而他的散文自有其獨特的社會價值。

進入九○年代之後，黃春明在兒童文學創作方面的收穫更是驕人，他不僅於一九九三年出版了一本非常別緻的兒童文學作品——《毛毛有話》，「借助一個嬰兒的眼光來看世界」，深情地透過主人公嬰兒毛毛從出生到周歲的成長過程，對大人的世界——家庭、社會、生活提出了不少「高見」，真實折射了現實生活中的不少弊端，顯得非常精闢，令人們在莞爾一笑之餘，也不禁會對毛毛的「高見」進行思索與深究。而且由於這篇小說的故事結構別出心裁，具有濃郁的生活氣息，可謂是一本生動形象的「育嬰手冊」。這一階段，黃春明還一次性出版了五集「黃春明童話」：《小麻雀‧稻草人》、《愛吃糖的

皇帝》、《短鼻象》、《我是貓也》和《小駝背》。他以深厚
的文學素養引導孩子的童稚心靈進入樸實有趣的童話空間，讓
孩子的心靈在那個童話的世界自由地翱翔。在這些作品中，黃
春明以豐富的想像力，把兒童從現實生活帶向神奇多彩的童話
境界；在質樸淺顯的故事中，蘊含著富於啓迪性的生活哲理。
他的童話的最大特點就是極富幻想色彩，不論是帶有田園牧歌
風味的童話還是直接反映歷史文化的故事，都充滿著亦眞亦幻
的童趣。他不僅善於運用歌謠、擬人、比喻、誇張等手法，而
且還採用了「陌生化」的方式將現實生活折射到想像世界中。

　　《小麻雀·稻草人》這篇童話，如果光看題目，是很容易
讓人聯想起現代著名作家葉聖陶的同名童話《稻草人》的；然
而，讀過之後，人們就會發現這篇童話中流瀉的是歡快、喜
悅，絕對沒有葉聖陶童話中所透露出的「成人的悲哀」。故事
發生在一個充滿喜悅的豐收季節，麻雀們高興地唱著歡快的歌
謠。老農夫聽到麻雀的歌聲，心裡很焦急，趕忙召集全家人搜
集材料製作稻草人。孩子們興奮地跟著老農夫製作用來驅趕麻
雀的稻草人。可是，當老農夫和孩子們把稻草人在田裡插好離
開之後，麻雀們發現是「假人」，根本不用擔心，他們繼續快
樂地享用著香甜的稻粒當早餐，還很過分地隨便停在稻草人的
頭上、肩上和手臂上，這讓稻草人感到很生氣，覺得自己的尊
嚴受了損傷，也擔心老農夫對他失望。於是，稻草人和麻雀雙
方決定「合作」：稻草人來替麻雀看農夫，農夫來了，就通知
麻雀躲起來，等農夫走後，麻雀再出來。最後結局皆大歡喜：
老農夫滿意，因爲田裡都不見吃稻子的麻雀了；麻雀們滿意，
因爲今年他們吃得很安心、很飽；而稻草人更滿意，因爲麻雀
給了他們面子。這篇童話充滿了詩意畫意，作者筆下的田園、

村莊、莊稼、動植物等，全都融進了詩的情思和境界之中。而且這篇童話在結局上還採用了「陌生化」的效果，人們原本以為稻草人會盡忠職守地驅逐麻雀，故事卻打破了人們原本的心理預期，根本沒想到稻草人與麻雀會「狼狽為奸」地一起欺騙老農民。此外，故事中老農夫帶著孩子們製作稻草人，以及在天光未亮的黎明前到地裡去插稻草人的情景，以及讓孩子們叫稻草人「兄弟」，因為麻雀鬼靈精的告誡，這些都讓人聯想起〈青番公的故事〉裡青番公和孫子阿明在一起時的溫馨畫面。從與自然的親近中，孩子們顆顆純潔的心裡盛滿了愛，他們熱愛自然，自然也回饋這種關愛給他們。人也就由此回到了最初的母體，能夠再次傾聽到歷史源流裡的生活召喚。黃春明在他營造的幻想空間裡，為孩子們洞開了這扇與自然親近的大門，通過孩子童稚的眼光和好奇心理來看待和理解事物。

由於黃春明從小就浸淫在鄉間祖母說故事的環境之下，這種童年記憶和童年經驗，使他在創作童話的時候，汲取了民間故事的養料。黃春明的祖母是個講故事的高手，曾經把屈原的故事改編成屈原勸愛吃糖的皇帝少吃糖，奸臣卻給皇帝糖吃，結果皇帝因為吃糖太多而生病，用這個故事來勸告小孩子要少吃糖。[39]《愛吃糖的皇帝》這篇採用民間故事模式創作的童話，其素材就是取自黃春明當年聽祖母所講的那個故事。這無疑是一種寶貴的童年經驗在作者心靈上鐫刻下的印記。故事敘述兩千多年前的戰國時代，楚國有位皇帝，手下有屈原和靳尚兩位大臣幫助他治理國家。靳尚最喜歡拿糖給皇帝吃，而屈原則剛好相反，他經常請皇帝吃鹽巴。開始時，皇帝覺得糖固然好吃，但鹽巴的滋味也不錯，吃了鹽巴調味的食物後，覺得更有精神治理國家了，常在文武百官面前稱讚屈原。靳尚為此覺

得不快樂，他妒忌屈原受到皇帝的喜愛。於是，靳尙便叫人做出了各種美麗好吃的糖給皇帝吃，還向皇帝進讒言，說屈原不該讓皇帝吃鹽巴。皇帝愈來愈聽靳尙的話，變得昏庸無道，他把屈原貶到一個小地方去做官。可是，屈原在外，還是擔心著皇帝和百姓，有一天，他難過得受不了就投江了。皇帝因繼續吃糖而病得無法動彈了，這時屈原留下的鹽巴突然從房頂掉下來，恰巧落在皇帝頭上，皇帝吃了鹽巴後感到精神好轉，於是就讓人去把屈原找回來，可是屈原已經死了。皇帝怕江裡的魚吃屈原的屍體，讓老百姓包粽子餵魚；而且還懸賞讓人找屍體，人們就在五月五日那天划船在江上找屈原的屍體。這就是端午節時，人們要吃粽子，並進行划龍舟比賽的來歷。在這篇童話中，屈原和靳尙這兩個形象顯得特別栩栩如生。作者通過兩人的行爲對比，將屈原心靈的美麗與靳尙心靈的醜惡揭示了出來，啓示人們：不要中了靳尙的糖衣炮彈，不要只愛聽讚揚的話；而應該有肚量嘗嘗屈原提供的「鹽巴」的滋味，要學會接受批評，這樣才有益身心健康，才能養成健全的人格。這個故事還很容易讓人想起「忠言逆耳利於行，良藥苦口利於病」的格言。

　　至於《短鼻象》和《我是貓也》這兩篇童話，故事的主人公都是動物。「短鼻象」與「黑貓」都是歷經了一番屈辱和磨難之後，才最終確定了自身的價值。《短鼻象》敘述一頭短鼻子的大象，由於小孩子經常用歌謠取笑他的短鼻子，這使短鼻象變得很自卑。於是他下決心要讓鼻子變長，先後嘗試了找美容院的醫生替他整容、用鼻子纏住樹枝上吊、讓壓路機壓鼻子、用金屬水喉套在鼻子上、買減肥藥瘦身讓鼻子顯得長一點，甚至還用上了說謊，希望鼻子能像木偶匹諾曹那樣變長，

可是這一系列的努力都沒有效果，他的鼻子還是那麼短，不僅孩子們繼續取笑他，而且還落了個「神經病的短鼻象」的名聲。短鼻象爲此沮喪得都不願意見人了。有一天，荒野裡發生了火災，可是沒有人發現，短鼻象於是趕緊跑到溪邊用鼻子汲水滅火，他來來往往地跑了好多次，總算把火撲滅了。這時他感到又累又渴，於是到溪邊去喝水，竟然看到水中有頭大象正舉著長鼻子和他打招呼，原來就是自己啊，他驚喜地發現鼻子已經變長了。《我是貓也》則敘述一隻黑貓一出生就被有錢人家飼養了，黑貓也感到很高興。這戶人家的大小姐非常喜歡黑貓，每次黑貓淘氣毀壞東西，大小姐總是把他的責任推卸到家裡的傭人身上。這樣一來，很快引起了傭人們的妒忌，他們十分討厭黑貓，集體排斥他。有一天，黑貓正在涼亭懶洋洋地休息時，突然被裝進一個袋子裡扔到一個小村落裡，當他在饑寒交迫之際覓食時，又不幸落入了貓販子的陷阱，很快就被拍賣了。黑貓被一個女人買了下來，因爲村子裡老鼠很多，女主人叫他抓老鼠，可是黑貓覺得老鼠很骯髒，以前又沒抓過老鼠，所以不願意。他由於饑餓難耐而偷吃了桌子上的魚，結果被女主人發現後痛打了一頓，還說他「不是貓」，而老鼠們也不怕他。黑貓難過極了，他望著月亮想確定一下自己是不是貓，這時走來一隻老貓勸他抓老鼠，在又餓又累的情形下，他別無選擇，只好去抓老鼠充饑，他利索地抓住了老鼠王，人們都向他鼓掌喝彩，女主人也驕傲地向人們宣稱是她家的貓。此時，黑貓終於恢復了尊嚴，爲自己終於成了一隻「貓」而驕傲。這兩篇童話分別通過「短鼻象」救滅荒野火災，「黑貓」最後抓住老鼠王的行爲，改變了他們在大家心目中的形象，從而恢復了尊嚴的過程，啓示孩子們認識生活，改正缺點，只有做有利社

會和人類的事，才能眞正成材。童話作爲兒童文學的一種重要
體裁，與教育有著極爲密切的關係，人們常說的「寓教於
樂」，指的就是兒童文學的四種功能——審美、教育、娛樂、
認知。《短鼻象》和《我是貓也》裡就充分發揮了這種「寓教
於樂」的功能，使「喜劇」中「笑聲」的功能發揮到了最大
處，把「惡習變成人人的笑柄」。人們在兩個動物主人公身
上，可以發現作者的嘲笑是鑲嵌在孩童般的戲謔中的，是通過
笑聲來引發人們進行深思的。而且即便是批評與否定，也是以
透出愛意的揶揄方式出現的，因此這種揶揄的喜劇效應往往在
引發笑聲的同時，委婉地向孩子們作著某種提示，它能在輕鬆
和快樂的氛圍中，使孩子們有所省悟。

　　不過，當我們走進《小駝背》的世界時，迎面而來的則是
一個在生活中備受折磨的受難者形象——小駝背。故事叙述一
個駝背的孩子，從小就失去了父母，連自己的名字都忘記了。
由於他身體的殘疾，經常遭到街上的孩子的凌辱。在小鎮上，
只要一見到小駝背，總有一群孩子唱著他們編的歌謠嘲笑和欺
負他。他們見到小駝背經過就把他絆倒在地，有一次，一個瘦
小的男孩子看不過小駝背遭受的欺凌，挺身而出制止那幾個欺
負人的男孩，結果反而被那群孩子打倒了。小駝背將這件事從
頭到尾都看在眼裡，對此十分感動，從此小駝背和這個名叫高
看看的小男孩成了好朋友。高看看從小駝背那裡知道了很多關
於小動物的有趣故事，覺得小駝背也是一個聰明的孩子，就敎
他寫字。有一天晚上，小駝背在水泥管裡睡得很深，突然聽見
一個小女孩叫他「金豆」的聲音，在小女孩的引導下，參觀了
一個充滿了愛心和溫暖的「駝背鎮」。小駝背將他在「駝背
鎮」的幸福經歷詳細告訴了高看看，高看看很爲他高興。小駝

背從此很少出門，一有時間，就靜靜地閉上眼睛到「駝背鎮」
去了。故事最後的結局是在一個清晨，高看看去看小駝背時，
發現小駝背已經到很遠很遠的「駝背鎮」去了。這篇作品讓人
聯想起安徒生的童話《賣火柴的小女孩》。它不僅折射了黃春
明的童年經驗，而且讓孩子們提前嘗到了人生的憂愁滋味。就
社會影響而言，《小駝背》和黃春明的其它童話相比，帶有強
烈的憫恤之心和悲劇色彩。小駝背這個形象更接近生活，更具
有普遍的象徵意義，能夠喻指更普遍的社會現象和人物群體。
作為一個有著某種生理缺陷的孩子，小駝背始終是處於被動地
位的：從被戲弄、被歧視到被冷落，直到死亡。群體可以遺棄
他，卻不必因為對他的傷害而反省，在他與世界所發生的矛盾
衝突中，世界以強大的力量不斷拖曳著他。因此人們可以看
出，「駝背鎮」這個美好的意象，其實隱喻了作者渴望獲得更
令人滿意社會狀態的一種潛意識。這是因為人們對現實世界有
諸多的不滿，所以只好到幻想的世界中去享受和平、正義、友
誼和關愛。小駝背親生父母死了，他遭受歧視和凌辱的經歷，
以及他所遭受的精神創傷是許多人能在自己的經歷中體驗到
的；小駝背自慚形穢、東躲西藏、不敢抬頭挺胸的自卑心理在
許多人心中也都能引起共鳴，所以小駝背成為高度凝練了生活
的象徵──成為一種人物、一種人生、一種經歷、一種命運的
標誌。兒童文學承擔著塑造未來民族性格的天職，黃春明深諳
這一點，因此他的童話創作在體現鮮明的「遊戲精神」和「娛
樂特質」之外，尤其重視將人類關於真善美的最基本認識──
愛心、同情心、友誼、勇敢、樂觀等展示給孩子們，希望孩子
們從中獲益，從而實現精神與人格的全面提升。

　　與此同時，黃春明在八、九○年代也並未放棄小說創作，

他以開放的現實主義創作原則，再一次使其筆尖跳躍在時代的脈搏上。雖然自一九七七年發表〈我愛瑪莉〉以後，至一九八六年發表〈現此時先生〉之前，黃春明小說數量銳減，但仍陸續有作品問世，一九八三年發表了小說〈大餅〉。此時的黃春明並沒有失去關懷社會與現實的熱情，反而更深入地探究社會變遷與傳統文化逐漸喪失時不易察覺的遺憾。特別是八〇年代末期以後，台灣社會轉型完成之後，隨著政治的解嚴，經濟漸趨成熟，唯獨文化尚停留在懵懂階段，社會發展的不平衡，使得種種過去沒有的現象隨著時代進步而出現。由於大量鄉村青壯年人口流入都市，他們為了尋找各自的前途，隻身在大都市裡打拚，將老人和小孩留在鄉村，由於受到政治、經濟的擠壓，農村正面臨著「老未能養」的社會現象，老人問題成了台灣社會問題中最具人文矛盾的問題。黃春明敏銳地察覺到當下台灣社會中家庭結構的改變——三代同堂的家庭不復存在，讓老人們不敢將安養晚年的期待寄託在子女身上。面對如何贍養老人、人老了怎麼辦等一系列新出現的社會問題，黃春明於八、九〇年代創作了以老人為題材的系列小說來探索這些新出現的問題。他先後發表了〈現此時先生〉、〈放生〉、〈瞎子阿木〉、〈打蒼蠅〉、〈最後一隻鳳鳥〉、〈呷鬼的來了〉、〈九根手指頭的故事〉、〈死去活來〉、〈銀鬚上的春天〉，以及〈售票口〉等小說新作。這些作品所描寫的對象主要是一些閒居於鄉間村鎮裡的寂寞、孤獨的老人。這裡面，有被杜撰的假新聞害得送了命的「現此時先生」；有兒子因環境保護被捕，而焦慮地在鄉間等待兒子出獄的尾仔和金足這對相依為命的老夫妻；有在寒夜淒慘地呼喚出走女兒秀英回來的瞎子阿木；有為使兒女返家團聚而在打算於寒風刺骨的清晨外出排隊

買票的火生和玉葉夫婦；有失去了土地而被迫閒居於空盪盪的別墅中以打蒼蠅和等待郵差來消磨時間的老人旺欉伯仔；有為了不給城裡的兒女增添麻煩而想死卻死不了的粉娘；還有〈銀鬚上的春天〉中那個寂寞的榮伯，只為了享有片刻的天倫之趣，不得不裝睡忍受頑童玩弄他的鬍鬚。孔子曾說：「老者安之。」然而，在富裕了的台灣社會中，老人們卻連古人所說的人生晚景都無法享受到。因此，黃春明替這些留守在鄉間的老人們向社會發出了呼籲之聲，並在批判社會的過程中，對這個逐漸被社會淡忘的群體傾注了深厚的關懷之情。簡言之，在這一時期，黃春明仍以他獨特的社會關懷方式，真實地記錄了台灣社會的脈動。

黃春明的文學生涯從一九五六年底開始至今，從其學生時代的習作〈清道夫的兒子〉算起，到一九九九年六月發表的〈售票口〉，總共創作了四十多篇小說。除了以小說來表現他對社會的關懷之外，他還改編電影劇本、製作漫畫、收集民謠，以及創作散文、童話等。綜觀黃春明半個世紀的文學生涯，人們可以看出，他始終是一個腳印一個腳印地前進著，最終取得了豐碩的成果。黃春明曾動情地將自己比做文學史這株大樹上的一片葉子，不過這片葉子卻是特別豐厚的那一片，而且「飄落地的時辰，我即是肥料」，[40] 將「化作春泥更護花」。他從「現代主義」到「現實主義」，從「少年維特的煩惱」階段一直創作到「老人系列」時期，從「鄉土的眷戀」到「新殖民主義的批判」，他不同時期創作內容與風格的變化軌跡，恰好映照了二十世紀自五○年代到九○年代以來的台灣文學史的發展進程，生動折射了半個多世紀來台灣社會的變遷。這一切均說明「黃春明擁有一面心靈的明鏡，寬廣的胸懷和敏

銳的觸覺，他的作品一直與社會緊密貼合，反映出蛻變中的社
會種種的問題與現象。他是個天生的會說故事的好手，更是個
具有多方面才華的作家。」[41] 而且由於「他植根於鄉土，長
期在鄉土長大，瞭解鄉土人物的辛酸與命運」，[42] 所以他關
注的始終是他所熟悉的人、事、物，描寫的是一些不見於正史
之中的卑微的「小人物」，記錄的是他們在台灣經濟騰飛與社
會變遷過程中的悲歡離合。黃春明在文學園地裡的辛勤耕耘，
令台灣當代文學的畫廊中，增添了青番公、阿盛伯、憨欽仔、
坤樹、甘庚伯、白梅、阿發、阿蒼、猴子、阿力、黃君，以及
馬善行、大衛‧陳等不朽的人物。這些性格鮮明的人物形象，
映照了台灣從農業社會到工商社會轉型的歷史進程。而黃春明
的創作魅力之所以能夠穿越時光，不僅因為這種緣於土地和人
民的深厚感情蘊涵於其中，而且還因為它帶有鮮明的民族氣派
與含蘊了獨特的個人風格，這些使他的作品成為了當代台灣文
學史，乃至中國文學史上的經典作品之一，為豐富中國文學的
寶庫做出了輝煌的貢獻。就這個意義而言，黃春明的確象徵了
「一個時代的文學面影」。

〔1〕黃春明：〈一個作者的卑鄙心靈〉，見莊明萱、闕豐齡、黃重添選
　　編的《台灣作家創作談》，海峽文藝出版社一九八五年五月版，第
　　五〇頁。

〔2〕參閱了劉春城著的《愛土地的人──黃春明前傳》中的相關論述，
　　台北，圓神出版社一九八七年六月版。

〔3〕參閱了劉春城著的《愛土地的人──黃春明前傳》中的相關論述，
　　台北，圓神出版社一九八七年六月版。

〔4〕劉登翰、莊明萱、黃重添、林承璜主編：《台灣文學史》（上卷），海峽文藝出版社一九九一年版，第三七頁

〔5〕余光中：〈中華現代文學大系・總序〉，見《中華現代文學大系》，台北，九歌出版社一九八九年五月版，第四〇九頁。

〔6〕王拓：〈是「現實主義」文學，不是「鄉土文學」〉，見一九七七年四月一日《仙人掌》（第二期）。

〔7〕劉春城：《愛土地的人——黃春明前傳》，台北，圓神出版社一九八七年六月出版，第一一〇頁。

〔8〕黃春明：〈《莎喲娜啦・再見》・自序〉，見小說集《莎喲娜啦・再見》，台北，遠景出版社一九七四年版。

〔9〕〔美〕葛浩文：〈台灣鄉土作家黃春明〉，見一九八二年一月的《海峽》。

〔10〕尉天驄：〈幔幕掩飾不了污垢——對現代主義的考察〉，見論文集《路不是一個人走得出來的》，台北，聯經出版事業公司一九七六年五月初版，第五三頁。

〔11〕王拓：〈是「現實主義」文學，不是「鄉土文學」〉，見一九七七年四月一日《仙人掌》（第二期）。

〔12〕王拓：〈是「現實主義」文學，不是「鄉土文學」〉，見一九七七年四月一日《仙人掌》（第二期）。

〔13〕陳映真：《陳映真作品集》（十一），台北，人間出版社一九八八年版，第二五頁。

〔14〕陳映真：《陳映真作品集》（十一），台北，人間出版社一九八八年版，第二五頁。

〔15〕黃春明：〈屋頂上的番茄樹〉，見散文集《等待一朵花的名字》，台北：皇冠出版社一九八九年七月版，第四一頁。

〔16〕參閱了劉春城著的《愛土地的人——黃春明前傳》中的相關論述，台北，圓神出版社一九八七年六月版。

〔17〕〔德〕馬克思：〈不列顛在印度的統治〉（一八六五年六月），見馬克思、恩格斯著的《馬克思恩格斯選集》（第二卷），人民出版社一九九五年版，第七六五頁。

〔18〕黃春明：〈屋頂上的番茄樹〉，見散文集《等待一朵花的名字》，台北：皇冠出版社一九八九年七月版，第三三頁。

〔19〕黃春明：〈「給憨欽仔的一封信」〉，見小說集《鑼》的「自序」，台北，遠景出版社一九七四年版。

〔20〕黃春明：〈一個作者的卑鄙心靈〉，見莊明萱、闕豐齡、黃重添選編的《台灣作家創作談》，海峽文藝出版社一九八五年五月版，第五三頁。

〔21〕黃春明：〈一個作者的卑鄙心靈〉，見莊明萱、闕豐齡、黃重添選編的《台灣作家創作談》，海峽文藝出版社一九八五年五月版，第五三頁。

〔22〕林毓生：〈黃春明底小說在思想上的意義〉，見一九八〇年十二月五日的《聯合報》的副刊。

〔23〕〔美〕葛浩文：〈台灣鄉土作家黃春明〉，見一九八二年一月的《海峽》。

〔24〕參閱了「風雲書系」（四三）之《台灣生存之戰》中第五六頁中的相關內容，轉引自呂正惠、趙遐秋主編的《台灣新文學思潮史綱》，昆侖出版社二〇〇二年一月版，第二五九頁。

〔25〕參閱了「風雲書系」（四三）之《台灣生存之戰》中第五六頁中的相關內容，轉引自呂正惠、趙遐秋主編的《台灣新文學思潮史綱》，昆侖出版社二〇〇二年一月版，第二五九頁。

〔26〕劉進慶：《台灣戰後經濟分析》，台北，人間出版社一九九二年版，第三六二頁。

〔27〕陳映真：〈台灣現當代文藝思潮之演變〉，見《文藝理論與批評》，一九九三年第三期。

〔28〕陳映真：〈台灣現當代文藝思潮之演變〉，見《文藝理論與批評》，一九九三年第三期。

〔29〕劉進慶：《台灣戰後經濟分析》，台北，人間出版社一九九二年版，第三五一頁。

〔30〕王拓：〈是「現實主義」文學，不是「鄉土文學」〉，見一九七七年四月一日《仙人掌》（第二期）。

〔31〕參閱了徐秀慧的〈說故事的黃春明〉一文中的相關論述，該文是提交給一九九八年十月在北京由「中國作家協會」舉辦的「黃春明作品研討會」的論文之一。

〔32〕齊益壽：〈一把辛酸淚──《我愛瑪莉》序〉，見小說集《我愛瑪

莉》，台北，遠景出版社一九七九年版。

〔33〕齊益壽：〈一把辛酸淚——《我愛瑪莉》序〉，見小說集《我愛瑪莉》，台北，遠景出版社一九七九年版。

〔34〕黃春明：〈一個作者的卑鄙心靈〉，見莊明萱、闕豐齡、黃重添選編的《台灣作家創作談》，海峽文藝出版社一九八五年五月版，第四七頁。

〔35〕黃春明：〈一個作者的卑鄙心靈〉，見莊明萱、闕豐齡、黃重添選編的《台灣作家創作談》，海峽文藝出版社一九八五年五月版，第五九頁。

〔36〕參閱了徐秀慧的〈說故事的黃春明〉一文中的相關論述，該文是提交給一九九八年十月在北京由「中國作家協會」舉辦的「黃春明作品研討會」的論文之一。

〔37〕齊益壽：〈一把辛酸淚——《我愛瑪莉》序〉，見小說集《我愛瑪莉》，台北，遠景出版社一九七九年版。

〔38〕郁達夫：〈《中國新文學大系・散文二集》・導言〉，見趙家璧主編的《中國新文學大系》，上海良友圖書印刷公司一九三五年八月版。

〔39〕參閱了劉春城著的《愛土地的人——黃春明前傳》中的相關內容，台北，圓神出版社一九八七年六月版。

〔40〕黃春明：〈一個作者的卑鄙心靈〉，見莊明萱、闕豐齡、黃重添選編的《台灣作家創作談》，海峽文藝出版社一九八五年五月版，第六二頁。

〔41〕呂正惠：〈黃春明的困境——鄉下人到城市以後要怎麼辦？〉，見一九八六年十月的《文星》（一〇〇期），第一三三頁。

〔42〕呂正惠：〈黃春明的困境——鄉下人到城市以後要怎麼辦？〉，見一九八六年十月的《文星》（一〇〇期），第一三三頁。

第一章
蒼白的現代面容
黃春明小說創作的第一階段

　　五、六〇年代的台灣社會，剛剛結束了半個多世紀被日本帝國主義殖民的屈辱歷史，隨著國民黨政權撤退到台灣，台灣社會又陷入了新的困境。從外部環境看，國際「冷戰」局勢逐漸形成，台灣成了美國控制東亞局勢的一枚棋子。從內部情況看，漫長的戒嚴時期由此時開始，軍事專制和威權統治籠罩台灣，主流文化價值取向帶有高壓政治的意識形態色彩。台灣社會處於一種與世隔絕的惶惑不安之中。黃春明作為戰後登上文壇的新一代文學青年，由於五四新文學傳統的人為被割斷，他首先接觸到的就是被「學院派」知識分子引進的西方現代派文學，以及台灣「學院派」作家創作的現代主義作品。而黃春明本人早年的不幸經歷和現實的刺激，也導致了處於青春期的他，在思想上感到虛無與茫然，感情上覺得傷感與絕望，心態上受到壓抑和窒息，因此急於找到一條渠道、一個空間，或一種形式來發洩鬱悶，而寫作成了他首選的發洩途徑。換言之，在這一階段，那些現代派作品所表現出來的孤絕、迷惘、懷疑和精神創傷，都對正處於青春期憂鬱狀態之中，縈繞著「少年維特之煩惱」的黃春明產生了不小影響。很顯然，在黃春明這一階段發表的小說，並未超越當時的現代主義作品。當時黃春

明的狀態，彷彿就是他一篇小說的標題——「跟著腳走」一樣，顯露出一副「蒼白的現代面容」。雖然黃春明這一時期的初試啼聲之作中沒有經典之作存世，但數量卻不算少。除了一九五六年發表的〈清道夫的兒子〉和一九五七年發表的〈小巴哈〉之外，在六〇年代中期以前，他還先後發表了〈「城仔」落車〉、〈北門街〉、〈玩火〉、〈胖姑姑〉、〈兩萬年的歷史〉、〈把瓶子升上去〉、〈請勿與司機談話〉、〈麗的結婚消息〉、〈借個火〉、〈男人與小刀〉、〈照鏡子〉、〈跟著腳走〉、〈沒有頭的胡蜂〉、〈橋〉、〈他媽的，悲哀！〉和劇本〈神・人・鬼〉等作品，大多數發表於《聯合報》副刊和《幼獅文藝》上。這些創作於一片「現代」聲中的早期作品，主人公幾乎全是普通「小人物」，他們的生存均充滿了挫折感與悲愴感，帶著一種憂悒、感傷、蒼白，以及苦悶的「慘綠色調」。可以說，除了〈「城仔」落車〉之外，此時的黃春明雖然已經有了一份在人生路上艱難跋涉的寶貴經歷，但他並未真正從中汲取到多少養料。他這一時期的大部分作品幾乎都是根據他的個人生活和親身經歷發揮而成的，這無形中使作品個人色彩濃郁，而社會意義卻顯得淡薄。因此，就這一點而言，我們或許可以把黃春明這一時期的創作當成是他後來走上鄉土寫實的現實主義道路之前的一個精神驛站。

第一節　〈清道夫的兒子〉與〈小巴哈〉

　　黃春明正式登上文壇之前，已經發表了兩篇小說習作——〈清道夫的兒子〉和〈小巴哈〉。在這兩塊進入文壇的「敲門磚」中，黃春明已經初步展露了自己的文學才華。兩篇小說的主人公均為兒童，這既是黃春明童年經歷的折射，也同時表達

了他對兒童的關懷。這或許也可以解釋八〇年代以後，他爲何將主要精力放在兒童文學創作上的原因。〈清道夫的兒子〉是一九五六年黃春明以「春鈴」的筆名在《幼獅通訊》上發表的一篇習作。故事主人公劉吉照是一個聰明伶俐、調皮活潑的四年級小學生，「在學校的小天地裡，是個大文豪、藝術家、運動家，同時在小小的腦袋瓜裡也有自己一套微妙的哲學。」他認爲「人應該蹦蹦跳跳玩耍一輩子」，「工作是下賤的，遊戲是高尙的」。故而當吉照因爲隨地吐痰、亂丟紙屑、說方言等行爲，被老師罰掃教室之後，他產生了困惑。老師對他說：「以後如果再調皮，就要罰他天天掃地。」這話讓吉照產生了誤解，因爲在年幼的吉照的想法中，「掃地」是做錯事的人才應受的懲罰，可是他的爸爸卻是一個每天清早就穿上白字號碼的藍布衫去打掃街道的清道夫。他根據老師的話推理出：「爸爸一定是個罪人，因爲我今天犯錯，老師才罰我掃地，爸爸呢？天天都要掃地，爸爸一定是個罪人。」這使吉照不禁產生了疑惑：「爸爸到底犯了什麼錯？是誰罰他天天掃地？」可吉照自己卻無法找到答案，因爲他同學的爸爸沒有一個和他爸爸一樣：「啓新的爸爸很神氣，可以每天穿著漂亮衣服坐三輪車去銀行，晚上又帶著很多錢坐三輪車回家。雖然曾把啓新的媽媽打昏，卻不必去替人家掃地。阿田的爸爸雖然跟自己爸爸一樣窮，但是是在市場賣魚，而且家裡可以天天吃魚。瑞龍的爸爸更好，常常在家裡教瑞龍做算術，也常常買課外讀物給瑞龍。」「爸爸是罪人」的想法使吉照產生了很深的自卑感。吉照由於擔心同學知道他爸爸是個因犯錯而被懲罰掃地的罪人之後會譏笑自己，而難過得哭了起來，不僅不願意接受爸爸給他的獎勵，最後甚至連學校的大門也不敢踏進去了。顯然，幼小

的吉照是因為無法理解社會中職業與人的行為、貧富並沒有直接關聯的道理，才發生了這樣的誤會，使自己陷入了自卑的境地。

至於發表於一九五七年的〈小巴哈〉則描寫了同哥哥住在一起的小男孩修明，由於失怙喪母，不能和其他孩子一樣過上正常的家庭生活和享受快樂的童年。小說寫一個年輕代課教師「我」，為了鼓勵學生積極向上，於是給學生講起了音樂家巴哈的故事，但卻忽略了學生修明的心境，無意之中讓自己和學生修明都陷入了尷尬困窘的境地，使學生修明受到了傷害。小說這樣寫道：「他──低低地把頭縮到桌子下，悲傷地抽泣著。看他那黃黃瘦瘦的身體，身上破舊不稱身的衣服，要是清水的話是真的，不難在他的身上，也可以察覺到，他哥哥對待他的情形。我似乎曾因他而呆了一陣，但我很快地就從他們的眼睛裡，看出我的窘態。當我把故事接下去講的時候，很明顯地可以看到，小孩子們也因此發呆。」為了彌補自己的過錯，「我」於是杜撰了音樂家巴哈的部分生平，終於緩和了教室裡出現的凝滯氣氛。下課後，學生修明來找「我」，當時的情形是這樣的：

> 「老師──」他有點口吃，小聲的說：「我──我也能像巴哈那樣嗎？」他鎖起眉頭，側頭看我。我被激動得講不出話來了。我蹲下來，緊緊的握住兩隻小手，以點頭回答他，我感動得就要哭出來。我盡力抑制自己，免得讓小孩子有所猜疑。但是仍然壓不住心裡的同情，兩顆羈在眼角的淚珠，竟被推滾下來。同時我也感到一陣快慰而微笑。此刻，他在我的眼前，只是一條單薄而模糊的影子。

很顯然，這樣的故事結尾是帶有希望意味的。這篇小說在黃春明的早期作品中顯得相當溫馨感人，對人生具有積極的、正面的引導意義。

總的來說，黃春明在這兩篇小說習作中，雖然竭力「在挖掘自己的魂靈，要發現心靈的眼睛和喉舌，來凝視這世界」，[1] 可是他又常常顯得力有不逮，這是因為他「所感覺的範圍都頗為狹窄，不免咀嚼著身邊的小小的悲歡，而且就看這小悲歡為全世界」。[2] 顯然，這兩篇小說中的人物形象中所呈現出的，仍然是黃春明在「青春期」孳生的煩惱，折射的是不幸的童年經驗，表露出了一副「孤絕與蒼白」的面容；換言之，人們很容易就可以在這兩篇作品中找到他吐露自我心聲的訊息。對於這種情況，黃春明曾這樣解釋過：「一個人如果不被家庭、學校、社會接受時，躲進小說的世界，那絕不是一種逃避。當時我自身的遭遇，使我覺得自己是全世界最可憐、最孤獨的年輕人，還為自己偷偷哭泣，後來看到契訶夫的作品，竟然為小說中的人物哭泣。我覺得我長大了，不再為自己的事哭泣。」[3] 從藝術上來看，黃春明在早期小說中，顯現的故事情境都是人生的某個剖面、某個機會、某個困境，或某段感情等；在情節方面，人物命運的前因後果沒有太多的關聯，都是利用在每個故事中巧妙製造高潮來引起人們的共鳴。因此黃春明後來回顧他的早期作品時，曾清醒而冷靜地指出它們「是在這麼幼稚的心理年齡寫出來的」[4] 作品，以此「提醒自己」不要再重蹈覆轍，表達了自己同早年創作中的個人主義和悲觀厭世傾向徹底告別的願望。

第二節　〈「城仔」落車〉

一九六二年三月二十日發表於《聯合報》副刊上的小說〈「城仔」落車〉，是黃春明早期創作中很重要的一篇作品，標誌著他正式踏入文壇。換言之，這篇小說在黃春明漫長的文學旅途中具有第一塊里程碑的意義。事實上，對於這篇小說，黃春明本人可謂相當重視，在投稿的同時，他還附了一封信給主編，特意注明標題的「落車」不能改爲「下車」。他後來曾解釋說：「因爲那是我這篇小說中主人翁，一句慌張的話，在那樣的困境之下，幾乎是生命的吶喊，我希望讀者直接聽到這個聲音。」[5] 這篇小說很快就被刊出了，而且一字未改，主編林海音還給他寫了一封充滿溫暖和鼓勵的信。黃春明曾說如果這第一篇作品就被退稿，他就不會再寫小說了。由此可見，這篇處女作之於黃春明的文學生涯有著多麼重大的意義。

這篇小說不到四千字，故事也很單純，通過一件偶然疏忽帶來的災難，刻畫了一位掙扎在貧困線上，樸實堅韌、不向命運低頭的老祖母形象。主要人物只有兩個：一個是身體衰弱的祖母，另一個是害佝僂病的外孫阿松。故事發生在一個寒冷冬天的傍晚，由於家境貧寒，生活無法維持下去了，百般無奈之下祖母帶著外孫去投靠當妓女從良的女兒，以尋求一線生機。這對鄉下老弱傷殘的祖孫用僅有的一點錢買了車票上了前往「城仔」的車。這對第一次進城搭汽車的祖孫給人留下的印象是這樣的：「阿松和祖母坐在靠門的前座，小孩子高跪在椅上，眺望窗外。後來他的興趣又移到玻璃上的蒸汽亂塗。他才九歲，因患佝僂痼疾，發育畸形，背駝腳曲，面黃肌瘦，兩眼突出，牙齒也都蛀黑了。說起話來，聲音刺耳。那祖母給人的

印象大約有六十開外的光景，事實上她才五十歲。歲月和生活在她乾枯臉上，留下了很深的痕跡。她不曾笑過，那種表情嚴肅得和冬天一樣。」由此可見祖孫倆的生活是多麼得艱難辛酸，命運對他們又是何等的不公！他們要從瑞芳到宜蘭轉車，前往南方澳途中的「城仔」去和阿松的母親阿蘭相會，原以為會平安到達，卻不知禍從天降，由於售票員粗心地報錯了站，使祖孫兩人坐過了兩站才下車。此時的祖孫倆面對陌生的環境，頓時不知所措起來。小說這樣描寫了他們的無助與慌張：

　　汽車到了復興村停下來了。老少兩人一下車就被車外的昏暗與北風吞食，暮色中，除了大橋和馬路，所有的東西都顫抖，而夜魔的足步越發地緊迫。
　　這淒涼又陌生地環境，令他們害怕。阿松更怕，他緊緊地拉著祖母的裙裾，挨近她的腳蹲下來。祖母向馬路兩頭探望，很想隨便遇見一個人，問問時間。過了很久，誰都沒遇見，偶爾帳篷的大卡車，像一頭怪物掠過之外，什麼都看不見。

　　於是，在特定時間的壓力下，在寒風呼嘯的昏暗暮色中，祖母拖著行動不便的外孫艱難跋涉著，心急火燎地過橋趕路。雖然往回走的路只有兩站，但對於這對老弱病殘的祖孫而言，這段路程顯得特別漫長而艱辛。因為事先阿蘭曾同母親商量過，自己一直當妓女也不是辦法，總要再成個家，只要男方答應讓祖孫倆與他們一塊生活，其它的就別無所求了。等了一年多之後，阿蘭好不容易遇到一個姓侯的退伍軍人向她求婚，於是才有了這一趟的祖孫之行。因為這不是一般的見面，「這是他們命運的轉機，可能從此他們的生活就可好轉過來，不然，

那就是更大地不幸。」很顯然，祖孫倆趕著去的這個「城仔」，對於他們來說，意味著與目前貧窮生活大不相同的生活與社會地位，意味著未來的機會和希望，所以即便旅途不順、寒風凜冽，祖母還是帶著外孫急著投奔這個雖有些畏懼，卻有更多嚮往的目的地。由於擔心錯過和阿蘭相約的時間，更怕阿蘭的新丈夫會責怪他們不守時，加上又一直等不到來車，慌張無助的祖孫倆頓時感到不安與焦急起來了，於是祖母決定帶著外孫阿松往回走：

「阿松，我們還是用走的好。大概不要誤了五點，你阿母在那裡等著我們呢。」她牽起阿松開始走，很慢地，但他們已是盡了最大地力量。

由於阿松越走越慢，祖母的心裡更加焦急了。為了鼓勵阿松，祖母用了一連串的刺激，期望阿松能加快腳步。「阿母說，等你到她那裡，她要叫個外省人的爸爸，替你買衣服和鞋子。」可是阿松還是無法加快腳步行走，因為他是一個發育畸形且營養不良的小孩，「因他的體形，陌生人對他的注目，他從小就敏感」，「怕遇見陌生人」，更可憐的是他的母親「遠離家到外地充當妓女維持他們的生活」，他只能和祖母相依為命，這使得他無法從母親那裡得到溫暖。由於身患佝僂病，他既受不了冰冷刺骨的寒風侵襲，更無法長途行走，再加上阿松對他未見過面的新父親沒什麼興趣，因此以哭泣來對付祖母的催促：「不管她說什麼，阿松再也不會感到興趣與重要。冰冷刺骨的風，不斷地從他的短褲頭灌到全身，使得他每一個骨節，都感到酸痛。起先還可以勉強，但越來越走不動。」眼看

約定的時間將近了，祖母不得不狠下心來催逼阿松加速趕路，無奈全身每一個骨節都被寒風凍痛的阿松再也走不動了，祖母在焦急中不斷哀求阿松「再走快一點，快起來走一些就好了。你一向都是很乖很聽話的啊！」「快起來。看，天已經很暗了。」可是阿松只是哭聲越來越大地自顧自地傷心，他覺得自己的骨頭疼得都要斷了，想休息一下，「像此刻的這種情形，只是心有餘而力不足的事」。祖母雖然急得就要發火了，但她仍然儘量溫和地鼓動、誘哄阿松：「你聽我講，不要哭了。你阿母同我約定五點鐘在城仔等我們。要是我們遲了，就會找不到她，我又不知道他們住在哪裡。所以我們必須趕快走是嗎？快，我想還來得及的。假使慢了八九十分，她也會等！」可是祖母這樣耐心地向阿松講道理，卻還是沒有效果，阿松仍然堅決不肯再走。最後由於趕不上約定時間的恐懼，使祖母不禁發怒了，她厲聲斥罵，並掌摑阿松，阿松也因恐懼與怨恨與祖母哭罵對抗著。此刻的情形真是淒慘無比：

　　「好，我去死，你把手放開。」她撐著他的手，甚至於狠狠地摑他，終歸無效，「唉——我的命好苦呀！太淒慘了。神明要是真的有靈的話，就讓我即刻死掉吧！」她也哭起來了。寒風也哭了，天更暗。

　　在這裡，急於趕路的祖母和渴望歇息的阿松，構成了一幅祖孫在寒風刺骨的橋上兩人對峙的畫面。小說通過這個令人傷心的畫面來考驗他們的血緣親情，反映了祖孫倆在最無助狀況下的情緒。當然，祖母面對命運折磨的慌亂，甚至於言辭上叱責並且動怒打了阿松，這只是她一時情急的反應，她更擔心的

是錯過了約定的時間，可能會找不到女兒，未見面的女婿可能會因為他們不守時而不歡迎他們這對老弱病殘的祖孫，那麼這次就白來了，而更可怕的是他們恐怕連返回去的錢都沒有。不過，這種祖孫倆傷心僵持的場面終於因好心人的幫助而得到了解決：「最後，幸虧守橋的衛兵，替她擋了一部卡車，讓他們到城仔。」雖然祖孫兩人的傷心對峙解決了，然而當他們搭上通往「城仔」的卡車時，祖母仍然是忐忑不安的。她一上車就就陷入了沉思：

> ……阿蘭過了時間，還會在那裡等嗎？她不在那裡就糟了。不會的，她一定在那裡等著，還有她的丈夫也在那裡。不，不，他也許很忙不會來。這樣更好，否則他看到我們這種老邁殘軀的模樣，一定不會歡迎。……不，以後還是要見面的。阿蘭不知事先就給他講明白了沒有？……他會歡迎這孩子嗎？還有我？……？……？

就在祖母思緒不寧，為不確定的未來而懸心的時候，卡車已經到了「城仔」。「怎麼這樣快！」她楞了一楞，反而怕了起來，又像自言自語地說：「太快了！」此處，祖母突然出現的「太快了！」的感慨，顯示出了一種膽怯，不僅體現出這個窮苦鄉下老人的自卑，而且也反映了她與城裡人無形的心理距離。

值得注意的是，儘管這篇小說中的某些情節還不夠完美，但還是可以很容易看出小說中有著某種「自傳色彩」。在這對下錯車的祖孫倆身上，明顯有著黃春明與其祖母的影子。特別是阿松的形象，更帶有作者童年心態的印記。黃春明幼年喪母，父親要做生意養家而無暇顧及他，因此照顧小孩的責任便

全落在祖母身上，他完全是由祖母一手帶大的。因此，當他創
作時，就常常會情不自禁地將自己的情感與性格，以及過去的
生活經歷寫進小說中去。不過，這篇小說所顯示的意義卻是，
開啟了黃春明以後為「小人物代言」的現實主義創作的先河，
因為黃春明早在〈城仔「落車」〉時期就認為「他是他們中間
的一個」。[6]

第三節　〈玩火〉與〈把瓶子升上去〉

　　二十世紀五〇年代，台灣社會處於高壓政治統治之下，五
四以來的左翼進步文化傳統被人為地強行割斷，主流文化價值
取向帶有高壓政治的濃厚意識形態色彩，虛妄狂熱的「戰鬥文
藝」泛濫一時；可是隨著時間推移，人們愈來愈感到需要一種
更加貼近現實與反映內心需求的文學。到了六〇年代，「反攻
大陸」的神話已經徹底破滅，政治高壓卻仍在延續，整個台灣
知識界與文化界精神淪陷，知識分子心中大多充塞著混亂、迷
惘、苦悶、頹廢、徬徨、絕望、空虛的情緒。因此，為了表達
對當局倡導的「戰鬥文學」的強烈不滿，當時台灣文壇也出現
了大批「鄉愁文學」與部分軍旅作家的「靈幻小說」和歷史小
說；除此之外，以「橫的移植」方式進入台灣的西方現代派文
學，也很快在台灣的文化知識界風靡起來，因為這種以現代主
義哲學為基礎的文學，確實在某種程度上反映了當時的社會氣
氛。具體來說，西方現代派文學本來是西方的一股反叛性的文
學思潮，濫觴於三〇年代，成熟於兩次世界大戰的間隙和前
後。面對日益激化的社會矛盾直至給人類帶來巨大浩劫的世界
大戰，面對著人淪為資本的機器，異化為機器奴隸的「非人」
現實，現代派文學以一種反傳統、反理性，甚至反社會的激烈

姿態，來表現西方人無所寄託、無路可歸的心路歷程，表現西方人生存的孤絕感和「世紀末」的絕望情緒。五〇年代的台灣，雖然與西方世界的社會狀況有很大的不同，但在這個風雨飄搖的孤島上也瀰漫著沉淪、懷疑、鬱悶、孤獨、壓抑、恐懼，以及虛無的氣氛，因此西方的現代派文學迎合了當時台灣一代知識分子的心靈需求。面對內憂外患的不穩定社會，台灣當局奉行的政策：一是政治上高度集權，思想一律，輿論一律，行動一律；一是對西方，尤其是對美國高度的依賴與開放——政治上、經濟上，當然也免不了文化上。這種非常特殊的社會狀況，進一步為台灣的現代派文學準備了條件。而當一批戰後成長起來的「學院派」作家登上文壇時，台灣的現代派文學也就誕生了。身處這種時代氛圍之中，黃春明自然也患上了這種「世紀病」，加上青春期產生的「憂鬱」情緒，他開始以清澀的情懷關注荒誕的人生與現實，用小說的形式表達內心的體驗。一九六二年發表的〈玩火〉和一九六三年發表的〈把瓶子升上去〉這兩篇小說，都通過年輕男女的情愛遊戲，反映了當時社會瀰漫的那股精神沉淪的風氣。

〈玩火〉這篇小說通過一個時髦的年輕女子以遊戲方式玩弄感情的故事，隱喻了在愛情上「玩火」的結局終將會導致「自焚」的後果。故事發生的場景是在一列從台北開往羅東的火車上，以套中套的方式進行敘事。先寫火車上一對帶著孩子的夫妻，丈夫為了和孩子交換窗口的座位，於是將打火機拿給孩子玩，孩子由於好奇，仔細把玩著打火機。此時，又有一些乘客上了火車，其中有一位女子非常引人注目：「皮膚白皙，身段嬌好，加上入時的衣飾，就是人們沉悶中所服的振奮劑。白色的高跟鞋和黑玻璃珠子的項鍊，在她身上發揮了最大的襯

托效果，還有水銀太陽眼鏡，也增添了她不少的魅力。」這個時髦女子每個周末從公司乘車回羅東時都用故意挑逗、魅惑同車的男性來度過火車上的這一段短程旅行，通過那些被她選中的男子所露出的渴望、不安、猶豫、焦慮等種種尷尬表情與動作，從中獲得征服的樂趣與快感，她甚至以這種玩弄男性的行為自抬身價，將此作為與朋友聊天的有趣話題。這一次，該女子也不例外，她又開始了這種無聊的情欲遊戲。當她又選中了一個年輕男人時，故事由此迅速鋪展開來：

今天這個見了她就吞了一口口水的先生，她看中了，心裡想：這傢伙必定又是一個熱鍋上的螞蟻。有好戲可看了。她不慌不忙地正想坐下。

「噢！那椅子很髒。」前面的先生一面說，一面遞給她一張報紙：「這張報紙給你擦好了。」

一開始，該女子對這個故意獻殷勤的男子的搭訕，充滿了警戒心，以一句「謝謝」予以打發。然而，這個上前搭訕的男子追求她的意圖很明顯——在沉悶的車廂裡來上一段艷遇。於是他竭盡全力博取這個女子的歡心，不斷地更換追求的手段向女子獻媚：

「噢！知道了，不用說，你是時裝模特兒！」
她覺得十分可笑，不由得笑起來了。
……
「因為看了你穿著的高貴和美麗的模樣，只有這一行職業才合適。」

就這樣，兩人在相互挑逗的談話中不斷地勾心鬥角，經過相互猜忌、提防、試探、挑逗等許多個回合你來我往的交手，以及好多個話題的轉換之後，男子的追逐終於獲得女子的回應。此時，他抓住機會用以退為進的方式迅速鬆懈該女子的心房，消弭她的警戒心：

「我們談了半天話，彼此還不知道名字。還是讓我先來自我介紹：「我姓陳名松年，家住台北××路二段一二七號，英專畢業，剛退伍不久，現在還沒有職業。」他做了這樣詳細的介紹，為的是希望小姐也能像他這麼做。「我雖然還沒聽你說出芳名來，但是我深信它一定是很動聽的。」

聽他這等的口才，與這樣的外貌，她已失去了以往對男人的警戒心，她遲疑了一下說：

「我叫許月兒，在××公司，現在回羅東。」

「怪不得你長得這麼漂亮。月兒——真是名副其實。」

她不時露出愉快的笑臉，聽他說話。

兩人談話至此，這位男子在這場愛情遊戲中可謂占盡了上風，現在只要再稍微進行一下引誘，魚兒就會上鉤了：

「『相逢何必曾相識』的電影，你看了嗎？由金露華和寇克道格拉斯主演的。」

她點了點頭。

「我很喜歡那片子。」接著他對那影片，做了很多有關愛情與道德方面的批評，想在她面前顯露身手。

「現在我們不就是——不曾相識而相逢了。我本來預定到

礁溪下車，但我真不願意，我們就這樣離開。我也想到羅東玩玩，和我一道方便嗎？」

她有點慌張，想拒絕他，也不是……怎麼才好她也不知道。她沒有說話。

到了這時候，這個原本充滿自信的、以玩弄與征服男人為樂的女子，現在反而被男人「征服」了。可以說在這場愛情遊戲的爭戰中，該女子的陣地已經徹底失守。因此她的信心開始動搖，「她有點慌張，想拒絕他」，但是卻不知如何解決這種主動「惹火上身」的問題。就在此時，鄰近座位上那個玩打火機的孩子突然哭泣起來了，因為他被打火機燙痛了手。至此，小說的隱喻也就呈露了出來：這個在愛情上「玩火」的女子可能導致「自焚」的結果，就如那個玩打火機的孩子，終於因為「玩火」而燙痛了手一樣。最後，這個男子果然沒有在他該去的地方下車，因為美人已是手到擒來了。故事結筆是這樣的一段話：

火車繼續地奔跑。沉悶仍然蔓延，沉悶中的人們似乎需要更多更能持久的刺激。
嗚──羅東就在前頭了。

這裡，雖然沒有敘述兩人後來發生的事，但這樣的邂逅會有什麼樣的後果，已經是不言而喻了。這對年輕男女遊戲人生的態度正是對沉悶現實生活的一種折射。男子見獵心喜，女子以玩弄男性為樂，在這場因為情欲而發生的男女戰爭中，顯露的是：人與人之間是無法溝通的，彼此的關係只是為了達到各

自的目的而相互欺騙和利用,面對如此的生存景況,的確會讓人對這個現實世界產生了一種否定的衝動。

發表於一九六三年的另一篇小說〈把瓶子升上去〉,探討的則是所謂的「愛情本質是什麼?」的問題。與前一篇〈玩火〉相比較,這篇小說雖然仍然是在情愛問題上打轉,不過其中卻多了一些象徵與隱喻的色彩,似乎更像是超現實主義的作品。小說的內容和人物都很簡單:通過一個年輕的中學男教師與他心儀的女子約會與跳舞的情節,將這對青年男女之間你來我往的情愛對抗遊戲表現了出來,最後以男子的失戀宣告結束。失戀的男子在性衝動的刺激下,由於欲望無法紓解,於是借酒澆愁,在醉眼朦朧中搞了一個惡作劇──將一個空酒瓶升到校園裡高高的旗竿上去,藉以發洩積鬱在心中的悶氣。這篇小說寫好後,黃春明將它投給《聯合報》的副刊,主編林海音看了這篇作品後,對於是否刊用該文,一度十分猶豫,心情處在肯定與否定的矛盾之間徘徊不已。她說:「這是篇使我喜歡又操心的小說,我怎樣地讀了又讀,改了又改,發下去,抽回來,終於也以『自暴自棄』的心情發下去了。然後晚上睡在床上又嘀咕了好一陣子。」〔7〕從林海音的這段話中可以看出這篇小說顯然具有相當大的爭議性。作為文學新手的黃春明似乎想通過這篇小說來探討現代的男女情愛觀念,然而也許是並無親身經驗,所以只能為文造情,或者說是「為賦新詞強說愁」,雖然窺見了愛情的門徑,但卻無法深入挖掘下去。而這或許也是主編林海音在刊用與否的問題上躊躇不已的原因吧。

在故事中,這對男女之間的情愛表現就像是一場激烈的爭鬥遊戲。小說仔細表現了這個年輕男子在這場情愛遊戲中不斷變化的心態,將他那種對愛情的焦灼、渴望、興奮與嫉妒之情

表現得淋漓盡致。他瘋狂地向心儀的女子展露著自己的外表，既像求偶的雄孔雀開屏一樣炫耀著他的陽剛味道，又如同發情的野獸一樣散發出濃烈的欲望氣息。為了達到追求女子的目的，他將自己的身段和自尊都降得低低的，甚至不惜向女方擺出痛苦與佔有的姿態，終於有點打動了心儀女子的心，開始向他表示了一點好感。小說通過在舞會上這對男女之間的對話不斷將這個情愛遊戲逐步推向高峰。小說將這個女子對待愛情的患得患失心理表現得相當真切：

　　雖然她已察覺到他已鍾情於她了。但是，那還是不能確定；她吃過幾次虧了……她為了試探，偽裝不在乎什麼的樣子。這點，她裝得很自然……她從對方痛苦的情緒中，嘗到被愛的甜味。但是她隨時都在提醒自己，不能讓他知道自己情感的傾向。……儘管她的語氣是生氣的，內心裡卻不然。當別人想要佔有她的時候，她已覺得她先佔有了別人，只要她稍向他表明一下愛，對方即變成一枚自己喜愛的別針兒那樣，輕易的就可以拿過來別在自己的胸前，而他也會感到佔有；愛情就是這樣矇騙雙方。

　　雖然有一點感動於男子的痴情，但這個女子卻仍無法將自己的真心交付出來。只是對這個心儀她的男子表示出了一些親近與和善的姿態；該男子由此得到了鼓勵，在女性的蠱惑中越陷越深，幾乎到了無法自拔的地步，甚至於在女子故意用言語刺激他時，這個男子仍舊堅定不移地表白著對她的感情。小說中有一段對話很生動地表現了這種情形：

「難道你不覺得我過於老成，一點少女氣質都沒有，不含蓄，不十分……」

「說下去，我就喜歡這種女人。」

「多多益善嗎？」

「噢！不！只有你。」……

「不過你要知道，我有很多的男朋友呢。」

「有丈夫，有小孩那更是 Romantic。」

　　男子這樣的表現，的確進一步打動了女子的心。因此，她主動邀請男子和他一同去參加另一場「派對」，可是這個男子一向就不喜歡那種人多熱鬧的場合，他想與女方單獨約會，結果兩人意見不一，為此鬧得不歡而散。分手之後，深感失望的男子卻又因對女性的極度渴望而勉強說服自己去參加那個令人討厭的「派對」，然而卻遍尋不著該女子的身影了。此時，他不禁回憶起先前兩人交往時的親密對話，發現了女子以愛的謊言欺騙他的真相，由此進一步聯想到其它種種可怕的情形，這一切使他在失望與絕望的交織中不禁想痛哭一場。在這場「周瑜打黃蓋」——一個願打、一個願挨的情愛鬧劇中，由於男子始終處於被女子掌控的情況中，所以終於成為了一個委屈被騙的受害者。這種建立在欺騙之上的感情，本來就隱含著毀滅性，一旦真相揭露，被欺騙的一方因為感情被玩弄而導致愛情幻想破滅，愛情也終將以悲劇結局。愛情的本質到底是什麼呢？小說隱約給出了一個答案：虛無。小說最後的結尾，顯然別有用意。由於失戀與失望交織的激憤，使該男子像遊魂一樣無以排遣鬱悶，於是陷入了「借酒澆愁」的境地中：「整晚他像在另一個世界漫遊。回來時帶兩瓶酒，……硬吵醒教地理的

老同學，陪他喝悶酒。」最後，由於難耐性衝動的刺激，竟在醉酒之中無聊地將一個空酒瓶升上了校園高高的旗竿上。

值得注意的是，小說中那個象徵性欲無法發洩的空酒瓶，被高高掛到了神聖的國旗竿上的場面，是有著明顯的象徵意味的。這種惡作劇的行為，雖然給人以一種滑稽與荒謬感，將低級與莊重並置——這正是現代主義所提倡的那種「黑色幽默」；但是，這一將空酒瓶掛上旗竿的行為，其實也正隱喻了一種對現實的叛逆情緒和對社會不滿的挑釁姿態，更是對當時社會主流意識形態的一種戲謔性顛覆與消解。

第四節　〈借個火〉

在黃春明早期的作品中，發表於一九六三年的小說〈借個火〉所帶有的現代派文學的色彩並不算太濃厚，倒是其中所暴露的台灣教育界存在的「紅包文化」問題相當具有警世意義。小說結構很簡單，線索單一，情節也沒有什麼枝蔓。通過一個中年男子在一趟短途火車上幾個時辰的回憶片斷為故事軸心，不僅揭示了他同兒子康明之間的相互諒解與關懷，還暴露了台灣教育界中隱藏的腐敗，以及教師道德上墮落的現象。

故事發生在一列短途對號火車上，車廂裡的氣氛非常沉悶、壓抑，一位顯得「匆忙又焦急」的中年男子犯了煙癮卻遍尋不著打火機，於是他向鄰座的一位紳士借火點煙，由於心不在焉竟將兩人的香煙在無意中調換了；而紳士發現後，又同樣用「借個火」的惡作劇方式悄悄地將自己的香煙換了回來，可該男子仍毫無所覺。這個心情恍惚的男人給人的印象是：「向來就沒有像此刻這樣渴想過抽煙。可能這樣能幫他做許多事；整理紊亂的思緒，或是能讓他起伏不安的心稍稍平靜下來。總

而言之，現在所感到需要，並不單是像平時做做消遣打發時間而已。沒有任何東西在這時候，讓他感到比抽煙更需要的了。平時有人說抽煙是一種浪費，他可以同意。不過以現在來說，想抽煙是最聰明的辦法。但他未必這樣分析，這種需要強烈地攫取他所有的行為，列爲最首要的先決條件。」那麼，到底發生了什麼事讓他如此煩惱呢？故事的核心部分就由此鋪展開了。此時，「對號快車飛馳地穿越蘭陽平原，於預定的時間即可到達目的地。而他的思維卻在另一個時空交錯縱橫，那是無法預想得到。」原來上午該男子收到了最疼愛的兒子康明從學校寄來的一封限時信，信中的內容讓他感到十分焦急。原來康明在信中告訴父親，他因犯了一個連自己都不太明白的錯誤而將被學校開除：

> 昨天下午兩節軍訓課連著課外活動，據說教官請了假。所以我和同班的幾個同學，都跑去看日本片「明治天皇與日俄戰爭」。事後因有人告密而被學校知道了。因爲我已記過兩大過，所以要開訓導會議之後，才知道把我怎麼辦。訓導主任找我談過話了，他說我要被開除，並且說我的民族意識太薄弱了，我想這就是要開除我的最大理由。爸爸，民族意識是什麼？說真的，我不太明瞭這個意思。

由這封信所敘述的內容可以看出，已被記了兩大過的中學生康明這次所犯的錯誤似乎是很嚴重的。衆所周知，台灣歷史上曾經遭受過日本帝國主義長達五十年的漫長殖民統治，從台灣光復到六〇年代初葉的台灣，尚不到二十年的時間，而當時台灣民衆對日本軍國主義踐躪中華民族的罪行仍記憶猶新，對

於來自日本，或與日本有關的一切事物都懷有強烈的排斥、憎惡心理，故而中學生康明就因看了一部日本影片，便被扣上了一頂「民族意識太薄弱」的大帽子，並因為這個罪名而面臨被開除的命運。就康明而言，他的個性並不適合讀書，但他也絕對不是一個「民族意識太薄弱」的壞孩子，他之所以不明白「民族意識是什麼？」責任並不全在康明本人身上，其實顯露的是學校教育的一種失敗，暴露的乃是台灣當時教育體制中存在的缺失，以及像訓導主任這樣的老師對於學生在「中國近現代歷史教育」方面的重大盲點。如果康明能夠對中國近現代歷史有一定的瞭解的話，必然不會出現這樣莫名其妙的情況。顯然，學校加諸於康明頭上的罪名頗有些「欲加之罪，何患無詞」的味道，學校召開的訓導會議竟以「民族意識太薄弱」作為開除康明的理由，不僅顯得有失公道，而且還讓人感到很荒謬。

　　小說接著由這個「民族意識」的問題繼續深入拓展下去，既然康明搞不明白，那麼他的父親和其他人是否就明白什麼叫「民族意識」呢？小說通過兩個片斷來告訴人們真實的情形。就康明的父親而言，「『民族意識』這四個字分別倒可以看得懂。但連接成一個詞彙，就不好懂了。他猜了好久，始終想不出什麼來。當然，那一定和『明治天皇』有關，可能是一件很大的過失，不然為什麼會有『民族』兩個字？他這樣想。他知道的也只止於此。因為以前他只受過小學教育，所以輪到自己的子女時，拼命鼓勵他們升學。」顯然，只有小學文化程度的康明的父親也像兒子一樣，既弄不清楚「民族意識」的深奧含義，更不明白「民族意識」與康明被退學之間的關聯。小說由此反思了台灣當時教育制度中存在的重大問題，就像康明父親所說的那樣：「有些人的前途，往往就是被逼到學校裡，然後

被學校把他毀掉，康明就是這種孩子。」事實也正是如此，康明只是由於不愛念書而被迫以暴力紓解內心的壓力，而導致被記了兩次大過，但他對於自己的不良行為卻產生了很強烈的內疚心與自責感，這一點從他寄給父親報告自己退學事件的信中可以看出：

　　爸爸：

　　真對不起您。說實在話，我一直都在想作一個好孩子。尤其是上次，我同人打架被記了兩大過時，看您那麼傷心，我就一直這樣想；只要您不再傷心，做好孩子是一件壞事我也願意。但是我又做壞孩子了。

　　在這裡，我們通過康明的內疚與向父親的保證，可以發現康明並非一個真正的壞孩子，而是在有弊病的教育體制下被強行貼上「民族意識太薄弱」標籤的所謂的「壞孩子」。對於這一強加到他頭上而始終無法弄明白的罪名，康明所採取的反抗方式就是決定接受開除的命運，所以他在信中很堅決地對父親說：「開除就開除，我寧願在家裡做好孩子，也不願在學校裡做好學生了。」可是康明這樣的行為，恐怕不能見容於師長，更不能見容於社會。康明的父親為此而憂心忡忡：「康明今年十九了，無論如何還是讀書才是辦法。唉！民族意識薄弱到底是怎麼一回事？會不會被開除？一定要請老師幫幫忙，送給他一點什麼東西，或是錢。到台北得先到瑞榮行找老闆借一千塊……」雖然最終康明父子也沒弄明白什麼叫「民族意識薄弱」，但是由於父親的關心與諒解，終於再次給了康明一個改變退學命運的機會：

經他百般向導師懇求之下，導師替他想了一些辦法：

「現在你們快去找訓導主任，去遲了恐怕他出去開會。你把我告訴你的話說給他聽。等他回來我再和他談。」

臨走之前，他把預先包好的錢遞給導師，導師拒絕了。但他並沒有反對父親把錢放在桌子上。最後他又喊住他們說：

「主任問你的時候，你不要告訴他已經來過我這裡了，等他開會回來我再去找他。」

……

主任似乎很慎重的考慮著。父親又把原先準備好的錢掏出來，說是表示一點小意思，雖然主任極力反對。當父親把錢拿給在旁邊玩的小孩子時，主任就沒有再表示什麼了。他說：

「那麼好！你們快去找導師。但是不要說你們來找過我了。等我下午開會回來，我再和他談談。」

以他在社會上混過幾十年的經驗，他知道康明沒事了；總不至於被開除。他笑著對康明說：

「這一輩子我總是欠你的債，我想現在沒事了。不過以後你還得小心檢點，把高中讀完。再去找導師說一說，我今天就要趕回去。」

雖然康明對父親處理問題的方式很不贊成，「康明很不高興；他覺得父親太卑賤了，但又無可奈何。」然而，事情的最後轉圜卻畢竟是在父親的紅包賄賂下才出現的，原本被認為是很嚴重的開除問題，卻在金錢的魔力下得到了解決。小說通過「紅包文化」將教育工作者道德上的墮落傾向暴露出來了，促使人們去探究與思考社會現實中的弊端。在中國社會數千年的歷史中，這種賄賂性質的「紅包文化」現象是具有普遍性意義

的，是一個根本性的文化痼疾。

值得注意的是，在這次康明的退學事件中，無論康明的父親，還是康明，他們從頭到尾都沒有搞清楚究竟何謂「民族意識太薄弱」？甚至在康明父親坐在返家的火車上時，這一問題仍然苦苦糾纏著他，他忍不住冒失地向旁邊一位戴眼鏡的、看起來很有學問的乘客請教：「這位先生，請教一下。請告訴我什麼叫做『民族意識薄弱』好嗎？」這位乘客的回答竟然是：「民族意識薄弱的意思就是不懂得民族意識薄弱叫什麼意思的人。」這樣的回答真讓人啼笑皆非、忍俊不禁，然而在笑聲的背後，顯然隱藏著更多滑稽與荒謬的東西，這才是值得我們深思的。

小說結尾，當康明父親以金錢如願買通了康明的導師和訓導主任以後，在回家的火車中因為目睹一對乘客的親密行為，他臨時決定借這機會暫時解放一下自己：

……他獨自笑了笑說：怎麼不借這機會騙騙太太？明天才回家。他私下決定今晚要在礁溪下車，先洗個澡，然後找一個荒唐荒唐。

到礁溪溫泉他下車了。當車開動的時候，他在月台上自言自語地說：「你真的下車了？嗨！真他媽的。」

碧山莊的霓虹燈，在前頭眨著眼睛賣弄風騷。他想起誰對他說過的，那兒姑娘最多又最齊。

由此看來，康明的退學事件反而成了他的父親荒唐的導火索與藉口了。小說結尾部分關於康明父親的描寫，確實透露出了當時台灣社會中所瀰漫著的那種頹廢、紊亂、放蕩與焦慮的

氣息。

從藝術上看，小說雖然採用了幽默諧謔的方式暴露了教育制度的缺失和社會的弊端，但由於在不少情節中過分凸顯了人物種種可笑的行徑，無形中也使小說的主題偏離了原來的方位，沖淡了題材本身的悲劇意味，減弱了對人物辛酸遭遇的同情，這大大降低了小說的現實批判意義。

第五節　〈男人與小刀〉

發表於一九六六年的〈男人與小刀〉曾經獲得過第二屆台灣文學佳作獎，可以說是黃春明早期創作中的代表作。黃春明創作這篇小說的時候，西方現代主義哲學思潮正影響著台灣文壇，因此它不可避免地打上了存在主義哲學的烙印，充滿了現代派文學中那些頹廢、蒼白、怪異、麻木、空虛的色彩，在一定程度上真實折射了黃春明本人的某些經歷和體驗。換言之，這篇小說感染上了當時文學界流行的那種「現代病」，暴露了作者一度深受薩特存在主義哲學影響的痕跡；然而，這篇小說並未深切反映出造成個人和家庭不幸現象的社會根源，更談不上給予真實而深刻的表現，因而這篇小說的現實價值與社會意義被大大削弱了。小說全篇充滿了個人的感情創傷和悲觀絕望情緒，因此黃春明後來談到這篇小說時曾經嚴肅地說：它「是在這麼幼稚的心理年齡寫出來的。那時候還以為自己寫了一篇世界名作哪！真慚愧。現在我把它呈現在讀者諸君的面前，看它有多蒼白就多蒼白，有多孤絕就多孤絕，大家儘管笑吧！」[8] 顯然，黃春明對自己初期作品的否定是很有見地的，認識也是相當切中肯綮的。

小說的故事性相當強，情節則基本上依事件發生的順序自

然鋪展開。敘述一個童年失母、又不堪忍受父親和繼母虐待的青年陽育因工作無著，在家中又一次遭到辱罵之後而深感社會的不合理，最終用一把小刀切斷右手動脈，以死來擺脫人生痛苦的過程。主人公陽育小學三年級看同學鬥毆時無意間撿到一把四寸長的士林刀，令他愛不釋手，極想據為己有，因此不顧老師的懲罰和父親的責罵而藏了起來。從此以後，這把小刀一直伴隨著他讀完中學、服完兵役、大學畢業，直到生命結束。在社會上，大學畢業後的陽育為了清還家庭債務而到母校教書，但他因為自己在大學期間所學專業是水利工程，而且成績是第一名，故而他堅持要教代數課，而不願教公民課。但是校長卻不同意，導致他教了一個學期後就辭職了。隨後他到 D 女子中學去求職又被拒絕，最後輾轉到 B 中學當老師，可還是讓他教公民課。這一切都使他深感社會的不合理，遂不斷以小刀削物品來發洩心中的不滿。而在家裡，陽育的日子更不好過，當陽育站在月台上等車回家時，小說這樣寫道：「天氣很悶熱，他的手一直都在袋子裡捏著小刀玩，手心都冒出汗來了。他的心裡又在想：他們真不該生我。怎麼不多生幾個陽君、陽吾那樣的孩子；他們從小就很聽老人家的話的，他們不會在地上打滾，他們不會抓蟾蜍裝進兜裡嚇昏母親。只有我才會捏造謊言，像捏泥巴那麼容易，告訴父親說：我在學校裡打破玻璃，給我十塊錢……。他想著想著：他們真不該生我，這對於他們和對於我都是同樣的沒有好處。最糟糕的是，他們一定要我在今天晚上趕回家裡。」在這裡，陽育的自怨自艾無形中折射出了他對生命的一種輕忽態度。也正因此，陽育一再再用這把小刀進行自我傷害。其中較為嚴重的一次是陽育反抗家庭的包辦婚姻，要求婚姻自主，卻同父親和繼母產生了嚴重衝突，在

和父親爭奪這把小刀時，他刺傷了自己的右臂來反抗。「此時
很刺眼的血液，像泉水般的湧出來。」可是陽育全不在意，反
而對帶著幾分歉意的父親說：「現在你該滿意了吧！」這句話
將他對父親的不滿與反叛心理發洩了出來。這個情節顯然是作
者自身經歷的一種投影。衆所周知，一個作家的創作與其一生
的經歷，特別是早年生活的經歷有著密切的關係。黃春明從小
喪母，跟隨祖母生活，他與父親之間相處的不夠好，尤其是父
親再婚以後，他與父親、繼母的關係就更僵了。身爲長子的黃
春明成了繼母的眼中釘，在學校又是問題學生，經常遭到繼母
的虐待。小說中陽育身上發生的那些事，都曾經是他所經歷過
的個人災難。也正因此，黃春明的筆下經常出現對社會發展適
應不良的問題人物，作品的題材大都可以從他的親身經歷中找
到依據。隨著情節的發展，這把小刀帶給陽育的意義也越發得
大了。陽育企圖用這把象徵著自己意願的小刀去解剖自己所生
存的社會，無論是什麼東西，什麼事情，甚至生命本身，他都
想用這把小刀剖開來探個究竟：

　　刀子在他的手中，一向保持得很快利。他的眼睛也像這把
刀子的刀口，注視某一件事情，或是人或是物就想肢解。
　　陽育坐在墊子上面，這時候他才超然的看到自己。看到自
己不滿一切的現實，用自己的眼睛和刀子去解剖、去審判、去
處刑。他發覺自己和刀子的另一個王國。

　　由此可見，這把小刀已經不僅成爲他剖解社會眞相的工
具，而且也成了他發洩憤懣的方式。「每當他憤怒，憤恨不平
的時候，他就動刀子。」此時，整個世界似乎都在鋒利的刀口

下顎抖——「把它切，把它削，把它撕毀或是破壞。」就像削一隻粉筆，或一片木塊一樣。可是即便小刀的刀口都被削得凹進去了，陽育仍然找不到自己生存的意義，依舊解不開社會不公的謎。因此他說：「看清楚自己就是人類最悲慘的悲劇。」由此，小說展示出了人類生存的不堪處境，一個人活在世上實在不該對社會知道得太多，知道得愈多，自己就愈痛苦，就愈看清了自己的可憐，就更會愈感到生命的無意義。陽育處於一種「青春期」的憂鬱當中，又沒有人給他以正確引導，家庭、學校、社會，以及人際關係都帶給他種種鬱悶的感覺，他把玩著小刀，用刀子毀壞著一切可以毀壞的東西——報紙、樹木、蘋果、番薯，凡是手邊有的東西都不放過，甚至是自己身體的一部分——指甲也不例外。顯然，陽育手中的這把小刀具有鮮明的象徵意義，既表示了他對於環境與現實的不滿，又表示了他對於生命的絕望。因此陽育通過不斷用小刀削割東西來發洩他對現實生活的鬱悶，並在破壞的快感中思索著人生的意義：就像《王子復仇記》中的哈姆雷特一樣，不斷沉浸於「生存還是死亡，這是一個問題！」的折磨中：

> 「我想：我為什麼痛苦？因為我活著。活著的人都痛苦嗎？也許，只是有些人不發現而已，難道所有生命的東西，他們都具備著怕死的本能，那就是為了衛護這個痛苦？它的代價是什麼？哼！好像問題已經走入正軌了。讓我再想想看。陽育仍然在地上用刀子劃開報紙。」

這些思考和探問，正是西方現代派文學中最常出現的片斷，表現了對生命的一種輕忽，以及渴望解脫的痛苦心情。這

些帶有明顯存在主義哲學意味的話語，有些似乎是被強行插入小說中的，在構思中顯然是為了加強或加深小說主題，帶有明顯的「營造」色彩，顯得比較突兀。小說寫出了人在面對最深層的「本我」時產生的那種恐懼與痛苦，以及在揮之不去的生存陰影的籠罩下如何直面自我，以及如何擺脫自我困境的徬徨心境？似乎只有找出生命的意義，才能對抗現實的荒謬存在，然而愈是往深處發掘，就愈是發現生命存在的痛苦，生既無歡，死亦何憾？一切存在終歸都是虛無。小說在這裡提出了人生的終極追問，但卻沒有提供生命意義何在的答案，不過卻給人們創造了一個相當寬泛的哲學思考空間。陽育在少年時撿到的小刀，到他成年時竟成了他發洩內心憤懣乃至結束生命的工具，可是即使是選擇了死亡，他仍然沒有找到生命的本質，更沒有發現生命的意義和價值，這是他真正的悲哀。小說通過主人公陽育把我們帶進了這場關於生存意義求索的過程中，直面靈魂，叩問心靈，使小說帶有一種濃厚的形而上色彩。

　　至於陽育的死亡，則隱含了一種怪誕的偶然，充滿著生活逼迫的陰影。一天到晚虛無地拿刀子到處亂劃的陽育，為了親自嘗試一下「什麼才叫死不痛苦？」的感覺而不惜自殘，卻在無意中劃破了自己的脈搏而結束了自己的生命。他死亡時的感覺是這樣的：

　　「比方說就拿這把刀子。」陽育把刀口拿挨近右手的脈搏說：「我要是慢慢一下一下的割它，那一定很痛。」他一邊連說一邊就那麼比著：「要是我猛力一下子切下去……。」說著的時候，陽育真的切下去了，連他自己也不明白。「啊！我真的切下去了。真的切下去了！」他恐懼的放下刀子握住傷口。

但是，暖暖濕濕的血已經開始大量的湧出來了。他驚慌的拼命往山下衝下去。太陽在他的眼前旋轉，樹也旋轉，什麼都在旋轉。到後來，只剩下一團昏暗在他的腦子裡旋轉了。

在這裡，人們可以看出，陽育的死雖然說是一件偶然的意外事件，但卻有其發生的必然性。因為他原本就把人生當作一場遊戲，而以「遊戲人生」的方式結束生命也就毫不意外了。原本並不留戀「生」，所以就無聲無息地死了、腐爛了，就像沒有存在過一樣。陽育的一生就這樣毫無價值地結束了。小說結尾一段顯然別具深刻意蘊：

三天過後，當第一個砍柴的人，在相思樹和一個大石頭旁邊發現這個年輕人的屍體的時候，他那深陷的眼睛，已經有幾條在忙著還原肉體的蛆蟲爬著。他的手，他的左手，卻緊緊的，緊緊的握住一把生鏽的小刀。

由此可見，作者企圖說明的「存在先於本質」、「存在即虛無」的存在主義哲學恰恰在這具已經腐爛生蛆的屍體中得到了形象展示。陽育就這樣無聲無息地消失於虛空中，空餘一把生鏽的小刀於世；其實就連這把小刀也將隨著時間的氧化，最後也將像他的主人陽育一樣徹底鏽蝕殆盡，化為什麼都不存在的「虛無」。這樣的結尾，說明了這是一篇用象徵主義手法描寫小知識分子顧影自憐的典型現代派作品，宣揚的是存在主義的哲學思想——「人生來就是痛苦的，唯有死才能擺脫痛苦。」陽育對家庭和社會的限制、壓抑，深懷不滿，為不能擁有健全、自由的自我而深感痛苦，卻又不知道該以何種方式去

反抗社會與家庭，只好把不滿凝聚於小刀上，用看到什麼就削什麼的方式來加以發洩，乃至於以下意識的姿勢，在稀裡糊塗之中結束了自己的生命，從而擺脫了生命的痛苦。

這篇小說雖然是黃春明的早期作品，但因結構上採用了象徵主人公反抗性格的小刀作爲貫穿情節的線索，使全篇顯得緊湊而不散漫。至於小說的寓意，則形象闡釋了薩特的存在主義哲學，並多少帶有一些黃春明早期思想的印記──憤世嫉俗，希冀能依照自己的意願生存，「否則就寧願被破壞，被搗毀；甚至當自己沒有法子順遂地活下去時，也不得不予以毀滅。」特別是主人公陽育最後以自殺來擺脫活著的痛苦時，更使全篇籠罩在濃重的對現實悲觀絕望的氛圍之中。小說不僅表現技巧圓熟精練，而且象徵、隱喻手法也運用的相當獨到。或許可以說，若就作品的純熟技巧而言，〈男人與小刀〉這篇作品並不遜色於黃春明成熟期的那些作品。

除了上面各節所具體介紹的作品之外，黃春明在這一時期的創作中，還有一篇小說〈北門街〉也比較引人注目，具有比較鮮明的現實意義和社會批判色彩。故事寫老道士阿塗對舊居充滿懷念的無比深情，揭露了工商社會的冷酷與無情。換句話說，小說通過主人公阿塗與一棟房子的得失故事，反映了轉型期台灣社會的一景，揭示了傳統的生活方式和傳統的人在工商社會力量的進攻下不堪一擊的悲劇。主人公阿塗原是一個職業低微的道士，「在戰後傾其所有的積蓄，在北門街買下一棟破舊的房子，再稍加翻修，才把一家大小七口人安頓下來」。從此，一家人本份地靠出租房屋的收入過活，生活也漸漸開始好轉。雖然連阿塗的孩子都看不起他從事的低賤職業，「你們兄弟老覺得道士的職業低賤、落伍，有了這種父親，你們在別人

的面前，挺不起胸，抬不起頭來。」然而，因為能夠白手起家，卻使阿塗感到了人生的價值與尊嚴。不料禍從天降，在機關工作的大兒子清池因走私日本西藥，進行投機倒賣而被抓了，虧損十萬多元，蝕光了老本。清池哭泣著哀求父親救他，阿塗的心裡難過極了。因為清池是長子，寄託了一家人的希望，而且「只有他默默的獲得父親內心的喜愛」，這使阿塗覺得不能不管清池的事。在無計可施的情況下，阿塗只好以「買了這房子是運，賣了是命」來寬慰自己，將房子賣掉幫兒子還債。可是，大兒子清池還是因為想不開而自殺了，老妻因而憂慮成病，三兒子也被迫輟學。對阿塗來說，變賣房子是他難以接受的現實，可他又不得不這樣做，這種痛苦顯然是不可言喻的。阿塗終於在接踵而至的一連串厄運中被徹底擊倒了，他的精神逐漸被折磨消耗殆盡，漸漸的變得痴呆起來了，「衰老和極度的頹傷，再加上突出的顴骨，和生根在頭上的破雨帽，已足夠表徵他的貧窮」。而那已變賣的房子，他卻仍一往情深地珍惜摯愛著。在此後一年多的時間中，阿塗每天傍晚總是呆坐在街道旁的一個消防砂箱上，始終望著斜對面原是自家房子的西藥房。最後，當那所原來屬於他的房子在北門街發生的一場火災中也燒著了的時候，阿塗既不去救火，也沒有去圍觀，而是縱身投入火海與屋俱滅。故事就這樣以阿塗舉身蹈火的悲劇收場了。阿塗舉身蹈火的行動，把他對舊居的懷戀推到了死的極致。乍看之下，他的行為似乎有些離奇，可是細思之下並不令人感到意外，因為那棟房子標誌著他所取得的人生成就，以及他的生命存在的價值；房子屬於他的時間雖然短暫，卻已成為他生命中唯一的亮色，因此阿塗才不惜用生命去為它殉葬。如果說他的大兒子清池之死抗議了工商社會對人的殘忍吞噬；

那麼，阿塗的舉身蹈火則是對自我生命意義與傳統價值的祭奠，帶有一種悲壯的意味。

〔1〕魯迅〈《中國新文學大系・小説二集》導言〉，見趙家璧主編的《中國新文學大系》，上海良友圖書印刷公司一九三五年六月版。

〔2〕魯迅〈《中國新文學大系・小説二集》導言〉，見趙家璧主編的《中國新文學大系》，上海良友圖書印刷公司一九三五年六月版。

〔3〕黃春明的這段話，參閱了楊澤主編的《從四〇年代到九〇年代——兩岸三邊華文小説研討會論文集》中的相關內容，台北，時報文化出版企業有限公司一九九四版，第二七三頁。

〔4〕參閱了劉春城著的《愛土地的人——黃春明前傳》中的相關論述，台北，圓神出版社一九八七年六月版。

〔5〕黃春明的這段話，參閱了楊澤主編的《從四〇年代到九〇年代——兩岸三邊華文小説研討會論文集》中的相關內容，台北，時報文化出版企業有限公司一九九四版，第二四一頁。

〔6〕林海音：〈這個自暴自棄的黃春明〉，見小説集《小寡婦》的「序」，台北，遠景出版社一九七五年二月版。

〔7〕林海音：〈這個自暴自棄的黃春明〉，見小説集《小寡婦》的「序」，台北，遠景出版公司一九七五年二月版。

〔8〕參閱了劉春城著的《愛土地的人——黃春明前傳》中的相關論述，台北，圓神出版社一九八七年六月版。

第二章
悵惘的鄉土愁思
黃春明小說創作的第二階段

　　六〇年代的台灣社會是一個頗不平靜的社會。以美日為主的西方資本的輸入和整個社會經濟結構的重建，使台灣處於急劇變化的社會轉型時期。這是一個由傳統農業社會向現代工商社會轉化的過渡時期，各種矛盾錯綜複雜地糾葛在一起，打破了靜態的農業文明秩序，對農民的剝削和對大自然的破壞一樣的殘酷無情，歷史發展的進程必然帶來了犧牲和血腥。因此這一次驚心動魄的社會轉型，是台灣有史以來最深刻、最廣泛的一次時代變遷。這種轉變使整個台灣社會從生活方式、價值觀念到文化傳統都發生了深刻的震盪。就在這個動盪的社會中，黃春明逐漸找到了自己的位置，擺脫了現代主義的「孤絕與蒼白」，走上了現實主義的創作道路。他以對底層社會卑微人生的極大悲憫和對正在消失的傳統人文氛圍的無限眷戀，表現出社會底層民眾面對強大的現代資本主義經濟的侵入，竭力抗爭之後無可奈何的失落命運，揭示了地位卑微的「小人物」身上放射出的人性光輝。作為一個有著人道主義情懷的作家，黃春明將批判資本主義現代文明的非人道性和重回人類精神家園的渴望確立為自己的寫作立場和視角。這是一種基於本能的反抗，因此深刻的鄉土眷戀作為一種凝固的審美心態籠罩在他這

一時期的創作中。恰如呂正惠所說的那樣：「黃春明是借著小人物來追懷即將逝去的農業社會的田園世界。」[1] 也正因如此，黃春明對自己所眷戀的田園與鄉土社會，表達了深厚的感情：「這裡是一個什麼都不欠缺的完整世界。我發現，這就是我一直在尋找的地方。」[2] 就在這個「什麼都不欠缺的完整的世界」裡，他先後創作了〈青番公的故事〉、〈溺死一隻老貓〉、〈看海的日子〉、〈兒子的大玩偶〉、〈鑼〉、〈癬〉、〈魚〉、〈阿屘與警察〉，以及〈兩個油漆匠〉等小說，這些作品都是「絕對贊成以真摯的人生態度為基礎的關心人、關心社會的文學」。[3] 在黃春明筆下出現的人物是：農民、學徒、妓女、菜販、羅漢腳、油漆匠、廣告的、打鑼人，以及城市貧民等，他努力發掘這群受屈辱的、卑微的、愚昧的、可憐的「小人物」的人性尊嚴，因為他們是被出賣、被掠奪、被侮辱和被剝奪了人的權利的人。而在這個時代裡，「凡人比英雄更能代表這個時代總量……他們不是英雄，他們可是這時代廣大的負荷者。因為他們雖然不徹底，但究竟是認真的。」[4] 總體來說，黃春明這一時期塑造的青番公、阿盛伯、憨欽仔、坤樹、白梅、阿發、猴子、阿力，以及阿蒼等形象都屬於「典型環境中的典型人物」，含有特別重要的社會意義。具體來說，就是黃春明透過小說中所塑造的那些栩栩如生的人物形象，不僅折射出了台灣轉型期各種尖銳的社會矛盾和廣大底層人民的貧困疾苦，而且鮮明地反映了這個大變動時代的若干重要特徵，努力構成了台灣社會變遷的歷史畫卷，並且與他同時代的陳映真、王禎和等作家一道開創了鄉土文學的新紀元。

第一節　〈青番公的故事〉

　　發表於一九六七年的小說〈青番公的故事〉，可謂是黃春明創作中最富有浪漫精神的鄉土文學作品之一。它不僅被譽為台灣當代鄉土文學的扛鼎之作之一，而且也是黃春明被人們稱為「鄉土作家」的重要原因之一。美國漢學家葛浩文曾這樣定義「鄉土文學」：「它是寫實文藝創作類型中的一種。鄉土文學通常描繪鄉村居民或小鎮市民的生活；在那個環境裡，傳統民俗是根深蒂固的，而人們的生活境遇也是極相似的。地域性更是個很有意思的主題，而且受到鄉土作家的相當重視；他們利用某一地方的特點，如地方方言等，來強調和形容某一地方的獨特性。鄉土作家常常把他的生長環境敘述成一個在蕭條不景氣中打滾，在敗壞墮落中掙扎，或在現代化工業等外來影響中遭受打擊的社會。後者這一類作品，在台灣鄉土文學作品中表現得最露骨，最明顯；這些作品中寫得最好的，是描寫社會形態的轉變，以及把社會進步的優點和利益，跟伴隨進步而來的頹敗，以至古老傳統的終於喪失，作鮮明的對比。」[5]在黃春明摹寫故鄉宜蘭鄉鎮生活的作品裡，很容易就可以看到葛浩文所描述的這種鄉土文學風貌，尤其是小說名篇〈青番公的故事〉更是鄉土氣息最濃郁的作品之一，也是一曲鄉土人物的頌歌。

　　這篇小說塑造了一個大地英豪式的人物──青番公，在他身上寄予了作者的鄉土情結和「烏托邦」理想，散發著理想色彩和人文精神的光輝。故事發生於一個名叫「歪仔歪」的地方，蘭陽平原上的這個鄉土世界如同一個神話中的田園，這是一片尚未經過現代科技文明污染的土地，保持了大自然的美麗

生態。這裡的原野、山川、野性泛濫的濁水溪和深山哀鳴的蘆啼鳥都洋溢著一種原始的自然美：這裡吹拂著海口來的東風，當風兒翻過堤岸時，溫柔地將稻穗搖得沙沙響；清晨晶瑩的露珠則將整片田園染成了一個紅彤彤的世界；河邊矗立的巨大風車與古老磨坊，「當夕陽斜到圳頭那裡的水車磨房的車葉間，艷麗的火光在水車車葉的晃動下閃閃跳躍」。這樣的田園風貌充滿靈性，讓世間萬物趨於完美與和諧，令人們感受到大自然的神奇力量。這裡的人們過著純樸、靜謐、和諧與滿足的世外桃源般的生活：睡在昏暗的八腳床上，每日用清茶四果答謝著土地公的恩賜，他們的生活就像一幅充滿詩意的田園風景畫，讓人們感覺到一種中古時代的神秘氣息，這種傳統農業社會的生活如一首古老又恬靜的歌謠，回旋於「歪仔歪」的上空。作者關於「歪仔歪」的這些描繪，把風景與情感細膩交融於一體，令小說染上了一層濃郁的詩意和浪漫色彩。而主人公青番公就在這樣的背景下出場了。他是黃春明小說中與大自然最相融的人物形象，體現了一種「天人合一」的美學理想。小說發生的時間是稻穀即將收穫之前的六月，在一片金黃的稻浪中展開故事。青番公不像年青人那樣粗製濫造稻草人──「頭上每每都堆滿鳥糞，腦袋的草也被麻雀啄去築巢。」而是精心編好了十二個嚇唬鬼靈精麻雀的稻草人，率領只有稻草那麼高的七歲孫子阿明去田裡將驅趕麻雀的稻草人布置起來。小說以優美的語句描繪了一路上青番公和阿明祖孫兩人徜徉於充滿生機的太陽底下的瑰麗情景：

當太陽的觸鬚開始試探的時候，第一步就爬滿了土堤，而把一條黑黑的堤防頂上鑲了一道金光，堤防這邊的稻穗，還被

罩在昏暗的氤氳中，低頭聽著潺潺的溪流沉睡，清涼的空氣微微帶著溫和的酸味，給生命注入了精神。青番公牽著阿明到田裡去。

　　「阿公，稻草人……」
　　「噓！你又忘了。應該說兄弟，不要再忘了！」
　　「我們又看兄弟嗎？」
　　「看看兄弟有沒有跑去看別人的田。」
　　……

　　太陽收縮它的觸鬚，頃刻間已經爬上堤防，剛好使堤防成了一道切線，而太陽剛爬起來的地方，堤防缺了一塊燦爛的金色大口，金色的光就從那裡一直流瀉過來。昨天的稻穗的頭比前天的低，而今天的比昨天的還要低了。一層薄薄的輕霧像一匹很長的紗帶，又像一層不在世上的灰塵，輕飄飄地，接近靜止那樣緩慢而優美的，又更像幻覺在記憶中飄移那樣，踏著稻穗，踏著稻穗上串系在珠絲上的露珠，而不叫稻穗和露珠知道。

　　阿明看著並不刺眼的碩大的太陽，真想和太陽說話。但是他覺得太陽太偉大了，要和他說什麼呢？

　　「阿明，你再看看太陽出來時的露珠，那裡面，不！整個露珠都在轉動。」

　　阿明照著老人的話細心的觀察著露珠：

　　「阿公，露珠怎麼會轉動呢？和紅太陽的紅顏色在滾動一樣。」

　　「露珠本身就是一個世界啊！」

　　當他們再度注意太陽的時候，太陽已經爬到用晾衣竿打不到的地方了。……

顯然,小說最動人之處就在於此,不僅這片開闊的田野景色以絢爛色彩和清新氣息深深吸引了人們,而且青番公那種對土地的迷戀、以及因稻穀即將收割而產生的喜悅,亦使人彷彿身臨其境。從故事的這個開場裡可以知道,對於青番公祖孫來說,現代文明社會的喧囂、煩悶暫時尚未侵擾到他們。青番公耐心指點孫子怎樣做一個有經驗的農夫,喜悅地流連在海洋般廣大而沙沙作響的稻稈間,親近著露珠與太陽所構成的世界,聆聽著土地所透露出的一切訊息,捕捉著大自然的靈魂,祖孫二人猶如稻草人般守護著他們的田園。就在這個美麗的豐收季節裡,已經七十多歲的青番公回憶起早年艱苦拼搏,重建家園的往事,心中洋溢著奮鬥過後的自豪感與成就感。當老人想到他的孫兒將要繼承他親手開墾出來的田地時,回想起當他還是個年輕人時,一場毫無預兆的大洪水在一夜之間摧毀了人們辛苦耕耘的田地與家園,全村幾千甲土地一夜之間全沉沒到水底,村民死了一大半,也捲走了青番公全家人的性命,「這次的洪水是歪仔歪有史以來所遭受的空前浩劫,所有的土地和那上面再遲半個月就可以收穫的番薯和花生都流失,人也喪失了一大半。」「祖父的屍首,第三天才在下游的地方被發現。」「這樣,吳家就只留下青番一個,和他二十一歲的年齡。」「五六天以後,大水才算全部退掉。這時,再浮出水面的歪仔歪竟變成了一片廣瀚的石頭地,這比見了洪水淹沒時的情景,更顯得絕望。青番在石頭地上抱著一顆大石頭哭了一整天,口裡喃喃地說:我怎麼辦?我怎麼辦?」本來在「歪仔歪」這個地方的風俗禁忌中,蘆啼被看作是通報洪水來臨的忠實的報信鳥,絕不允許任何人傷害它。曾經有個日本人來「歪仔歪」獵殺了一隻蘆啼鳥,村人當時就殺了這個日本人;而這次的洪水

則一點預兆也沒有，人們於是把發生洪水的災難歸咎於一個名叫秋禾的村民，因為秋禾將兩隻雄蘆啼殺了烤來吃掉，因此惹來了這場空前的大浩劫，因此洪水退後，大家因為公憤準備將秋禾綁了扔到濁水溪裡淹死。而由於青番家在這次水災中遇禍最慘，全家只活下他一個，因此秋禾被帶到青番面前任他處置，一位老人問青番公：「你的意思怎麼樣？把他淹死呢？或者是把他趕走？」面對家破人亡的慘劇，青番心中的悲愴實在難以言喻，但當他無意間接觸到秋禾那絕望哀求的目光時，禁不住放聲哭著說：「放走這條狗吧——。」青番選擇了放棄報復，救了罪魁秋禾一命，在這一時刻他所表現出來的大仁大義，閃爍著熠熠生輝的人性光芒，深深震撼了人心。放生秋禾後，青番單獨負起繼承家族香火和開墾荒地的責任，面對洪水退後整個村莊變成石頭地的淒慘現狀，他沒有逃避與絕望，而是重振信心，將「一段漫長勞苦的日子，都擲在一層厚達三、四尺覆蓋泥沙土的石頭上」；他還花錢買了頭老母豬來養，「母豬一到青番家一窩一窩地生，田地一塊一塊地開墾出來了」，「現在每一塊田都變成良田了」。就是這樣不屈不撓的精神與堅韌不拔的毅力，讓青番硬是用自己的雙手使石頭荒地重新變為沃土良田，使被洪水摧毀的家園得以重建。就像小說裡寫的：「雖然後來洪水曾經再連續來了好多次侵擾這個地方，而歪仔歪人的意志，和流不完的汗水，總算又把田園從洪水的手中搶回來。」此處，作者無疑是把中國農民那種可以驚天地、泣鬼神的刻苦耐勞精神和堅強不屈的意志，非常典型化地賦予青番公身上，再以親切動人的故事，娓娓道出了內心的喜悅和踏實都是來自奮鬥的汗水這種寶貴的鄉土傳統。青番公是與土地相依為命的農民，他的悲歡離合和生命價值都來自於

土地。由於一輩子的生命全都投擲於田園上了，這使青番公成
為這塊土地上的歷史見證人，成為傳統農民前赴後繼開創家園
的生命意志寫照。對於一個農人而言，沒有什麼能比讓五穀豐
登的情形更具有勞動的價值，沒有什麼能比對生活、對子孫後
代的無限希望更令他意識到生命的意義。青番公正是在荒灘變
成良田的艱苦搏鬥中，實現了一個勞動者最樸素、也最偉大的
生命價值。青番公絕對不會像哈姆雷特王子那樣整天思考著
「活著還是死去」那樣的問題，但他卻真正從生命的積極意義
上證明了自身存在價值的。因為在青番公眼中土地是根本，勞
動更是一種生命的需要與享受，因此他總是有滋有味地參加勞
動，興致勃勃地為每一塊田豎起稻草人——「兄弟」以驅趕麻
雀，認真地觀察稻穗結實的訊息，和孫子一起欣賞露珠裡的世
界，傳授孫子阿明辨認「自然的聲音」——稻穀成熟的沙沙
聲。作為鄉土人物，青番公身上體現了深厚的鄉土感情和積累
的珍貴經驗，而這是多少代人所承傳下來的寶貴財富啊！因此
青番公迫切地想將它傳給自己的後代，千叮嚀萬囑咐孫子阿明
要牢記這些智慧與經驗。關於這一點，小說中描寫了青番公祖
孫之間一些非常富有詩意的對話：

　　「你聽到什麼嗎？阿明。」
　　「什麼都沒有聽到。」阿明天真的回答。
　　青番公認真的停下來，等海口風又吹過來搖稻穗的時候
又說：
　　「就是現在，你聽聽看！」他很神秘的側頭凝神地，在體
會著那種感覺。阿明茫然的抬頭望著他。「喔！有沒有聽到什
麼？不要說話，你聽！就是現在！」

「沒有。」阿明搖搖頭。

「沒有？」青番公叫起來。「就是現在！」

阿明皺著眉頭想了一下，隨便地說：「打穀機的聲音。」

「唉！胡說，那是還要一個禮拜的時間，我深信這一季早稻，歪仔歪這個地方，我們家的打穀機一定最先在田裡吼。阿公對長腳稻有信心。」停了停，「你真的什麼都沒有聽見嗎？」

「沒有。」阿明很失望。

又一陣風堆起稻浪來了。

「你沒聽見像突然下了西北雨的那種沙沙聲嗎？」

「就是這個聲音？」

「就是這個聲音！」老人很堅決地說。「怎麼？你以為什麼？」當阿明在注意金穗搖動的時候，老人又說：「這就是我們長腳稻的稻粒結實的消息。記住！以後聽到稻穗這種沙沙聲像驟然落下來的西北雨時，你算好了，再過一個禮拜就是割稻的時候。千萬不要忘記，這就是經驗，以後這些田都是要給你的。他們不要田，我知道他們不要田，只要你肯當農夫，這一片，從堤岸到圳頭那邊都是你的。做一個農夫經驗最重要。阿明，你明白阿公的話？」

小孩子的心裡有點緊張。即使踮起腳尖來也看不到堤岸和圳頭那邊。這是多麼廣大的土地啊！他怎麼想也想像不到這一片田都是他的時候怎麼辦？

「阿公，割稻的時候是不是草螟猴長得最肥的時候？」

「哼！在早稻這一季的收割期，才有草螟猴。」

「啊！真好。我又可以捉草螟猴在草堆裡燒起來吃。」

「草螟猴的肚子裡不要忘記塞鹽粒。我知道你們小孩子不願吃鹽巴，塞鹽巴的草螟猴吃起來又香又不腥。到時候我會再

用稻草桿做許多籠子給你關草蜢猴。你要跟阿公多合作。」

風又來了。阿明討好的說：

「阿公，我聽到沙沙的聲音了！」

「是，是，多美的消息。從現在開始，每粒的金穀子裡面的乳漿，漸漸結實起來了。來！趁這個時候麻雀還沒來以前，快把兄弟布置好。」

「麻雀什麼時候來？」

「就要來了，就要來了。快把兄弟布置起來。」

「阿公！」阿明落在後頭，手拿著笠子叫：「稻草人的笠子掉了！」

「噓！」青番公馬上轉過身停下來說：「這麼大聲說稻草人，麻雀聽到了我們豈不白忙？記住，麻雀是鬼靈精的，以後不要亂說稻草人，應該說兄弟。做一個好農夫經驗最要緊，你現在就開始將我告訴你的都記起來，將來大有用處。」

他們兩個蹲在田埂上，把稻草人一個一個都再整理了一番，準備從堤岸那邊放回來。

阿明看看稻草人說：「阿公，兄弟怎麼只有一隻腳呢？」

「一隻夠了。我們又不叫他走路，只要他站著不動，一隻腳就夠了。」

這裡，小說不僅將青番公祖孫二人布置稻草人的天真之情，依傍著土地與自然生活的情形表現了出來，而且使人很容易就可以體會到青番公那充滿了寧靜、滿足與喜悅的內心世界。小說將故事投放到大自然的背景中，這些優美的田園景觀並非簡單的抒情手段，而是有著更深沉的寄託，因為當青番公日夕親近田原，像一個守護使一樣遊息在這片海洋般廣大而沙

沙作響的稻稈間時，他能聽到長腳種的稻粒結實的聲音，看透「鬼靈精」的麻雀的心思，他還把稻草人稱作「兄弟」以對付可能會搶奪豐收果實的麻雀，此時的他，完全成了一個可以和田地暗通訊息、熟悉自然的靈魂。因此才能在四周的文明巨變下，仍保留著對傳統信念的忠誠。而人們在領略台灣蘭陽平原那美麗稻田風光的同時，青番公這個傳統老農的音容笑貌也逐漸浮現在人們面前。特別是那些像電影鏡頭般流動的生動畫面，使人物漸漸離開文字和語言，直接進入了人們的視覺和心靈。青番公的慈祥、智慧、寧靜和喜悅中的那一絲淡淡的愁怨，都給人們留下了深刻的印象。

　　青番公憑著積累了幾十年的經驗與土地融爲一體，並希望這些經驗能傳諸後代，因此入睡時，他給睡不著覺的孫子阿明講年輕國王瞧不起老人的故事和「老鼠公」的傳說。當他終於把阿明哄睡後心裡感到一種難言的踏實和安慰，小說對此也有一段極爲動人的描繪：「阿明最怕老鼠，一聽說是老鼠公，身體縮成一團的擠在老人的懷裡。不一會兒的工夫，小孩子已經睡著了。老人輕輕地把小孩子的腳擺直，同時輕輕地握著小巧的小腳丫子，再慢慢摸上來，直摸到小雞子的地方，不由得發出會心的微笑；此刻，內心的那種喜悅是經過多麼長遠的釀造啊！那個時候，每年的雨季和濁水溪的洪水搶現在歪仔歪這地方的田園時，萬萬沒想到今天會有一個這麼聰明可愛的孫子睡在身邊，而他竟是男的。」這是青番公戰勝了洪水浩劫，重建家園之後的自豪。青番公深愛他的孫子阿明，他在關注睡夢中的阿明時，內心充滿了喜悅，這是因爲阿明是男孫，男孫就意味著他的田地裡將來會有一個生龍活虎的壯勞力，能夠將他的田園繼承下去。在中國人的傳統觀念中，男孩才是承繼家族香

火的人，因此對青番公而言，他的孫子就是他的命根子，更是
「歪仔歪」的未來與希望。然而，即使在這樣歡快的篇章裡，
小說也埋下了一些伏筆。當青番公反覆講著國王瞧不起老年人
的故事，以強調老年人經驗的重要性時，他其實也察覺到潛伏
著的危機即將到來，這次的危機不是曾席捲一切的洪水，而是
人的問題。雖然青番公已對他的兒子們失望了——「他們不要
田」，但當他把希望悉數放在幼小的孫子阿明身上時，還是感
到了幾分惶恐與不安，他很不放心地問：「阿明你會種田
吧？」如此小心翼翼的試探，卻沒有得到阿明的回答。他只能
不斷討好地告訴阿明「從堤岸到圳頭那邊」的最好的田都是留
給他的，「這些好田都是阿公早前用汗換來的呢！這些，都是
你的了。」為的就是使阿明能樹立當農夫的志向。可是孫子阿
明的想法卻有了微妙變化，他聽不見稻粒結實的聲音，更無法
想像這樣一塊廣大的土地屬於他時會是怎樣？很顯然，阿明會
讓青番公失望。因為這個七歲孩童對於土地的興趣，只不過是
出於貪玩和好奇，他並沒有承襲祖父熱愛田地與莊稼的天性，
而且阿明將在台灣由農業社會向工商業社會轉型之後長大，那
時即使阿明想作農夫，可能也不會再有那樣美好的鄉土田園留
給他了。事實上，青番公擁抱的已不太可能是一種未來的美
景，而可能僅僅是自己的願望。黃春明以悲憫同情的胸懷來看
待在泥土中討生活的「小人物」，不僅寫出他們在社會變遷中
的心理調適問題，而且寫出了他們以單純的傳統信念面對複雜
的現代社會乃至命運衝擊時湧上心頭的酸甜苦辣滋味。

努力描繪鄉村人物的生活，以充滿溫情的筆調抒寫鄉村風
情的美好和在現代文明侵蝕下的日趨沒落，是這篇小說的突出
特徵之一。青番公這一形象本身就是土地和歷史的象徵，這是

一個屢次和災難搏鬥而由大自然的巨手打磨出來的頑強生命。他在五十年前一場洪水的災難中幸存下來，並依靠自己的毅力重建了生活。如今，那塊廣大的土地不僅變成肥沃的田園；同時，在政府大力倡導建設農村、輔導生產的政策下，不僅青番公家裡已經擁有了機械化作業的耕耘機；而且那常年飽受洪水侵襲的蘭陽平原也已大大的改觀了：防洪堤的修築，長達三千多尺長的蘭陽大橋的修建，給農村帶來了更大的繁榮。遺憾的是，大自然的洪水沒有使青番公這個背負著歷史傳統的老人屈服，現代文明的潮流卻使他感到困惑和迷惘。青番公所處的六○年代正是台灣社會充滿動盪的轉型期，由於西方資本的輸入和社會經濟結構的重建，台灣正從封建性質的小農自耕社會，逐步轉變成為資本主義性質的現代工商經濟社會，台灣農村的自然經濟和保守傳統的思想觀念面臨著前所未有的危機。面對社會轉型期這種躁動不安的局面，青番公的內心不斷產生著一系列的困惑：雖然洪水不再泛濫了，但是河水變得毫無氣勢，還有斷流的跡象；雖然建橋、修路便利了交通，但是堵車、混亂、嘈雜也隨之而來；雖然現在每一塊田土都是良田，水稻也培育出了良種，可是兒子們卻對種田毫無興趣，年輕人的生活都轉入了新的軌道。處於這種矛盾衝突中的青番公，既喜悅眼前的收穫，又不滿於某些現狀，因而非常懷念過去的歲月。因為他以生命確立起來的傳統信條和用汗水澆灌的田園已經後繼無人了，因此他只能把自己的希望——從田園、水車，到種種人生經驗都寄託在七歲的孫子身上。遺憾的是，孫子阿明年紀還太小，對青番公的鄉土感情無法完全理解。因此小說裡對這種情形做了一番描繪：

　　他們已經來到第一塊田了，稻草人斜斜地站在田裡，老人走過去把它扶正說：「腳酸了嗎？喔！插得不夠深，我還以為竹子不夠牢。這樣行嗎？好，麻雀來了趕跑它們。」

　　「阿公，你和誰講話？」阿明在田埂上這邊喊。

　　老人慢慢的走過來說：「我和兄弟講話，我叫它認真趕麻雀。」

　　阿明感到莫名其妙地問：「稻草……」

　　「噓！你又來了，這麼小記性就這麼壞，以後長大怎麼辦呢？」

　　「阿公，兄弟怎麼會聽你的話？」

　　「怎麼不會聽我的話？不會聽我的話就不會趕麻雀了，是不是？你看看我們的兄弟會不會趕麻雀，一粒稻子麻雀都不要想碰它。」

　　這些細節生動地表現了祖孫兩代之間在認識與情感上的「代溝」。青番公一口一聲地把稻草人稱做「兄弟」，阿明則常常忘記而說走了嘴，甚至還打心眼裡對祖父的話產生懷疑。事情雖小，卻鮮明地表現了兩代人之間的距離，所以青番公一再深情向孫子阿明強調：土地是唯一可以扎根的倚恃，沒有土地就沒有扎根的地方；一再告誡孫子「他們不要田，我們必須要田」這種基本信念。然而，小說最後卻不得不以描寫濁水溪橋上兩輛貨車互不相讓到「幾乎要動武」的場面，來象徵另外一種生活方式正隨著工商業的腳步強行入侵傳統鄉土的現實。在這裡，我們彷彿可以感受到大地的聲音逐漸在變調的訊息，青番公和「歪仔歪」的人民可以將洪水泛濫後的石頭荒地重新開拓成沃土良田，卻可能無法疏通橋上因指揮交通的「紅綠

燈」壞掉所造成的一團混亂，他們只能沉浸在橋下水鬼故事的世界中，無奈地唱出台灣社會中「田園牧歌」的最後絕響。很顯然，對青番公那執著的生活信念進行挑戰的不再是自然的災害，而是另一種把他兒女全都吸引進去的新的物質文明。而這個威脅是他所無力抵抗的，他不能不在新的現實面前感到深深的悲哀。小說之所以能夠把質樸平凡的鄉土題材表現得如此生動美麗與踏實健康，是因為黃春明始終將自己的鄉土之情遙繫於自然之中。故鄉宜蘭不僅是黃春明永遠縈繞在心頭的眷戀，它維繫著作家關於土地、家園、鄉民和童年的全部情感記憶，而且是孕育了黃春明生命與創作的人生搖籃。對於一個作家而言，他永遠在尋找自己的一片土地，那是源於他個人、家庭、社會，乃至國家、民族的整個背景的一片天地；他所隸屬的同胞宗族社群的群體性，與他屬於自我的個性，正是被這塊生於斯長於斯的土地所孕育與張揚的。換言之，作為一個從泥土中走出來的作家，黃春明在故鄉宜蘭找到了自己鄉土文學創作的根源，因為「如果是一粒種子，就永遠離不開泥土」。[6] 黃春明獻給故鄉宜蘭的，是一支樸素、溫馨而帶著憂傷的鄉土之歌，是一幅優美與嚴峻、希望與失望相交織的田園風光畫。然而，黃春明筆下這種「物我交融、主客合一」的浪漫境界，卻是一個行將失去的境界。換言之，黃春明在此建築了一個心目中的「烏托邦」，可是這個美麗和諧的「烏托邦」，卻不得不一再遭到外界文明發展的挑戰與破壞，這使得黃春明產生了深深不滿，而這不滿便被悄悄地隱藏在她所創作的這些含有「烏托邦」色彩的鄉土故事中了。美國學者詹明信曾說：「所有烏托邦，無論是安然無恙或是支離破碎，都是悄悄的由諷刺者對墮落的現實的憤慨而支配的。」[7] 他認為由於古老的習俗被資

本主義關係的超越地位所劇烈改變，並且變得非自然化，因此使「資本主義的原始罪惡被揭露了：不是工資勞動、貨幣形式的劫掠和市場的冷酷無情循環，而是舊的集體生活方式在已被掠奪和私人占有的土地上所受到的根本的取代。這是最古老的現代悲劇。」[8]而對於這個「最古老的現代悲劇」，小說中則以一再歌頌屢經天災仍充滿青春活力的蘭陽平原來對抗，用充滿詩情畫意的田園牧歌構築起心中的「烏托邦」，來防禦資本主義工商社會對傳統農業社會的殘酷入侵。事實上，人類依附農業社會所建立起來的文化價值，如果只是簡單地用經濟價值去衡量是很不合理的，「其實農業不只是經濟價值，更是整個民族在悠久的時間裡所建立起的完整的文化體系，每個人都隨著大自然的節奏活動，也是天人合一的活動。」[9]年逾古稀的青番公對自己一生艱辛經歷的緬懷就是最好的證明。青番公在與大自然的搏鬥中，也曾失敗過，但從未屈服；他對鄉土的愛、他的人生經驗和生活信念無不令人尊敬，並且富有詩意與美感。然而工商文明入侵的腳步聲卻打破了「歪仔歪」數千年來田園的寂靜，天災似乎有辦法克服，只要頑強、不屈服，可是面對資本主義咄咄逼人的氣勢，卻不是靠人力、靠傳統精神所能阻止的。青番公也只能陷入無可奈何的惆悵與懷舊情感之中了。雖然青番公一想起早年奮鬥的歲月就感到激動與自豪，不過他希望再現的並不是單純的昔日生活形態，而是當年的奮鬥精神——和「洪水搶土地」精神，以及那種「堅強得能夠化開石頭的意志」；青番公希望後代能接續它們，因為那些勇敢、堅定、犧牲和耐勞的精神，不僅是昔日的榮耀，更是現在和未來社會的人生精髓；青番公擁有熱愛自然，珍惜生活的純樸情懷，他陶醉地欣賞品味稻葉上的露珠，認真為稻草人準備

不同的衣著，詭秘地稱呼它們為「兄弟」，叮囑阿明不准打鳥，肚子裡還藏著那些早已被人遺忘的水鬼故事，這些與鄉村生活密切相關的舉動，只有在鄉土社會才能顯出它的意義和價值，才會得到理解與認可。在青番公的眼中，他觀察到的鄉村景色，是那麼一致地性靈四射、流光溢彩，宛如桃源仙境；而他身上所展示出來的善良，勤勞、真誠，又是那樣的渾然天成，沒有一絲一毫虛偽的痕跡。

這篇小說應算是黃春明鄉土小說創作中初試啼聲之作，在寫實中帶有很重的抒情成分。這種詩一般的風格流露出的是老一輩農民對土地和傳統的深深依戀之情。小說塑造的這位既勤勞善良，又樸實堅韌的青番公所代表的那種「天人合一」的浪漫世界，只能到回憶中去尋找了。青番公是從親手耕種的土地上得到歡樂和安慰的，這是他人生的基礎，即使曾在自己視如生命的土地上失去過最愛的親人，他的父輩全葬身洪水，他也不願意放棄土地；雖然青番公一生都在幹著笨重的農活，一成不變，四季輪回，到了老年誰也看不到他的價值，土地剝奪了他的青春，磨損了他的體力，但他依然崇拜著土地，心滿意足地享受著粗糙的鄉村生活，從中體會著勞動與收穫的甘甜而毫無一絲悔意。由此可見，青番公是一個真正的勞動者，他熱愛勞動和勞動的果實，也在勞動的過程中獲得了生命的享受。青番公把自己幾十年來種田的經驗珍藏在心裡，像寶貝似的急著要傳授給他唯一的孫子阿明，他一想起「過去奮鬥過來的那段生活」，想起自己從洪水浩劫下搶奪回來的良田，就驕傲和興奮得睡不著，這正是由於青番公從父輩那裡繼承了對土地的情感，他保留了農民的傳統，這傳統根深蒂固，無法撼動——因為它來自於那些尚未遭受過城市威脅的農民祖先。而且，青番

公年輕時就已經知道，「前人在這裡開墾的時候，就一直和這裡的洪水搶土地」，洪水到來時，他的祖父曾揮杖逼他逃生，這種為了保存家族香火而不惜自我犧牲的勇敢行為，曾經深深震撼了青番公的靈魂，使他毫無別慮地成長為自己祖父生命的延續，更從未覺得失落或遺憾。顯然，青番公是擁有獨特的審美角度和生活情趣的，只有在鄉村田野上才能得到內心的滿足，這也使他無法離開田園。正因這些原因，儘管土地帶給他每天的勞累，讓他經歷痛苦的往事，青番公從沒有抱怨過土地，或懷疑過它的至高無上的地位。

然而，時光是不能倒流的，社會也不能倒退回去，以自然經濟為主體的農業社會終將被現代工商社會所取代。這是歷史規律。驚人的科技發展使得巨大的生產力像一匹脫韁野馬般無法約束，不僅打破了人與自然之間的和諧融洽，將傳統的人際關係撕得支離破碎，而且還把社會面貌變得光怪陸離。但是，無法否認的是，現代工商社會由於以機器代替人力，這成為生產方法的最大變革，使得生產力一日千里，開發了無窮盡的資源，創造了更加巨大的財富，也增加了眾多的就業機會。當然，無可諱言的是，現代文明因為促使農村不可避免的走上機械化的道路，從而也造成了農村人口的過剩，多餘的勞動力就被誘導到市鎮和工廠中去謀生，造成了農村中的年輕一代出現「他們不要田，我知道他們不要田」的問題。黃春明也許正是因為太瞭解當時台灣現代工商社會的病症，所以才特別懷念那只存在於青番公回憶之中的「烏托邦」鄉土社會，因此這種回憶既非純粹的鄉愁，亦非普通的迷舊。雖然在傳統農業社會裡，田地始終是農人的命根，像青番公這樣梗直、勤勞、無奈的老農們對鄉村、土地的眷戀和摯愛，是通過他們與下一代的

交流中來展現的，但是他們面對傳統農業社會向現代工商業社會演進過程中出現「不要田」的棘手問題時，青番公是持什麼樣的看法呢？他又是如何解決這些問題的呢？小說告訴人們：青番公採取的態度是感傷和逃避，解決的辦法是將隱忍、怨怒、憂患和震驚都深深地埋藏在心底，是用懷念過去的方式來表達不滿與不平。因為他不僅無法以個人的力量與這種劃時代的巨大社會變革相抗衡，而且也無法向年輕時那樣重新立足於這個現實社會，並在新的社會現實面前重振自立自主的精神。換言之，黃春明筆下的青番公形象是一個矛盾的複合體。他並沒有一味無原則地排斥或譴責現代文明，雖然城市令青番公惶恐，令他悲傷，但他應對的態度卻依舊是和緩，退讓的，他從未疾言厲色地譴責過現代文明，反而放任子孫拋棄土地，因此他的回憶中所流露出來的，是對農村自然經濟解體的無限憂慮與悵惘，他身上所發散出的那種淡淡的哀愁與思念也就很自然地在小說中瀰漫為一種溫馨抒情的氛圍。若擴大一點來看，那些具有粗獷、野蠻鄉村精神的「歪仔歪」鄉民，過去曾因日本人打死蘆啼鳥而殺死日本人，現在卻不僅對獵鳥的槍聲不聞不問，甚至還徹底地告別了世代相傳下來的土地。顯然，正是這種現實的無奈，才使青番公和他的鄉人們無力抗爭，他們只能盡一個農民的本分而已。因此在故事的結局，作者設計了一個富含深意的情節：青番公從收音機播報的地方新聞中得知政府要貸款給農民養豬的消息後，便撐著一條鴨母船帶阿明到濁水溪下游去撈沙，為蓋新豬舍做準備。當祖孫二人劃著船輕盪在濁水溪上，朝著市鎮方向緩緩行去時，他們看到了一座現代化的、喧鬧的、長達三千四百五十六尺長的蘭陽大橋。它雄赳赳地橫跨在濁水溪下游兩岸，顯示出一種恢弘、磅礴的氣勢，可

是橋上為了搶奪時間相互對開的汽車卻亂成一團，雙方爭執到
進退維谷的混亂局面。這景象正與青番公祖孫倆剛剛離開的農
村景致形成了一個強烈反差。老人雖然警覺到這座大橋對他的
田園和子孫所產生的影響，但還是很興奮地感到了現代文明所
帶來的便利。而同橋上的火爆場面成為鮮明對比的則是「橋下
的濁水溪水理都不理的默默地流」，這樣的對比自然會使人們
不禁產生思古之幽情，想起那些自從這座大橋建成後已久未有
人提起的濁水溪水鬼的故事：「今天水鬼統統又從青番公的口
中一個一個化著纏小足的美人，在溪邊等著人來背她過水。」
而這些其貌可親，實則害人的水鬼在「轉世之前，一定要找人
來代替」的古老故事中，似乎也隱喻了富裕繁榮又美觀悅目的
資本主義現代文明其實也可能像那水鬼變成的「美人」一樣使
人迷惑，讓人甘於成為受害者而不自覺。很顯然，橋上與橋下
的對比其實已經暗示了紊亂的都市文明已經開始侵入青番公所
親手開闢的樸素田園了。由此可見，小說是將交通運輸的繁忙
混亂作為工業文明的象徵而予以極大嘲諷的，表達出了作者心
中對現代工業社會的某種反感，從而將人們的情緒導向恬靜自
足的田園詩般的農業社會裡去尋求安慰。在今天這個物欲橫流
的世界上，人類正在走向分裂，寬容變得遙不可及，只有巨額
經濟利益才能有效地促進聯合，不僅人與人之間的關係被徹底
「異化」了，而且人與自然之間也產生了深深的隔閡。當大
橋、公路、汽車、紅綠燈這些現代化的標誌——矗立在青番公
的周圍，並滲透進他的日常生活裡的時候，青番公只能徒然發
出一些感嘆，他的憤怒也只是短暫地持續一會兒，因為他也明
白自己是不可能擋住社會前進的腳步的，自然也無法把自己的
期望強加給後代，唯有順其自然而已。至此，人們不禁要問：

　　青番公從祖先那裡代代承續下來的歡樂、希望與痛苦、憂傷，以及他對鄉村、土地與孩子們的愛與深情是否也會隨著現代文明的侵入而變易或消逝呢？小說結尾並沒有給人們一個明確的答案，只對未來略作有限的暗示而未作任何推斷。很顯然，當農村文明破碎的時候，文學將會觀照到一群有著相同特徵的形象。他們沉醉於即將逝去的田園生活，不相信鄉村價值的衰落，渴望以種植和耕作的延續來保存對土地的永恆感情。但是，在無可改變的失落命運面前，這些衰老、執著而失望的「小人物」只能在文學中煥發出悲劇的魅力與光彩來。在小說裡，黃春明塑造的青番公這個典型的中國傳統老農民形象在現實社會裡可能已經是最後一代了，而小說所描繪的「歪仔歪」的田園牧歌生活也已在現代社會中成為了人們再也難以企及的一種「遙遠的絕響」了。

　　如果從藝術構思上來看，這篇由祖父與孫兒故事構成的作品幾乎可以說沒有什麼情節，但是藝術上卻很有特色。在這個精心描繪的故事裡，時空背景不斷地從現在轉移到過去或未來；當老人回憶年輕時的艱難奮鬥而能在土地中得到報償的歲月時，時空便流轉到過去；當他幻想有一天將把土地與經驗交給他所愛的孫兒時，時空又轉到將來。可是不久他發現，當新的生活秩序逐漸威脅和破壞古老的傳統時，他的夢想就可能不會實現了，時空又回到當下。小說就這樣在時空的穿梭中，通過對原始的、行將遠去的、未經污染的世界的懷戀，映襯了一個社會的、歷史的悲劇，由此觸及了資本主義入侵農村，造成農村破產的主題。那麼，以現代工商業社會的嘈雜與繁華來取代傳統農業的和諧與寧靜，這種追求社會進步的方式值得嗎？這也正是小說作者的憂思所在，也的確值得人們深入探究。

第二節　〈溺死一隻老貓〉

　　同樣發表於一九六七年的〈溺死一隻老貓〉可以說是〈青番公的故事〉的續篇，主人公阿盛伯可說是形象地概括了傳統農業社會在現代工商勢力衝擊下的命運。小說將阿盛伯夾進「傳統」與「現代」互相對立的敘事當中來定位，沿著〈青番公的故事〉的結尾接下去寫資本主義經濟入侵後，農村中的老一輩為保衛傳統文化所進行的苦苦掙扎，生動敘述了他們面對一個異質社會「入侵」時所遭遇的徹底失敗的宿命。若與〈青番公的故事〉相比，這篇小說情節跌宕起伏、引人入勝，可敘事中的詩情畫意卻明顯淡化了，人物的荒謬性增強了；與此相應的是，作者對主人公的同情減弱了，嘲諷則大大增強了。

　　我們知道，「現代化」在當今社會觀念中不僅是一種不證自明的合法化過程，同時也是一種悖論性的存在。而「文學顯示出它在現代社會中『悖論』式的存在。作為『現代』的產物，文學必然內在地包含了『現代』對生活合理化的要求，繼而成為『現代建制』的某個有機組成部分；但另一方面，由於天然地對人和人的感性世界的敏感，文學在現代化的過程裡雖然獲得了直面現實的合法性，卻把更多的關心傾注在被現代社會淘汰、遺棄的『小人物』身上，傾注在巨大變遷中的普通人捉摸不定的命運上。這就是文學必須面對的『現代人』問題，正是這個問題的存在，有價值的文學往往以批判、質疑和反抗『現代』的姿態出現。」[10]事實上，隨著轉型期台灣社會生產方式的變革，農村的靜謐安寧很快就被打破了，工業社會的生產方式和生活方式開始侵入鄉村，延續了幾千年的古老農業文明與強大的現代工業文明狹路相逢，古老的農業文明根本不

堪一擊。具體來說，就是六、七〇年代台灣社會轉型時期的現代工商文明的巨大衝擊，確實給處於被動地位的一般民眾帶來了從生活到心理上的適應危機，尤其對那些過慣了日出而作、日落而息的老一輩農民來說，更會感到茫然失措，甚至發生種種意料不到的衝突與悲劇。〈溺死一隻老貓〉這篇小說便是這種變化與較量的典型解說。它通過生動情節讓人們看到悄然而堅定伸入農村的消費社會的誘人陷阱——「游泳池」，是如何用所謂的「現代」方式騷擾著人們心靈的，是如何以官商結合的手段威脅著鄉土人物賴以安身立命的價值觀念的，以及如何逼迫鄉土人物不斷反抗而終至潰敗的全過程。

　　這篇小說包含了兩個相互關聯的主題：一是農民對鄉土的眷戀與堅持，一是城市擴展對鄉間傳統習俗和生活方式的侵犯。雖然鄉土文化可能會暫時阻攔了城市文明的進展，可最終仍然成了現代化的祭品。阿盛伯的不堪一擊，宣告了青番公所代表的農業文明閃爍的田園詩意的徹底破滅。處於社會轉型期的阿盛伯，雖曾有過農業社會中悠然寧靜的生活，但當現代工業文明侵襲他原先生活方式的時候，他試圖阻擋這滾滾而來的潮流，便注定了他的悲劇結局。現實就是如此殘酷！阿盛伯的悲劇恰如古羅馬詩人奧維德所說的一樣：「我在這裡是一個野蠻人，因為人們不瞭解我」。[11]很顯然，在所謂的「文明人」眼裡，阿盛伯這個根本不會在現代社會裡游泳的「老貓」，大概只能是一個「野蠻人」而已。換言之，小說所要講的就是這種裹挾著「現代化」而來的「改變」，現實雖然給阿盛伯提供了以傳統文化對抗現代文明的機會，但卻終因在權力、財力及意識形態上的絕對弱勢而一敗塗地，使他不得不以一種悲愴方式狼狽收場。

　　小說開篇在簡要交代清泉村的地理情況後，緊接著便以相當感人的場景呈現了榕樹下祖師廟裡作為傳統文化道德象徵的一群老人的生命情景：

　　當年蓋祖師廟時才種在旁邊的榕樹，經過六十多年後，一百二十坪的廟地都被樹蔭遮蓋了一大半。而那長年累月都在陰影底下的紅瓦屋頂，長出一層茸茸深綠的苔蘚草。另一半在陽光下的，還可以看出頗有年資的紅瓦來。因為這個緣故，他們都直接的叫清泉祖師廟為陰陽廟。這個變化的過程，一直活在村子裡的阿盛伯他們四五個老人家，就是看著這種變化衰老的。當時他們攀吊在運蓋廟的紅磚的牛車後面，還挨了牛車夫的藤鞭哩。現在村子裡只有他們最老了，每次廟裡的祭拜，都是他們幾個人在主使村子裡的人怎麼去做；其中以阿盛伯為主要的領導人物。一年當中是遇不到幾次祭拜的，在其餘漫長的日子，幾個老人就聚集在廟裡的邊廂，冬天時把門帶上，每人提著小火籠子烘暖，夏天就把門打開，涼風必定從邊廂經過，把象徵著此地的虔誠的烏沉檀香的香火帶到天上去。他們大部分都是談論著過去，縱使是反覆的，他們還是不厭其煩的陶醉在早前與貧苦掙扎的日子；過去的總是教人懷念，尤其他們幾個，在這晚年的時日，也只有這些才教他們覺得驕傲，明天誰都沒有把握，說不定明天自己就不來廟裡了。
　　……
　　西廂邊的這棵神樹——就是大榕樹，正是結子的六月，每一顆榕樹子都熟透得發紫，稍稍一碰就落地跌碎。樹下鋪滿了一層碎開的樹子，發出香甜而略帶酸的霉味，教人聞起來並不討厭。一群靈活的小畢羅，在這枝丫在那枝丫地，像矯健的手

指在琴鍵上彈奏一連串的頓音那樣的跳躍著鳴唱。樹子成了一種快活的旋律，「波答波答」地落下來。

　　很顯然，這群以阿盛伯為首的鄉村老人過著一種傳統的生活，他們無所事事而虔誠敬神，在鄉村社會發揮他們的餘力，交換著生活的經驗。不僅教導後輩如何敬神，還擔任道義倫理的仲裁者。當他們在熟透的榕樹子以一種快活的「波答波答」落下的旋律中打盹時，幾乎就是和稻田、老榕樹這些自然景物融為一體的存在，而構成這幅田園鄉居之樂的景致：「好像山海經，那些傳說的神話人物，和四周山稜山谷合為一體的構圖一樣，有著古老的自然趣味，因此他們所代表的身分，就不單是當年興建祖師廟的鄉土文化的先驅者和歷史傳統的保護者，並且又說明人未嘗從自然的純樸那裡背叛的歷史悠久的見證人。」[12] 在天、地、神的護佑之下，這群老人於懷舊中堅定著人生信念。由此可見，清泉村的和諧靜謐與鄉野耆老的迷信守舊，無疑將同都市文明的擴張格格不入。當黃春明在這充滿了「鄉愁」色彩的自然環境下，展示故事主人公的命運時，作品便鬱結了一個悲劇性的主題——通過對原始的、未經污染的自然的懷戀來映襯一個社會的、歷史的悲劇。因此，當小說的主人公阿盛伯登台時，他一出場便帶來了一個驚心動魄的大新聞，這也是整個事件的導火線——街仔人要在清泉村興建游泳池了。這消息使阿盛伯為首的老人們不禁心急火燎，充滿了擔心與憂慮。原來距離大都市七八十公里的街仔被當局列為了開發區，迷你裙、阿哥哥舞步、早覺會等都在小鎮流行起來了，大都市裡的醫生、銀行高級職員、律師、校長、議員、大老闆等有錢又有閒的階級，經常一早就到小鎮附近的清泉村去游泳

健身。終於有一天，街仔人不甘心拘守於街仔了，他們看中了清泉村最神聖的「龍目」井旁邊的那口泉水塘，準備集資將這一勝地闢建爲游泳池，清泉村古老平靜的生活就這樣被打破了。此時，以阿盛伯爲首的一群老人挺身而出，爲了護衛清泉村的「龍目」井免於被建成游泳池，他們提出了自以爲「堂皇」的反對理由：一是天然的地理不容被破壞。修建游泳池，無異於「挖掉我們清泉村的龍目」，不僅會「傷著我們的地理」，損壞清泉村的風水，而且「龍目裡裝一個馬達在裡面我們怎麼受得了」，更何況「要是水一下子被抽光了，龍目就枯了怎麼辦」；一是純樸的民風不容動搖。修建游泳池，有傷風化。「當游泳池開放的時候，那些來游泳的街仔人，不管是男的女的，只穿那麼一點點在那裡相向，誰知道他們腦子裡在想什麼。我們清泉村向來就很淳樸很單純的，這麼一來不是教壞了我們清泉的子弟？把我們清泉都搞濁了嘛！」「再說，讓龍目看了這些不正經穿衣服的男女也是不好的，這樣地龍整身都會不安起來。」正是因爲擔心出現這種種有害與敗德的現象，於是阿盛伯爲首的老人們堅決強烈地反對游泳池的興建——「我們絕不能讓他們這樣做！」於是，圍繞著游泳池的興建問題，以阿盛伯爲首的清泉村民與街仔人之間展開了四個回合的精彩鬥爭：

第一回合的鬥爭：通過辯論全力凝聚反對意識，團結人心。由於阿盛伯在清泉村並非一個不起眼的角色，反而算是個頗有臉面和號召力的頭面人物，既能召集村民來村頭大樹下聽他演說，又能出頭露面與上級打交道。就這樣的社會地位來看，他的見識應該超出一般村民之上，同時也使他因襲的歷史包袱比大多數村民更重，也正是這點決定了他在清泉村面臨的

一場關於是否修建游泳池的變革中首先發難。他積極鼓動村民出來反對修建游泳池這個侮辱神明的計劃，無形之中成了反對派的領袖。而這種領導地位使他脫胎換骨，他堅定地聲稱自己是傳統的維護者。一天晚上，清泉村召開了一場推動建造游泳池的村民大會，村民們早早來到會場，而會議召集者卻姍姍來遲，足足比預定時間晚了一個小時，他們進會場時的姿態也令人反感；當阿盛伯代表村民發表意見之後，會議的「主委」卻因阿盛伯的勇敢而產生了懷疑：「在背後是不是有人唆使你這樣做？」表現出以小人之心度君子之腹的可鄙與可笑。雖然阿盛伯連開會的一般程序都不太清楚，但懷抱崇高信念的他，一開口就說：「孔子公說的話我倒聽人說幾句，那就夠我用了。」阿盛伯毫不畏懼官僚權威，即使在可能被拘留監禁與失去自由的威脅下，仍大義凜然地回答：「因為我愛這塊土地，和上面的一切東西。」阿盛伯這個目不識丁的蒙昧村夫就這樣在會上表現出了超常的智能與能力，因此受到村民的熱情鼓勵和積極支持，此時的阿盛伯，「內心的優越就如面對著什麼敵人都不怕而高喊著：來吧！他媽的！逃走是狗養的！」他在會上的慷慨陳辭，確實在群眾中掀起了一股反對的風暴，人心就這樣被全力凝聚起來了。相比之下，附著於工商經濟向農業經濟入侵的權勢階層則顯得那般低下與猥瑣。阿盛伯的講演是由一種農民的智慧和粗獷的幽默混合起來的。當他慷慨陳詞時，激昂的情緒不僅使他的語言如流水般滔滔不絕，而且讓他把自己的才華臨場發揮得淋漓盡致，他那俏皮的言辭幾乎把村人都催眠了：

請你們回去告訴街仔人說清泉村的阿盛伯說的，他們要游

泳的話，請回到家裡的浴盆裡游泳去吧！這句激動的話，不但引起爆笑，同時贏得了雷動的掌聲，阿盛伯自己也莫名其妙地懷疑哪來的靈感。接著又說：不要妄想在清泉村建游泳池，清泉的水是要拿來種稻米的，不是要拿來讓街仔人洗澡用！鼓掌的聲浪把他老人家的話揚得更激昂：清泉的人不希罕通車，我們有一雙腿就夠了。我們只關心我們的田，我們的水……。清泉的地理是一個龍頭地，向街仔的那個出口，就是龍口，學校邊的這口井就是龍目，所以叫龍目井，清泉的人從我們的祖公就受著這條龍的保護，我們才平平安安地生活下來。今天居然有人要來傷害龍目，清泉人當然不會坐著不理。他回過頭問村人說：對不對？所有的村民興奮跳躍起來。台上的人心裡都暗暗的驚訝阿盛伯的煽動能力。

在這裡，小說生動描寫了阿盛伯為保衛祖先傳下的田園不被破壞而做的積極抗爭，村民們對他的話報以了最熱烈的喝彩與雷鳴般的掌聲，因為阿盛伯所流露的鄉土感情真誠可貴，引起了大家的共鳴。此時的阿盛伯意氣風發，氣勢如虹，當他回答為什麼他如此激烈反對建造游泳池這件事時更達到了高潮，特別是那句「因為我愛這一塊土地，和這上面的一切東西」的話，可謂撼天動地，激盪人心。他在這場與游泳池營造商的正面衝突與鬥爭中，充分表現出了超凡的勇氣和膽略，充滿正義感與英雄氣概。這第一個回合的鬥爭，先以阿盛伯一方的勝利結束。

第二回合的鬥爭：聚眾持械阻礙施工。阿盛伯雖然成功地煽動和凝聚了村民的憤怒情緒，卻仍無法阻止游泳池開工。當五十名外來男女工人動土以後，阿盛伯決定親自帶領村民衝擊

工地，「他們幾個老人紛紛回去發動了一批男人，每個人手裡都握著棍棒或是劈刀，往工地這邊趕過來。工地這邊的人見了這情形。丟下了扁擔和簸箕就跑離工地。阿盛伯帶來的這批人，把散亂在工地的這些工具集成一堆，放了一把火就把它燒了。」此時，游泳池的營造商搬來了警察，村民們不僅受到觸犯法律的警告，而且還全都被繳了械。阿盛伯卻並未因此而退卻，仍保持著堅定信念，甚至被當成禍首拘留於警察局時，他的自我意識仍舊沉醉在「英雄姿態」中，對坐牢感到甘之如飴，小說用了一段宗教式的語言來刻畫他：

　　雖然他以禍首的名份被拘留在所裡過夜，他仗靠著心裡那份安慰，這使他的態度顯出一種宗教性的安之若素。從他把熱愛清泉的意念付之於行動以後，他多多少少察覺到自己的變化，他不再覺得自己沒有事做了。而這件事情是比自己更重要，沒他別人不可能去做，也可以說一種信念寄附在阿盛伯的軀殼使之人格化了的，無形中別人也會感到阿盛伯似乎裹著一層什麼不可侵犯的東西。以往那些俗氣在他的身上脫落，且和一般人形成很大的距離；這在熟悉阿盛伯的人，或和他認真談過話的人都有這種感覺。阿盛伯自己就覺得自己說話完全和以前不同了。每一句話說出來都是讓自己那麼驚奇，好比說有人特別來想改變他的觀念，問及清泉的水有多好？阿盛伯的眼睛就露出神奇的光彩，彷彿看到另一個世界地說：要是你能和魚說話的話，你問我們清泉裡的魚好了。不然你看看清泉的魚那種快樂樣子，你即可以得到正確的回答。那不是我阿盛伯告訴你的。這種語句不但他自己，連正在旁邊的人都有點迷。而能察覺到自己的變化的那份感覺力，卻逐漸地減去，那簡直微妙

的出奇，忠於一種信念，整個人就向神的階段昇華。阿盛伯大概就是這種情形，已經走到人和神混雜的使徒過程。

在這裡，可以看出為民請命的抗爭使阿盛伯的人格發生了巨大變化，他開始承擔起「天將降大任於斯人」的神聖使命。然而，經過這次警察干涉的沉重打擊，對於拘留和監禁的恐懼，使怕事的村人紛紛打退堂鼓，村子裡那種以保衛家園為榮的挑釁情緒完全被驚恐與冷漠的氣氛所取代了。不僅村人們再也激不起一絲力量來反抗，就連那些遺老們也紛紛退卻了，再加上那些抗爭的舉措最終都沒有產生實際效用，帶頭的阿盛伯也就「失去村人行動上的支持」了，他的「信念已不能完全付之於行動」，剛凝聚起來的反抗力量也開始瓦解了，他逐漸陷於意志消沉之中，而當他感到大勢已去、回天無力時，他身上那種「剛開始的那種宗教型的人格就漸失掉了」。在這一回合的較量中，以阿盛伯為首的村民顯然徹底輸掉了。

第三回合的鬥爭：向縣長上告、陳情。在經歷了蹲警察局與喪失村人支持的事件之後，阿盛伯並未完全死心，仍繼續抵抗著，他採取了「走上層路線」的不得已策略，去縣府找陳縣長爭取支持，因為當年選舉時，陳縣長「曾經熱烈的和他握過手，口口聲聲拜託拜託」，並且答應以後有什麼困難可以找他解決。當阿盛伯費盡周折才見到陳縣長，並暗自慶幸陳縣長的難找說明他是個有權力的「大人物」時，那個「陳大老的孫子」擺出一副官老爺的做派。他聽完阿盛伯的陳情後，從鼻子裡哼了一聲就繼續埋首公事，唯一掠過腦際的只是迅速為這件公事「歸類」以便「分發處理部門」，態度非常冷淡地把阿盛伯像皮球似的踢到「建設課」，這同他競選縣長時的愛民姿態

和慷慨承諾完全判若兩人。這種官僚的冷漠態度，不僅完全異化了人與人之間的情義倫常，而且讓阿盛伯「對陳縣長的偶像都幻滅了」。若與陳縣長這個民選的官吏相較而言，阿盛伯「由人向神」的昇華或許顯得有些荒謬可笑，但卻因他那種對鄉土的執著理念而顯出生命的莊嚴。阿盛伯在「建設課」那裡鬧了一陣笑話後，碰了一鼻子灰，再也不知要找哪裡才適合，最後只能疲倦地返回清泉村。這一回合，阿盛伯的抗爭仍然是無果而終。

第四回合：以身相殉。阿盛伯終究沒能擋住官商勾結的官僚體系以繁榮和發展地方的名義所施行的開發計劃。「損風水、傷風化」的游泳池終於建成為事實，清泉村的社會和它的倫理終將面臨被吞噬的危險。此時的阿盛伯深深感到勢單力薄，無力回天。他既不願像大多數村民們一樣投降，那麼就只能走上以死抗爭的絕路了。因此「當游泳池完全落成的那一天，他也完全恢復到以前的鄙俗」。當本該到田裡工作的年輕人卻「把鋤頭放一邊，望著裡面的奶罩和紅短褲在那裡構想出神，這些都看在阿盛伯眼裡，心裡十分難受。」面對此情此景，阿盛伯終於忍無可忍，索性以最「妨害風化」的方式表達抗議。他瘋狂地闖入游泳池裡面，並大聲叫嚷：「要脫嘛就乾脆像我這樣脫光！」說著真把身上的衣服全脫光了，將小姐們嚇得吱吱亂叫、亂爬，然後憤而一躍投入了深水區。結果是：「他連狗爬式都不會，等很久沒見他浮上來的時候，在場的人才不覺得好笑。」當兩個穿泳裝的女郎急忙跳下去把他拉上來的時候，卻已是遲了一步，阿盛伯早已死了，除了一個名字之外什麼都沒留下。阿盛伯留在人們腦海中的只不過是一個「唐・吉訶德」式的可悲又可笑的殉道者形象罷了。阿盛伯為

維護鄉土純潔不惜以身相殉，卻被他所厭惡的僅穿奶罩和短褲的小姐撈上來，這真是莫大的諷刺！阿盛伯最後如「老貓」般的溺斃，很難說只是「不自量力」的瘋癲舉動，事實上別有深意。這是因為他根本無法忍受街仔人對他的生命的一部分進行隨意「消費」，更是對自己尊嚴的一種堅決維護。遺憾的是，當為阿盛伯出殯的棺材經過游泳池時，游泳池雖然暫時停止了開放，但「四周的鐵絲網還是關不住清泉村的小孩子偷進去戲水的那份愉快，如銀鈴的笑聲，不斷地從牆裡傳出來。」這是否暗示了下一代正在告別老一輩那些「過時」的觀念，已經在不知不覺中步入「消費社會」這個甜蜜的「陷阱」中了？小說對此只是做了客觀呈現，並沒有對進入「陷阱」之後的結果進行推測。阿盛伯自溺殉身的行為與孩子們嬉水玩樂的歡笑聲交織在一起，不僅形成了極大反差，而且有著深刻的反諷意味。這無形中說明阿盛伯並不被村人們視為一個榮耀的殉道者，他的死並不比「溺死一隻老貓」更有份量。雖然人們可能在感情上同情阿盛伯的處境，但理智上對於他的作法卻絕對無法認同。不過，小說中的這種否定是有著重要意義的：就像「別林斯基寫道：『任何否定，如果要成為生動的、詩意的、都應當是為了理想而否定。』一個站在徹底的現實主義立場上的藝術家，即使他還沒有清楚地瞭解人民的性格和思想，無論如何他也能表達人民的希望和人民的理想。」[13] 小說用逝去的傳統來激起讀者的哀愁和同情，用譏嘲的口吻指出傳統如何被摒棄，從而引起人們的思索。從這一點來看，人們應該可以窺見作者內心深處的無盡徬徨和矛盾：他一邊深深眷戀著那古老的鄉土傳統，一邊又不得不顧及到現代社會帶給人們的實際利益，因此，小說並未否定現代文明，只是透過亦哭亦笑的阿盛

伯的行徑，全方位地呈現出鄉土社會尷尬的生存處境。其實小說的中心意象「溺死一隻老貓」早就在暗中表明了作者的立場。

　　如果從小說審美與藝術追求方面來看，對於阿盛伯這個人物，小說所採用的笑謔和嘲諷敘事方式亦很值得一談。「溺死一隻老貓」這個標題可謂入木三分，辛酸、同情、可笑、可嘆、諷喻均摻雜於其中，這是因為阿盛伯的形象中融匯了作者對時代變遷的深刻體悟。假如小說的目的是在於嘲諷阿盛伯的冥頑守舊和「螳臂當車」的愚蠢行為的話，那麼這樣的嘲笑應屬於鄙夷之類了，而鄙夷的嘲笑是出自嘲笑者自己比之嘲笑對象優越而輕視之，因為「笑的情感不過是發見旁人的或自己過去的弱點，突然想到自己的某種優越時所感到的那種突然榮耀感。……人們都不喜歡受人嘲笑，因為受嘲笑就是受輕視。」〔14〕那麼這樣的嘲笑與被嘲笑之間理所應當會構成一種對比關係，換句話說，那就是兩者不應是力量太過懸殊的對手。這在小說中得到了很好體現。特別是在阿盛伯的抗爭過程中，有一個十分經典的「諧謔」情節。阿盛伯原本是個「連會都不會開」的「風神氣很重」的「固執老人」，在村民大會上，他沒等主席就位就搶先發話，還直呼主持人村長的土名——「鴨母坤仔」，甚至以「幹你娘咧」的粗話等引起哄堂大笑。對於阿盛伯來說，無論是不諳開會規矩的可笑，抑或是隨意講粗話的滑稽，都使人感到某種愚昧中的莊嚴與荒謬中的悲壯。特別是當他面對台上坐著的官紳、警察等一幫「高貴的」來賓時，他不僅毫無畏懼，而且彷彿「祖師公」「附身做童乩」一般，靈感泉湧地慷慨陳辭，這令他在朋友和敵對者的眼中都變得高大起來，使他的身份地位突然提高了許多，幾乎凌駕於所有村人之上了。小說寫道：「忠於一種信念，整個人就向神的階段昇

華。阿盛伯大概就是這種情形，已經走到人和神混雜的使徒過程。」這段文字是敘事學中相當典型的「升格仿諷」。阿盛伯這種在特定場合陡然出現的那種如宗教聖徒一般的形象，同他原本那種粗俗與蒙昧的形象，就這樣構成了一種特殊張力。這種帶有濃烈地方色彩的幽默、諧謔與嘲諷方式，既寓莊於諧，又質樸無華，顯示出了作者高超的藝術水平。當然，小說的這種嘲弄本來就是一種帶有憐憫意味的內在嘲弄，因為阿盛伯的悲劇就在於：他面對的是一個資本主義的龐然大物，而他所守護的卻是一個陳腐過時的觀念。他越是在這場抗爭中表現出宗教般的殉難精神，就越顯出他的可悲；而他那「明知其不可為而為之」的竭力抗爭，則是對於巨大的資本主義工商文明一種徒勞無功的抵禦，這兩種力量的懸殊必然注定了他失敗的命運。當作為資本主義都市文明象徵的游泳池最終還是堂而皇之地「穿著奶罩和紅短褲」進駐了古樸的清泉村之後，阿盛伯只能以脫光衣服向游泳池一躍而死，就這樣很自然地完成了「當人的自我面對自己所迸現出的荒謬嘲弄」。[15]阿盛伯的以死殉道也未能阻止資本主義的入侵，他的這種英雄行為也許可以被人們稱為現代的「唐·吉訶德」。當阿盛伯出殯的棺材莊嚴經過游泳池的時候，黑輓聯卻擋不住清泉村孩子嬉水的那份歡愉。可見小說營造的這種悲劇性的笑謔確實構成了作者意識深處內在的嘲弄——帶淚的笑或含笑的淚。伴隨著阿盛伯不斷的阻止與抗爭，游泳池卻是逐步得以建成，這也暗合於阿盛伯漸漸歸於失敗的過程，他的精神風貌亦得以層層浮現，而這種經由作者意識穿透的事件很自然地加強了故事「高潮」向兩極延伸的張力。小說嫻熟地運用了諷刺藝術，在描繪這些富於時代特徵的傳統農民的悲劇命運時，作者從感情上是站在他們一邊

的，以同情、理解和眷戀的心情描寫了他們的苦惱、抗爭和失敗；與此同時，從理智上來講，作者又對他們的愚頑守舊予以了暴露和嘲諷，從而給人們帶來了更爲廣闊的思考空間和多維的藝術感悟。

　　有意思的是，這位具有反諷意味的阿盛伯一經問世，便成了說明台灣社會轉型期農民心態的一個典型，也成了反抗資本主義入侵農村這場戰爭的「殉道者」，帶有「明知不可爲而爲之」的悲劇性格。[16] 表面上看來，似乎確實如此，按照資本主義必然取代封建主義的社會進化論邏輯來說，既然阿盛伯是站在作爲落後的保守勢力一邊，那麼他的注定失敗也就成了不言自明的事。然而，若對此進行深究，人們將發現阿盛伯這一形象所反映的內涵其實更爲複雜。在人們嘲諷阿盛伯的愚頑、保守與落伍的同時，是否忽略了對那些造成阿盛伯悲劇的「先進的」現代文明的反觀？那個奪去了阿盛伯生命的、供有錢、有閒階級減肥健身用的游泳池，究竟是否就一定象徵了「先進的」資本主義文明呢？它究竟是否眞的把「先進的」資本主義生產方式和生產關係引進了落後的鄉土社會呢？人們不得不對此深表懷疑。事實上，對阿盛伯這樣的老一輩人來說，這個破壞了清泉村「龍目井」風水的游泳池，並非清泉村人主動選擇與欣然接受的新事物，而是外來的街仔人強加給清泉村的。它不僅打破了清泉村的寧靜，還擾亂了清泉村既有的社會秩序和道德倫理。原本清泉村的一切，包括土地、樹木，甚至死人曾經坐過的石凳，特別是「龍目井」，既是村人們的生命與血肉，也是主宰著他們命運的超自然存在——向「龍目井」丟一捆稻草，就會導致全村大小都眼睛痛，等等。顯然，關於「龍目井」的種種神秘傳說，與其說是迷信，不如說是清泉村的老

一輩們追求「物我一致、天人合一」的生活體驗。因此，到底是修建游泳池，還是保護龍目井？這對清泉村鄉民來說，就成了他們不得不面對的一個關於生活習俗、價值觀念與文化傳統重新選擇的重大問題。在這場衝突中，村民一方的代表是以阿盛伯為首的祖師廟那一夥無權無勢的鄉村老人，依仗的武器是帶有封建色彩的「風水」與「風化」，這是建立於小農經濟上面的迷信思想和道德觀念；而他們的對立面卻恰恰是強大的、和政治威權結合在一起的生機勃勃的資本主義經濟力量。顯然，在這場較量中，阿盛伯一方注定將敗北，無可避免地要充當起落後、愚昧與保守的代名詞。他們對鄉土家園的固守並不能阻擋城市擴展對鄉間傳統生活與習俗的侵犯，而他們企圖抗衡生活變遷的個人行為，又往往成為社會形態改變時代的人生錯位。值得注意的是，阿盛伯雖然倔強不屈，保守成性，反對修建游泳池的理由也顯得愚昧、荒唐，但若從人性的情感意義上去理解他的所作所為的話，他的抗爭卻極有尊嚴。他的宗教型人格，「知其不可為而為之」的勇氣，還有那在鼓動和論辯中令人驚奇的口才，歸根到底都源於他是執著地「愛這一塊土地，和這上面的一切東西」這一神聖信念；然而阿盛伯畢竟過於憨直，無法看清事物的本質和歷史的發展趨勢，最終仍不免以「溺死」的英雄姿態走完悲愴的一生。他的悲劇並非自身性格使然，而是由外在因素造成的，因此他似乎注定要成為傳統文化在現代文明逼迫下節節敗退的最後一代歷史的親歷者與見證人。小說在看似可笑的情節中顯現出對立，預示著衝突的不可化解，展示了經濟發展與人文信念之間的矛盾，為那些體現著傳統文化精神，企圖以自我的薄弱力量去對抗整個大環境的過時人物留下了一聲沉重的慨嘆。實際上，在阿盛伯身上寄寓

著作者對於傳統與現代化這一時代衝突的全部情感與理性思索。若只看到傳統文化敗北的無奈，或只見到現代文明勝利的必然，對於這篇小說的理解均非全面，也有違作者創作這篇小說的初衷。

　　黃春明是一個善於診斷社會病情的作家，對於台灣農村和小市鎮的觀察非常細緻與深入。他很善於反映出社會環境的變遷，為的就是「清楚地主張『通過文學重新認識自己的民族和社會』。」[17] 因此這篇小說的第一節「小地理」，即客觀冷靜地敘述了都市生活如何悄悄進入街仔鎮的情況：「迷你裝也在此地的小姐膝蓋上二十公分的地方展覽起來，阿哥哥的舞步也在此地年輕人的派對裡活躍。年長的一輩也在流行一種怕死的運動，如早覺會之類的對身體健康有幫助的。……這些在社會上稍有名氣的而肚皮逐漸肥大起來的男士們，每天早上天一亮就騎車去泡泡泉水。後來他們發現自己的皮帶孔，一格一格地往後縮的效果後，去的人便比以前多起來了。」小說以調侃筆調描寫了城市對於農村的優勢：這個縣被列為開發區之後，現在年輕人在鄉下人面前總喜歡挺著自負的胸膛，表明自己就是「街仔人」。「鄉下人也總喜歡把女兒嫁到街仔的事情，用很大的氣力告訴在旁的朋友。雖然聽者的耳膜被震得發濁，他們還是覺得應該。要是他們也有個出息的女兒（他們這樣想），能從田舍嫁到街仔；當然，要是兒子從街仔娶個媳婦回來，那更使他們感到光榮，不管以後的生活變得怎麼樣，至少開始的時候，同樣是興奮得大聲說話。」由此可見，當現代文明進入傳統鄉土之後，立刻鬆動了原有的傳統倫理價值體系，過去美麗溫馨的鄉土家園開始躁動不安，被現代文明逐漸扼殺的古老道德亦隨之淪陷，田園牧歌的情調不復再現，取而代之

的是工商業社會的利慾薰心。在這一次的歷史變遷中，發生嚴重衝突的兩方是：一方是傳統自然經濟狀態和帶有愚昧、保守色彩的世態人心；另一方則是無法抗拒的現代文明侵入後現實生活中出現的悄悄變動。在這個特殊歷史時期，古老的鄉土社會無法適應畸形發展的工商經濟的侵入，現代文明與傳統文化之間開始發生激烈的衝突與碰撞，造成了土地、勞力的不斷流失，以及傳統農村的逐漸崩潰。隨著資本主義的腳步悄然地由大城市向鄉鎮邁進，街仔鎮附近的清泉村那眼名為「龍目」的泉水井，也引起了錢包鼓鼓的資本主義新興階層開闢游泳池的興趣，並想借此推進該地旅遊業的發展來獲利。小說從側面巧妙地透露出時代的信息，旅遊業正是工業文明的標誌之一，是為有錢又有閒的階級服務的一門新興產業。這說明清泉村正面臨著社會轉型帶來的社會分化引發的矛盾與衝突——城鄉之間收入懸殊的人們在現實生活方式選擇上的分歧與差異。換言之，這是一九七○年前後台灣經濟迅速發展與消費機制急劇膨脹所導致的社會與人心變化的問題。耐人尋味的是，包括阿盛伯在內的清泉村的村民並沒有一眼看透這件事情的底蘊。他們仍保持著傳統生活方式和狹隘、迷信的古老觀念，這使他們「保衛我們的土地」的努力最終變成了「唐·吉訶德」式荒謬又滑稽的挑戰。這的確是農業社會將跨進資本主義社會時必然要奏起的輓歌。阿盛伯以「悲壯的犧牲」做了鄉村傳統生活形態的殉道者，但在他人看來卻不過是「溺死一隻老貓」般毫無價值；那經過游泳池前的棺材，四周的鐵絲網，都擋不住清泉村孩子偷偷進去戲水的銀鈴般笑聲。這種充滿強烈揶揄意味的畫面反差，把悲壯與滑稽巧妙地交織在一起，道出了阿盛伯的價值謬誤與人生錯位。正因如此，阿盛伯的抗爭便成了「唐·

吉訶德」「大戰風車」式的不合時宜，那種崇高人格在他身上的爆發與流失便成了傳統農業文明在現代工業文明的入侵下一種「迴光返照」的象徵。阿盛伯這類被現代社會淘汰的落伍者，思想雖悖時，信念卻執著，他的抗爭與犧牲是被逼迫的和不得已的，現實使他「非如此不可」，這是一種出於自我防衛意識的本能行為，因而形成一種「知其不可為而為之」的中國悲劇意識的張力。阿盛伯是台灣社會轉型過程中的犧牲品，被「命定」成為一個失敗的英雄，即便如此，他身上所呈現出的那種「命定」的犧牲與死亡，不也代表了一種剛強與尊嚴嗎？阿盛伯就是「非如此不可」地抉擇自己的人生，否則不足以顯現其存在的意義。由於必須在這一次「非如此不可」中完成與確認自我的價值，所以他的死才顯得特別沉重，因為這是唯一的途徑。而人們或許也可以在這個新的時空座標下重新思考這篇小說的思想與藝術價值。

作為一個「為人生」的作家而言，黃春明始終忠實於自己的心靈與良知，迅速對社會經濟轉型時期出現的現代文明進占鄉土社會的現狀做出了如實反映，從而使他的創作成為敏感反映時代變遷、社會新舊交替的生活晴雨錶。確實，商品經濟帶來的都市文明進程，其力量是極為強大的，也是不以人的意志為轉移的，無論鄉土文化的代表阿盛伯在村民中如何具有威望，無論他表現出了怎樣超常的勇氣和智慧，又無論他採取了哪些可以採取的行動，直至以身相殉的壯舉，都無從阻止現代文明咄咄逼人的入侵腳步。雖然歷史車輪不可逆轉，但人們在情感上卻對阿盛伯徒勞無功的掙扎深表同情，會在嘲笑阿盛伯的同時，也和這個人物結下不解之緣。小說由此設定了一種雙重視覺：隨著情節的展開，人們在不知不覺中發現，在當今世

界上，像阿盛伯這樣具有浪漫精神的鄉土人物正在逐漸離我們遠去。特別是小說的結尾那具象徵功能的「死亡一躍」中含有的深長意味，不能不引起我們深深的思索。當清泉村失去了一隻「老貓」，而代之以孩子們「銀鈴的笑聲」時，人們情不自禁地感到那種大義凜然、勇於犧牲的品質，那種堅定的信念與天賦的智慧，以及那種崇高的道德力量與人性光輝，亦隨之統統失去了。雖然作者意識到了現代文明對鄉土「小人物」的逼迫，它令阿盛伯為鄉土殉葬的舉動無法引起迴響，甚至顯得完全沒有價值；但是由於作者「理智上不能否定現代文明，感情上又無法不依戀鄉土社會」〔18〕的內心矛盾，又促使他無法純粹客觀描寫鄉土「小人物」的「落伍」，因此「在他譏諷筆調後面仍有一股強烈的惋惜與同情。」〔19〕小說也就由此完成了它的複合主題，決非一面倒地贊同變革與進步，或反對守舊與落後。換言之，小說的內在意蘊絕非「同情」與「嘲諷」的簡單相加，而是今天現實和昔日情懷在同一故事中一體兩面的深刻揭示。總之，透過阿盛伯的悲劇，我們看到資本主義侵入農村時的無情和殘酷，以及它本身所帶來的種種弊端和齟齬。作者並非沒有意識到現代文明衝擊傳統社會的必然性，但情與理的矛盾卻使作者不得不沉重地為他眷戀的鄉土與人物唱出了一曲笑中含淚的輓歌。因為現代化是一把雙刃劍，社會的發展必然帶來文明和進步，文明的侵入又首先是對純樸鄉土的破壞，使人與鄉土的和諧關係完結；可是在文明的必然性中仍然深藏著人類對鄉土那剪不斷、理還亂的「鄉愁」，這的確是一個至今仍無法解決的二元悖論。小說正是在這樣一種雙向演進的敘述中來建構它的深遠意義的。

第三節　〈鑼〉

　　寫於一九六九年的〈鑼〉是黃春明創作中受到廣泛肯定的一篇作品。它不僅是黃春明鄉土小說中篇幅最長的力作，而且象徵著他的鄉土文學創作進入了頂峰。這篇小說的寫作方向仍然延續了揭露資本主義經濟衝擊傳統農業村鎮這一主題。如果與作者同一時期的其它作品相比較，這篇小說的人物形象更為突出，情節描寫更為細膩，故事的處理方式更為圓熟，人物的悲劇色彩亦更為強烈。這篇小說的內容並不複雜，也沒有什麼起伏跌宕的情節。它寫一個被新的社會生產力和生產關係淘汰的人物——憨欽仔，在生存與尊嚴之間苦苦掙扎的過程。這是一個被大時代洪流淹沒的「小人物」的悲劇；然而，簡單的故事中卻承載了相當沉重的意義。

　　小說一開始就對主人公憨欽仔做了一些基本介紹：他是鎮上一個以打鑼傳訊息為職業的人。具體來說，就是為政府部門通告政令公文、替稅務部門催繳稅款、幫人尋找失踪小孩、替寺廟提醒善男信女謝平安，以及替衛生部門通知打預防針，等等。這在當地算得上是一份體面的工作。憨欽仔就靠著打鑼的工錢或紅包為生，一開始日子倒也過得無憂無慮，因為「在憨欽仔用得著鑼的時日，三日一小事，五日一大事。所以他在鎮上的羅漢腳輩裡面，算是老米酒喝得最勻的一個了。有時手頭上稍微寬一點，興致一到黃酒也乾過。再說憨欽仔的名字，小鎮上的貴人就沒有一個比他響亮。一提到『憨欽仔』三個字，不管識字不識字，男女老幼沒有一個不識他。」他自信在那個小鎮上，連鎮長的名字都沒有他響亮。「那一陣子，憨欽仔真是名利雙收的了。」這樣的日子確實是蠻風光的，可是沒想

到，「一部裝擴大機的三輪車」出來包攬了整個鎮上的宣傳生意，頓時奪走了憨欽仔的獨家生意，使他陷入了生計無著的困境，「那一面一直使憨欽仔過著半生無憂無慮生活的銅鑼，卻傻愣愣地像被什麼大大的驚嚇了一番，而像啞巴張著大嘴合不攏來。從此，他把鑼翻過來放在竹眠床底下，做雜皿子來用。」憨欽仔因此而感到憤憤不平，他「倒不是完全由仇視而覺得礙眼，另外他直覺得有什麼說不出的難受勁，在他心頭絞動。他想，這種不倫不類的東西擺在小鎮的任何角落，總覺得不大對勁。它的出現，未免有失小鎮的體統，實在是怪誕透頂了！」的確，裝有擴音器的三輪車取代了鑼，象徵了時代的進步與社會的變革，可對於在傳統文化中浸潤了一輩子的憨欽仔而言，他的「知識」和「聰明」，顯然無法參透其中的遠因近由。而憨欽仔在時代變遷中喪失了打鑼工作，這不僅剝奪了他維生的物資，而且也剝奪了他在小鎮上做普通人的資格，他的一切厄運便從此開始，因此變得意志消沉、無所事事。故事就由此一步步鋪展開來：失業後的憨欽仔生活無著，究竟應該怎麼辦？他的命運又將發生怎樣的變化？這些疑問構成了貫穿故事的懸念。小說通過詐騙老人、偷竊番薯和木瓜渡饑，混入茄冬樹下「吃白肉」的羅漢腳行列，以及重新獲得打鑼機會這樣三個階段為人們做了生動的解答。

第一階段的故事：處於自尊與饑餓下的痛苦掙扎──詐騙與偷竊。憨欽仔失業之後，早已坐吃山空，卻毫無任何收入來源。憨欽仔其實並不「憨」，他巧舌如簧，能言善辯，又有點小聰明。為了生計，饑腸轆轆又身無分文的憨欽仔進行了一次近乎詐騙的賒欠。他看到小雜貨店的老人老實可欺，便使用心計採用欲擒故縱的手法，裝出一副衣食無虞的樣子，使店主心

甘情願地拿出許多好東西熱情招待他，最終順利地騙喝了三碗茶，誆吃了六個圓糕，還拐走了僅有的兩包黃殼子香煙，而且心安理得，這次的詐騙性賒欠是他開始邁向悲劇深淵的第一步。當再也無法賒欠到任何生活必需品之後，憨欽仔走上了偷竊的道路。

　　小說精心設計了憨欽仔偷竊番薯、木瓜渡饑的兩個悲喜交加的細節。其中偷番薯的情節編織得饒有興味。有一次，憨欽仔到番薯田剛要下手偷竊時，被主人發現了。為了維持自尊，他急中生智的處理方式讓人忍俊不禁：

　　當他在番薯田裡想下手的時候，被主人發覺了。那個人遠遠地嚷著跑過來，憨欽仔迅速地把褲子一拉，就從容不迫地蹲在那裡不動。等那個人趕到十來步的地方，他就先破口大罵的說：「怎麼？你想跑過來吃屎嗎？小偷怎麼可以亂賴？等我拉乾淨不壓你吃屎才怪。小偷亂賴，好歹不識，你把這裝的看成什麼貨色？真失禮！」那個農家的少年，站在那地方，歉意地還帶幾分懷疑說：「你怎麼跑到這地方來放屎？」「怎麼？送上來還不好嗎？你們天沒亮到街仔去拖都在拖咧！不是？」年輕人掉頭默默走了。憨欽仔卻滿載而歸。

　　顯然，如果不是為貧窮與饑餓所迫，憨欽仔也不必冒著危險、挖空心思去偷那一點不值幾個錢的番薯，這真令人同情；但他面對番薯田的主人時，為了維持自尊，保住僅存的面子，搶先反噬對方一口的無賴伎倆，則讓人感到可恥與可惡，令人情不自禁地聯想到魯迅筆下阿Q偷蘿蔔的情節。小說以嘲謔的筆法，將住防空洞、三餐難以為繼的憨欽仔竭力維持可憐自尊

的努力生動刻畫了出來，讓人們想要嘲笑他，卻又感到不忍心；想同情他，卻又無處可著手。這是一個多麼卑微的「小人物」啊！然而，這次偷番薯「滿載而歸」的好運氣，已經成了憨欽仔記憶中的往事。另一次的偷木瓜事件就不那麼順利了。有一天，憨欽仔五餐沒吃飯了，肚子餓得咕咕叫，於是就去偷別人的木瓜解饑。他望著樹上那熟透的木瓜饞涎欲滴，想摘卻又怕被人逮住。於是他心生一計採用了賊喊捉賊的方法，先進行了一番火力偵察：「有人偷木瓜唷！有人偷木瓜唷！」確定了附近無人看守木瓜之後，他才放心動手。可惜運氣不好，費了九牛二虎之力用長竿打下來的木瓜卻掉進了糞池：

> 愈想打到目標，愈不容易打著，他的心又急又煩躁。他想有些事情做了還得加上幾句咒罵才行。幹伊娘咧！使勁一撥，真的打著了。但眼看就要到手的大木瓜，撲刺的一聲悶響，掉落在乾了一層殼的糞坑裡，木瓜隱隱地往坑底，一點一點地下沉，憨欽仔像與情人惜別，痴痴地目送著將要沉沒的木瓜咽了幾口口水，慰藉此刻饑腸的絞痛。

這個滑稽場面使憨欽仔饑腸轆轆的情態躍然紙上，特別是「好像與情人惜別」和「慰藉此刻饑腸的絞痛」兩句，將他的形體動作和心理渴望融合於調侃的語氣中，栩栩如生地刻畫出了他五味雜陳的心態。小說將幸運的偷番薯和不順利的偷木瓜這兩個結局截然相反的細節勾連在一起，令憨欽仔的故事憑添了不少吸引力。

第二階段的故事：毫無收入來源的憨欽仔，黯然蝸居於公園的防空洞裡貧病交加。他很清楚賒欠和偷盜均非長久之計，

於是絞盡腦汁想法在茄冬樹下以「臭頭」為首的靠吃死人飯的「羅漢腳」群中取得一席之地，以解決他的肚子問題。此時，憨欽仔雖然放下了身段，但還想保有僅存的「面子」，因而他費盡心機，竭力避免出現「利已經不存而名也要蕩盡」的危險，由此在他身上發生了好些悲喜交加的故事。

　　為了既有尊嚴地擠入羅漢腳的行列，又能讓自己在臭頭們中間建立一點地位，憨欽仔費盡心思進行了周密的計劃，幾乎抓住了每一個可能表現自己的機會，來取得別人的信賴與尊敬。這大致上包括三個步驟：首先是「利誘」。憨欽仔故意用從雜貨店老人那騙來的黃殼子香煙引誘坐在茄冬樹下欲睡不睡的羅漢腳們，然後慷慨地將香煙分發給他們，還講些有趣的話題吸引他們的注意力，從而取得羅漢腳們的好感；其次是「欺瞞」。憨欽仔明明失了業，打鑼的生意被裝有擴大器的三輪車奪去了，可為了顧全面子，卻用「老是打鑼沒意思」之類的謊言來掩蓋失業真相，這真是「猶抱琵琶半遮面」；最後是行使「苦肉計」，這是小說的中心情節，寫得特別生動感人。由於鎮上很長一段時間沒有死人，棺材店多日沒有生意上門，憨欽仔他們這夥羅漢腳們被餓得嗷嗷直叫，但卻一籌莫展。就在這急難時刻，憨欽仔挺身而出抓住「立功」機會，提醒大家有這麼一個民俗說法：「人家說棺材店如果沒有生意，只要用掃把頭敲打棺材三下，隔日就有人去買棺材。」當大夥你推我讓地誰也不願意出頭時，憨欽仔卻自告奮勇說：「我去！」他懷著忐忑不安的心情偷偷跑到街對面的棺材店裡，冒險拿起掃把在棺材上敲了三下，希望能藉此贏得羅漢腳們的信任和接納；憨欽仔以這種「英雄壯舉」完成了敲打棺材頭的任務後，卻又時時懸念著可能發生的後果，日夜擔心不已，連做夢時都會夢見

自己成了「殺人犯」：

　　……他竟被淡淡的憂慮爬到心頭，令他惛惛難過。他後悔做剛才的事，他想如果真的明天有人買棺材的話，那個死人可不是我殺了他？我憨欽仔半世人，雖不算好人，亦不算是壞人啊！我為什麼要殺人？但願明天不靈驗才好。

　　……他覺得自己正掉進黑黑的深淵似的，他想著，此刻對過去連自己都不以為怎麼的事情，竟令他懷念不已。現在，他並不用為了砸了飯碗難過，只是為了那些不再是揶揄，而是讓自己尊敬的差事，深痛的感到惋惜。

　　憨欽仔就這樣經過了驚慌難眠的一整夜。在唯恐自己真的殺死了人的胡思亂想折磨下，他直到三四更公鷄啼叫了才如釋重負，「在這黑壓壓的洞裡，現在連極細微的思想的喘息，也停止了，他的呼吸均勻的和黑暗和靜息連牢得分不開。這是他最幸福的一段時間，所有的怯懦、自卑、內疚、矛盾和苦惱，都滲出他的心，融在黑暗中，教他回到原始，回到母胎，和誰都沒分別，就因為這樣，他什麼都不知道。」因為他相信民間說的「一更二更報死，三更四更報喜」的說法，從而讓自己的內疚釋然，並竭力使自己相信第二天無論發生什麼事，他都不負任何責任。可惜的是，第二天早晨憨欽仔剛到棺材店對面的聚會點，就得知了老邁富有的楊秀才真的死了的消息。此時的他，心中愈發忐忑不安，老是覺得與他頭一天敲棺材板的行為有關。這個情節說明，憨欽仔身上雖然有許多不良陋習，但是他的心地還是善良的，良知並未泯滅。這恰如魯迅所言：將人物「放在萬難忍受的境遇裡，來試煉它們，不但剝去了表面的

潔白，拷問出藏在底下的罪惡，而且還拷問出藏在罪惡之下的真正的潔白來。」[20] 雖然這次的「立功」行為，終於使憨欽仔獲得了羅漢腳們的友情與信任，大家拍肩搭背的恭喜著他，並且很大方地將他當作團體的一員來看待，答應讓他一塊幹活。然而，憨欽仔此時卻又因面子問題作祟，盡說些言不由衷的話：

「喂！各位等一下，我憨欽仔有言在先，目前我還沒找到適當的工作，想暫時和大家一起生活，一旦我找到工作，我馬上就要離開。你們知道？是暫時的，說不定明天就走。因為是暫時很難料。」他一再的強調暫時兩個字。

「就怕你不願意，沒問題。」臭頭說。

「在我們這裡也不壞。」

「噢！不！我說過了，我是暫時的。」憨欽仔拼命搖頭，好像什麼沾在臉上要把它搖掉。

「是啊！人家有什麼好地位，總不會老呆在這裡的。」

「說一句良心話，我們這些兄弟倒是很喜歡你在這裡。」火生的意思也是他們的意思，他們笑得很溫和而親切。

「不，不，不，我說是暫時的。到時候我走了，大家不要罵我無情就好。我說過了，是暫時的。」這下子他得意了，他覺得面子夠大了。

由此可見，憨欽仔之所以一再以種種謊言來維持他的自尊，無疑是因為想成為小鎮上一個可以讓人信賴的人物。事實上，失業的憨欽仔與羅漢腳們的境遇與地位根本就沒什麼差別了，可他卻仍然沉浸在昔日的輝煌裡難以自拔，從精神上認為

自己要比那些整天蹲在棺材店前的茄冬樹下，靠等待喪家出殯時拿些旗幡、撒些銀紙，以及幫廚洗菜等雜事爲生的羅漢腳要高一等，甚至恥於同這群臭頭爛耳、瞎子跛腳的羅漢腳們爲伍，因此他在公開場合總是竭力避免和他們在一起。這恰如魯迅所言：「中國人的不敢正視各方面，用瞞和騙，造出奇妙的逃路來，而自以爲正路。在這路上，就證明著國民性的怯弱、懶惰，而又巧滑。一天天的滿足著，即一天一天的墮落著，但卻又覺得日見其光榮。」〔21〕也正因如此，當楊秀才出殯時，憨欽仔在送葬的隊伍中，覺得扛彩旗有損顏面，生怕被人誤會他也是茄冬樹下的一份子，於是就用彩旗遮住面孔，可這一舉動卻引起了旁人的疑惑，他靈機一動解釋說是爲了遮陽防熱等。未曾料到，就是這一件事使憨欽仔無形中爲自己埋下了後來被羅漢腳們所排斥、孤立的下場，以及再次遭遇生存危機的根源。更倒霉的是，當楊秀才家人對喪事的安排未能符合大家的期望時，羅漢腳們便把煩躁和失望都怪罪到憨欽仔的頭上了，這種毫無來由的責怪，加上憨欽仔因楊秀才之死而產生的罪惡感，使他的心裡感到對現實的壓力已無法承受，此時的憨欽仔面臨著意志和自尊的嚴重考驗。於是他越來越懷念以前打鑼的那段日子，腦海中時時浮現出引以爲傲的往事，從中體會到做人的價值、意義和尊嚴。他回想當年敲著鑼走遍全鎮，找回棉被店年輕太太走失的三歲孩子阿雄，當阿雄重新回到母親懷抱後，他接受誠懇的道謝，並獲得了一個紅包。特別是當他詢問並安慰因丟了孩子而傷心不已的母親時，那一刻的憨欽仔真像極了救苦救難的觀世音菩薩，那時的自信與慈善，和他後來的頹廢簡直不可同日而語。顯然，小說對於憨欽仔這個人物其實是相當同情的，雖然刻畫其性格時，用了不少笑謔的筆

法，但卻是帶著一種「哀其不幸」情懷的嘲諷，畢竟憨欽仔的所作所為全都是出於維護作為一個人的基本生存條件和立身社會尊嚴的痛苦掙扎。

關於憨欽仔混進羅漢腳行列後的生活情況，小說精心設計了兩個小插曲來展示憨欽仔個人尊嚴徹底毀滅的過程。其一是憨欽仔無果的「戀愛」故事。人非草木，孰能無情。就在楊秀才出殯那天，憨欽仔看到白痴女瘋彩孤獨地站在垃圾堆旁，他因瘋彩痴痴笑的模樣而起了單戀式的遐想，忍不住停下腳步偷偷看她：「瘋彩確實長得有幾分姿色」，「那一對眼睛才勾魂呢！」心也跟著萌動起來：「我是想她的，我是想她的」，「瘋彩好像也知道我想做那種事」，可是他雖然這麼想，行動上卻不敢與瘋彩「有染」，從未非禮過瘋彩。而且每當幫工有飯吃時，還經常裝一盒飯菜給她吃。當瘋彩被大呆強暴後，肚子漸漸大了起來，大家都懷疑是憨欽仔幹的「好事」而一致譴責他時，憨欽仔一開始還低聲下氣地解釋：「我對天發誓，要是我和瘋彩有染，馬上叫五雷殛頂。」他本想「正正堂堂把瘋彩收留下來」，但大夥的誤會卻迫使他放棄了。雖然憨欽仔還是照樣給瘋彩送飯菜，卻只能把愛情深藏在心底，偷偷的做些暗戀瘋彩的綺夢罷了。小說在這裡寫出了禮教和人性的矛盾、愛情和輿論的衝突，使人們不禁為憨欽仔無望而痛楚的愛情而慨嘆不已。由於憨欽仔在羅漢腳們面前常常情不自禁地流露出高人一等的自尊，以及此前一系列的驕傲行為，使羅漢腳們開始因瘋彩被強暴這一事件而孤立他。有一天臭頭劈頭就問：「憨欽仔，你真的沒和瘋彩來過嗎？」憨欽仔基於曖昧的心理，對此既不承認亦不否認。這種誤會最終導致了羅漢腳們在隨後的日子裡徹底孤立與排擠了他。於是為了自尊，憨欽仔忍

痛不再送食物給瘋彩了。可當他重獲打鑼工作時，馬上又神氣起來，耀武揚威地宣布「我馬上就娶瘋彩怎麼樣？！放一泡屎就放一泡屎，怎麼樣？」可又因面子作祟，怕別人的嘲諷，緊接著又立刻進行澄清：「我當然不會娶瘋彩。我是說娶了她，你們又能怎麼樣？！」其實在他不斷以置身事外的方式進行辯白的同時，心裡想的卻是「倘若瘋彩肚子裡的那一塊肉是自己的，哇！那可真是的，我憨欽仔下油鍋也情願。」「想娶就娶嘛！……生的有別，養的才是爹，管他是誰的種子。」顯然，憨欽仔身上情與理的矛盾是相當突出的，他總是無意識地令自己處於一種口是心非的狀態中。他那種「死要面子活受罪」的愚蠢行徑在這次的瘋彩事件裡得到了初步體現，小說借此暗示了憨欽仔個人尊嚴潰敗的先兆，已經在這次的事件中顯露出來了。

另一個小插曲則是憨欽仔因欠債不還而導致了一場被嚴重羞辱的事件。憨欽仔的尊嚴在這次事件中進一步被摧毀。由於失業導致的生活無著，憨欽仔曾經欠下不少無法償還的債務。平時他為了走到棺材店對面羅漢腳聚集的茄冬樹下時，常常要反覆推敲行走的路線，甚至鑽「狗洞」也在所不惜，就是為了避免碰到債主。可憨欽仔又有一個毛病，那就是常常會一得意就忘形，為此他曾吃了很大苦頭。有一次，由於在羅漢腳裡自我吹噓得太得意，一時昏了頭的憨欽仔忘記了欠帳之事，竟然走上了那條向他逼債逼得最緊的煙酒店的路上，結果被債主仁壽逮個正著。這時憨欽仔首先考慮的是面子問題，面對圍觀的人群，他不好意思地小聲請求：「仁壽兄，請放手，我求求你。」「人這麼多給我一點面子吧，請放手。」但仁壽卻故意更大聲地喧嚷：「啊！你這樣的人，也想要面子啊？你們有沒有聽到？」仁壽得意地把目光投向人群，大聲嘲諷地說：「這

叫做死要面子啦！」說完還像貓捉耗子似地使勁搖晃憨欽仔的
單薄身子，使憨欽仔難受得好像五臟六腑都錯位了似的；憨欽
仔頓感忍無可忍，態度正想轉成強硬蠻橫，卻突然軟下來，因
爲「他覺得把態度挺硬起來一定會把『憨欽仔』這個東西，完
全碰碎得找不到屍身。」在這裡，某種與生俱來的「人」的尊
嚴早已扭曲爲一種俗陋的現實需要，又因在現實中撞得粉碎而
淪爲極端的自卑，於是憨欽仔改口稱對方「仁壽叔公」，求他
「再做個人情吧」之後，仁壽才放手威脅道：「下次再不還
……以後就剝你的衣服。」看熱鬧的人群中於是傳來了笑聲：
「仁壽值得啦！嘸，一個這麼大的孫子。」這場景令人不禁聯
想到阿Q被人打後自稱「蟲豸」的情況，二者之間頗有異曲同
工之妙。這樣的當衆出醜，對於一向好面子，且自尊心極強的
憨欽仔而言，不啻是世界末日提前來臨，他「羞得頭勾下來想
鑽到地底下去。一直覺得自己在小鎮裡擁有一點什麼的，現在
已經全破產了，原想極力求饒挽回一點點什麼也好的意志，也
都崩潰了。他的精神可以說陷於癱瘓的狀態，連本能上的某種
行爲，亦都清醒地加以抑制。」當他如老鼠般跑回到公園的防
空洞時，「他一進門，砰然地倒在竹床上，竟不知不覺的流
淚，慢慢地鼻涕嗆得滿壁，慢慢的竟激動得哭起來，從他成人
二、三十年來，他一滴眼淚都沒掉過。」憨欽仔的自尊在這次
的事件中受到了進一步的摧毀。事實上，憨欽仔這次的出醜並
非一次偶然事件，有著一定的必然性，導源於他一貫以來的盲
目自尊與得意忘形的性格。當然，憨欽仔這種性格的產生是有
一定的社會原因的。在中國人心目中，一個人要想在社會上立
足，乃至於在社會上生存，面子是最重要的必需品，也是人們
竭盡全力維持尊嚴的體現。因此憨欽仔才會一而再，再而三地

「想他不但要贏，還要顧全自己的面子」。經過這次事件之後，憨欽仔更加無處可去了，依然只能死乞白賴地混在茄多樹下的羅漢腳行列中，但卻不敢再幻想能重新恢復自尊了。由於生存與尊嚴的不能並存，憨欽仔因過分執著尊嚴反而失去了尊嚴，過分維護面子卻當眾出醜，小說就在這場充滿悲憫意味的滑稽戲中演示著憨欽仔的故事。換言之，憨欽仔在生存與尊嚴之間的無奈掙扎，將他置於人們道德評判的場域中，使人們在他扮演的種種充滿滑稽意味的悲喜劇中，不僅發現了人性所具有的許多一般性缺陷，而且使人們能夠站在一個較高的位置，看清憨欽仔這類人必然遭受的悲劇命運，以及他們對自己命運的無知。憨欽仔這樣卑微的「小人物」之所以會感到他們的處境每況愈下，完全是因為他們搞不懂外在環境所發生的變化，更不明白已經變化了的社會環境才是逼迫他們不斷沉淪與墮落的根本原因。然而也正因為不懂，所以他們就以自己有限的、甚至是錯誤的認識去試圖抗拒不幸的命運之輪，導致他們常常在與現實的衝突中，因為無知卻又自以為是的態度而生發出一種喜劇感來。小說亦由此深刻揭示了轉型期台灣社會的無情性與殘酷性。

第三階段的故事：寫憨欽仔因「死要面子」和「搞不清狀況」而經歷了尊嚴徹底被摧毀和生路瀕臨斷絕的悲慘狀況後，竟然絕處逢生，開始轉運。有一天，區公所突然派人來找他打三天鑼催繳房捐稅和綜合所得稅。重操舊業的憨欽仔因而再次耀武揚威了起來，「鑼亮起來了，那失落的日子，悄悄地回到他身邊，那麼稔熟，那麼叫他精神煥發起來。」可他一得意又故態復萌，神氣活現地反嘲同夥：「我憨欽仔講話算話，說暫時就是暫時，我沒有你們的狗牙啃棺材板。」「你們這些啃棺

第二章　悵惘的鄉土愁思

材板過一輩子的羅漢腳，我可和你們不同！」憨欽仔此時不但
恢復了尊嚴，並且被大家嫉妒和羨慕。他決意好好把握機會，
把這次催稅的工作做好，但因過於興奮而殷勤地畫蛇添足，他
胡編亂造、添油加醋、賭咒發誓地說了許多雇主沒要求他說的
話，從而將事情給搞砸了：

　　三聲令他滿意的鑼聲後，他感到穩穩的，而大聲叫嚷起來：
　　打鑼打這兒來——
　　通知叫大家明白——
　　今年度的房捐稅和綜合所得稅啊——
　　到月底一定要繳齊——
　　要是沒繳啊——
　　這個官廳你們就知道，會像鋸雞那樣的鋸你們——很多路
人聽了他這麼說，大家都笑起來了。憨欽仔馬上連連敲了三聲
鑼壓了那笑聲說：
　　笑——？繳完了才笑——
　　千萬不要鐵齒——
　　不信到時候看看，要是我憨欽仔講白賊者——
　　我憨欽仔的嘴巴讓大家搵不哀——
　　他想了想，這還差不多。打了半輩子鑼，像今天這種情
形，還是破題兒第一遭。他所走過的地方，聽眾就沸騰起來，
聽眾笑得越熱鬧，他的來勁更大。心裡也禁不住暗地歡喜：這
種場面看喇叭車有什麼辦法！沒有我憨欽仔打鑼那裡辦得到。

　　從這「噹噹噹」三聲鑼敲響後的內容中，可以從中窺見憨
欽仔的自鳴得意，以及隨之而來的不幸後果。正當憨欽仔為自

己會編造與會吹噓的才能而深深地自我陶醉，甚至還因以前打鑼只會照雇主的意思說，怎麼不會像今天這樣動腦筋想些話加上去而後悔之際，災難果然立刻跟著降臨了，隨著區公所職員因為他出言無狀而出現，用一句「憨欽仔，你馬上停止，馬上回公所」的話，宣告了他又一次落入了失業的境地。這次憨欽仔恐怕是真的玩完了。他才做了一天的關於「瘋彩、歌仔戲、老米酒、香煙、臭頭他們」的那些美夢不得不再次破滅。宛如剛剛匍匐在希望的高塔面前，正欲向上攀登時，高塔卻突然倒塌了，讓他墮入到了更深、更狹的深淵裡。命運又一次無情地開了他的玩笑，這一次生計上和精神上所受到的雙重打擊，對憨欽仔來說，可謂是空前沉重的。憨欽仔此時已經完全茫然若失了，他只是機械地拿著鑼，在群眾好奇而嚴肅的圍觀中，一邊敲著，一邊聲嘶力竭的叫嚷著布告，小說這樣刻畫：「憨欽仔就站在那裡，頭垂了下來，眼也垂下來……好奇的人，一層一層地圍著他，肅然的氣氛從裡面向外圍渲染出去……沒走幾步，憨欽仔突然停下來，教人意外的提起鑼，掄起鑼槌，連連重重的敲了三下，一時失去斟酌，第三聲的鑼沉悶地噎了一聲，一塊三角形的銅片，跟著掉落在地上。憨欽仔似乎什麼都不知道。他瘋狂地嘶喊著……他的聲音已經顫抖的聽不清楚說什麼了。但是他的嘴巴還是像在講話……『我憨欽仔，我憨欽仔。』」這一連貫的細節性場景，像電影蒙太奇似的展現了憨欽仔自尊受損後的迷茫與狂怒。這最後的三聲鑼響，不僅是憨欽仔哀怨的悲鳴，而且也是作者促其警醒的呼聲。這三聲極具震撼力的絕望鑼聲，正是小說使憨欽仔性格臻於完美的不可或缺的一筆。依照憨欽仔忍辱屈從的性格和這次打鑼機會的得之不易來看，若不是已經真正到了山窮水盡之時，他是根本不會

如此決絕而又悲憤地敲響這三聲鑼的，而那隨著第三聲鑼響而掉落在地上的「一塊三角形的銅片」，不僅象徵了憨欽仔所有希望的徹底粉碎，更象徵了他精神上的徹底崩潰，暗示了憨欽仔從此以後再也無法脫離羅漢腳的行列了，而且他未來的命運將更為淒慘，將會遇到更多的迷茫和更大的悲哀。其實，長年處於社會底層被壓抑的憨欽仔，只不過是想把自己在社會中的價值和地位證明給人們看看而已，所以才會在打鑼催稅時自動加進去那些顯得荒謬絕倫的話，導致他打鑼的最後一次演出完全脫了軌。這既是因為他未能瞭解那面銅鑼的消失是大勢所趨、無可挽回，也是由於台灣社會當時特殊的威權統治所造成的。憨欽仔所追求的無非是一個正常人最基本的生存條件和尊嚴，但當這最起碼要求也無法達到時，他只好借最後一次打鑼的機會，下意識地喊出心頭的不平與憤懣：「這個官廳你們都知道，會像鋸雞那樣的鋸你們」。換言之，小說能在當年台灣那個政治高壓的環境下，借憨欽仔的嘴巴吶喊出「這個官廳你們都知道，會像鋸雞鋸你們」這樣的抗議，作者是需要有一股極大的勇氣的。憨欽仔就在這樣複雜難言的悲哀與怨尤中，竭盡全力完成了他作為人的自我價值求證的最後儀式，雖然憨欽仔還試圖用「我憨欽仔，我憨欽仔」的喃喃低語來喚回自我的存在，但那畢竟已經不可能了，過去的「輝煌」不再，往日的美夢亦已成空。至此，憨欽仔走完了自己的悲劇道路，故事也就結束了。靠打鑼為生的憨欽仔因裝了擴大器的三輪車的到來而失業，他的生存危機恰恰源於時代的發展，時代的前進和科技的發展並沒有給他帶來富裕和幸福，反而打碎了他的飯碗和尊嚴，這使得他身上所閃現的善良品格，以及他為維護人的尊嚴而做的一系列掙扎與努力贏得了合理性，讓人們在嘲笑他的

同時，又不得不滿懷同情。由此可見，憨欽仔這一形象帶給人們的啓示意義，恰如魯迅所言：能夠「穿掘著靈魂的深處，使人受了精神底苦刑而得到創傷，又即從這得傷和養傷的愈合中，得到苦的滌除而上了甦生的路。」[22] 小說也就由此不露聲色地顯示了它的巨大批判力量──「必須推翻那些使人成爲受屈辱、被奴役、被遺棄和被蔑視的東西的一切關係。」[23]

　　值得注意的是，在黃春明塑造的所有鄉土人物形象中，憨欽仔是塑造的最好的形象之一，這是一個性格複雜、豐富的「圓形」人物。這也許是因爲黃春明非常熟悉這個人物的原型。黃春明曾在小說集〈鑼〉的自序中講述了他和憨欽仔交往的情況：「我在走廊那裡看到你了。你蹲在那裡指著彩旗的竹竿，看來像很疲倦。我跟你點了點頭，你也跟我點了點頭，我感覺到你似乎也對我很熟了。我們家鄉那種小地方就是這樣，每人同一個地方見幾次面，雖不相識，但在感覺上已經就熟了。其實我對你好熟好熟呵！當我六七歲的時候，我常看你在我們小鎮上敲鑼。有一次你替人敲鑼找小孩，我覺得很好玩。我跟著你走了好幾條街。後來到了屠宰場豬灶那裡，你突然發現後面這個小影子跟你走了好遠的路。你把我喝回去。當我回頭走的時候，你又很關心的叫住我。問我住哪裡？誰的孩子？認不認識路回去？我什麼都沒理你，掉頭開步就跑回家了。還有我在公園的防空洞，也聽過你說鬼故事。」[24] 小說通過刻畫憨欽仔這個人物如何在現實生活的巨浪中掙扎，如何在沒落中努力維持自己的尊嚴，著力描寫了他的精神世界，將他性格中所具有的愚昧又狡猾、膽怯又逞強、善良又機靈、自卑又自負、堅韌又超邁、窮澀又油滑、傾軋又健忘、違心又懺悔，以及屈辱又自尊等多重因素，恰如其分地用行動和語言有聲有色

地表現出來了。這些性格因素是一對對矛盾的組合，既相互對立，又完整一致地統一於憨欽仔的身上。之所以會這樣，客觀上是由於憨欽仔所處的環境和地位使然，因爲憨欽仔愚昧保守而未能明瞭自己的眞實處境，特別是爲了保持那份早已不存在的自尊，他常表裡不一，言行脫節，以至於性格二重分裂，外在的我和內在的我相互對立，同受凌辱和折磨。若將其綜合起來考察，便會發現憨欽仔確實已經成了某一「典型環境中的典型性格」，這一形象確實已超越了爲某類人物畫像的狹小天地，已成爲轉型期社會中底層「小人物」普遍存在的一種精神狀態的象徵。作爲一個小鎮貧民，憨欽仔對社會發展的趨勢懵懂無知，亦無法認淸自己眞實的處境，所以常常自作聰明地顯示自己的不一般。失業的憨欽仔無疑是弱者，旣沒差事，又沒錢，但他在比他更弱的人面前，卻成了高人一等主義者，明明已經身無分文，卻還「打腫臉充胖子」，用自吹自擂吸引羅漢腳，或小孩子的羨慕與敬仰，而且還「莫名其妙的感到飄飄然起來」了。在憨欽仔身上，中國人愛面子的作風隨處可見，這展現爲一個卑下處境的人物身上那種源於人性本能的狡獪。這種狡獪曾一度爲他贏取了茄冬樹下羅漢腳們的愛戴，讓他於群體關係中體現出自己的生存價值，使他面臨危機時衍生出種種反敗爲勝的策略與應對之道。憨欽仔時時刻刻想著的是如何在生存與自尊之間保住昔日的榮光，心心念念不忘的不僅僅是如何活下去的問題，更有如何在社會上立足做人、當個體面人快樂地活下去的問題。由於他以前幹的是打鑼這樣「名利雙收」的職業，日子過得「無憂無慮」，使他滋生了妄自尊大的意識，因此當他不得不擠進「蹲在南門棺材店對面茄冬樹下的羅漢腳」行列中之後，腦袋裡時時想著的卻還是「一個人能和人

出入社會是重要的」處世哲學。他誤將面子當成自尊，認為面子比什麼都重要，為了保住面子他一再耍滑頭，偷番薯被主人發現時，他假裝大便瞞騙主人，主人一走他就「滿載而歸」了；偷木瓜時，又故伎重施，賊喊捉賊。他因為欠債而挨了打，卻詭稱是「好心的挨雷打」，還無中生有地編造了一個故事：「昨天從這裡回去，路過育生藥房，我好心揀地上的花生米給那兩隻猴子，哪知道，我剛一抬頭，一隻猴子竟抱住我的臉，一下子就被抓傷，真夭壽的畜生。」然而，一旦狡獪發展為一種過度膨脹的自我意識的時候，就釀成了一種得意忘形的悲劇。具體來說，就是憨欽仔為了被羅漢腳們所接納和信任，積極抓住「立功」機會，有一次依據民間傳說用掃帚敲了三下棺材希望藉此詛咒鎮上的人死亡，使羅漢腳們能通過幫喪而吃上飯，可到了晚上他又因擔心死人而徹夜失眠；在瘋彩事件中，他一再口是心非，加上自以為高人一等的驕傲，受到同儕排擠而陷於孤立境地；最後在難得的再次打鑼翻身的機會中，又因為胡言亂語而終於走上被淘汰的結局。事實上，對憨欽仔來說，失業早已經令他的自尊隨著饑腸轆轆的肚子而消解了，可他仍死抱著莫名其妙的面子不放，因而只能在自欺欺人的幻像中表演著一幕幕生活的悲喜劇，顯示出其性格中種種負面的因素，讓人在滿懷同情與憐憫的同時，又不自禁對他產生鄙夷與厭棄的情緒。憨欽仔性格中這種雙重因素之間既相互拆解又相互構建的關係，不僅形成了小說的張力，而且使其形象也就愈見立體。在憨欽仔的身上，依然保有對於傳統文化的執著，因此彙聚著強烈的道德與情感力量，形成了一個足以與現代文明相抗衡的文化境界。小說通過憨欽仔這個卑微的「小人物」的悲劇命運，指出他所面臨的生存尷尬並非由於個人過錯或道

德上的弱點所致，造成這一切的罪魁禍首根本就是外在的社會環境。小說無意於鋪陳悲劇，卻用心去探索像憨欽仔這類人如何活在悲劇裡，因此在憨欽仔身上傾注的不單是同情，而且是「源自熱烈的愛、冷靜而細膩的觀察、與充沛的想像力三種不易揉合在一起的因素相互激盪而成之設身處地、形同身受的同一之感。」[25]因爲作者博大的同情心使他認爲即使是憨欽仔這樣的人，對這個淘汰他的世界仍有自己的認識，而且還企圖於現實世界中努力尋找到一個盡可能適合自身的位置。而這些不正是這篇小說中最令人難以忘懷的地方嗎？

從小說取得的藝術成就方面來看，小說熟練地調動了多種藝術手法，運用言行和心理描寫相結合、諷刺調侃和正面敘述相結合、精心的細節描繪和粗略的概述介紹相結合等方法，將人物形象刻畫得活靈活現。中國小說美學是非常強調寫人的，塑造人物形象時強調個性化，如金聖嘆評點「《水滸傳》一百零八個人性格，眞是一百零八樣」，他們「人有其性情，人有其氣質，人有其形狀，人有其聲口」。這篇小說就充分體現出了這一美學原則，充分借鑒了傳統藝術方法，不僅將人物刻畫得血肉豐滿，而且以濃郁的地域色彩顯示出其獨特的審美價值。如寫憨欽仔住在防空洞裡，早晨從竹床上坐起時的神情是：「從防空洞入口側射進來的陽光，頓時顯得光亮而帶著生機的希望。他凝望的片刻間，感到自己就要化羽，從那陽光中飛走似的。」不僅形象揭示了憨欽仔的生活層面和精神層面，而且顯現了作者很強的語言運用功力。至於憨欽仔回憶往事時敲鑼通知廟事時則是這樣敘述：「噹！噹！噹！／打鑼打這兒來——／通知讓大家明白——／明天下午兩點啊——／埼頂太子爺要找客子呀——／順時跳過火畫虎符——／噹！噹！噹！

／列位善男信女啊——／到時備辦金紙爆竹——／到埼頂太子
爺廟燒香參拜啊——／噹！噹！噹！／列位慎足聽唷——／不
乾淨的有身孕的查某人不可去呀——／帶孝的人不可去呀——
／噹！噹！噹！／去的人每人虎符一張贈送——／拿回來貼門
斗保平安啊——噹！噹！噹！」這段「順口溜」鮮明地表現出
了憨欽仔的智慧和才情。小說還很擅長通過對話和細節來突出
人物個性。譬如憨欽仔爲了維護自己的面子，竭力隱瞞失業的
眞相，當賣煙酒的雜貨店老人問憨欽仔：「好久沒看你打鑼
了。」他先是一愣，編好的話一時說不出，於是「馬上將手裡
的空碗送到嘴，假裝喝茶沒作答。突然他想出來了，說：『還
是有，不過很累，有時候就叫一個少年家的出來叫嚷，有時候
我還是親身出來打。』」生動呈現了憨欽仔因過度自尊而至撒
謊與自吹自擂的過程。這次總算搪塞過去。可在茄冬樹下時，
當羅漢腳們又提及這事時，憨欽仔的回答就顯得愈發矯情了：

　　「怎麼不看你打鑼啦？」臭頭的那個人問。
　　「是啊！好久不見你打鑼啦。」別人和著說。
　　「不打了！」憨欽仔故作不在乎的樣子，把話題和煙一起
吐出來說：「老是打鑼沒意思。」
　　但是另有人以懷疑的口吻說：
　　「不是給那喇叭車搶了你的飯碗？」
　　憨欽仔覺得這話太不中聽，看那個人還在抽著他敬的煙，
心裡更加不快活。他大聲地想壓過上句話的銳氣，很不以為然
地說：
　　「那種不倫不類的東西算什麼？碰巧我憨欽仔不想打鑼，
他揀去幹罷了。幹伊娘！好多人都以為我憨欽仔這個老鳥精的

飯碗，竟砸在少年家的手裡。」

「其實打鑼並不壞嘛！」

「不壞？」他皺著眉頭，深深地吸了一口煙說：「你沒打你不知道，有時一天打下來，喉嚨都失聲，腿腳酸好幾天。這還不打緊，還有拿不到錢的哪！你說可惡不可惡？好？好個屁！好。」

從這裡的描寫可見，憨欽仔這些話完全是打腫臉充胖子，真是大言不慚，活脫脫就是一副新阿Q的嘴臉。憨欽仔既狡猾又機靈，善於見風使舵，且熟諳世故，即便是陷於孤立狀態時，也能忍氣吞聲、韜光養晦，以便伺機而動。這使他既順利地擠入了羅漢腳的圈子，又保住了面子，可謂絕處逢生。而吸煙屁、偷番薯、盜木瓜、敲棺材、想瘋彩、添加公告內容等細節，則活靈活現又滑稽幽默地描繪出了這個小鎮失業者的性格特徵和豐富的內心世界。特別是小說結尾時，憨欽仔所敲的那最後三聲鑼響，寫得實在震撼人心，即便是故事已經結束了，但那破碎的鑼聲彷彿仍在整個小鎮的上空盤旋回盪著。這「噹噹噹」的最後三響鑼聲嗚咽著、哀號著、悲泣著、訴說著憨欽仔這個「小人物」的千種辛酸和萬般苦辣，象徵著他永遠墮入羅漢腳行列的命運。小說還顯示了高超的語言運用能力，如寫羅漢腳們窺探憨欽仔口袋裡的黃殼子香煙時是這樣的：「他伸長脖子，像咽喉科的醫生，看病患者的喉嚨那樣，兩隻眼睛直勾到憨欽仔的袋子裡。」一個「勾」字，傳神地表達出了他們內心強烈的欲望。羅漢腳們邊抽著憨欽仔發給他們的香煙邊聽著他講到某個雇主請他打鑼找丟失的小孩，結果孩子沒找到就不付錢的不公平待遇時，臭頭立刻為他抱不平：「哪有做媒包

生小孩？」這個比喻顯得異常貼切，完全符合什麼人說什麼話的情況。而憨欽仔抽香煙的模樣則是：「他小心地吸那短得不能再短的煙蒂，像在做最後的吻別那樣，當他不能不把它扔掉時，他還捏著那麼一點點的地方，望了一下，實在再也容不下嘴唇了，他吐出最後一團煙霧，覺得舒暢死了。恨不得一下子就騰上煙霧飛到南門。」這個吸煙屁的細節，使一個貧窮的羅漢腳的形象頓時躍然紙上。憨欽仔這種個性化的行為舉止可謂蘊含著傳統農民性格的複雜內涵，富有特別的文化韻味，或者說憨欽仔的每一個動作都與他羅漢腳的身份相符合，也都同他的主導意識相吻合，實在是典型的「這一個」。小說的語言確實極為到位、生動、形象、凝練，有著巨大的容量。此外，作者還很善於在矛盾中塑造人物，通過種種藝術描寫，把人物置身於逆境之中，集中表現人物因出身遭遇和性格迥異而帶來的不同態度，在揭示打鑼與憨欽仔的命運關係的同時，還以高度寫實的藝術手法予以了表現。憨欽仔失業後常常回憶起往日的輝煌，其實他並非貪戀於過去的職業，而是極力想尋回失去的尊嚴，從而重新確定自己的生存位置，但他所有的努力全都歸於失敗，這顯然是一種追求的失落。因為就憨欽仔而言，打鑼不但是他在小鎮上換取維生物資的工具，而且維繫了他在小鎮社會經濟關係中的地位，是他取得小鎮社會中人們認可的資格，以及維護個人尊嚴的基本條件，更是形成他特定感情、意識和意志的主要物質力量。簡言之，打鑼就是憨欽仔這個人物命運的全部。小說確實做到了寫實與真實的高度統一，不僅深刻反映出轉型期台灣社會的具體現實，以及在這個現實中人的社會經濟本質，而且充分揭示了特定社會經濟關係同人物命運之間的關係。

　　除此之外，小說給人們留下深刻印象的地方還有一處，那就是它的鄉風民俗描寫中滲透著揭示國民性的題旨。茅盾曾於〈關於鄉土文學〉一文中明確指出：「關於『鄉土文學』，我以為單有了特殊的風土人情的描寫，只不過像一幅異域的圖畫，雖然引導我們的驚異，然而給我們的，只是好奇心的饜足。因此在特殊的風土人情而外，應當還有普遍性的與我們共同的對於命運的掙扎。一個只具有遊歷家的眼光的作者，往往只能給我們以前者；必須是一個具有一定的世界觀和人生觀的作者方能把後者作為主要的一點而給予了我們。」〔26〕顯然，鮮明地描繪鄉風民俗一直就是古今中外鄉土文學表現的重鎮，但將揭露國民精神病態和鄉風民俗的描繪融為一體，則是由魯迅開創的中國現代鄉土文學的一大傳統。小說使人清楚看到對這一傳統的承續。特別是憨欽仔這一形象的成功塑造，使我們在隔了半個多世紀之後又見到了魯迅小說藝術的再現。而黃春明的鄉土文學創作，其故事背景與小說人物大都取材於他所熟悉的羅東小鎮，而小說中的國民性探討也具有宜蘭、羅東地方的特色。小說中的憨欽仔形象絕不是某種國民性概念的符號，而是以其生活的本來面目活生生地呈現在人們面前，正面形象並非完人，負面形象也不是沒有可取之處。因此被人稱之為「台灣的阿Q」的憨欽仔雖是弱者，卻始終認為自己高人一等，甚至竭力和同屬於一個社會階層的羅漢腳們拉開距離，一再聲明，「目前我還沒找到適當的工作，想暫時和大家一起生活，一旦我找到工作，我馬上就要離開」；他「不習慣公然地和他們一起拋頭露面」，「獨處一個人東走西走地」，「自個兒跑到對面」去。顯然，這是一個帶有相當文化厚度的人物，人們從他身上依稀可尋得阿Q的影子。換言之，憨欽仔明明已

被拋入生活最底層,卻要扮出比別人高出一等的樣子來;衣食無著還要依靠昔日打鑼的回憶來維持臉面的光榮。憨欽仔雖比羅漢腳們多了些自尊,卻不見得比他們多什麼人性光彩,只不過多了些阿Q式的狡猾和「精神勝利法」,連羅漢腳們也看出他死要面子。他確實有善良的一面,至多也只能表明他「不是一個好人,但也不是一個壞人」。雖說憨欽仔性格中有些方面極具阿 Q 味,但又與阿 Q 有著本質不同,憨欽仔不能像阿 Q那樣輕易獲得「精神勝利」,他常陷入精神的痛苦折磨中而難以自拔。同樣是自尊自大,憨欽仔的「我說過了,是暫時的。」顯得是那麼強顏歡笑;同是忍辱受屈,憨欽仔一頭撲倒在床上,淚流滿面,其心靈中明亮的一面與灰暗的一面斑駁交錯,叫人愛也不能,恨又不忍。除了環境的作用之外,憨欽仔跟羅漢腳們一樣潦倒,欺瞞、詐騙、偷竊和耍無賴的事兒都幹過。一方面他看不起羅漢腳們,吹噓自己打鑼時的「闊氣」;另一方面又怕羅漢腳們不接納自己「混白飯」吃,於是厚臉皮、套近乎、出主意,以及賣力氣等種種手段全都用上了,就是為了有機會讓羅漢腳們對自己刮目相看,從而在茄冬樹下取得一席之地。他的不幸雖然與工商社會的異己力量有關,但其自身性格的缺陷亦起到了推波助瀾的作用。由此可見,一旦自我意識過度膨脹,在個人是發展為驕傲,排斥著他人,形成群體和個人關係的失和,表現在中國的鄉土社會,就是一種過於注重面子的傳統。小說的前半部分以較多的篇幅描寫了憨欽仔的生活困境和精神病態。在展示羅漢腳們生活的困窘時,也以或明或暗的針砭之筆暴露了他們精神的萎瑣和人性的灰暗。小說中的羅漢腳——臭頭、大呆、狗子們,相貌跟名字一樣醜陋,既愚昧又狹隘,把自己的生寄託在別人的死上,互罵、對

打、欺負弱小是他們通常的娛樂，連憨欽仔都說他們是「一群豬」。其中有一場狗子和火生打架的描寫，這場羅漢腳之間的鬥毆，讓人聯想到阿Q和小D之間的那場「龍虎鬥」。除了憨欽仔想要勸架並因此受傷外，其他人都將它當作一場遊戲來看，並不當回事；當憨欽仔被債主仁壽抓住羞辱時，周圍立刻出現一大群看熱鬧的人，以嘲弄與譏笑憨欽仔的狼狽相為樂事，以致憨欽仔後來在噩夢中一再出現的是那「拂也拂不去」的令他整個脊樑都抽縮起來的一對又一對的「冷冷的眼神」。這種麻木、冷漠的「看客」形象，魯迅曾大量刻畫過。在中國封建社會中，普通民眾如「一盤散沙」，他們之間並無相濡以沫與互助互愛的意識。在阿Q時代如此，到了憨欽仔時代仍然沒有根本的改變。[27] 顯然在中國傳統社會關係中，群體中自我意識的過度膨脹，往往形成集體性的暴力結構，藉由犧牲他人以排除異己。小說中憨欽仔和羅漢腳之間逐漸加深的矛盾與衝突的問題也屬於這種情況。對於憨欽仔來說，失業這一重大事件直接導致了社會視他為敝屣的悲慘命運，這個卑微的小人物由此做出許多令人啼笑皆非的阿Q式舉動，被迫徘徊在生活的十字路口上，卻選不準正確的方向，只能用自欺欺人的辦法來維持已喪失的自尊。他既不能一步步邁向新生活，又無法泯滅人性徹底墮落，那麼就只好將自己的一顆心反覆揉搓與煎熬。而憨欽仔所顯示出的這種矛盾性格，「雖然不完全是正常人的自尊，而是被生活扭歪了的『小人物』人性的光芒。」[28] 正因為小說如此塑造人物，寫出了人物性格的複雜性和豐富性，使作者對國民性探索和表現的成果就以一個個可以稱得上是「典型」的人物站立在人們面前。小說努力透過描寫鄉土社會底層人物憨欽仔的命運，不僅呈現了鄉土社會的社會經濟關

係改變的現狀，觸及了人的命運和人的感情意識變化中蘊涵的經濟本質問題，將反映社會真相與揭露人性本質這兩者高度統一於其高度的寫實性中；而且既能從鄉風民俗的描繪中透視國民性中的痼疾，又可從國民性的探討中發掘鄉風民俗中積澱的文化沉渣。顯然，小說中的鄉風民俗描寫不僅成為了小說的一種底色和氛圍，而且還成為了推動故事情節發展的動力，因為通過民俗風習的描寫，不僅增加了小說的鄉土色彩，突出了地方特色，更重要的是還能揭示人物性格形成的歷史和社會原因。如小說開頭就描寫了羅漢腳們在茄冬樹下百無聊賴地等活幹的姿態，這不僅成為小鎮的一幅風俗畫，也提供了故事發生的主要場境，因為形成鄉風民俗的主體，是廣大的民眾而非個人，由此揭示的精神病態，也就不局限於某個個體，而是具有更廣大的普遍性，值得人們更多地關注和反省。換言之，這篇小說中的國民性探討具有台灣特色，特別是具有宜蘭、羅東地方的特色，宜蘭、羅東地區的風土人情隨著人物的出場撲面而來。由於鄉土人物背負著歷史包袱，頑強地維護著傳統的一切，卻面臨新的潮流，陷入不適應的困惑之中，從而導致了人物性格的複雜性，使悲劇因素和喜劇色彩有機地結合在一起。顯然，「黃春明在豐富的土地和社群經驗中累積對民間文化的瞭解，使他既可以用較客觀的眼光去看待風俗民情，而不會一味以科技文明二度啟蒙的工具理性斥之為荒誕、無稽，並且細說這些由經驗累積的古傳智能的因由；又能以比較寬容的態度對待人性中狡智卻不失圓融的生存策略——人與土地、人與人之間保持平衡流動的循環關係，而對此狡智的自我意識過度膨脹時，所形成排他或貪婪也有較彈性的詮釋，或以嘲諷的手法予以揶揄。」[29]也正因如此，憨欽仔被認為是黃春明刻畫得

最為成功、性格最複雜的一個人物，可以視為通觀我們民族國民性的複雜集合體之一。

　　當然，小說還通過憨欽仔的悲劇，提請人們注意現代文明對於傳統人性和道德的無情摧毀可能帶來的嚴重後果。我們知道，憨欽仔所處的時代，正是資本主義城市文明通過小鎮進入台灣農村，而農村中大量廉價勞動力又經由小鎮流向城市的社會轉型時期。憨欽仔不占有任何一點生產資料，處於小鎮社會中的最底層，是所謂的「城市貧民」，面臨的是嚴峻的生存與尊嚴的威脅。憨欽仔作為生存於台灣羅東小鎮社會最底層的浮游生物，雖然他仍可能會有一些剩餘價值，但作為工商經濟後盾的現代科技的進步，已經注定了打鑼這種傳統職業的沒落和憨欽仔必將被時代的巨浪淹沒的悲劇命運。換句話說，憨欽仔生活在台灣社會由農業社會向工業社會過渡的時期，經濟的轉型引起了整個社會在各個領域都發生了變動，這個變動也無形中從憨欽仔生活方式的改變中反映出來了。他打鑼的這個簡單勞動，被裝有擴大機的三輪車所代替，於是，飯碗被砸碎的憨欽仔一下子從無憂無慮的生活跌進了「啃棺材板」的羅漢腳中間。憨欽仔做夢也沒有想到，他的這種生活的變化，是和資本的積累與侵入有著千絲萬縷的關係。其實，裝著擴大機的三輪車的出現，預示著的不僅是時代的進步與世事的變遷，而且象徵了傳統文明的節節潰敗。然而，憨欽仔對此懵懂不解，徒然以「不合體統」的過時思維方式來看待這一新事物。這樣的他，不僅不能正視自己的不幸，更不明白不失時機地調整自己的位置以適應形勢發展的重要性，因此很快就被社會拋到了邊緣。陷入了生存危機的他不知所措，只能消極地聽憑命運折磨，而且由於他的特殊身份——沒有土地的農民和沒有技術的

雇工，使得他既不能像保守農民那樣固守家園，又不能像打工仔一樣投身於新的經濟浪潮，因此其自身與環境的齟齬便頻頻發生了，由此也生發出種種啼笑皆非的故事。在與茄冬樹的羅漢腳們為伍時，愛面子的憨欽仔仍放不下那副臭架子，時時誇耀自己輝煌的過去，用謊言和欺瞞掩飾現實的窘境。雖然這種「含笑」的悲劇表達了作者一種極為複雜的情感──同情和嘲諷皆有，但是對於衝擊鄉土的現代潮流，小說則採取了辯證的態度，既肯定又否定。憨欽仔因思想「落伍」跟不上「現代化」的腳步，於是被時代無情地淘汰、遺棄與犧牲掉了。這當然是悲劇！憨欽仔的身雖然已經進入現代文明的時代，但他的心卻仍停留在傳統文化佔主導地位的鄉土社會中，因此他或許有辦法克服天災，但人禍到來時卻無能為力，因此出現了憨欽仔騙取小商店的賒欠和遭債主仁壽的當街毆打與羞辱的情形。雖然在現實上他已淪落到不得不去與茄冬樹下的羅漢腳為伍的情況，但因為在精神上仍停留在過去的意識與尊敬中，因而與羅漢腳之間新建立的人際關係中也產生了各種的矛盾。至於憨欽仔那面先閒置後被擊碎的銅鑼，不僅是「小人物」心靈遭受嚴重傷害與悲慘命運的象徵，而且也是傳統文化在現代文明面前碎裂的象徵。由此可見，憨欽仔的不幸，絕非單純的個人不幸，更是一種社會的、歷史的不幸，它體現的是傳統道德倫理和文化價值在現代逐漸消亡的過程。小說顯然已經將「小人物」對環境認知不足的「無知」與追求尊嚴過程中的「缺陷」置於孤立無援的絕望處境下，對這情境下「小人物」的卑下與悲憐做了最精彩的嘲諷。小說借助憨欽仔這個人物在歷史變遷中所遭遇的種種困境，不僅表現出他的精神世界和生活追求，而且使人們深刻認識到生命的莊嚴與人的價值，更為人們對

「現代性」問題的理解開創了一個新的思考空間。而正因為如此，憨欽仔這個「典型環境中的典型人物」在當代台灣文學史的畫廊中必將占有一席之地。

第四節　〈魚〉、〈癬〉與〈兩個油漆匠〉

自創作了〈青番公的故事〉與〈溺死一隻老貓〉兩篇佳作之後，黃春明以〈魚〉、〈癬〉和〈兩個油漆匠〉這三篇小說形象地回答了一個問題——那些在現代工商大潮衝擊下，告別了「傳統」、離開了鄉土的青番公和阿盛伯的子孫們進入城市後是否因而獲得了更加幸福的生活？

短篇小說〈魚〉曾經入選台灣國中課本，影響頗大。這個故事的情節雖然很簡單，但是人物於生活的艱難中所表現出來的情感卻顯得真誠、執著而令人難忘。小說的主人公是一對祖孫——疼愛孫子卻脾氣火爆的阿公與孝順卻個性忸怩的孫子阿蒼。住在埤頭山上的祖父送疼愛的孫子阿蒼到鎮上去當木匠的學徒。臨行前，相依相愛的祖孫倆相互承諾努力替對方完成各自的一樁心願：祖父承諾多養幾頭羊，好賣了錢後為阿蒼買一整套木匠工具；孫子則允諾從城裡為祖父買一條山裡看不到的魚回來作為報答。這個故事發展的關鍵就維繫在這兩個承諾上。

故事開始時，阿蒼正在回家的路途上，他感到非常興奮，因為跟著木匠當學徒不得不長期離家在外，只能不定期回家探望他的祖父及弟妹。在途中，他一再回想起一年多前離開祖父那一天的情形，下面便是祖孫之間的精彩對話片段，為故事隨後的發展埋下了伏筆：

「阿蒼，下次回家來的時候，最好能帶一條魚回來。住在

山上想吃海魚真不便。帶大一點的魚更好。」

「下次回來，那不知是要在什麼時候？」

「我是說你回來時。」

「那要看師傅啊！」

「是啊！所以我說回來時，帶一條魚回來。」

「回來？回來也不一定有錢。」

「我是說有錢的時候。」

「那也要看師傅啊！」

「他什麼時候才會給你錢？」

「是你帶我去的。不是說要做三年四個月的徒弟不拿錢嗎？」

「沒錯，我們是去學人家的功夫。」

　　在這裡，一方面我們感受到了他們的貧窮與卑微，另一方面也體會到了他們的忍耐與期待，更感動於祖父對孫子的疼愛、對孫子艱苦學徒生活的關切，以及孫子身不由己、聽天由命的無奈態度。不過，阿蒼在山下短短的時間裡，就做到了他爺爺一輩子想做而沒有做到的事。他也許將因成為木匠而永遠脫離山上的生活。阿蒼在滿徒回家時為節省巴士錢，請求木匠借給他一輛破舊的腳踏車，一路折騰著往家裡騎，心裡充滿了喜悅，因為他沒有忘記祖父的叮囑而帶回了一條很大的鰹仔魚。

　　「阿公，我沒忘記。我帶條魚回來了。是一條鰹仔魚哪！」阿蒼一再把一種類似勝利的喜悅，在心裡反覆地自語著。一路上，他想像到弟弟和妹妹見了鰹仔魚時的大眼睛，還想像到老人伸手挾魚的筷子的顫抖。「阿公，再過兩個月我就

是木匠啦！」

　　對於阿蒼而言，這條三斤半重的「鰹仔魚」代表的是成就感，是他孝敬祖父的愛心，是他成為弟妹們的驕傲的一種標誌。然而，他只顧興奮地幻想，卻沒留意掛在自行車把上的魚掉在了半路上，車把上只剩下空空的野芋葉子了，當他發覺之後，重新回到兩公里外找到那條魚時，魚已被卡車碾壓成了一幅魚的圖案，只留下一條魚的影子在路面上。這個打擊對阿蒼來說實在是太大了，原來的喜悅頓時變成了傷心，回去後因懊惱賭氣和祖父產生了「衝突」。阿蒼一再說明他買了魚回來，但阿公一再痛心地說：「魚是買回來了，但是掉了。」孫子明明帶回來了「魚」，可祖父看到的卻是「無」。阿蒼揣摸不透祖父究竟是相信他？還是安慰他？而祖父對阿蒼究竟是否真帶回了魚的那種理解、寬容而曖昧的態度又反過來折磨著孫子，結果孫子越是想證明自己就越是激怒了祖父，祖孫倆越是互相慰藉就越顯得隔閡，導致本來親密無間的祖孫關係，因彼此的懷疑而變得生疏了，最後終於變成相互的不信任。顯然「魚」不止是象徵著祖孫倆深厚的親情，也是兩代人對於在現代社會裡取得的「成就」或者「報酬」的不同感受，它還象徵著吸引現代人去苦苦追求，最後卻發現「一切都是虛空」的欲望。假若換一個角度思考，人們也許還可以把這篇小說當成一則寓言來解讀，魚和壓爛魚的汽車都可以被視為一種象徵與隱喻，「魚」是人的尊嚴與互信的意象，「魚」的被汽車壓爛是人的尊嚴與互信的破碎。它暗示著一種對「新的生活方式」的失望——滿懷希望而離開鄉土的貧困農民的下一代希冀實現的城市「淘金夢」的破滅。

　　值得玩味的是，在小說中，祖孫倆全都以相反的方式來表達自己的感情。阿蒼下次回家那天，祖父果然實現了諾言，弄來一套木匠工具。阿蒼雖然沒忘了買魚回來，卻不幸中途掉了，被過路的卡車壓成了糊。小說中祖父一再談到「山上的人想吃海魚真不方便」，「因為魚很貴，並且賣魚的販子，每人都像土匪，他們不是搶人的秤頭，就是加斤加兩的。」在這裡，「魚」成了老人生活裡的期待，他真的非常渴望孫子買魚回來。當阿蒼空手回家，哭著一再向祖父表明事情原委時，祖父一再表示相信的安慰話語，卻因為兩者之間內心希冀的錯位而導致了親人之間，在相互理解走上了極端的方面。祖父因為對孫子一再安慰無效而被激起了怒氣，而孫子則因無法訴明真相而感到傷心和委屈，只能不停地又哭又叫來宣洩。顯然，阿蒼的這種哭訴和強辯，並非通常意義上的無理取鬧，而是基於一個孩子強烈的人格自尊，因為他是將人與人之間的信任和允諾置於至高無上地位的。祖父愛孫子卻拿扁擔打他，還不准他再踏進門，只因為孫子因懊惱使性子，因為祖父沒有看到魚，顯然一下無法完全理解孫子阿蒼的難過、失望、氣惱乃至於哭泣的心理。這時，「他們之間已經拉了一段很遠的距離」。阿蒼丟了魚，對於抱怨、訓斥、責罵，他都可以接受，唯獨受不了的是被祖父認為說謊。祖父其實已經相信了孫子，孫子卻不相信祖父會相信自己，仍然不停地堅持表白自己的誠實，一再頑強地維護著自己的尊嚴。可見在祖孫倆的內心深處，仍有著敦厚、質樸的真情。很顯然，小說關於人的尊嚴的開掘是一步步深入的。因此在故事的終結部分，作者另外安排了一段效果更強烈的對話，即阿蒼因途中失魚，懷抱著不可彌補的悲痛回到家以後，聽到祖父遵守了諾言要替他買木匠工具後，就變得

更苦惱了，他跟祖父之間有這樣一段對話：

「我真的買了一條鰹仔魚回來。它掉在路上被卡車壓糊了。」

「那不是等於沒買回來？」

「不！我買回來了。」很大聲地說。

「是！買回來了。但是掉了對不對？」

阿蒼很不高興祖父變得那麼不在乎的樣子。

「我真的買回來了。」小孩變得很氣惱。

「我已經知道你買回來了。」

「我沒有欺騙你！我絕對沒欺騙你！我發誓。」阿蒼哭了。

「我知道你沒欺騙阿公，你向來不欺騙阿公。只是魚掉在路上。」他安慰著。

「不！你不知道。你以為我在騙你……」阿蒼抽噎著。

「以後買回來不就好了嗎？」

「今天我已經買回來了！」

「我相信你今天買魚回來了，你還哭什麼？真傻。」

「但是我沒拿魚回來……」

「魚掉了。被卡車壓糊了對不對？」

「不！你不知道。你不知道。你以為我在騙你……」

「阿公完全相信你的話。」

「我不相信。」

「那麼你到底要我怎麼說？」老人實在煩不過了，他無可奈何地攤開手。

「我不要你相信，我不要你相信……」阿蒼一邊嚷，一邊把拿在手裡的葫蘆水瓢摜在地上，像小牛哞哞地哭起來。

　　由此可見，祖孫二人在對待同一件事上，相互之間產生的理解落差都在這裡的對話中巧妙簡潔的透露出來了。細讀這段文字，人們看到的除了一個滿懷內疚，傷心欲辯的孩子的委曲之外，更看到了老人所表達出來的微妙複雜情緒。對話中的一個關鍵句子「那不是等於沒買回來？」這是老人的最初反應：他不但沒有公開原諒孩子的大意，也未直接對孩子的過失表示憤怒和失望，反而顯得猶豫不決的樣子，這個態度卻是孩子受不了的。老人一邊慰藉著孩子，一邊又極想控制自己的情緒，可是就是沒法把那條幾乎到手卻又失去的魚忘掉，真令人感到痛心難熬。換句話說，阿公根本就沒告訴孩子說掉了魚沒關係，因為即使他對孩子有著深深的愛和同情，可是不小心掉了魚，又的的確確是「有」關係的，他的心裡還是存有一種難以言喻的芥蒂。而阿蒼為了給阿公買回一條鰹仔魚所做的努力，以及丟魚之後那種糾纏不休的解釋與辯白，這種情感的焦灼與看似瑣屑的自我證明，守護的是一個孩子真誠而莊嚴的諾言，包含了他關於盡孝的苦心、對遵守諾言的認識，以及渴望得到祖父肯定、提高自身地位的全部內容，這也正折射了作者本人性格的光輝之處，也是貫穿其小說創作的鮮明線索。顯然，正是因為貧窮的關係，才使得阿蒼一家的處境總是受到別人的擺布，因此即使是這樣的小挫折，也會使他們在情緒上受到狂風暴雨般的煎熬。可是雖然人們可能感到祖父對狂亂不知所措的孩子的反應是太突然、太激烈了，但他們祖孫之間的愛並不會因此而造成永久的隔閡和疏遠。倘若從另一個視角來看，這場關於守諾和失諾的辯解與理解，使祖孫倆越是互相證明，互相安慰，他們之間就越是顯得隔膜，在這愛恨糾纏無法廓清的剎那間，最終只有藉著激烈的傷害言詞和行動才足以平息一切。

如此一個小小的生活波折，竟然讓祖孫兩人經受了如此強烈的感情折磨，這種被貧困和無奈摧殘得疲憊不堪的原始性反應，實在令人感到悲哀。換言之，阿蒼出了偶然事故，魚沒帶回來，唯恐祖父不信，頑強地解釋原委，要祖父相信，半點懷疑也不許，及至察覺這一點不易做到，就傷心地叫喊：「我不要你相信，我不要你相信。」他的自尊心受到傷害，心靈陷入極端痛苦之中。人們並不覺得小孩蠻橫，而只覺得可愛。雖然祖孫倆的情緒終會冷靜下來的，可是這些人的生活卻難以改善，這才是人生最大的悲劇。因此，作者在故事結尾再度以浪漫的筆法渲染了阿蒼精神上的崇高性，阿蒼吼著嗓門大聲喊道：「我真的買魚回家了。」立刻在傍晚靜謐的山谷間起了回音「——真的買魚回來了。」這一聲聲「真的買魚回來了」的山谷回音，意味著天地為阿蒼的買魚回家做了真實的見證。而祖孫倆因為理解和信任錯位而產生的對峙憤怒也就被這樣化解了。這種關於人的尊嚴的確證中，既有支撐人生向上進取的力量和道德追求，又有生活底層卑微「小人物」在窘困處境中難言的辛酸。

衆所周知，工商經濟的發展，加速了六〇年代台灣社會的都市化進程。以城市為基地的工業人口的激增，依靠的是農村勞動力的大量流入，因此伴隨台灣城市經濟發展的，還有農村的瓦解和破產。而黃春明小說關注的焦點之一，便是在這種城鄉轉換中，離開土地的農民，在進入城市處於新的經濟關係之後，如何繼續著他們從鄉下就開始的悲劇。黃春明對此往往是在兩個向度上展開的：一是自我尊嚴的保持與自我人格的自證；一是面對環境的命運掙扎與精神困惑。就此而言，這些「小人物」皆生活在社會底層，都面臨著貧窮、知識不足，以

及宿命的困境，他們的人生奮鬥與命運掙扎都充滿了坎坷。然而，這群「小人物」並沒有屈服，即便身處困境，卻始終對生活心存感念，並寄託著對未來的希望；哪怕是一個極其簡單的生活願望，都能給他們帶來向上進取的原動力。實際上，在這篇寓言式的現實主義小說裡所反映的人的尊嚴問題，表面上看來，似乎僅僅局限於生活小事，實則不然。對於滿懷希望而離開土地的貧困農民，奔馳著汽車的城市並未給鄉村帶來什麼希望，相反地卻是進一步增加了彼此的疏離和矛盾。而小說的社會意義雖然不曾明白揭示，卻蘊含在人物關係之中，對於希冀買回一條鰹仔魚實現自己諾言的學徒阿蒼來說，他心中平凡得近乎卑微的生活希望，卻支撐了自身某種生命歷程。更重要的，在這種希望、追求與實現的過程中，「小人物」完成了一種人格自證，保持了生命尊嚴。顯然，小說關於人性悲劇的開掘不是屬於英雄式的，而是屬於普通人的。就如黃春明自己所說的那樣：「他們無視人們的嘲笑，不想在歷史上占有地位，他們只是一步步地走著，用種種方式讓自己的子孫一代活下去。」[30]然而這一切，更符合底層百姓的生命狀態，更接近貧民的真實性格，也使鄉土人物在那黯淡、艱困的生存背景上，迸發出耀眼的人性光輝。而阿蒼通過自我求證，恢復人格尊嚴的故事可謂是黃春明所塑造的鄉土小說中最見光彩的篇章之一。

至於小說〈癬〉則描寫了一對貧賤夫妻面臨生理需要與生育計劃無法兩全的尷尬處境。小說由一個離開鄉土到大城市謀生的工人家庭的困窘生活展開。主人公阿發與阿桂夫妻在窮困潦倒的生活中，唯一負擔得起的快樂就是「性」了，然而伴隨著這種本能快樂而來的，則是孩子的不斷降臨。結果五個孩子

跟父母擠在一張床上，弄到他們連夫妻之間的親密空間都沒有
了，生活更是每況愈下，只能靠吃番薯飯維生。小說通過阿發
的妻子阿桂面對三兒子遲遲不肯吃晚飯的反應，對他們一家的
窮困境況做了生動的揭示：「不吃，不吃就算了！你出生到這
裡來就注定吃番薯。你這長嘴雞還想吃好米。」阿桂還對大女
兒阿珠的「命運」也說了同樣認命的話：

　　「如果她生在有錢人家，這個年紀還是離不開大人的照
顧。」
　　「廢話嘛！」阿發說：「窮孩子除了歹命，其他那一點比
他們差。窮孩子能幹的多啦！像我十三歲就能養我母親。他們
大部份都是靠祖公仔業過活，我們是靠自己流汗過活哪！」
　　「那是人家前生積德，有什麼奇怪？」

　　由此可見，正是因為生活的極度貧困，阿桂才產生了這種
認命思想，並且將它灌輸給孩子們。宿命論就是說一個人完全
無法控制其出生的時間、地點，或環境，而這些因素是決定一
個人未來的先決條件，因此人一生的境遇是與生俱來的，無論
好壞，人所能改變的恐怕是少之又少了。然而，就是這樣貧困
的生活，也還面臨著繼續下降的威脅，因為如果阿發夫妻不能
施行節育的話，在他們夫妻享受「性愛」的同時，可能將會讓
家裡再增添吃飯的嘴。對於這一點，阿發夫妻都有體認，因而
阿桂極力想說服丈夫同意她裝「樂普」節育，因為這可以給全
家都帶來好處，畢竟全家睡的大床再沒有可以多睡一個人的空
位了。然而，這件事卻受到了阿發的阻撓：

　　阿發和前一次聽到這問題一樣，轉過臉來瞪阿桂。單單裝
「樂普」從頭到尾的過程，他就不能忍受。衛生所那位裝「樂
普」的醫生就是阿生的大兒子，我怎不知道。無論怎樣，阿桂
是我阿發的妻子啊！這次他想：他媽的，裝就裝嘛！不告訴我
就得了嘛！我也不會知道。噢！不。不告訴我不就等於偷漢
子？……？就這麼一點時間不夠他對一件這麼嚴肅的問題下結
論的，改變觀念那更是不容易。所以他還是瞪阿桂，一邊還在
腦子裡忙著思索結論。使他這般的矛盾，和他的自尊亦有很大
的關係。

　　從這裡可以看出，阿發之所以會阻撓妻子裝「樂普」節
育，並非因為他不知道節育的好處，他的阻撓乃是出於一種尷
尬的心理作祟，這是基於一種既想維護自己的男性尊嚴，又不
瞭解問題的困惑而造成的難為情。在阿發的觀念中，讓妻子裝
「樂普」就代表他被別人羞辱與貶低，是對他身為丈夫權利的
嘲諷。由於阿發的再次阻撓，妻子裝「樂普」的計劃再次流
產。然而，由於貧窮與衛生狀況極差，導致他們全家都生了
癬，令人癢得受不了。對此，阿發只能無可奈何地認命地說：
「癬本來就是咱們貧窮人家的親族。」並感慨地說：「奇怪！
就沒見過有錢人長過癬，為什麼癬藥要那麼貴？」此處，癬被
視為窮人受折磨和苦惱的象徵。小說在對阿發一家的貧困表示
同情的同時，更加嚴屬地諷刺了阿發阻撓節育行為的不理智和
愚昧。關於發現癬的這一段插曲，以及阿發和妻子由癬談到性
與生孩子的對話，小說用一種幽默的筆調來表現。對於窮人來
說，生癬並不是什麼大不了的事，是不值得花錢，也沒錢治療
的病。應對的方法就如阿發所說的那樣：「癬這種東西只要你

不去提它，不去想它，不去碰它就沒事。」而妻子阿桂更進一步對他的理論進行了發揮：「生出來了就讓他生出來，不想不提不碰就沒事了。」從而使貧窮與生育的關係聯繫在了一起，故事的主題寓意也就這樣貫穿於全篇。如此看來，小說是用「癬」來象徵夫妻之間的「性愛」，只要不想、不摸、不碰就沒事，可是一想、一摸、一碰就會有事——懷孕；如果要又碰，又沒事的話，那只有裝「樂普」來避孕，但身為丈夫的阿發又因其男性尊嚴而拒絕了。小說用戲謔的口吻既同情又嘲弄的道出了社會底層民眾因無知而造成的窘況。小說結尾部分非常具有嘲諷意味，敘述當這對貧窮夫妻在面臨生存與生理的雙重需求時，依舊繼續游移在究竟要去裝「樂普」節育或是像對待「癬」一樣採取「不想不提不碰」的態度之間，然而，就在此時，與貧窮伴生而來的癬卻突然開始發作起來了，無論他們是否採取「不想不提不碰」的態度，阿發夫婦和孩子們都無法控制那種瘙癢，一時之間，全家都在不斷地猛搔身上的癢，這逼使阿發不得不面臨立即抉擇的問題——是要男性的尊嚴，還是要「性愛」？在現實壓力與個人尊嚴的雙重逼迫下，阿發對生癬提出的「不想不提不碰」的「三不」策略，正是一種鴕鳥心態的呈現，這種逃避現實的行徑反映了阿發處於極端情境中的不得已選擇。這正如樂蘅軍所說的那樣：「都是意識上突然拋棄一切現實的桎梏，轉身躍進幻覺的世界而完成的」[31]。在這幻覺的世界中，小說以笑聲瓦解了阿發全家生癬的痛苦。小說結尾描繪的那個令人忍俊不禁的場面，其實帶有某種重要的象徵意味：對於窮人來說，貧窮就像癬一樣存在於他們的生活中，絕非採取「不想不提不碰」的態度就可以解決。黃春明曾經分析說：「從任何社會的秩序的表面來看，好像窮人扮演

了最討厭的角色，私娼、販賣人口、偷竊搶劫、骯髒、無知等等，幹盡了所有的壞事。所以很多人直覺的就討厭窮人。有了這種直覺的對窮人的厭惡反應，對窮人的問題也就不加思考了，並且肯定的認為，窮人是自甘墮落的。」[32] 黃春明認為貧窮並不是窮人的宿命，而是一個社會問題。他嚴厲指出：「一個國家，一個社會，有貧窮不見得是可恥的事，可恥的應該是，不准許談貧窮，貧窮得不到照顧。」[33] 由此可知，〈癬〉並不是一個談性的故事，其實它講的是窮人和他們無法改變的命運。

既與〈魚〉中鄉土人物對於自尊絕對堅持的主題有所不同，又與〈癬〉中來自鄉土的主人公處於窮困與生育兩難選擇的主題不一樣，〈兩個油漆匠〉寫的則是兩個鄉村青年被冷酷的現代都市無情吞噬的故事，反映的是離開了鄉土的農民面對環境的命運掙扎與精神困惑。人們知道，六、七〇年代的台灣，經濟飛速發展，但隨著國外資本的不斷湧入、滲透，鄉鎮小農經濟受到了致命摧殘，與其命運相連的社會底層的人們，不可避免地遭到了無情打擊。農村的貧困和破產造成了大量廉價勞動力流入城市。這些離開土地的農民，面對嶄新的環境和陌生的經濟關係，不得不繼續著他們從鄉下就開始的悲劇。

〈兩個油漆匠〉中的主人公猴子和阿力，這兩個鄉下青年滿懷著城市的繁華夢，遠自東部來到高樓大廈林立的大都市，隨著現代化潮流的衝擊，他們被捲入一個時髦的行業──廣告業，置身於雇傭勞動的金錢關係之中，人與人之間的關係也變得簡單而又殘酷，人的尊嚴面臨著新的危機。他們每月只拿很少的工資，卻整天都得和牆壁、煙囪、油漆為伍，進行著連自己也不知道在刷什麼的極為繁重而單調乏味的勞動。故事發生

的背景是，「處在火山環帶多震地區的祈山市」，由於建築法令的修改，一棟二十四層的銀星大飯店就在聖森大道與愛北河平交的西南角蓋了起來，大樓有一面向東的灰色巨牆。西方資本主義國家的產品——吉事可樂進入台灣之後，爲了向市民強勢行銷，「吉事可樂準備利用整個巨牆，畫目前最紅的女明星 VV 的半裸像，來做爲他們的廣告」。這一面巨牆，還是灰色時就很嚇人，開車的人「乍一瞥，好像整幅牆就倒塌過來了」；當這面巨牆由灰轉白以後，對岸的三百多戶人家聯名提出抗議，原因是太陽反射的強光，不僅使一老先生昏眩倒地猝死；而且在廣告的著色過程中，還出現了工人墜地的慘劇。若從廣告的角度來說，這幅巨大的吉事可樂戶外廣告，無論設置的地點、尺寸的大小，乃至於色彩繪圖等，都是精彩的企劃，其製作更是一個超級大工程，這對於承攬這一件工程的「巨人美術工程社」來說，不管財力上，還是技術上，都是一個巨大的挑戰。同樣的，對於阿力和猴子來說，這無疑也是一件龐大的工程，因爲他們過去只在五六層樓的牆壁上畫廣告，和爬上一些規模較大的工廠大煙囱上，寫幾個工廠的名字等，而今老闆卻要他們在一幢高達二十四層的大樓的牆壁上畫一幅世界上最大的廣告畫；然而老闆並未因此而厚待他們，一年半以前的工資一千二百元，如今還是一千二百元，而且阿力還要每個月寄五百元錢給他在鄉下的母親。至於這個廣告工作的基本進程是：先打底，次打圖樣輪廓，再著色，最後再裝照明燈。單單打底的工作就花了兩個星期，因爲吉事可樂牆壁廣告的主體是巨幅女星的半裸像，帶有強烈的性暗示色彩，這是現代資本主義商業廣告上所謂的基本訴求。當經濟的開發到了一個相當的程度時，「廣告」的發展也就日新月異，形形色色的廣告堂而

皇之進入人們生活與工作的任何場所；特別是在大都市中，直接在建築物表面繪製彩圖的「牆壁廣告」更是比比皆是，其廣告具有驚人的促進消費的效果。由於老闆認爲有好幾層樓高大的「乳房」是整幅廣告畫的精神，最不容易畫，阿力工作細心，所以交給他負責，猴子則是阿力挑的助手。可是這工作十分沒勁，「逼得叫人發神經病，誰知道會變成怎麼樣，」「說不定眞的發神經。說不定煩膩了，一時想不開跳下去。」悲劇發生的時間就是在著色的第四天，除了勞累、無趣外，兩個油漆匠只能在聊天中，抒發著他們離鄉的煩惱和苦悶，以及對工作性質的反省和對不公平待遇的怨懟。進入商業大都市的阿力與猴子的精神狀態與生活境遇雖然與過去相比有所變化，但他們本質上仍然是農民，具有農民純樸的本性。漂泊在外的阿力和猴子建立了相濡以沫的友情，猴子在拮据的收入中每月還擠出二百元錢借給阿力寄回家，在阿力誤會他時，也僅僅是冷靜地說一句：「阿力，要我們不是老朋友，你的話叫人多麼不好受。」在他們的言談間，阿力很在意這一份虧欠，而猴子倒很體諒這一份借貸，給予阿力眞誠的安慰；在半空中時，兩人甚至分享僅存的一根香煙抽。可見，作爲城市「異類」的農村勞動者到了城市，不僅會陷入經濟的匱乏，還要遭受精神上的折磨。阿力和猴子在高層樓牆壁上吃力乏味地塗刷廣告，整天面對油漆的反光，背受烈日的熬煎，旣喝不上水，又吃不下飯。他們被迫懸吊於巨型建築物的外側，孤絕地在世人的仰望中談論自己的絕望，此時生活的荒謬、內心的痛苦均得以強化，於是「一種極形而下的物質寫實的場景和另一種極形而上的精神喩境的對立，一種鄙俗露骨的繪聲繪影和另一種純淨而空靈的韻調的雜揉，一種極實在的情節事件和另一種不相干的鋪叙的

錯織，當然還有一種便是粗陋而生動的鄉土生活談語，和另一種修飾而抽象的詩化語言的同用」，[34] 這一切全都同時出現在這篇作品中。而被逼迫至死的這對油漆工的心境則是：

> 「看嘛！這一班從我們東部來的火車，一定載了不少像我們這樣的人來祈山。一下火車，提著包包。張著大嘴，茫茫然的東張西望。差不多都像這樣。」猴子也覺得好笑。
> 「下火車搭賊船。」
> 「什麼賊船？」
> 「只能上，不能下啊！隨便的一開到那裡。」

顯然，他們除了要忍受一份「異鄉人」的淒涼外，還要遭受城市的誤解。他們只能利用家鄉話來省視這一切——「下火車搭賊船」、「只能上，不能下啊！」愈是貧窮的人在這個重物質，輕人性的資本主義社會中，面臨的挑戰也就愈強烈。阿力和猴子雖然成為了大都市的邊緣人，卻寧肯在城裡忍受種種痛苦，也不願回到鄉間以耕種為生，無非是家鄉更窮罷了。他們到了城市，暫時避免了物質的貧窮，卻受困於精神的貧窮，最後猴子可憐地死於城市道貌岸然的「文明」中。事實表明，如果貧窮這個根本問題得不到徹底解決，人的尊嚴也就難免會受到侵犯。台灣幾十年來的經濟發展造成了社會的物化和城鄉的失調，給社會的邊緣族群，帶來了莫大的挑戰。換言之，阿力和猴子遭遇的外在壓力並非窮困和野蠻，而是現代社會的「文明」，這是小說對於工商社會生活所作的深刻揭示。因此小說重心放在了巨牆廣告製作過程中兩個油漆匠的心路歷程上，涉及到城鄉文化衝突，勞資雙方的關係，以及眾人面對突

發緊急事件的應變過程等。對於離開了鄉村，離開了賴以生存土地的打工仔猴子和阿力來說，他們一直是處於矛盾困境之中的：嚮往城市，但城市並未給他們幸福，只給了他們髒、累和危險；捨不掉故鄉的親情和民謠，卻不願再回到家鄉的土地。在散工以後，他們登上還沒修建好的陽台，爬到一根往外伸出約兩公尺多的粗鋼管尾端的鐵籃子裡歇息、聊天，卻被警察、記者認為是工人自殺事件。於是，採訪、拍照、錄音從傍晚直到深夜一直不斷，令他們兩人想走也走不脫，他們越是聲明根本就不想自殺，就越是被認為是深有蓄謀，結果他們成為各方目光的焦點，不自殺也被當成了自殺，因為在那些「關懷者」眼裡，「自殺是新聞，不自殺不是新聞」。這才是他們所謂的「人道」。最後，猴子被搞得連自己也弄糊塗起來了，他僅來得及在倒栽下去的一瞬間，喃喃自語喊道：「我不管，我要下去，我要下去，我要下去……」。猴子就這樣在媒體報導的強烈鎂光燈照射下墜樓身亡了，而同伴阿力眼睜睜地看著這一幕悲劇的發生，只能「驚叫一聲，縮回燈罩，縮得像在母胎的胎兒，細聲咻咻地哀鳴起來。」而此時此刻，電視台的記者尖叫「Camera！Camera！Camera！」的聲音卻響徹了雲霄，起先打著人道關懷旗幟的電視媒體，沒有比這一刻更猙獰地暴露出其輕忽人命的本質。現代都市就這樣以「溫情」的方式「謀殺」了一個鄉村青年的生命，擊碎了他們關於城市所做的美侖美奐的「淘金夢」。從表面上看，是由於警察與阿力、猴子在溝通中產生了障礙，使得他們在強光中擾亂了情緒，導致猴子「突然放開手抓的框邊」，真的從二十四層高的樓頂陽台倒栽下去。從頭到尾，可以說猴子的死亡似乎都是因為他自己的「不小心」造成的，然而，從實質上來講，這些「偶然」的因素背

後又都有其社會根源的「必然性」。這場所謂的高樓「自殺」事件其實是典型人為、無中生有而造成的荒謬劇。乍看起來，警察很盡職地保衛他們，電視台記者也很關心社會人生，其實卻構成一種迫害性的集體力量，他們是聯手造成猴子死亡的劊子手。兩個油漆匠以這種方式第一次上了電視，然而無處不達的電視轉播，卻也打碎他們在家人面前的虛假榮光。於是，鬧劇演變為悲劇，一場本不存在的「自殺」到頭來成為實實在在的「被殺」。雖然兩個油漆匠的下場讓人看到工商城市對小人物的擠壓似乎並不野蠻，但其實卻是非常殘酷與荒謬的。農村的貧窮迫使鄉下人湧向城市，而城市對他們僅有的一次「關心」，卻迫使猴子走上了絕路。整個故事圍繞著一面牆在轉，站在高樓上的猴子和阿力，與底下成千成萬的圍觀者、記者、警察之間構成了一個極大的誤會。下面的人懷疑上面的猴子與阿力會跳樓自殺，而上面的猴子與阿力卻一再的想解釋清楚自己並非要自殺，只不過是想到頂樓歇歇，是懷著一種好奇的心上去的。雙方之間的誤會造成了「兩個油漆匠」的慘劇，其實，人與人之間不知有多少悲劇都是因誤會而產生的。如果警察不用擴音器叫喊，記者不用鎂光燈照得四周通明，也許猴子不會倒栽下去送掉那條命。猴子的不幸身亡，象徵的正是人的尊嚴連同人的肉體被城市文明一齊毀滅，換言之，我們真不知該說猴子是死於誤會，還是被社會所扼殺致死。但無論如何，猴子的死，這個社會要負全責。

　　六○年代中期至七○年代中期，正是黃春明創作的高峰期。當時台灣快速膨脹的工商文明所帶來的日漸加重的機械性、集體性壓力，呼喚著作家創作那些對抗或躲避工商文明的鄉土文學和田園詩歌。這是因為，「無論中外，狹義的田園詩

指田園的或鄉土的背景，以及謳歌自然的題材。但廣義的田園模式或原型不僅包括上述二者，還兼及詩人對生命的田園式觀照與凝視，諸如對故國家園、失落童年，乃至文化傳統的鄉愁。田園模式的追求，其立足點是現世的，詩人的觀點是世故的。他身處被科技文明摧殘的現實社會，懷念被城市文化與成年生活取代的田園文化與童年生活，於是藉回憶與想像的交互作用，透過文字媒介在詩中再現一個田園式的往昔，其本質是反科學的、反歷史進化的。」〔35〕雖然說對田園詩意消逝產生的惆悵，可能是鄉土作家共有的情緒，因為回憶是美好的，而回憶逝去的事物便容易使人感傷，但是，也應該看到黃春明對時代生活的觀察是深刻客觀的，也許正是因為他對時代發展趨勢有著清醒的認識，對社會物質文明進步有著某種認同，所以他才以戲謔的口吻沖淡了瀰漫的傷感與同情。中國人的戀土意識是強烈深沉的，它在潛移默化中滲入了華夏子孫的深層意識與心理結構之中，化為他們一切行為的強大驅動力。而猴子與阿力離開了土地，又找不到新的寄託，成為漂泊無根的一代人，只能在城市過著精神空虛、食不裏腹的艱難生活，最後猴子還因為無聊的記者與警察的所謂同情而喪了命。換言之，生計的逼迫撕去了生活詩意的面紗、含蓄優雅的意境，以及舒緩從容的節奏；而忙於生計、疲於奔波的人們既無暇體會，也沒有心情體會城市文明的本質。城市中到處是刺目的光亮，衝入雲霄的高樓，嘈雜擁擠的人群，大自然被切割打磨得面目全非，只剩下由水泥鋼筋構成的冷冰冰的高樓和無聊空虛的人。小說中的阿力和猴子為了改善家鄉親人的生活，進城當了打工的油漆匠，卻在偶然間發現了現代城市的令人恐怖的冷漠——他們每天都要機械地面對一個好像永遠也畫不完的女明星的乳

房：「一對乳房有好幾層樓高大。人緊貼在牆上不停地刷啊刷啊，到後來連自己都懷疑到底是在幹什麼？」阿力甚至覺得「這樣一直不停地工作下去，好像受騙又騙了自己。有時想起來又更像是著了什麼魔法，掉進無計可施的環境，做著那無意義的掙扎。」猴子則感到「其實我也很苦惱，我的心情比你好不了多少。」「這樣的工作真叫人糊塗，叫人苦惱。畫了幾天愈畫愈糊塗，到現在我還不知道我在畫什麼？」他們唯一排遣的方式是哼唱家鄉的民謠，下面是阿力和猴子的對話，很形象地說明了他們的矛盾心境：

「我一直以為你畫得很開心。還不停地唱歌。」
「不唱歌要哭啊！」
「那麼為什麼老唱我們家鄉的蜈蚣蛤仔蛇來呢？」
「不知道。想起來就唱嘛。」
「鬼咧！放心好啦，八輩子也不會想家。我大伯拉過屎的土地，我發誓絕不再去踩踏。」
「整個下午你一直都唱個沒完。」
「是啊！就這麼奇怪，不知怎麼一唱上口，上癮似的戒也戒不掉。幾次停住罵自己瘋了，過一會不知什麼時候又哼起來。真他媽的有鬼，你不想它卻偏偏讓你唱，還讓你唱個沒完。嗨！怪就怪在這裡。」

在此處，表現的顯然是一種企圖從都市文明的無情「迫害」中逃離出來的強烈欲望。猴子以不停地唱著家鄉的一首民謠來對付手頭不具人性意味的工作，隨後阿力受不了引誘，也自然地發聲相和；在這支民謠的引導之下，人物的主觀情緒開

始發酵生長，而逐漸形成一股實體力量，來同那個無感覺的集體存在相抗爭；於是當他們愈展露主體的種種感覺時，他們處身其中的情境愈現出非人性的迫害。〔36〕相對的，這迫害也對應出個人感覺的真實，並且激勵人物更徹底的自身生命的覺醒。這裡顯然表現的是從鄉下走進現代都市的青番公與阿盛伯的子孫們所面對的現實。由於他們是被迫處在一個巨大的、非人所可抵拒的社會整體存在的壓力之下，同時也是在非人性的荒謬控制之中，這兩者聯合在一起的強大力量，徹頭徹尾地籠罩著人物的生存，映現出他們兩個只是螞蟻一樣在城市的陰影裡爬行，如果不努力掙扎，就會被工具化為非人性的存在，而永遠不會有人性的故事。假如說那幅讓阿力和猴子覺得永遠都畫不完的 VV 的乳房，讓他們感覺到面對的是「物的冷漠」；那麼他們被高樓下路過的人們發現之後所發生的一切令人啼笑皆非的困境，則徹底表現了「人的冷漠」。猴子就是被那些現代都市的冷漠記者和圍觀市民強加給他的「自殺」想像的一再逼迫下徹底絕望的，不得不告別了他「大伯拉過屎的土地」。反過來說，那些在消費社會的乳汁喂養下成長起來的媒體記者和圍觀的市民，又何嘗不是把自己在現代都市孕育出來的「無聊寂寞」投射在這兩個鄉下來的油漆匠身上的呢？可見，正是現代工業生產方式和生活方式侵入農村帶來的種種弊端，導致了農民急劇破產，無法在土地上謀生，只好盲目流入城市。阿力和猴子就是這樣流入城市的，崛起的工業文明侵蝕了他們的鄉村，使他們無法再在祖輩生存的土地上生存下去，但城市也沒有為他們留下謀生的空間。阿力和猴子因為厭倦家鄉的貧困生活，流浪到城市，戀土情結到他們這一代被徹底拋棄，他們失去了內心的充實平衡，生活對於他們，只剩下了吃飯與掙

錢。小說確實以深刻和耐人尋味的筆調刻畫了阿力和猴子這兩個都市邊緣人的形象，深刻指出他們陷入的困境，旣是物質的，又是精神的。物質的貧困使他們鬱鬱寡歡，精神的貧乏又使得他們煩躁不安。他們每月只拿很少的工資卻得在高高的腳手架上幹著連自己也不知道在刷什麼的繁重勞動。在物質和精神雙重壓迫下弄得心情鬱悶的他們，想在下班後爬到尚未竣工的高樓陽台上去散散心，談談家庭，說說往事，論論前途，卻又被當作企圖自殺者層層包圍起來。當猴子想要自我放鬆一下而試圖爬上高樓平頂喘口氣時，被相繼而來的警察、記者、消防救生員、市民等包圍、詢問、勸解、採訪和拍照，這些貌似善意的關懷糾纏得兩個打工仔心煩意亂、進退失據、哭笑不得，乃至神情恍惚。從未想到死的猴子最後在鎂光燈的強烈閃爍下和擴音器的嘶叫聲中，因爲心情緊張而在慌亂中眞的失足從高空摔到地下送掉了年輕的生命。在這裡，謀殺他們的正是僞善的資本主義文明。這個悲劇在猴子身上雖然是以一種偶然性的形式出現的，但對衆多脫離土地進入城市的農民來說，卻是具有普遍性和必然性意義的。退一步說，即令阿力與猴子一時不會失業，但他們所幹的高空油漆作業，危險且不說，那種成天懸在半空中的孤單寂寞給予心靈上的壓抑，又豈是局外人所能瞭解的？表面上看，這只不過是一件意外事故，但是如果仔細想一想，卻不難發現這些來自農村的打工仔，幾乎完全得不到城裡人眞正的理解與關懷，因而他們極易橫遭不幸的悲劇。設想一下，倘若猴子生活在他所熟悉的農村，又怎麼會發生如此嚴重的慘劇呢？又抑或猴子本來就是城裡人，難道他還會被記者的追蹤與人群的圍觀而逼迫得喪失理智而失足跌死嗎？由此可見，猴子的悲劇看似意外，實際上正是離開農村流

入城市的打工仔精神上的鬱悶得不到紓解而導致的必然結果。很顯然，在轉型期的台灣社會中，猴子決不是受害的第一人，也不會是最後一個。

故事結尾，猴子最後失足從二十四層的高樓掉落，終於完成他從都市文明中逃離出來的宿命。雖然說農村青年到城市謀求發展，固然也有飛黃騰達者，但絕大多數不外兩種境遇：或是暫時找到了一份臨時工而得到了一個較好的飯碗；或是經常處在事業的困擾中，連一碗安穩飯也吃不上，最終只有打道回府、重返農村。換言之，由農村流入城市的大批年輕打工仔，的確有一些人會在新的環境中經風雨、見世面，從而開闊了眼界、增長了知識，獲得了人生進取的各種機會；但不可忽視的是，他們中的絕大部分則在失業與失去尊嚴之間徘徊，他們生活上的困境與精神上的失落，以及由此所帶來的人生處境與心態上的種種變化，正是這篇小說所著力揭示的主題。簡單概括起來，那就是小說從一個側面反映了社會變遷在芸芸眾生命運上所造成的風雲多變的走向，使「小人物」的命運深深地打上了時代的烙印。

總而言之，在六、七○年代台灣社會轉型時期，風起雲湧的經濟與社會文化的變革，從經濟基礎到上層建築都給整個社會，尤其是曾經融洽、和睦的傳統農業社會帶來了空前的經濟、文化重創。在土地大量流失的背景下，農業人口進行著巨大的流動和遷徙；在鱗次櫛比的摩天大樓陰影的籠罩下，遮蔽的是城鄉文化心態的激烈碰撞；傳統的鄉土文化以它優美而悲憫的孱弱身影落寞沉淪於強大的物化世界之中；現代的都市文明以它醜陋而誘人的猙獰面目蓬勃雄起於轉型期異化而功利的社會意識形態之中。凡此種種，都使人們終於看到了二十世紀

兩種文化在台灣這塊苦難深重的古老土地上殊死交戰的悲壯一幕。而黃春明就在這種兩難的文化選擇中擔負起了記錄和描繪這一段歷史的任務。因而相較於〈魚〉裡不小心丟掉「鰹仔魚」的阿蒼，以及〈癬〉裡因為貧窮而不得不放棄「性快樂」的阿發夫妻而言，〈兩個油漆匠〉中的猴子丟掉的則是寶貴的生命，滿懷希望地離開土地的貧困農民，並沒有從城市給鄉村帶來希望與幸福，相反地是進一步增加了彼此的疏離和衝突，而這一切不正暗寓了他們所追尋的鄉土之外的世界——「城市夢」的徹底顛覆嗎？換言之，對於脫離了土地來到城市的農民來說，無論是阿蒼、阿發夫妻，還是猴子、阿力，他們的悲劇雖然都是以一種偶然性的形式出現的，但本質上卻是普遍和必然的。他們雖然擺脫了土地的束縛，卻投入了另一種更加殘酷的資本主義經濟關係的掌控之中，他們的遭遇是那個從農村就已經揭開了序幕的悲劇的繼續。

第五節　〈看海的日子〉

　　一九六七年發表的〈看海的日子〉以帶有浪漫主義情調的筆法，成功地塑造了一位在任何情況下都不喪失自尊和愛心的台灣底層女性白梅的形象，熱烈歌頌了她為恢復做人的尊嚴、拯救自我而不懈奮鬥的可貴精神。小說的女主人公白梅，雖然是一個被人歧視的妓女，但她在台灣當代文學的「小人物」畫廊中卻不僅展現了獨特的風姿，而且折射出了特別的意義。

　　小說一開始就以「魚群來了」這個特殊意象，生動地描寫了故事發生的背景——一個漁業大獲豐收的季節：

　　　當海水吸取一年頭一次溫熱的陽光，釀造出鹽的一種特殊

醉人的香味，瀰漫在漁港的空氣中，隨著海的旋律飄舞在人們的鼻息間的時候，也正是四月至五月鰹魚成群隨暖流湧到的時候。三月間，全省各地漁港的拖網小漁船，早就聚集在南方澳漁港，準備撈取在潮頭跳躍的財富。而漁船密密地挨在本港和內埤新港內，連欠欠身的間隙都沒有。人口的流動，使原來只有四五千人的漁港，一時增加到兩萬多人。其中以討海人占最多；那些皮膚黑得發亮，戴著闊邊鴨嘴帽的，說起話來很大聲的，都是討海人。還有臨時趕到漁港來擺地攤的各種攤販，還有妓女，還有紅頭的金色蒼蠅，他們都是緊隨著魚群一起來。一年裡頭，這是漁港的一個忙碌的時節，也是一個瘋狂的季節。

此處，小說通過對漁港所作的這種鳥瞰式的描繪，採用電影敘事的方法，呈現了漁港的遠景、中景和近景，通過鏡頭的推移，首先出現的是通過深鏡頭展示出來的海景，接著運用廣角鏡頭將漁港內所有的熱鬧畫面定格，然後慢慢拉回到特寫鏡頭，引出小說中關聯密切的兩種角色——妓女與討海人。對於生活在這個名叫「澳漁港」上的小鎮居民和外來的「討海人」來說，「魚群來了」的季節是一個獲得財富和生命動力的喜悅季節，因此整個漁港就像翻騰的魚群一樣，既熱鬧又嘈雜，空氣裡瀰漫著「一種特殊醉人」的味道。值得注意的是，小說開場就以濃墨重彩描繪的這個「大海」的意象，顯然具有豐富而深刻的象徵意義，不僅寓意了爭取人的尊嚴與正當權利的弱小者，同樣也有著無限的希望與廣闊前景，而且「大海」在小說中，還是將「妓女」與「討海人」這兩類人凝聚起來的橋梁。至於與大海有關的另一個意象——「鰹魚」，則暗示繁殖能力極強的「鰹魚」的到來，既是妓女與討海人這兩類人的交會

點，也是這兩類人各自需求的媒介，象徵了討海人與妓女在各自的生命流浪地暫時相濡以沫結合爲一體的特殊時節。換言之，這個「魚群來了」的消息，代表的不僅是漁港的喜悅，更暗示著一個又一個關於人類「本能」的故事將如何開始演繹，由此「鰹魚」便成了這篇小說裡的核心意象之一，特別是「雄鰹魚仔才有的那副白色內臟」，不僅是所謂的「壯陽聖品」，而且還象徵了討海人旺盛而強大的生命力，而「鰹魚」那種如潮汛般定期迴游的生存方式，其實象徵的是討海人堅韌生存下去的那種精神與毅力。從這裡可以看出，「鰹魚」所帶來的不僅是漁港的歡騰，而且還給人們帶來了希望與未來。而就在這樣一個「魚群來了」的特殊季節裡，故事的主人公白梅登場了。在這個漁港的一家低級妓院裡，一個名叫白梅的妓女開始演繹一個關於尋找「尊嚴與希望」的故事。小說以迂緩而憂傷的筆調爲白梅畫了一幅小像：

　　她，自十四歲就在中壢的窯子裡，墊著小凳子站在門內叫阿兵哥的日子，到現在足足有十四年了。這段期間習慣於躺在床上任男人擺布的累積，致使她走路的步款成了狹八字形的樣子。那雙長時間仰望天花板平淡的小世界的眼睛，平時也致使她的焦點失神地落在習慣了的那點距離，而引起她聽到那種雄性野獸急促喘息的聲音，令她整個人就變得那麼無可奈何起來。再加上一般人對她們這種職業的女人的直覺。這些即是牢牢地裹住她和社會一般人隔開的半絕緣體。

　　在介紹完主人公白梅的身世之後，小說接著用倒敘的手法來展示白梅內心世界的複雜性與豐富性，並在時空背景不斷轉

換的敘述中插入了大段回憶——童年被賣的經過、被罵為「爛貨」的心頭鬱結;「雨夜花」的悲慘遭遇等,來補充和推動情節的發展,從而使白梅的形象顯得更加豐滿,成為一個「立體」的,而非「扁平」的有魅力的形象。在貧窮的生活境遇裡,白梅是一種非人的存在,是可以任意買賣的物品,在她二十八年的生命中慘遭精神和肉體的雙重蹂躪。小說以她的回憶倒敘了往事:白梅八歲時下山買番仔油時不小心把錢弄丟了,三天之後就被送給了人家當養女。幼小的她一直以為是因為丟了錢母親才會把她賣掉,可是令白梅不明白的是:

　　那就是她臨走的時候,母親還哭哭啼啼地吩咐了一大堆話,梅子,你八歲了,什麼事都懂了,你得乖哪!什麼都因為我們窮,你記住這就好了,從今以後你不必再吃山芋了。什麼都該怪你父親早死……

　　白梅就這樣離開了貧窮的山裡的生家,忍受著與骨肉親人分離的痛苦當了別人家的養女,可沒想到養家並沒有善待她,反而把她當成一棵「搖錢樹」,幾年後就將她殘忍地賣給了一家低級的妓院。自生家以至養家,白梅始終面臨著貧窮的困境,為了應付貧窮不得不走上出賣靈肉之路,成了嫖客洩欲的工具。長達十四年的妓女生涯和屈辱境況,使白梅在男權社會中被異化成一個代表「性」的符號。即使偶而涉足社會來到普通人中間時,她還是擺脫不了屈辱的標記,無法擁有正常的生存空間,不僅靠她賣身的血淚錢而致富的養家嫌棄、鄙視她,而且火車上的輕浮男人也因知道她的身份而侮辱、調戲她,她自始至終都是被打入社會另冊的「賤人」。為了表現這一點,

小說通過現實與回憶交織的方式敘述了幾件在她的心靈上留下深刻烙印的事情。

　　白梅雖然是飽受欺凌、久經風塵的妓女，但她卻有一顆善良向上的心，從來都不願意自輕自賤。然而，險惡的社會環境卻將她的尊嚴剝奪殆盡。由於白梅長期從事的一直是靠皮肉掙錢的低賤職業，身體和心靈都被禁錮在妓院那方狹窄的天地間，幾乎完全與普通人隔絕開了，因而當她離開妓院走進社會的時候也在劫難逃，立刻就遭到了社會嚴厲的排斥和孤立。其中最近一次所受的嚴重侮辱發生在白梅返家的火車上。她在養父的忌辰請假坐火車返家祭拜的歸途中，一個陌生的無賴男人故意借著遞煙的機會當眾放肆地調戲、侮辱她：「你當然不會認識我，但是我認識你呀，真想念啊。嗯，來一支吧！」白梅對這個男人的輕薄舉止感到無比噁心，甚至於惱怒、憤慨地想發作，可是卻不能，因為「她要是一個普通人的身份，這一下子很有理由給這個無恥的男人摑一記耳光，但是話又說回來，我要是一個普通的女人，他也不會對我這般無禮吧。她從骨子裡發了一陣寒，而這種孤獨感，即像她所看到廣闊的世界，竟是透過極其狹小的，幾乎令她窒息的牢籠的格窗。」她不禁由此陷入了痛苦的思索中。從白梅在火車上所遭受到的冷眼嘲弄、挑逗譏諷和騷擾凌辱中，可以清楚看到她和社會的隔絕已經達到了非常嚴重的地步。換言之，在火車上遭遇的這件令白梅傷透自尊的事，其實就是她受盡侮辱與損害的悲慘一生的縮影。正當白梅陷入那個輕浮男子的無禮糾纏而無法擺脫的時候，恰好遇見了一個曾受過她幫助的患難姐妹鴦鴦和她的「老芋」丈夫魯上校，他們的出現幫助白梅解除了這場突如其來的危機，使她終於擺脫了那個無賴漢的一再糾纏。此時的鴦鴦懷

抱著新生嬰兒幸福地站在她的面前，她突然感到一股暖流頃刻間流遍了全身，使她頓時覺得興奮無比。小說通過描寫鶯鶯、魯上校和白梅這些同處於社會最底層的「小人物」之間的共同感情，體現了作者對處於轉型劇變的台灣社會中弱勢群體樸素的關愛與同情。白梅滿心歡喜地注視著這個名叫魯延的可愛嬰兒，看著車窗外的大海哼著自編的歌逗他玩，這個才三個月大的嬰兒的咯咯笑聲，令白梅不禁想到她的悲苦命運──一個沒人要的女孩，長大成人後卻只被那些她能提供肉體享樂的人所需要。而鶯鶯自四年前離開妓院從良之後，就嫁給了已經是「老芋」的退役上校魯先生。鶯鶯在聊天中詳細告訴了白梅這個孩子名字所代表的意義，原來魯上校在鶯鶯懷孕時就已為即將誕生的孩子取好了名字，如果生男孩就叫作「魯延」，假如是生女孩則稱為「魯緣」，發音相似的兩個字，代表著生命的延續與人生的緣分。魯上校給嬰兒所取的名字，仔細推究起來，其實是有著很深的涵義的，以新生的嬰兒來「延續」生命，來結人生的「緣」，不僅象徵了積極延續生命的人生觀，而且結人生之「緣」的樂觀態度也肯定了生命存在的價值。魯上校對白梅表現出的是一種「同是天涯淪落人」的尊重。鶯鶯的一席話更喚起了白梅要為自己而活的強烈願望，使她一瞬間恍然大悟：「突然，她竟想起需要一個孩子，像魯延那樣的一個孩子，才能讓她在這世上擁有一點什麼。只有自己的孩子，才能將希望寄託。」而且她深信自己「可以做一個好母親」。顯然，鶯鶯和他的丈夫魯上校是促使白梅決意重生的一個重要人物。白梅慘遭凌辱的十四年賣淫生涯，她的心早已是千瘡百孔了，原本很難有東西可以令她激動，但是這一次，魯上校的話和可愛的嬰兒魯延卻強烈地震撼了她封凍起來的心，使她產

生了拯救自我的迫切願望。她要回到老家去生養一個完全屬於
自己的孩子的強烈願望愈來愈強烈，使她根本無法抵抗——因
為這已經變成了她繼續活下去的動力。不過，這卑微的願望如
果能夠實現的話，的確能使白梅那顆早已冰冷心重新溫暖起
來，為她慘淡的人生增加一些意義。換言之，對於白梅來說，
十四年的妓女生涯雖然損傷了她身體，但並未使她失去與舛難
重重的命運抗爭的信心，在她骯髒的軀殼下卻包裹著一顆自
尊、自重的靈魂，跳動著一顆金子般善良、純淨的心，所以她
希望通過擁有自己的孩子獲得重新做人的尊嚴與正當的社會權
利；也正因如此，白梅才不甘心讓自己的生命毫無聲息地消
逝，她的內心深處才始終充滿了一股要莊嚴地站在別人面前的
勇氣。隨著白梅思緒的不斷變化，她一路上不斷回想起自己遭
受的種種悲慘經歷。她先是回憶起了與鶯鶯共患難的那些日日
夜夜。鶯鶯同她一樣也是剛滿十四歲，就因為家庭貧困而被賣
進窯子成了雛妓。白梅雖是一個淪落風塵的女子卻能見義勇
為，即便是在自身也遭受凌辱的危難時刻，還挺身而出代替雛
妓鶯鶯受辱，後來白梅又借錢給鶯鶯，設法幫她逃出火坑，脫
離了人間苦海，過上了正常人的生活。小說細緻揭示了像白梅
和鶯鶯這樣處於社會最底層的被侮辱與被損害的女性的真實心
態。有一次，鶯鶯在同白梅聊天時告訴白梅她有了意中人，心
裡覺得有了「一線渺茫的希望」；恰在此時，窯子裡同時走進
來兩個嫖客，白梅和鶯鶯不得不各自帶著客人到只隔著一層薄
薄甘蔗板的房間去做「買賣」。即使在受嫖客凌辱之時，她們
仍然抑制不住地繼續聊著剛才的話題，捕捉那一點點微弱的希
望之光：

「梅姐，你會做裁縫嗎？」

隔壁的梅姐就應聲說：

「有過學裁縫的年齡，但是就沒有機會學。」

「那你會不會養雞養鴨？我會……」鶯鶯興奮的說著。

「那有什麼困難，我想我會的。」

鶯鶯，正想再說話的時候，突然聽到梅姐那邊清脆的響了一記耳光，接著那男人怒氣的說：

「要賺人家的錢專心一點怎麼樣！」

這個畫面帶給人們的感觸是相當多的。「人之所以為人，最起碼的是要過上正常人的生活，要有勞動的權利、生存的權利、愛與被愛的權利以及作母親的權利等等，正是人性中最基本的要求，召喚著像白梅這樣受屈辱的人們去抗爭，去改變自己的命運，而這正是底層人民最具有人性生命力的表現。」[37]即使是被人糟蹋的低賤妓女，在飽受凌辱與摧殘的黑暗日子裡，心裡「有時也會閃現著希望」，然後就會「忘我的去捕捉」。這正是人性的閃現。相對於鶯鶯的少不更事，已經二十八歲仍需掙扎於風塵之中的白梅的心已經麻木不仁了，「我的眼淚在幾年前都流光了，我知道有眼淚流不出來是很痛苦的。」每當白梅悲傷到欲哭無淚的時候，她就唱起一支名為《雨夜花》的歌來排遣心頭的積怨與鬱悶：

「雨夜花，雨夜花，

受風雨吹落地，

無人看顧，冥日怨嗟，

花謝落土不再回。

雨夜花，雨夜花，
……」

　　這首歌無疑是白梅自身形象的一種象徵。她向鶯鶯闡釋了這首歌的意義：「我們現在所處的這個環境不是很黑暗嗎？像風雨的黑夜，我們這樣的女人就像這雨夜中一朵脆弱的花，受風雨的摧殘，我們都離了枝，落了土了是不是？」然而，白梅卻不逆來順受，更不願任憑零落成泥，而是在逆境中不忘掙脫，心中時時升騰著強烈的生之欲望。

　　小說繼續通過白梅回憶的痛苦往事來表現她高度的自尊和不容被傷害的凜然正氣。有一次養母為強迫她嫁人而她不願依從時，養母惡狠狠地罵她「你這爛貨不識抬舉」，這話一下子就將白梅的心刺出了血，在她的傷口上撒了一把鹽，她心中的積怨像山洪爆發般傾瀉而出，她義正辭嚴對養母說：

　　是的，我是爛貨。十四年前被你們出賣的爛貨，想想看，那時候你們家裡八口人的生活是怎麼過的？現在是怎麼過的？你們想想看，現在你們有房子住了；裕成大學畢業了，結婚了；裕福讀高中了；阿惠嫁了。全家吃穿那一樣跟不上人家？要不是我這爛貨，你們還有今天？
　　……
　　白梅不可收拾地哭訴著：「再看看我的生家，他們到今天還是那麼窮。你們把我看成什麼？爛貨，沒有這個爛貨，裕成有今天嗎？他們看不起我，逃避我，他們的小孩子就不讓我碰！裕福、阿惠都一樣，他們覺得我太丟他們的臉了，枉費！真是枉費！」

......

「不！今天我一定要說得痛快。以前什麼時候你聽過我發出一句半句的怨言？你逼我嫁，這還證明你有點良心，因為你受良心的責備才會逼我嫁。但是我已經不需要別人對我關心了，我對我自己另有打算。」

養母被這事實刺痛得哭泣起來：

「阿梅，這些阿母都知道，就是不知道要對你怎樣才好。我知道我們錯了，但是不知道錯在哪裡，從什麼時候開始一直這樣錯下來的！阿梅，你原諒阿母吧！──」

從白梅反抗、斥責養母的這些話中，可以看出她把維護自尊看成反抗屈辱命運，顯示人格高尚的一種基本手段。在妓院裡，白梅不得不任由嫖客凌辱；在社會上和家庭裡，她卻竭力維護做人的尊嚴。白梅以她高尚無私的品格從精神上全面壓倒了罵她「爛貨」的養母，理直氣壯地指責養母一家的吃、穿、用、住全是靠她出賣肉體所得而維持的，直哭訴到養母不得不連連向她求饒，表現了白梅決不任人侮辱的自尊。白梅無私的自我犧牲，沒有得到憐憫與救助，反而使她無論是在社會上，還是在家中，均被視為下賤之人。她養家的弟弟、妹妹們是靠她的賣身錢供到大學畢業、成家立業的，但這些弟妹們卻恩將仇報，不但不感激她，反而都看不起她，鄙視他、嫌棄她，甚至從骨子裡輕賤她，使她在家裡與社會上一樣都得不到絲毫的尊重。

從農村賣到城鎮墮入風塵的妓女白梅，始終面臨著貧窮的挑戰，不得不被迫淪落到出賣靈肉的地步，在備受凌侮與蹂躪之後，她仍然冀盼重新做人，仍嚮往過清白而有尊嚴的人生，

為了掙脫「傲橫的無比的從養女到妓女的命運」枷鎖，也為了擺脫「牢牢地裹住著她和社會一般人隔開的半絕緣體」的妓女職業，她拼命地尋找著拯救自我之路，她想重新生活的願望顯得異常熾烈。貧窮不能泯滅理想，越是貧窮就越需要希望。而曾經共過患難的姐妹鶯鶯的結婚生子，以及魯上校的鼓勵，則給了白梅以啓迪，令她覺悟到需要有一個孩子在自我感覺上來恢復自己做人的自信與尊嚴。確定了自己的心意以後，白梅就積極開始實施她擁有一個自己孩子的計劃，並且立刻付諸行動。她精心地在嫖客中選擇孩子的父親，發現了一個老實健壯的年輕討海人阿榕，於是向阿榕借「種」懷了身孕。在白梅與阿榕這一次的性愛過程中，白梅有了與以往完全不同的感受，感到像鰹魚一樣有著旺盛生命力的阿榕灌入她體內的「種子」像正在浮游的蝌蚪一樣，「把她微弱的希望不但已經埋在她的身體裡面」，而且「同樣的被埋在這個社會」，她「希望有那麼一天，她看到她的希望長了出來」。因為這一點，使她透過腹中孕育的新生命看到了未來發出的那團光亮，這腹中的胎兒讓她感覺到自己的身份從妓女變成了母親；而漁民阿榕在這段與白梅短暫相處的過程裡，也因白梅認真的對待，體驗到了女人的溫情與內心的自責。而此時的白梅也懷念起故鄉和親人，故鄉在他的心目中成為了避風的港灣與療傷的的靜地，於是白梅立刻棄娼從農，決絕地離開了妓院，立意要以一個母親的身份重返社會。

白梅就像路邊草一樣非常善於適應環境。當她決意徹底擺脫社會邊緣人命運的時候，她也很清楚地知道若要改變其妓女身份成為一個母親，唯有徹底轉換一個新的生活環境，與過去切斷所有的聯繫，因此懷著希望和逐漸成長的信心的她，選擇

了回到她的出生地——坑底。這是一個宛如「桃花源」似的小山村。既無城鎮的車馬喧囂，亦無人與人之間的爾虞我詐、爭鬥欺凌。當然，這裡也有貧病、災害與官府的陰影，但是村人們都是心地淳厚、純樸善良之輩。這個相對於勢利、疏離的文明社會的落後山村，卻是能夠寬容地迎接白梅這樣兒女的唯一地方。換言之，坑底這個遠離塵囂的小世界對於白梅來說，是一個孕育著無限新生機的家園。在這裡，白梅不僅可以洗去文明社會加諸於她身上的屈辱印痕，撫平妓女生涯烙印於她心上的創痛，而且還能使她重拾做人的基本尊嚴與信心。坑底這個祥和的「烏托邦」社會，象徵的是：「中國人的理想世界，擺脫了外來政治及道德的約束後，人和土地乃能建立和諧的關係。中國人一貫重視鄉土感情，理想世界是現實世界割劃出來的美麗小世界，也可以從中國人『天人合一』的哲學理想找到根據。」〔38〕「中國人的理想世界」往往是從現實中割裂出來的至情至義的美麗「小天地」，基本上是排除政治和宗教力量影響的一方「樂土」。很顯然，坑底這個落後卻溫馨的山村在小說中，「不僅作為一種題材背景，還是作品中境界的著落處，並且是一個實質的具有力量的事物。」〔39〕更是一種能夠「肯定人生理想之真實力量。」〔40〕對於白梅而言，在充滿歧視的茫茫人海中回到僻遠而純樸的故鄉——這個未經資本主義污染的農村，反襯了她對所謂的現代文明社會的絕望，而正是「坑底這表徵著相對於殘破文明的原始自然，以及和坑底一樣質樸渾沌的村人，幫助梅子得到了她所渴望的一切。」〔41〕而且故鄉人民「果然給她以撫慰，讓她把兒子生下來，並給她以尊重。這當然是作者的一廂情願。殊不知吞噬白梅尊嚴的是一個包括農村在內的龐大的經濟結構和建築在這上面的思想體

系，連同那些封建宗法觀念。作者企圖以一個純樸的農村來對抗整個資本主義社會，便使小說帶有主觀臆想色彩。」〔42〕不過話說回來，我們卻不能否認坑底這塊唯一的淨土確實對塑造白梅這個由「妓女」昇華爲「聖母」的現代新傳奇的故事有著特別的意義。如果不是在這樣的保持原始民風的社會中，白梅的傳奇是不可能被繼續演繹下去的。正因爲有了坑底這塊遠離商業文明社會的樂土，白梅返家後不久就無限欣喜地發現自己已經懷孕了，經過醫院三次的檢查，確證了懷孕這一消息的可靠。此時，白梅堅定地告訴母親她打算未婚生子的決定，勇敢地面對即將來臨的困難，決心獨力撫養孩子長大成人。面對母親的不諒解和村人的議論，她向母親解釋了她爲什麼執意要未婚生子的原因：「還有什麼比當妓女更不名譽？只要對人家好，當什麼都沒有關係。」這句話使她過往歲月中所有的不名譽與罪孽都因此而被顛覆了。小說中花了不少筆墨描寫白梅的懷孕狀態，精密地計算她的生產日期，表現了作者對主人公生命中的這一重大事件的極端重視，這也許是因爲「白梅在一般人看來，她是不能有小孩的，因此在描寫的時候，我要把懷孕的日子，從一月一直寫到十月，來表示我對它的重視。一個生命的產生是如此的嚴肅，而且是白梅的小孩。」〔43〕因爲懷孕與生產本身就具有延續生命的意義，具有確證母親生命價值的意義。而白梅的懷孕與生產還別具特殊意義，因爲她不同於一般人的妓女身份，使她生育自己孩子的微小理想也蘊涵了一種控訴社會的深沉力量。因爲在通常的社會價值的觀念裡，妓女是一個被物化的對象，是一種「性」商品，當妓女與生育這兩個似乎對立的思考同時並存時，似乎正代表著一種身分轉變的可能。換言之，懷孕和生產對白梅來說，不僅可以使她擁有一

個完全屬於自己的孩子,並且在撫養孩子長大成人的過程中,讓她重新恢復尊嚴和改變不名譽的身份;更重要的是,還能夠使她在精神上完成對自我的拯救,所以白梅將孩子的誕生視作──「這就是我還要活下去的原因吧!」正因為她孕育了完全屬於自己的一個小生命,不但讓她疲憊的心有了依靠,還給白梅帶來了全新的生命感受。

隨著白梅的歸來,不僅給家人帶來了希望,也為村子帶來了新的發展契機,使村子的情況改善了許多。在白梅懷孕的十個月時間中,村子裡也經歷了有如人世變化般的復甦、摧毀與重建。在性交易活躍的漁港,白梅是遭人作踐、備受歧視的妓女;但在山間生母家中待產的白梅,則是孝順的女兒和友愛的妹妹;在村子裡,更是備受鄰里鄉親疼愛的孩子。白梅回家時,恰好她的大哥腿爛了,因為無錢醫治正受著死亡前的折磨,白梅立刻把自己所有的積蓄拿出來替大哥治病,送他去醫院截肢,從而保住了大哥的性命,當大哥為病痛的折磨而發出「我活著還有什麼用?」的怨嘆時,白梅關切地提醒大哥:「你忘了?你的手藝不是很好嗎?你不是可以用竹子做椅子,做畚箕,做篩子,做很多很多東西?」說得大哥「眼睛亮起來了」,重振了生活的信心。接著白梅又幫村人出一個在銷售農產品時多爭取利潤的主意,使村裡的三萬斤番薯「每一百台斤,已經多漲了二十四塊錢了。」而且,即便是懷著身孕,行動不便,她還在暴風雨侵襲坑底後,陪著村人一同重建家園。正是在這場暴風雨中,白梅生命中的污穢有如「坑底都被洗得乾乾淨淨了」,加上她對家人的孝行和對村人的熱誠,使「她在坑底很受敬重」。這些淳樸的村人也以善良回報了白梅的付出,他們非但沒有嫌棄白梅的妓女身份和未婚先孕,反而紛紛

稱讚她「很乖」，還要求老天爺更完美地幫助白梅實現她的理想。小說這樣描寫村民們對白梅的關心：

> 「這個女孩子很乖，應該保佑她生一個男的。」一個年老一點的人說。
>
> 「是的，那是我長眼睛僅見的一個好女孩子。」
>
> 「那裡的話，是你們這些長輩不甘嫌她。」梅子的母親暗暗在心裡歡喜。
>
> 「說實在，我們讚美都來不及呢。」
>
> 「我猜她會生男的。看她的肚子好尖哪。」有一個女人這麼說。
>
> 「該賞她一個男的才公道。」

從村民們這些善意的話中，可以看出白梅正是以自身的尊嚴、無私的愛心與堅忍自信，才終於贏得了親人、同伴和鄉親的愛戴和尊重；她也沐浴在愛和溫暖之中，逐漸恢復了做人的權利和信心。故鄉以它溫暖寬厚的懷抱再次接納了她，這種純樸的親情和鄉民們的友情，顯示出來的正是中華民族世代相傳的道德觀。

然而，白梅所要接受的命運的挑戰到此尚未結束，白梅在懷胎十月的過程中還算平安順當，沒有出什麼事；可是到了生產的時候卻出了意外，碰上了難產。在她分娩的那晚，由於情況十分危急，村人們成群結隊地連夜舉著火炬護送她到縣城醫院去生產。這個激動人心的場面，特別是那被風吹得火焰向一邊傾倒的火炬閃耀著濃濃的人間溫情與真愛，正是這種人間的溫暖和關愛給白梅帶來了生活的樂趣和無窮的力量。白梅以驚

人的意志和毅力戰勝了難產中的痛苦和困難：「梅子又被一段很長而綿密的陣痛所折磨，而她一次都不浪費的將痛苦的掙扎化成力量。她全身濕得像從河裡撈出來。看那樣子，比剛才虛弱多了。那種虛弱而清醒的樣子，有點令人害怕，老母親從頭到尾陪在身邊痛得不斷流淚。」經過在生死邊界九死一生的頑強搏鬥，皇天不負有心人，白梅終於夢想成真，如願以償地生下了一個男孩。這樣的生產過程是相當艱辛而痛苦的；不過，凡是拯救與昇華都必須經歷一番痛苦的洗禮，所以白梅的難產便成了接受洗禮的過程。畢竟白梅不只是代表著自己而已，它還象徵著母親、土地等未來希望之所在，因此難產使她完成了帶有宗教性意義的受「洗」過程。而白梅重新做人的強烈渴望也就在這難產的過程裡得到了昇華，難產也因此染上了一種象徵意味，變成一種宗教的拯救儀式，生產中所流出的血使白梅潔淨起來。而最後嬰兒的誕生，更使白梅的「自我」得到了徹底的拯救——她的身份已從妓女轉化為母親了。因此當那個代表著希望的孩子來到人間時，不僅白梅感到驕傲，而且大家也為她高興，「老母親卻歡喜的哭出聲來。產房的門開了，門外站著才鋸掉腿的大哥和大嫂還有他們的孩子們。」大家親切地迎接著她和那個剛剛降生的小生命。這個場景是相當溫馨的，與她以往遭受的隔絕與冷漠截然不同。白梅奮鬥掙扎、衝破藩籬，堅決不向命運屈服，終於在生活中重新找到了自己的位置。誠如夏志清所言：「〈看海的日子〉的主角白梅，可視為一個對自身命運充滿偉大理想的聖女。」[44]自從生下小孩後，白梅充滿了對上蒼的感激，她含著眼淚享受著做母親的快樂和尊嚴，她借助嬰兒的誕生在母愛與人性光輝的洗禮中潔淨了自身，成就了自我的拯救心願。

　　不過，也許是一種滿足之餘所產生的「感恩」心情在作祟吧，每當白梅看著孩子的時候，心裡便會產生一股想抱著孩子去漁港的強烈衝動，奢望能再看一眼孩子的父親。這願望愈來愈猛烈地撞擊著她：

　　幾乎同孩子一起誕生出來的一個意願，一直在心裡鼓動著梅子，而這意願卻專橫的不允許她做最簡單的說明。雖然，這是她自己的意願，但是，在她的心裡面始終站在另一極端的位置，而不怕被孤立。她心裡如此地掙扎著：

「走！抱著小孩到漁港去。」

「魚群還沒有來呀。」

「我知道。」

「那麼不可能遇到他，這孩子的父親。」

「我知道，這不是我主要的目的。」

「那為什麼？」

「我不知道，也許可以遇見他。」

「遇見他怎麼辦？」

「我會告訴他這孩子是他的。」

「想去依賴他？」

「絕不！」

「那是為什麼？」

「我明知道他現在不會在漁港，因為魚群還沒有來。現在他可能在恆春。」

「那麼你去漁港有什麼目的？」

「沒什麼，我知道我不會遇見他，但我必須去一趟。」

「……」

「我也不明白，所以我不能說明那一點意願是什麼？」

從有了這個意願開始，梅子始終不能教自己明白。她只知道這是急切的。現在她的健康已算恢復了，這個意願在內心撞擊得更強烈。

這段精彩的內心獨白，真實地反映出白梅內心的苦苦掙扎和矛盾的複雜心理。最後她終於下決心抱著孩子再回一次漁港去看海，讓自己的心情釋然。於是白梅又一次乘坐上了前往漁港的火車，相較於前次坐火車的經歷，這次坐火車的境遇則完全不同了。前次在火車上，碰上嫖客以猥褻暗語輕薄調戲、肆意凌辱她時，白梅是孤立無助的；而今次，當她抱著孩子登上火車時，車廂裡的氣氛是熱情溫暖的，她得到了同車旅客的友善對待。走上了人生的正途，她也就不再被人冷漠地歧視了。白梅的心裡因此充滿了一種「感恩」的激動──孩子使她終於重新被社會接納了。小說裡的這段描寫非常令人感動：

梅子抱著她的孩子，買了一張往漁港的車票，和一群人擠火車。火車來了，車廂裡面沒有一個位子是空的。但是她只要能登上火車，握一張往漁港的車票，她心裡就高興了。正在她想找一個角落偎依時，在她的面前同時有兩個人站起來要讓位給她。對這件平常的事她感到意外，由於過於感激而發呆，有一個女人走過來，牽著梅子去坐她的空位。梅子開始正視對方的眼睛，那女人親切而和善的微笑著。她看旁邊的人，她看所有車廂裡面她所能看到的眼睛，他們竟是那麼友善，這是她長了這麼大第一次經驗到。她的視覺模糊起來了。曾經一直使她與這廣大的人群隔絕的那張裹住她的半絕緣體，已經不存在

了，現在她所看見的世界，並不是透過令她窒息的牢籠的格窗了。而她本身就是這廣大的世界的一個份子。梅子十分珍惜的慢慢的落到那個空位，當她的身體接觸到坐椅的剎那，一股暖流升上心頭。她想，這都是我的孩子帶給我的，梅子牢牢地抱著孩子輕輕地哭泣起來。

此刻，抱著嬰兒去看海的白梅終於以一個母親的姿態重返正常人的社會，享受著被愛和愛人的快樂，享受著生命的活力和動力。換句話說，孩子之於白梅的意義是如此重大，不僅使她改變了生活環境，而且還恢復了夢寐以求的人的尊嚴，那個「曾經一直使她與這廣大的人群隔絕的那張裹住她的半絕緣體，已經不存在了，現在她所看見的世界，並不是透過令她窒息的牢籠的格窗了。而她本身就是這廣大的世界的一個份子。」這感恩的心情使她激動得「牢牢地抱著孩子輕輕地哭泣起來」。這哭泣流出的是喜悅的淚水，人們也同樣感受到了她的歡欣與感恩之情。人性的尊嚴和母性的光輝也就在此時在她的身上熠熠發光。雖然曾歷經重重磨難，但白梅卻在希望的星光指引下，毫不畏懼地在崎嶇的山路上始終不懈地向著高峰攀登，終於站到了頂峰，不再為過往的命運所控制。不過，對於小說為白梅安排的這個光明的人生結局，有些人認為似乎是過於浪漫了，甚至顯得「過於傳奇」、「有傷真實」，是「溫情主義」，[45]然而不管怎麼說，我們都不能不承認白梅追求自我拯救和昇華的歷程中所洋溢的樂觀與浪漫精神，而且在「中國近代文學中，再找不到一個與白梅等量齊觀的女子，在這種神祇委棄的世界中，放射著信仰和希望的光芒。」[46]

當「火車穿過大里的那道長長的山洞」時，廣大無邊的太

平洋展現在眼前，面對這片曾在白梅生命中有著重大意義的大海時，她知道自己的生活在不知不覺中改變了。白梅指著海對她的孩子說：「我的乖孩子，你長大以後不要做討海人，你要坐大船越過這個海去讀書，你要做一個了不起的人」。面向著大海，白梅告訴兒子長大了不要辜負自己的希望，希望孩子超越他的父母，有更光輝遠大的前程。雖然我們並不知道白梅和她孩子的將來會如何，可是我們有理由期待，並相信她會成為一個好母親，因為在白梅的思考裡，她甚至想到了如何解決孩子成長過程中可能需要面對的問題，因此她將孩子的父親虛擬化，她對孩子這麼說：「噢！我可以不讓我的孩子知道我的一切。我會搬到很遠很遠的地方，而且是完全陌生的一個地方去。」並且「我說你爸爸死了。他是一個很了不起的人，他希望他的孩子同他一樣，他還是期待著你。」這個孩子雖然沒有父親的關愛，但是透過白梅對希望與未來執著的信念，我們可以知道孩子「父親」的形象已經依照白梅的想像被塑造出來了，並將伴隨著這個孩子成長。從這裡我們進一步看到了白梅義無反顧的決心。故事就這樣終結於白梅坐著火車回去的路途上。小說結尾時，梅子又像在祈禱似的對她的孩子許下承諾：

> 「不，我不相信我這樣的母親，這孩子將來就沒有希望。」她的眼睛又濕了。
> 太平洋的波瀾，浮耀著嚴冬柔軟的陽光，火車平穩而規律的輕搖著奔向漁港。

小說結筆的這一句，「太平洋的波瀾，浮耀著嚴冬柔軟的陽光，火車平穩而規律的輕搖著奔向漁港。」顯然有著多重的

象徵意義。「太平洋」是世界上最大的海洋，它之於白梅的意義自不同於一般，海具有寬容、生命、淨化等象徵意義，包容了白梅的過往，也象徵了經過一番洗禮的心靈獲得了重生；「平穩而規律的輕搖著奔向漁港」的火車，則暗示了白梅的強烈心願，希望從今以後自己能和孩子可以像「平穩而規律」的火車一樣奔馳在美好生活的軌道上。帶著兒子去看海的白梅，已然在這個過程中發生了本質上的蛻變。同樣地，大海的寬容就像白梅對這個迫害她的社會的寬容一樣，海水本身具備的淨化功能令白梅的生命得到了滌淨；大海所代表的原始蓬勃的生命意象，更帶來了無限的希望。從這裡可以發現小說對白梅「重生」後獲得的幸福所做的定位——人格的重新確立，這不是用金錢可以衡量的的幸福。換言之，白梅從沉淪為養女到妓女的宿命，到依靠自身力量去改變命運，她所拯救的是人之所以為人的精神人格與理想，她心中所復活的是人性的尊嚴和出淤泥而不染的品性。就這個意義而言，白梅從妓女到聖母的自我拯救過程，並不是一個簡單的「善有善報」的勸世故事，而有著獨特的意義，具有拯救人類靈魂與復活理想的象徵意義，突顯的是「小人物」同命運相抗衡的昂揚不凡的意志，莊嚴化了其生命的存在。正是這種在傷痕中綻露出來的淒美光焰使白梅成了台灣文學，當然也是中國文學中追求理想和尊嚴最為動人的典型之一。就像著名學者夏志清所稱頌的那樣，小說確實是「動人心弦的道出了一個人對困難的承受和掙扎，以至最後的成功，並且微妙的刻畫出她對光明遠景的追求。」[47]

　　黃春明是一個充滿社會使命感的作家，面對轉型期社會暴露的各種弊端，他以筆為旗，對之進行了不遺餘力的理性批判。由於反映社會生活的及時、敏銳與迅捷，使他的作品成為

了映照台灣社會轉型歷史的一面鏡子，生動記錄了一段充滿矛盾、衝突、抗爭與奮鬥的悲劇歲月。因而人們可以看到〈看海的日子〉這篇小說，雖然仍然是透過「妓女從良」的故事來表現「人的新生」這一主題，但整篇作品從始至終卻瀰漫著一種「鳳凰涅槃」的悲劇意識。我們知道，悲劇意識乃是對悲劇性現實的反映及其把握。從人類文明的起源和發展的歷史來看，「悲劇意識」是對現實悲劇性意識的一種文化把握。[48]因為悲劇乃是不斷在歷史長河中賴以存在的有價值的東西的被毀滅所造成的。人類的悲劇性可以被歸結為關於「挑戰」與「應戰」這兩個概念之中，人們面對迫害的「挑戰」時，對人的把握能力就顯出一種非理性的性質。換言之，人對「挑戰」的「應戰」是一場前程未卜的鬥爭，本身亦具有一種超越理性的性質——悲劇意識的形成就在於對「挑戰」的非理性和「應戰」的超理性的一種正確感受與把握。[49]因此理性成了悲劇意識產生的必要前提。作家為來自理性支配的自身向力的衝突所承載的痛苦昇華到對自身進行剖析與懺悔的程度時，便會以藝術創作的方式表現出來：不僅要「照現」外在的生活痛苦，而且更要深入「照射」內在的痛苦，從而鼓勵、點燃、抒發出那種來自於生命痛苦所散發出的藝術反思。[50]而亞里士多德的《詩學》在論及悲劇美的真實性問題時對此有著很精闢的闡釋，指出悲劇是通過與我們相似的人的被毀滅，導致人們引起恐懼之情與憐憫之心。我們一方面害怕這種角色與我們相似，自己也可能身受其害；另一方面，我們又因憐憫角色不應遭受到如此的厄運而產生憤慨與不平。這其中最關鍵的因素就在於「與我們相似」，這才是打動我們、並引起我們共鳴與同情的原因。對此，學者劉再復有一段論述有助於我們更好地來理解

這一問題：

> 但是「我們」畢竟是一個很抽象的集合的概念，在「我們」這個大集合體中，有可能是對社會有價值的東西，有的則未必是對社會有價值的東西，如果是毀滅類似沒有價值的東西，就難以構成悲劇。因為，講有價值的東西的毀滅，更能說明悲劇的本質。[51]

　　的確，悲劇就是把有價值的東西毀滅，而因毀滅過程所產生的情緒和感情上的恐懼與憐憫則造成了「悲劇性」。小說之所以帶給我們一種悲劇性的感受，就是因為主人公白梅所展現出來的許多經歷在人們感同身受中引起了情感的共鳴，並使人們產生了憐憫與同情。事實上，這與台灣社會轉型期間的那段歷史也脫不開干係。透過小說的敘事，我們可以發現不管是在鄉下，還是在城市；不論後期農業社會，亦或是初期工商業社會，普通民眾都面臨著貧窮所帶來的極大挑戰。普通民眾胼手胝足創造的社會繁榮，雖然成就了台灣「亞洲四小龍」的經濟奇蹟，但是台灣社會中「精神的貧窮」與「文化的侏儒」的印記卻也不容忽視。恰如尉天驄所說的那樣：

> 現代化的生活固然給我們豐富的物質生活，但很多東西卻消失掉了。黃春明的作品，從某方面看是懷舊，但從另一方面來看，也是一種反省。在五○、六○年代看黃春明的小說，覺得他是多少有點懷舊；但在八○年代看，由於環境保護的提倡，生態學的發展，使我們覺得社會在改變，人在反省：高度化的工業生活，一個漫無目的往前推進的商業社會，是不是人

類社會最好的一條道路。[52]

在台灣社會轉型帶來的大變動中，新舊交替之際的社會猶如萬花筒一樣五彩繽紛，傳統道德與現代文明激烈衝突，物欲膨脹導致精神沉淪，各種病態社會現象隨之出現。色情行業的興旺，娼妓文化的出現就是最突出的表現之一。自六○年代以來，台灣從都市到鄉鎮，從歌廳、酒吧到髮廊，幾乎都帶有色情的陰影。那些身陷火坑的女子，多數來自貧困的農村，於不諳人事的年紀就掉進了色情的陷阱，歷盡了人間滄桑與劫難，卻難以掙脫命運枷鎖的束縛。而白梅二十八年悲歡離合的人生經歷就形象地呈現了台灣社會轉型期的這幕景象，因此，她的覺醒、抗爭與自我拯救之路對於那些同樣被壓在社會最底層的女性而言，的確給她們帶來了一絲希望之光和尋求新生之路的某種可能性。換句話說，就是在白梅身上凝結著作家悲天憫人、改造社會的思想光輝。白梅不甘心讓自己的生命無聲無息地消逝，她的內心深處充滿了一股莊嚴地站在別人面前的頑強勇氣。儘管身為受人歧視的妓女，但她的靈魂並未就此沉淪下去，而是積極尋找希望之光，為了拯救自我，她迫切地渴望生一個自己的孩子，並把對生活與未來的希望寄託在這個孩子身上。儘管這希望還十分渺茫，但她的堅強信念和不屈奮鬥卻使人們看到了處於台灣社會底層的一個有尊嚴的、不再是受人蹂躪和嘲弄的形象。一方面，白梅對困難的承受和掙扎、對自我的拯救與證明，成就了不甘屈辱的「小人物」最動人的樂章；另一方面，白梅在自我拯救過程中所展現出的悲天憫人的情懷、剛毅的抗議精神，以及應戰貧困所採取的強烈手段等，則促使人們對「人的處境」問題產生反思。換言之，從這篇故事

裡，人們看到了人性的光輝，這不僅是任何不利的生活環境都
無法剝奪的，而且任何生活的艱苦、折騰與迫害都是對人性的
考驗而不是摧毀，而生命的意義也就因之被積極地肯定了，因
為人是堅韌的，不論多麼卑微，他都有一種能夠使自己站起來
的力量，而這力量是不可征服的。除此之外，透過這篇小說，
人們還看到了一種建立在互助互愛上的人與人之間的可貴關
係，正是這種「愛心」，才帶給社會以溫暖。在台灣文學的畫
廊中，白梅的形象已經深深鑴刻在轉型期台灣歷史的牆壁上了。

　　小說在藝術上頗見匠心，結構上正叙、倒叙、挿叙交織進
行，回憶與內心獨白相互穿挿，將主人公白梅的整個人生，包
括她的身世背景、過往經歷、眼前渴望，以及對未來的希望全
都一一叙述了。不但心理刻畫技高一籌，象徵、對比與隱喻也
全都運用得得心應手；小說不是靜止、孤立地描寫人物的內心
世界，而是將它置於社會生活、人際關係等密切相關的外部世
界的變化中來呈現，顯得真實可信；而且小說語言樸實、自然
而又富有個性，譬如漁港的熱鬧嘈雜、討海人的戲謔打趣、妓
院的煎熬掙扎、「雨夜花」歌聲的沉痛、借「種」懷胎的決
絕、村民抗災場面的宏大、純樸溫厚的鄉人情誼、患難姐妹的
相濡以沫、養母的狠心與懺悔，生母的疼愛與不捨，以及孩子
降生的磨難與喜悅等，全都寫得栩栩如生，使豐富的內容與完
美的形式相得益彰，全篇風格顯得既寫實又浪漫，引人入勝。

第六節　〈兒子的大玩偶〉

　　發表於一九六八年的〈兒子的大玩偶〉是黃春明所有小說
中被討論得最多的一篇。「兒子的大玩偶」這一標題本身，就
含有濃厚的嘲弄和滑稽意味。小說透過一個在小鎮上從事廣告

宣傳職業的廣告人一日的生活，將台灣社會轉型時期人們艱難的掙扎沉痛地表現了出來，這是一個爲了生存而被迫丟失做人尊嚴的悲劇故事。故事以主人公坤樹和妻子阿珠的衝突、誤會和最後的和解爲線索，叙述了坤樹一天的生活情景，其中還大段插入了他的回憶與感想。由於黃春明剛到台北的時候，一度在廣告界討生活，除了「撰稿之外，還要跑客戶」；[53] 他「自己寫腳本，自己拍攝」[54]；先後在一家運動用品公司搞廣告企劃[55]；在一個鞋業集團擔任企劃協理。[56] 這樣的生活經歷和創作背景，說明了黃春明與象徵現代文明的「廣告」之間的關係是異常密切的。說他是一個「廣告人」，眞是一點都不爲過，因此當他在創作中一再將「廣告」寫進去時，人們並不會感到意外或突兀，反而會覺得這完全是順理成章的事。這篇作品就涉及到了相當多的廣告知識，小說從一開始就直接告訴人們小鎮上出現了一種奇怪的「廣告的」的情況：

　　在外國有一種活兒，他們把它叫做「Sandwich-man」。小鎮上，有一天突然也出現了這種活兒。但在此地卻找不到一個專有的名詞，也沒有人知道這活兒應該叫什麼。經過一段時日，不知道哪一個先叫起的，叫這活兒「廣告的」。等到有人發覺這活兒已經有了名字的時候，小鎮裡大大小小的都管它叫「廣告的」了。甚至連手抱的小孩，一聽到母親的哄騙說：「看哪，廣告的來了！」馬上就停止吵鬧，而舉頭東張西望。

　　這是一個富有獨特暗示意涵的開頭，人們可以通過「Sandwich-man」即「廣告人」，發現台灣鄉土社會正在變遷的腳步。「Sandwich-man」的出現其實已經在不經意間透露出了一

條敏感的訊息：一條象徵著現代消費社會的「觸鬚」，已經開始從台北那樣的大都市試探著伸進了台灣古樸的鄉鎮了，而且以很快的速度對生活在這塊土地上的民眾產生著深刻影響。六、七〇年代的台灣，象徵資本主義現代文明的大眾消費文化已開始無孔不入地伸向了台灣的每一個角落，由於「整個經濟、社會和文化制度被一種消費物質商品的動力所支配和滲透，而這種動力所反映的是廣告撰稿人大肆宣傳並通過大眾傳播媒介過分渲染的幻想世界。這一制度所產生的結果就是形成一種壓制創造性和個性，歪曲人類真實感情需要和情緒的一種閃閃發光的消費社會。」[57]可見，消費社會就是一個深受廣告影響的社會，這也是社會轉型的腳步邁向台灣傳統鄉土社會時出現的特殊現象之一。小說透過敏銳眼光探入到主人公坤樹的現實生存世界與內在的心靈世界中，將一個迫於生存壓力而被迫扮演這種無奈的「廣告人」角色的主人公精神上的分裂意識，以及他同環境之間不斷衝突、抗爭的悲喜劇關係鮮活地揭示了出來，深刻洞察了台灣社會正在發生的歷史性變化對人們心靈的深刻影響，將普通民眾所面臨的似乎是微不足道卻又扣人心弦的進退維谷的處境形象地展示出來了。小說主人公坤樹正式登場亮相時是這樣一副古怪又滑稽的模樣：

　　他的一身從頭到腳都模仿十九世紀歐洲軍官模樣，臉上的粉墨，教汗水給沖得像一尊逐漸溶化的蠟像，塞在鼻孔的小鬍子，吸滿了汗水，逼得他不得不張著嘴巴呼吸；頭頂上圓筒高帽的羽毛飄顫著。這一富於象徵意味的西化的怪異形象的設計包裝，完全是為了「廣告人」肩上舉著的電影廣告和身前身後掛著的另外兩張廣告牌，前面的是「百草茶」，後面的是「蚵

蟲樂」。這樣子他走路的姿態就得像木偶般地受拘束了。累倒是累多了，能多要到幾個錢，總比不累的好。他一直安慰著自己。

從幹這活兒開始的那一天，他就後悔得急著想另找一樣活兒幹。對這種活兒他愈想愈覺得可笑，如果別人不笑他，他自己也要笑的，這種精神上的自虐，時時縈繞在腦際。

顯然，為了一家三口的生計，受雇於鎮上新開張電影院的坤樹，不得不化妝成「廣告人」，打扮得奇奇怪怪，戴著插著羽毛的圓筒高帽，塗著像鬼一樣的花臉，不僅舉著電影廣告的看板，而且全身上下從頭到腳、胸前背後還附帶掛滿了各式各樣的產品廣告，在炎炎的驕陽下流著汗水與淚水，忍著饑渴，一趟又一趟地穿行於小鎮的大街小巷之間，主要目的就是為了吸引鎮上居民的注意，以達宣傳電影的效果，希望有更多的人會來看電影。就現代廣告發展的歷史而言，這種以身體當廣告媒體的方式，是一種最原始的廣告形態，也是屬於一種流動的戶外廣告形態，在大城市中已經很少採用了；但在小鎮上，這種流動的「活廣告」還是有一定市場的。它的出現是台灣商業經濟競爭的必然產物。值得注意的是，坤樹所擔任的這個在精神和肉體上都給他帶來極大痛苦的廣告工作卻是來之不易的——這個以自己的身體充當廣告媒介的構想，是他向鎮上新開設的電影院老闆竭力爭取來的，是他維持全家生活的一份重要工作，因此他非常注重廣告宣傳效果的好壞：

看看人家的鐘，也快三點十五分了。他得趕到火車站和那一班從北來的旅客衝個照面；這都是和老闆事先訂的約，例如在工廠下班，中學放學等等都得去和人潮衝個照面。

在這裡，時鐘「快到三點十五分了」就像身背後的一條鞭子似的狠狠驅趕著坤樹，鮮明地表現了坤樹內心深處一種無法言說的焦慮，因爲如果他的廣告效果不好的話，可能會遭致再次失業的命運，而飯碗一旦保不住，那麼接踵而至的種種可怕後遺症將是他不敢想像的，也是他無法面對與承受的。因此，每當電影院老闆找他時，坤樹都表現得十分失措，顯得忐忑不安：「他腦子裡一時忙亂的推測著經理的話和此時那冷淡的表情。他小心的將廣告牌子靠在櫥窗的空牆，把前後兩塊廣告也卸下來，抱著高帽的手有點發顫。他真想多拖延一點時間，但能拖延的動作都做了，是他該說話了。他憂慮重重的轉過身來，那濕了後又乾的頭髮，牢牢地貼在頭皮，額頭和顴骨兩邊的白粉，早已被汗水沖淤在眉毛和內凹入的兩頰的上沿，露出來的皮膚粗糙得像患了病。最後，他無意的把小鬍子也摘下來，眼巴巴的站在那裡，那模樣就像不能說話的怪異的人形。」這種患得患失的心理正是由於害怕失去工作的緊張與焦慮所造成的。小說以生動的畫面道出了主人公坤樹的尷尬處境：

「呀，廣告的來了！」圍在零食攤裡的一個妓女叫了出來。其餘的紛紛轉過臉來，看著坤樹頭頂上那一塊廣告牌子。

他機械的走近零食攤。

「喂！樂宮演什麼啊？」有一位妓女等廣告的走過他們的身邊時問。

他機械的走過去。

「他發了什麼神經病，這個人向來都不講話的。」有人對著向坤樹問話的那個妓女這樣笑她。

「他是不是啞巴？」妓女們談著。

「誰知道他？」

「也沒有看他笑過，那副臉永遠是那麼死死的。」

他才離開她們沒幾步，她們的話他都聽在心裡。

「喂！廣告的，來呀！我等你。」有一個妓女的吆喝向他追過來，在笑聲中有人說：

「如果他真的來了不把你嚇死才怪。」

他走遠了，還聽到那一個妓女又一句挑撥的吆喝。在巷尾，他笑了。

　　這裡所展示的坤樹的尷尬處境，源於他向伯父借不到米，為了維持全家起碼的生活，以及保住老婆阿珠肚子裡的胎兒，不得不幹這「人不像人，鬼不像鬼」的營生。他心裡很明白「反正幹這種活，引起人們注意和被疏落，對坤樹同樣是一種苦惱。」儘管連妓女和小販都拿他要笑，但坤樹的滑稽形象的確在一定程度上迎合了小鎮居民的獵奇心理，並為他們提供了新的娛樂方式。共存於同一時空的新人「廣告的」與古老的妓女一樣，都刺激著人們的消費欲望。而坤樹那面無表情又沉默不語的行為，折射出的是現代消費社會裡「小人物」被徹底忽略的「無名」存在狀態，因為坤樹本人已經由人而淪落成商品了。而具有諷刺意味的是，就連坤樹自己也希望別人看到的只是他身上掛的商品廣告牌，而不是他這個人本身：

　　「真莫名其妙，注意我幹什麼？怎麼不多看廣告牌？那一陣子，人們對我的興趣真大，我是他們的謎。他媽的，現在他們知道我是坤樹仔，謎底一揭穿就不理了。這干我什麼？廣告不是經常在變換嗎？那些冷酷和好奇的眼睛，還亮著哪！」

　　顯然，由於坤樹本人在為商品做廣告的同時，自身也已經由人淪落為商品了，因此即使人們知道他就是「坤樹仔」，也絲毫不能改變他被忽視的現實，反而更加增添了他被蔑視的痛苦。小說敏銳洞察了聚焦在坤樹身上的豐富人性內容和現代消費社會中人與人之間建立在商品經濟上的畸形關係。

　　同社會的冷漠與無情相對的是，小說以很大篇幅表現了坤樹與妻子之間的相互關愛和與兒子之間的深厚親情。小說由此表現出了社會底層「小人物」在生存掙扎中所展現出來的一種「傷痕美」。這是一種面對坎坷人生與不幸命運決不屈服，在累累的「傷痕」中仍然堅守著作為人的尊嚴、堅韌、寬容、自信的美好情操。小說中有一個關於「夫妻口角」的小插曲，生動地表現了坤樹夫妻之間的相互體貼與慰藉。當坤樹頂著烈日、渾身懸掛著廣告牌遊蕩於小鎮的街巷之中時，隨著他腳步的機械移動，他的心卻早已流回了家。他想起了前一晚因家事誤會太太阿珠而引起的爭吵，其實坤樹既無心又不敢打阿珠，因為阿珠對他的隱忍與退讓，使他的心中充滿了愧疚，立刻澆熄了彼此間的怒火；坤樹還想起了兒子阿龍的可愛，更想起這份令他失掉自尊的「丟人現眼」差事。然而，坤樹的尷尬還有一重更深的意涵：對外人而言，坤樹只是一塊「遊動的廣告」，一個隱形的「人」而已；「廣告牌」把坤樹作為「個人」的一切豐富情感和自我存在、他所必須忍受的烈日炙烤、他對妻兒的愛戀，以及他為了這份愛戀所必須忍受的精神自虐的屈辱和痛苦都壓抑掉或遮蔽掉了，僅僅剩下一點屬於自己的同病相憐的微末幻想：

　　　「你總算找到工作了。」（他媽的，阿珠還為這活兒喜極

而泣呢。）

「阿珠，小孩不要打掉了。」（為這事情哭泣是很應該
的。阿珠不能不算是一個很堅強的女人吧。我第一次看到她那
麼軟弱而嚎啕地大哭起來。我知道她太高興了。）

在這裡，坤樹對這份廣告工作的無奈、不情願，同妻子阿
珠的高興形成了鮮明對比。顯而易見，妻子阿珠雖然慶幸他找
到了好工作，卻無法深入理解他的內心世界，但夫妻之間的相
互體貼卻並未減少。因此當阿珠與坤樹發生爭執時，只是止住
嘴，緊緊抱著兒子阿龍哭泣，雖然遭到了丈夫的誤會，她卻一
如既往地天天背著兒子阿龍幫人家洗衣服，還時不時地偷窺在
街巷中如遊魂般穿行的丈夫，擔心著坤樹所遭受的戲弄、侮辱
與嘲笑。小說用交錯敘述兩人心理活動的方式將雙方自責與後
悔的感受表現出來了。在「貧賤夫妻百事哀」的生存境況裡，
親人之間也難免會產生誤會與煩惱，但坤樹夫妻面對窮困卻
未被打倒，小說也由此揭示了坤樹自尊受損的痛苦與這對夫妻
之間相濡以沫的關愛之情。顯然，對於坤樹夫妻這樣的鄉鎮
「小人物」來說，面對環境產生的命運掙扎與人生困惑，確實
充滿了一種悲劇色彩。黃春明曾一再說：「鄉下人是環境下的
悲劇人物，他們缺乏機會。」[58] 在他筆下，農人家庭、宜蘭
鄉鎮和時代社會，這多重的生活層面共同構成了鄉鎮人物的生
存環境，人物的命運又是在這鄉鎮環境的變遷中展開的。說到
鄉鎮「小人物」的家庭環境與人際關係，一方面它明顯地帶有
傳統農村社會與自然經濟狀態的特點；另一方面，它又或多或
少受到轉型期台灣社會城市風尚的影響，但以前者的色彩更為
鮮明、濃重，「其人際關係是建立在傳統社會中約定俗成、倫

理道德之上的承諾非常重視。」⁽⁵⁹⁾在這個環境中生存的鄉鎮人物形象與命運便具有了兩種情形，一是重情守諾，堅持著貧困生活中的相濡以沫，患難與共；二是陷入愛恨糾纏的情感困境，不時激起生活中的一些小小波瀾。因此坤樹與妻子阿珠因為貧窮而引發的爭吵、自責與後悔就涉及到故事主題之一：「愛，和那種難以表達愛的困難，以及人們掙扎『混日子』的種種問題。」他們的性格也就常常在這種情感的頓挫與生活的波折中演進。特別是在貧困艱難的歲月中，兒子阿龍的出生，不僅使坤樹對生活折磨的忍受程度大大增強，而且使「他也得到了莫大的愉快。每次逗著阿龍笑的時候，都可以得到這種感覺」。坤樹每天早上去上工時總要上演一齣父子依依惜別的溫馨劇目：坤樹一再叫著「阿龍──再見，再見……」，而「阿龍看到坤樹走了他總是要哭鬧一場，有時從母親的懷抱中，將身體往後仰翻過去，想挽留去工作的父親。這時，坤樹往往由阿珠再說一句：『孩子是你的，你回來他還在。』之類的話，他才死心走開。」兒子對父親的愛，使「坤樹十分高興。這份活兒使他有了阿龍，有了阿龍叫他忍耐這活兒的艱苦。」正因如此，懷著深沉父愛的坤樹在忍受這份非人的痛苦活計的時候，顯現出了一種希望的光輝。小說中是這樣呈現的：

「鬼咧！你以為阿龍真正喜歡你嗎？這孩子以為真的有你現在的這樣一個人哪！」

（那時候我差一點聽錯阿珠的這句話。）

「你早上出門，不是他睡覺，就是我背出去洗衣服。醒著的時候，大半的時間你都打扮好這般模樣，晚上你回來他又睡了。」

（不至於吧！但這孩子越來越怕生了。）

「他喜歡你這般打扮做鬼臉，那還用說，你是他的大玩偶。」

（呵呵，我是阿龍的大玩偶，大玩偶？！）

那位在坤樹面前倒退著走的小街童，指著他嚷：

「哈哈，你們快來看，廣告的笑了，廣告的眼睛和嘴巴說這樣這樣地歪著哪！」

幾個在後頭的都跑到前面來看他。

（我是大玩偶，我是大玩偶。）

雖然在外邊坤樹被人奚落、取笑，喪失了人的尊嚴，但在他自己貧窮的家庭中，卻得到妻子的關愛與兒子的喜歡，換言之，對坤樹來說，他生活中最有價值的也就是這點為夫、為父的情感享受，因此即便妻子阿珠把兒子喜歡他，並非因為他是父親，而是開心逗樂的大玩偶這一真相告訴他時，他不僅不以為意，反而在心裡對妻子的話產生了質疑，可是沒過多久，阿珠的話就不幸而言中了。

這篇小說中呈現的最大的衝突是人與環境的衝突，是坤樹為了生存不得不作為「兩面人」而存在的謀生方式。一方面，坤樹極力要喚回自我意識，另一方面他又不得不放棄真實的自我，扮演著「非我」的角色。俄羅斯著名文學家陀斯妥耶夫斯基曾指出：「人必具有兩種互相衝突的行動或者互相衝突的傾向」，因此小說中有大量描寫人物內心衝突與掙扎的片斷，對坤樹在短暫的一天中的所思、所感與所為花費了不少筆墨。坤樹的故事發生的季節雖然沒有明確標出，但從「一團大火球在頭頂上滾動著緊隨著每一個人，逼得叫人不住發汗」的情景來

看，無疑可以確定是在一個炎夏季節，而夏季的高溫與驕陽往往會使人產生難受、鬱悶、厭煩等情緒。小說顯然有意援用一些心理學上的方法，將坤樹此時的心理活動用類似「意識流」的方式表現了出來：

　　想，是坤樹唯一能打發時間的辦法，不然，從天亮到夜晚，小鎮裡所有的大街小巷，那得走上幾十趟，每天同樣的繞圈子，如此的時間，真是漫長得怕人。寂寞與孤獨自然而然地叫他去做腦子裡的活動；對於未來他很少去想像，縱使有的話，也是幾天以後的現實問題，除此之外，大半都是過去的回憶，以及以現在的想法去批判。

　　通過不停地「想」這一行為，小說展示了坤樹身為「雙面人」的窘境。換言之，就是將坤樹那種在痛苦折磨與矛盾煎熬中形成的所謂「雙重人格」揭示了出來，而這正是使他陷於永無止境的「本我」與「非我」衝突的根源之一。因此，當坤樹徜徉於小鎮的車站、戲院，以及妓院這些地方時，他就在孤獨與寂寞中產生一種「自我補償性」的「生理衝動」或「性幻想」，當面對妓女的挑逗和譏笑時，小說這樣寫坤樹的心理活動：「要的，要是我有了錢我一定要。我要找仙樂那一家剛才依在門旁發呆的那一個。」「走過這條花街，倒一時令他忘了許多勞累。」性衝動是人的本能，坤樹經過妓院時看見了女人的大腿，對在烈日下忍受著饑渴嚴重折磨的坤樹來說，這種原始的本能衝動是他身心遭到外在壓力下的一種心理發洩。精神分析學家佛洛伊德曾經指出：「社會要大家有修養，遂對於性的問題撩而不張。」可是小說中這段關於坤樹「性衝動」的描

寫並非無的放矢的隨心一筆，實質上依舊是對坤樹雙重性格的
又一次深入挖掘。不過小說對於坤樹身為「兩面人」的窘境的
揭示並未到此為止，真正的高潮出現在故事的結尾部分。當坤
樹在他兒子阿龍面前想找回真正的「自我」的時候，他卸下了
臉上所帶的面具，然而兒子阿龍看到他不再是小丑裝扮而覺得
生疏，竟以掙扎和哭鬧拒絕了真實的他，此時坤樹找回真實自
我的短暫快樂迅速結束了。小說以一段催人淚下的描寫終結了
故事：

　　「傻孩子，爸爸抱有什麼不好？你不喜歡爸爸了嗎？乖
乖，不哭不哭。」
　　阿龍不但哭得大聲，還掙扎著將身子往後倒翻過去，像早
上坤樹打扮好要出門之前，在阿珠的懷抱中想掙脫到坤樹這邊
來的情形一樣。
　　「不乖不乖，爸爸抱還哭什麼。你不喜歡爸爸了？傻孩
子，是爸爸啊！是爸爸啊！」坤樹一再提醒阿龍似的：「是爸
爸啊，爸爸抱阿龍。看！」他扮鬼臉，他「嗚魯嗚魯」地怪
叫，但是一點用處都沒有。阿龍哭得很可憐。
　　「來啦，我抱。」
　　坤樹把小孩還給阿珠，心突然沉下來。他走到阿珠的小梳
妝檯，坐下來。躊躇的打開抽屜，取出粉塊，深深的望著鏡
子，慢慢的把臉塗抹起來。
　　「你瘋了！現在你打臉幹什麼？」阿珠真的被坤樹的這種
舉動嚇壞了。
　　沉默了片刻。
　　「我，」因為抑制著什麼的原因，坤樹的話有點顫然地：

「我，我，我……」

　　在小說結尾這一段中，「我，我，我……」這樣含蓄的句子，對於失去了父親尊嚴和愛兒子權利的坤樹來說，的確包含了許多說不清、道不明的言外之意。其實當坤樹「躊躇的打開抽屜取粉塊」，並「深深的望著鏡子」時，他的神情就已經凸顯了內心的激烈衝突。為了使兒子阿龍不哭，他必須重新粉墨登場，醜化自己；但這又實在是「深深的」觸動了他心頭那不能成為真正自己的創痛。在外邊他為了妻兒可以忍受失去尊嚴的工作，但是在他心靈的港灣──家中，竟也仍然無法做回真正的自己，不懂事的稚子不認父親的哭鬧拒絕則再次使他失去為人的尊嚴，天地何其之大，卻沒有一塊地方可以讓他真正當回自己。底層社會中，「人的處境」真是何其之慘啊？難怪坤樹的「心突然沉下來」，塗抹的動作會是「躊躇」的，以至當妻子阿珠對他發出驚詫的疑問時，他會心頭起伏難過到「顫然」語塞，難以成句。坤樹這一次重拾粉塊、醜化自己的行為，不是由於生活鞭子的驅使所導致的，而是為了取悅於不懂事的幼兒。雖然坤樹重新塗臉竭力想讓兒子阿龍認得自己的行為，也許只是一種情緒激動時無法自制的下意識行為，兒子阿龍對他的拒絕也絕對不會演變成無法挽救的父子悲劇，然而這種心理和精神上的激烈打擊，仍然活生生顯示出窮人連最起碼的父子之間的天倫之樂都無法抓住的深沉悲哀與無奈。很顯然，兒子阿龍對取下了面具的父親的拒絕，就是對面具後面「真正的」坤樹的否定。這對坤樹來說，無疑是異常悲哀的，他極力想找回真正的「自己」，卻又不得不在兒子的目光中失落了「自己」。由此可見，坤樹所戴的這個「面具」後面，不

僅隱藏著他的雙重人格，而且揭示了轉型期台灣社會中「人被異化」的嚴肅問題。無論是戴著面具的坤樹，還是隱藏在面具後面的眞正坤樹，呈現的都是「人的處境」不斷惡化的情形。衆所周知，通常面具、臉譜都是以隱喻的方式來顯示其象徵意義與內蘊的。按照精神分析學家的觀點來看，在日常生活世界裡，大部分的人都是以兩種面貌來處世；換句話說，就是每一個人都必須戴著一副「面具」，面具內外呈現的是「本我」、「自我」與「超我」的不同意識。這誠如台灣著名戲劇家姚一葦所言：「當一個人生下來，他就必須開始接觸社會，於是他就無意的，或是有意的被戴上面具。這些面具，有的是自己帶上去的，也有的是別人給戴上去的。不妨請大家冷靜地來觀察一下，不管是你，不管是我，哪一個人沒有戴上面具？事實上人人都被戴上了各種面具，包括你和我在內。」小說中坤樹所戴上的面具是被誇張化、戲劇化了的「面具」，這和一般人所戴的「面具」有所不同。一般人戴的是無形的、抽象的面具，並不會遭致尷尬的處境；可是坤樹戴的是有形的、具象化的「面具」，這就不同尋常了。如此「另類」與「異端」的面具，自然而然會招來世俗的非議與嘲弄，這恰恰是坤樹內心的眞正悲哀。坤樹是爲了養家糊口，更是爲了自己未來生命的延續——兒子阿龍和尙在妻子阿珠肚子裡未出生的胎兒，才被迫戴上這副與衆不同面具的，他孤獨地穿梭在人群之中，忍受著各式各樣的奚落、鄙視、嘲弄與譏諷。雖然最後電影院的經營者決定改用三輪車來做宣傳，從此他將不再是那種以身體做廣告的難堪的「Sandwich-man」了；對坤樹來說，這當然是對以往那段日子所帶來的痛苦煎熬的一種消解，但也在同時表明了他在自己家庭中所擔任的一個重要角色的消失，他再也不是

「兒子的大玩偶」了，所以當他還原成本來面目之後，兒子反而因感到陌生而大哭起來，導致他作為父親的身份也相應地面臨了缺失的危機。這是何等殘酷與慘烈的深哀巨痛啊！由此可見，這篇小說的魅力既不在於它的情節奇特，或富有戲劇性，也不在於它採用了「意識流」等的新潮寫法，更不是人物性格挖掘得多麼深入，而是由於小說生動具體地描繪了被貧窮生活所扭曲了人性、失去自己做人本色的坤樹內心啼血般的痛楚，因此格外震撼人心。

　　就藝術方面而言，小說採用了特別的敘事方式，不僅通過敘述者來揭示人物的活動，而且用加括號的內心獨白形式來直接袒露人物的心聲，括號外表現人物的行動、對話和作者的敘述；括號內表現人物的潛意識和心理活動。小說對此用了大段的篇幅予以呈現：

　　「老闆，你的電影院是新開的，不妨試試看。試一個月如果沒有效，不用給錢算了。海報的廣告總不會比我把上演的消息帶到每一個人的面前好吧？」

　　「那麼你說的服裝呢？」

　　（與其說我的話打動了他，倒不如說是我那副可憐相令人同情吧。）

　　「只要你答應，別的都包在我身上。」

　　（為這件活兒，他媽的！我把生平最興奮的情緒都付給了它。）

　　「你總算找到工作了。」

　　（他媽的，阿珠還為這活兒喜極而泣呢。）

　　「阿珠，小孩子不要打掉了。」（為這事情哭泣倒是很應

該的。阿珠不能不算是一個很堅強的女人吧。我第一次看到她
那麼軟弱而嚎啕的大哭起來。我知道她太高興了。）

　　想到這裡，坤樹禁不住也掉下淚來。一方面他沒有多餘的
手擦拭，一方面他這樣想：管他媽的蛋！誰知道我是流汗或是
流淚。經過這麼一想，淚似乎受到慫恿，而不斷地滾出來。在
這大熱天底下，他的臉肌還可以感到兩行熱熱的淚水簌簌地滑
落。不抑制淚水湧出的感受，竟然是這般痛快；他還是頭一次
發覺哪。

　　「坤樹！你看你！你這像什麼鬼樣子！人不像人，鬼不像
鬼，你！你怎麼會變成這個模樣呢？！」

　　（幹這活兒的第二天晚上；阿珠說他白天就來了好幾趟
了。那時正在卸貨，他一進門就嚷了起來。）

　　「大伯仔……」

　　（早就不該叫他大伯仔了。大伯仔。屁大伯仔哩！）

　　「你這樣的打扮誰是你的大伯仔！」

　　「大伯仔聽我說……」

　　「還有什麼可說的！難道沒有別的活兒幹啦？我不相信，
敢做牛還怕沒有犁拖？我話給你說在前面，你要現世給我滾到
別的地方去！不要在這裡污穢人家的地頭。你不聽話到時候不
要說這個大伯仔翻臉不認人！」

　　「我一直到處找工作……」

　　「怎麼？到處找就找到這沒出息的鳥活幹了？！」

　　「實在沒有辦法，向你借米也借不到……」

　　「怎麼？那是我應該的？我應該的？我，我也沒有多餘的
米，我的米都是零星買的，怎麼？這和你的鳥活何干？你少廢
話！你！」

（廢話？誰廢話？真氣人。大伯仔，大伯仔又怎麼樣？娘哩！）

「那你就不要管！不要管不要管不要管——」

（呵呵，逼得我差點發瘋。）

「畜生，好好，你這個畜生！你竟敢忤逆我，你敢忤逆我。從今以後我不是你坤樹的大伯！切斷！」

「切斷切斷，我有你這樣的大伯仔反而會餓死。」

（應得好，怎麼去想出這樣的話來？他離開時還暴跳地罵了一大堆話。隔日，真不想去幹活兒了。倒不是怕得罪大伯仔，就不知道為什麼灰心得提不起精神來。要不是看到阿珠的眼淚，使我想到我答應她說：『阿珠，小孩子不要打掉了，』的話；還有那兩帖原先準備打胎用的柴頭仔也都扔掉了；我真不會再有勇氣走出門。）

顯然，在上述片斷中，括號內呈現出來的內容是相當豐富的，包括了坤樹對往事的回憶、對無奈現實的憤慨，以及內心的深切感動和無聲的社會批判等許多方面，展示出了現代社會特有的心靈分裂性與複雜性。譬如「那麼你說的服裝呢？」這句話其實是心中的問句，雖然沒有發出聲音，但坤樹內心的不願與外表的欣然接受卻都呈現出來了。再如「早就不該叫他大伯仔了。大伯仔，屁大伯仔哩！」則是心底早就積存的怒火以無聲反抗的方式發洩出來了。這種無聲獨白往往與真實情境相反，或者與外現行為相反。這種採用括號形式，零星地插入主人公的所憶所感來呈現人物內在心境的方式，在小說中所起的並非一種簡單的說明和注釋作用，而是作為小說的重要構成部分出現的，是推動情節發展的重要因素。依據心理學上的解

釋，人類的精神動向具有意識與無意識的兩種：意識的是人類
精神的覺醒狀態，是整個心靈的表層，如一座冰山露出水面的
部分；而無意識是指人類處在入睡、失神，或發狂狀態時，在
知覺的水平下面潛伏的狀態，就像冰山藏在水底的部分。小說
通過括號內外截然相反的內容，用內心獨白的方式將主人公坤
樹「無意識」的心理世界栩栩如生地呈現在人們眼前。顯然，
小說在敘述方法和敘事角度的探討與突破上是卓有成效的。這
種藝術形式雖然借鑒了西方「意識流」的方法，但它又很中國
化，顯示出作者在藝術上勇於創新的精神。

　　隨著黃春明對社會思考的深化及其生活視野的擴展，透過
這篇小說，人們可以發現作者所關注的，已不僅僅是社會進化
在思想領域引發的對舊式人物和傳統觀念衝擊的一面了；而且
還可以看到台灣社會的轉型在經濟領域中帶給饑寒交迫窮人的
嚴重傷害，以及對其人性扭曲的一面。換言之，這篇小說通過
細緻刻畫了一個最早扮演資本主義消費社會進駐台灣鄉土前驅
的小鎮「廣告人」坤樹的境遇和分裂性格，敏感反映了轉型期
台灣社會經濟、文化的變遷，以及它所導致的人與環境的衝
突。小說中的坤樹是在懵然無知的狀態下被捲進歷史漩渦中去
的，由於他對社會轉型和新的生活方式一無所知，導致他陷入
了艱難的生存掙扎和難以自拔的精神自虐處境中。作者以其具
有前瞻性的眼光，透過坤樹的境遇觀照了後來日趨繁榮強大的
消費社會裡人們的普遍境遇。從坤樹這一形象的塑造上，可以
看出台灣社會轉型期出現的種種尷尬問題。坤樹為了生活不得
不屈辱地從事一種「丟人現眼」的職業——廣告人。但他心裡
卻時時充滿著難言的痛楚，備受肉體和精神雙重的折磨。本來
生活就已把他從人變成了「鬼」，在社會上他失去了人的地

位，只能以「鬼」的形貌出現，只有到了家裡，他才能卸下面具復原成「人」；可不懂事的兒子看慣了他的鬼貌，拒認還原為「人」的父親，而這全是因為貧窮使然。這是何等悲凄而令心靈顫慄的事啊！正是社會的不公使坤樹失去了做人的地位和權力，讓他連躲在自己家裡都無法恢復自尊。換言之，對坤樹來說，兒子的拒認使坤樹做人與做父親的尊嚴喪失殆盡，因此為了取得兒子的認可，坤樹不惜重做小丑。失去尊嚴正是為了獲得另一種尊嚴，被社會異化了的「小人物」即使用畸形的方式也仍然在追求人的價值和尊嚴。從這個角度來看，坤樹這個社會底層的「小人物」在日常生活中，面對人情世態所採取的應對方式，不僅透露了轉型期台灣社會紛紜複雜的各種矛盾衝突，而且呈現了普通民眾身上的寬容溫厚、堅韌自尊的美好品德。

從這篇在喜劇性的滑稽中蘊涵了悲劇性結局的作品裡面，我們看到黃春明小說的背景已經由家庭擴展到了社會，人的尊嚴問題也隨之深化了。坤樹為生活所迫，不得不忍痛失掉自己的人格尊嚴做了「人不人，鬼不鬼」的「廣告人」，打扮怪異，渾身掛滿了五顏六色的各種廣告牌，走起路來像木偶，成天在烈日、饑渴的煎熬下蹣跚遊蕩於小鎮的街頭巷尾之中。這種既沒有尊嚴，又不能自主的職業，不僅唯一的親戚大伯仔因他幹的「沒出息的鳥活」而同他斷絕了親戚往來，而且連街上的孩子、路邊的小販、花街上的妓女，甚至外鄉客都對他投以冷酷的目光，拿他來開心取樂。「貧窮」像一條鞭子把坤樹趕入喪失人的尊嚴與人生意義的險惡處境，貧困所帶來的悲屈使坤樹飽受著肉體與精神雙重痛苦的煎熬；換言之，坤樹之所以能夠忍受這一切，是為了家人的溫飽和養活子嗣的嚴肅理由。

然而，就是這個被社會所嚴重侮辱與損害的坤樹，體現出了純樸的人倫美德與人格尊嚴。不過，小說在表現人的尊嚴這一嚴肅的主題時，卻採取了頗為奇妙的喜劇方式。坤樹由於一直找不到事，不得已出此下策當了令人恥笑的廣告人，為了要引起別人的注意，不得不裝扮出異於常人的滑稽模樣，但這卻是他內心所極不願為的，可為了生存又不得不為之，這就是尊嚴與生存無法兼及的矛盾。朱光潛曾經指出：「我們已經承認審美經驗與道德經驗是大為不同的，也認識到了真正的悲劇快感不依賴於道德的考慮。但我們也強調指出，純粹的審美經驗其實只是一個抽象概念，在作為一個有機整體的生活當中，如果道德感沒有以某種方式得到滿足或至少不受干擾，審美的一刻就永遠也不會到來。」[60] 他又說：「我們仍然覺得，在看到痛苦和不幸場面時，正義觀念的確常常在我們頭腦中出現。人畢竟是有道德感的動物，對於悲劇鑑賞中審美態度的產生、保持或喪失，他的道德感都具有決定性的影響。」[61] 顯然，理性與道德是悲劇意識產生的必要前題。從小說中所敘述的坤樹的經歷，不僅可以看到坤樹在現實中的無奈，而且還可以看到他在理性的挑戰與執著中展現出來的一種對生命和尊嚴的重視。坤樹這一形象透露出的那份沉重和辛酸不僅使人潸然淚下，而且那份做人的尊嚴和責任感亦令人肅然起敬，因為人們從中體味到的不僅是含淚留下的笑，而且還有含笑留下的悲哀。生活在社會底層的坤樹在生活和社會的逼迫與重壓之下，雖然能夠自始至終追求著做人的尊嚴，然而使他苦惱的既不是外人對他的議論和冷漠，也不是夫婦之間的爭吵，而是心愛兒子阿龍將身為父親的他當成陌生人的痛苦。小說細膩而動情地描寫了坤樹與阿珠這對在艱辛生活重壓中難免時有齟齬的貧賤夫妻之間

的誤會和諒解、痛苦和掙扎、內省和自責，以及體貼和慰藉，展現出了小人物心靈上那方光明溫馨的天地。小說以一種悲憫的情懷傳遞了那些處於社會底層的卑微人物的心靈呼聲，以及他們人性深處閃爍的崇高道德光輝。對於坤樹來說，家是他心靈的港灣，只有在家裡，他才能恢復人的尊嚴，然而就是這樣微小的願望竟也因稚子的無知而被剝奪了。當他恢復本來面目，不用再妝扮成小丑遊街，自認為找回自尊時，兒子阿龍卻嚇得哭鬧起來，因為只有當他掛套著廣告牌扮成「小丑」的模樣出現時才能被他的兒子所確認。兒子之所以會把父親的假面當「真面」，恰恰肇因於父母的窮苦；此時的坤樹只好躊躇地重拾粉塊，再次粉墨登場，以醜怪的假面博取兒子的歡心，獲得兒子的認同。它說明，這個世界只認「鬼」，不認「人」。它已容不得真正人的存在。扭曲的生活也扭曲了父親的形象，貧窮不僅使身為父親的坤樹異化成了家庭中兒子的玩偶，也同樣使他異化為社會的玩偶。具體來說，就是他對於社會的價值，只不過是在小鎮的大街上充當公眾的玩偶罷了。坤樹的深沉悲哀就這樣被包裹在一個外表滑稽可笑的玩偶裡了，小說的意義也正在於此。在這個令人悲喜交加的故事裡，憂鬱和歡娛交織在一起，深沉的父愛和冷酷的社會相互映襯，不僅形成了震撼人心的強烈藝術效果，也傳達出了轉型期台灣社會底層「小人物」所堅守的信念——只有忍辱負重才能夠生存下去。因此即便是靠背著廣告牌遊街過活，坤樹也仍然沒有放棄追求生命中最基本的一樣東西——「尊嚴」。作者對這位不僅是社會的玩偶，而且回到家中還得當兒子玩偶的「小人物」表達了深深的同情與敬佩。坤樹的悲劇是一個社會的悲劇。他的命運發出來的是對不合理社會的抗議之聲。

　　除了上面各節所具體介紹的黃春明這一時期的主要作品之外，還有一篇小說〈阿屘與警察〉也值得一提。這篇小說雖然不像其它各篇一樣塑造了鮮明的人物形象，卻也是記錄這個時代不可或缺的一頁。故事寫的是警民之間的一則小故事，但這個小故事卻隱含著濃厚的人情味，道出了社會轉型的尷尬。故事情節主要由兩個人物的對話構成——非法擺菜攤的阿屘和執法的警察。執法的警察取締了違法賣菜的阿屘，但在警局作筆錄的過程中卻出現了一幕戲劇性的場景。當警察依循程序詢問阿屘的姓名與住址時，兩人之間形成了一種交流錯位的情況，警察要求阿屘用便於行政管理的地名來回答，可是目不識丁的阿屘卻只知道地名的俗稱。小說以幽默的方式將兩人之間雞同鴨講的情形表現了出來，隱喻了官僚體制與民間生活之間的距離與衝突。最後警察在無奈與同情的情緒下，決定對阿屘網開一面，不再對阿屘罰款，還讓阿屘將沒收的秤帶走，並叮囑阿屘出去以後要說已經罰過款了。可阿屘還茫然不解的問道：「為什麼？你是好人啊！」小說生動表現了警察在情義與法理交戰下的心理衝突，警察終於選擇了人情。讓人們於冷冰冰的官僚體制中感受到了一絲溫暖。

〔1〕呂正惠：〈荒謬的滑稽戲〉，見李瑞騰主編的《中華現代文學大系·評論卷》（一），台北，九歌出版社一九八九年五月版，第六四一頁。

〔2〕黃春明：〈鑼·自序〉，見小說集《鑼》，台北，遠景出版社一九七四年版。

〔3〕黃春明：〈《莎喲娜拉·再見》·再版序〉，見小說集《莎喲娜拉·再見》，台北，遠景出版社一九八〇年版。

〔4〕張愛玲：〈《傳奇》·再版自序〉，見《張愛玲小說集》，台北，皇冠出版社一九九一年二月版，第一二頁。

〔5〕〔美〕葛浩文：〈黃春明的鄉土小說〉，見《瞎子阿木——黃春明選集》，香港文藝風出版社一九八八年版，第三〇二頁。

〔6〕黃春明的這段話，轉引自劉春城所著的《愛土地的人——黃春明前傳》，台北，圓神出版社一九八七年六月版，第二四六頁。

〔7〕〔美〕詹明信著、張京媛譯：〈處於跨國資本主義時代的第三世界文學〉，見《馬克思主義——後冷戰時代的思索》，台北，牛津大學出版社一九九四年版，第八七頁。

〔8〕〔美〕詹明信著、張京媛譯：〈處於跨國資本主義時代的第三世界文學〉，見《馬克思主義——後冷戰時代的思索》，台北，牛津大學出版社一九九四年版，第一一二頁。

〔9〕黃春明、隱地座談會中的「發言」：〈生活，對醜的一種抵抗——美麗的變遷：近五十年來台灣的生活美學〉，收入楊澤主編的《縱浪談》，台北，時報出版企業有限公司一九九六年十一月初版，第四四〇～四五六頁。

〔10〕羅崗：《面具背後》，上海教育出版社二〇〇二年版，第一六〇頁。

〔11〕奧維德（Ovid）（公元前四三～公元後一七年），羅馬詩人。此處的引文見《猶豫集》（五）中的「悲悼詩十」之第三十七節。轉引自盧梭的《論科學與藝術》（中譯本），商務印書館一九五九年一月初版。

〔12〕樂蘅軍：〈從黃春明小說藝術論其作品的浪漫精神〉，見李瑞騰主編的《中華現代文學大系·評論卷》（一），台北，九歌出版社一九八九年五月版，第三九二頁。

〔13〕參閱了《蘇聯大百科全書》中「現實主義」條目中的相關內容，見一九五七年《文藝理論譯叢》（第二期），第二一六頁。

〔14〕朱光潛：《西方美學史》（上卷），人民文學出版社一九七九年版，第二〇九頁。

〔15〕〔西班牙〕烏納穆諾：《生命的悲劇意識》（第八章），上海文學雜誌社一九八六年版，第四三頁。

〔16〕參閱了白少帆主編的《現代台灣文學史》中的相關內容，遼寧大學出版社一九八七年十二月版，第六四一～六四二頁。

〔17〕彭瑞金：《台灣新文學運動四十年》，台北，自立晚報文化出版部一九九一年版，第一六三頁。

〔18〕呂正惠：〈黃春明的困境——鄉下人到城市以後怎麼辦？〉，見《小說與社會》，台北，聯經出版事業公司一九八五年五月初版，第一八頁。

〔19〕呂正惠：〈黃春明的困境——鄉下人到城市以後怎麼辦？〉，見《小說與社會》，台北，聯經出版事業公司一九八五年五月初版，第一八頁。

〔20〕魯迅：〈陀斯妥耶夫斯基的事〉，見《魯迅全集·且介亭雜文二集》（第六卷），人民文學出版社一九九一年版，第一〇五頁。

〔21〕魯迅：〈論睜了眼看〉，見《魯迅全集·墳》（第一卷），人民文學出版社一九九一年版，第二四〇頁。

〔22〕魯迅：〈「窮人」小引〉，見《魯迅全集·集外集》（第七卷），人民文學出版社一九九一年版，第一〇五頁。

〔23〕〔德〕馬克思：〈「黑格爾法哲學批判」·導言〉，見《馬克思恩格斯選集》（第一卷），人民出版社一九七二年五月版，第九頁。

〔24〕黃春明：〈給憨欽仔的一封信〉，見小說集《鑼》的「自序」，台北，遠景出版社一九七四年版。

〔25〕林毓生：〈黃春明底小說在思想上的意義〉，見一九八〇年十二月五日的《聯合報》的副刊。

〔26〕茅盾：〈關於鄉土文學〉，見一九三六年二月一日的《文學》（第六卷）之第二期。

〔27〕參閱了朱雙一的〈黃春明與中國現代鄉土文學傳統〉一文中的相關論述，該文是提交給一九九八年十月在北京由「中國作家協會」舉辦的「黃春明作品研討會」的論文之一。

〔28〕封祖盛：《台灣小說流派初探》，福建人民出版社一九八三年版，

第九二頁。

〔29〕參閱了徐秀慧的〈說故事的黃春明〉一文中的相關論述，該文是提交給一九九八年十月在北京由「中國作家協會」舉辦的「黃春明作品研討會」的論文之一。

〔30〕黃春明的這段話，轉引自黃重添、莊明萱、闕豐齡編著的《台灣新文學概觀》（上冊），鷺江出版社一九九一年版，第二二二頁。

〔31〕樂蘅軍：〈從黃春明小說藝術論其作品的浪漫精神〉，見李瑞騰主編的《中華現代文學大系・評論卷》（一），台北，九歌出版社一九八九年五月版，第四一二頁。

〔32〕參閱了黃春明的〈一個作者的卑鄙心靈〉一文中的相關論述，見莊明萱、闕豐齡、黃重添選編的《台灣作家創作談》，海峽文藝出版社一九八五年五月版，第五六頁。

〔33〕黃春明：〈一個作者的卑鄙心靈〉，見莊明萱、闕豐齡、黃重添選編的《台灣作家創作談》，海峽文藝出版社一九八五年五月版，第五七頁。

〔34〕樂蘅軍：〈從黃春明小說藝術論其作品的浪漫精神〉，見李瑞騰主編的《中華現代文學大系・評論卷》（一），台北，九歌出版社一九八九年五月版，第四〇九頁。

〔35〕張漢良：〈田園模式的變奏・序〉，見一九七六年八月的《中外文學》。

〔36〕參閱了徐秀慧的〈說故事的黃春明〉一文中的相關論述，該文是提交給一九九八年十月在北京由「中國作家協會」舉辦的「黃春明作品研討會」的論文之一。

〔37〕趙遐秋：〈在回眸鄉土中審視歷史〉，見《黃春明作品集》的「代序」，九州出版社二〇〇一年三月版。

〔38〕張系國：〈理想與現實——論台灣小說裡的理想世界〉，見一九八二年五月二十八日的《中國時報》。

〔39〕樂蘅軍：〈從黃春明小說藝術論其作品的浪漫精神〉，見李瑞騰主編的《中華現代文學大系・評論卷》（一），台北，九歌出版社一九八九年五月版，第三九二頁。

〔40〕樂蘅軍：〈從黃春明小說藝術論其作品的浪漫精神〉，見李瑞騰主編的《中華現代文學大系・評論卷》（一），台北，九歌出版社一九八九年五月版，第四二七頁。

〔41〕樂蘅軍：〈從黃春明小說藝術論其作品的浪漫精神〉，見李瑞騰主編的《中華現代文學大系‧評論卷》（一），台北，九歌出版社一九八九年五月版，第三九七頁。

〔42〕參閱了徐秀慧的〈說故事的黃春明〉一文中的相關論述，該文是提交給一九九八年十月在北京由「中國作家協會」舉辦的「黃春明作品研討會」的論文之一。

〔43〕黃春明：〈來自故鄉的歌手〉，見一九八七年九月的《幼獅文藝》（二九七期），第一三二頁。

〔44〕夏志清：〈台灣小說裡的兩個世界〉，見《新文學的傳統》，台北，時報文化出版企業有限公司一九七九年版，第二〇〇頁。

〔45〕這類評論可以江漢的〈鄉土呢？還是迷舊？〉一文為代表：「黃春明小說對鄉土意識的處理，乍看是由於他對社會卑小人物的深厚同情與關切，這樣的努力的確使人耳目一新，激發了奮勵鼓舞的意志，但細讀之後，終不能發現他的作品也是帶有相當程度的迷舊色彩的。」見一九九七年四 月的《仙人掌雜誌》（第二期），第一二三～一三〇頁。

〔46〕夏志清：〈台灣小說裡的兩個世界〉，見《新文學的傳統》，台北，時報文化出版企業有限公司一九七九年版，第二〇一頁。

〔47〕這段話見夏志清為劉紹銘主編的《來自台灣的中國故事：一〇六〇～一九七〇》一書的「前言」，原書為名為：「Chinese Stories From Taiwan：1060 — 1970」。（「Foreword」），New York：Columbia University Press，1976，第 xxiv 頁。

〔48〕參閱了張法《中國文化與悲劇意識》一書「引論」部分的相關內容，中國人民大學出版社一九八九年一月版。

〔49〕參閱了張法《中國文化與悲劇意識》一書「引論」部分的相關內容，中國人民大學出版社一九八九年一月版。

〔50〕參閱了宋耀良：《藝術家生命向力》中第八四～九七頁的相關內容，上海社會科學院一九八八年十一月版。

〔51〕劉再復：《魯迅美學思想論稿》，中國社會科學出版社一九八一年六月版，第九一頁。

〔52〕尉天驄的這段話，參閱了「愛土地的人——黃春明前傳」討論會紀實，見《文訊》第二三期，第三六頁。

〔53〕劉春城：《愛土地的人——黃春明前傳》，台北，圓神出版社一九

八七年六月版，第二三三頁。

〔54〕劉春城：《愛土地的人──黃春明前傳》，台北，圓神出版社一九
八七年六月版，第二五九頁。

〔55〕李潼：〈黃春明的再出發〉，見一九八三年十一月的《明道文藝》
（九二期）。

〔56〕陳白：《黃春明有多重角色》，台北，聯合晚報出版社一九八八年
四月版。

〔57〕參閱了英國人Ａ‧布洛克等編的《楓丹娜現代思潮詞典》（中譯本）
中的相關內容，社會科學文獻出版社一九八八年六月版，第九頁。

〔58〕黃春明的這段話乃轉引自劉春城所著的《愛土地的人──黃春明前
傳》一書，台北，圓神出版社一九八七年六月版，第二七六頁。

〔59〕黃武忠：〈聽，那一聲鑼！──黃春明的小說與生活〉，見《台灣
作家印象記》，台北，眾文圖書股份有限公司一九八四年初版，第
二二五頁。

〔60〕朱光潛著，張隆溪譯：《悲劇心理學：各種悲劇快感理論的批判研
究》，人民文學出版社出版社一九八五年七月版，第一一一頁。

〔61〕朱光潛著，張隆溪譯：《悲劇心理學：各種悲劇快感理論的批判研
究》，人民文學出版社出版社一九八五年七月版，第一一一頁。

第三章

冷峻的殖民批判

黃春明小說創作的第三階段

　　七〇年代，台灣社會在世界形勢衝擊下處於激烈動盪之中。台灣連連遭逢外交變局而引起嚴重的內外危機。一九七〇年發生了「釣魚島事件」；一九七一年台灣失去了聯合國的席位；隨後美國政府迫於歷史潮流的大勢所趨和多重利益的考慮，其對華政策發生了重大變化，一九七二年美國總統尼克松訪華，中美兩國在上海發表了舉世聞名的「聯合公報」。中美、中日先後建交，而台美、台日斷交；至此，那些以美國馬首是瞻的國家也先後與台灣斷交，台灣在國際外交上陷入了空前的危機，這種連鎖反應使台灣從社會結構到民眾心理都經歷了前所未有的巨大激盪和震撼。面對台灣社會的劇變，敏銳的黃春明審時度勢，準確把握時代脈搏的跳動，將筆觸從熟悉的農村鄉鎮轉向社會矛盾的聚焦點——城市。這一時期他小說的社會批判色彩進一步強化，從題材到風格都發生了明顯變化，民族尊嚴的主題代替了以前的個人尊嚴的主題，並構成了這一階段他作品的思想基調。這個階段的黃春明發表的主要作品有：〈甘庚伯的黃昏〉、〈蘋果的滋味〉、〈莎喲娜拉·再見〉、〈小寡婦〉、〈我愛瑪莉〉、〈鮮紅蝦——「下消樂仔」這個掌故〉，以及〈小琪的那一頂帽子〉等，均在不同程

度上表現出對新殖民地化的台灣社會的深刻反省，從不同側面
反映了民族受辱的現實，揭露了各種有損於民族尊嚴的現象、
人物及思想，批判了「全盤西化」和「崇洋媚外」的社會風
氣，這些對於喚起台灣同胞的民族意識、文化意識，以及維護
民族尊嚴等方面，具有不可估量的啟蒙意義。特別是〈蘋果的
滋味〉、〈莎喲娜拉・再見〉、〈小寡婦〉和〈我愛瑪莉〉這
四篇作品，都隱含著寓言的方式，將台灣殖民地的主體性置於
小說的敘事脈絡之中，展現了黃春明作為第三世界文學家的強
烈反殖意識，揭示了在新殖民歷史陰影下台灣社會「小人物」
的生存悲境。具體來說，就是黃春明對台灣經濟新殖民地色彩
進行剖析的焦點，是集中在對洋奴買辦的嘲諷和作者自身民族
感情的抒發上。而且在這個階段，黃春明除了進行現實批判之
外，也不忘歷史批判。〈甘庚伯的黃昏〉就是一篇揭露日據後
期台灣遭受日本軍國主義蹂躪的篇章。也正因如此，陳映真曾
高度評價了黃春明這一時期的作品，他這樣說：這些作品所以
能使我們看到「人們素樸、正直的面貌，看見我們自己民族最
真切的喜、怒、哀、樂」，[1]「和我們所日日居息的土地，和
我們所日日相遇的同胞有心連心的感情」，[2]所以「才和自己
的民族血脈相通，才能在瀰漫的外來影響中，為淡漠、漂泊甚
至失喪的民族感情，找到一個穩固的、中國的歸宿」。[3]總體
上來說，黃春明在這一時期觀察生活的眼光更加開闊敏銳，對
社會人生的思考也更為深入，這一時期的作品是他沿著現實主
義道路前進中所取得的新成就。

第一節　〈甘庚伯的黃昏〉

　　發表於一九七一年的小說〈甘庚伯的黃昏〉，雖然延續了

黃春明小說創作第二階段的鄉土風格，但在優美、瑰麗的田園風光中卻折射出了一幕悲憫的鄉土人物悲劇。小說在著重展現鄉土社會人性美和道德美的同時，含蓄透露出對日本殖民主義的批判，揭露了日本軍國主義的滔天罪惡。這篇小說中的批判儘管不及黃春明此後創作中對新殖民主義的批判那麼犀利，然而即便是這樣，它依然是相當深刻的、有著獨特的現實意義，因為它雖然帶有濃郁的鄉土風情，但卻是從現實回溯的角度批判日本殖民主義的作品，這是一種歷史的批判，更是一種批判的歷史。換言之，在台灣社會淪落為美、日經濟、文化新殖民地的背景下，將舊殖民主義的罪惡重新拿出來示眾，將日據台灣時期的軍事殖民台灣的禍害延伸到今天來繼續批判，的確揭露了新、舊殖民主義乃一丘之貉，帶給台灣人民的其實都是綿延不絕的流毒，從而警醒人們不要忘記和背叛民族的苦難歷史。小說所講述的故事並不複雜，描寫了主人公甘庚伯與他四十六歲的瘋兒子阿興的故事，將幾十年的事情濃縮於極有限的空間裡，結構相當嚴謹。小說在讚頌鄉土社會風物人情美的同時，運用客觀冷靜的筆調，娓娓叙說了一齣哀痛淒涼的人間悲劇。

小說一開始就以簡潔生動、質樸平易的語調描繪出了一幅優美的田園風景畫：

連著幾天晴朗的日子，野草的新芽喝過幾顆露珠以後；這段時間，在粿粢仔農家的心目中，又是一眨眼的功夫。本來灰色沙礫地的花生園，卻正變得一片青翠。他們不慌不忙又等了幾天，當這些雜草抽身得比花生苗還高一些的時候，所有農家的五抓扒都給搬了出來，大大小小也都為了除雜草而出動。

　　要除去四分地花生園的雜草，是足夠讓一個年輕力壯的農夫，忙上五六天的。何況一個孤獨的老年人，在這樣一塊地，整年夠他除草、施肥、驅蟲害、收穫、翻土、播種等等忙個不停。而這些農事，都得弓著身子賣力。所以早幾年前就叫六十多歲的老庚伯，變得彎腰駝背。也因為這些無法教他停息的農事，使他不為其它事情傷感，並且在他那枯乾了的臉上，也經常因收穫、播種、發芽、開花、結實等等的一串生機的現象，逗得泛起笑紋來。

　　不到幾天的光景，整個粿寮仔溪埔地的花生園的雜草，都給連根拔了起來，拋在炎炎的日頭底下煎曬。隔日，花生園的園頭園尾，堆積著一小堆一小堆的乾草，被點起火燒。那乳白而又帶有一點鵝黃色的濃煙，在粿寮仔的田野裡，擴散著季節性的乾草香味。

　　這幅字裡行間浸透著農家人歡欣情緒的鄉村風俗畫，卻在浪漫抒情氣息中隱約透出了一絲淡淡的憂傷。六十多歲的甘庚伯本該到了含飴弄孫安享晚年的時候了，然而他卻不得不在花生園裡揮汗忙碌著，擔負著與年輕力壯的農夫一樣份量的農事，這是為什麼呢？小說暗示甘庚伯的內心顯然隱藏著極大的傷心事。當他蹲下身去拔草，「那久已浸漬在汗水的黑布衫，尤其在兩條彎彎拱起的背肌上，給張得緊的地方，結了一層微薄的細鹽，有一點點微弱的閃爍。」甘庚伯只有通過如此勞碌的農事才能沖淡心理鬱積的許多煩惱，農事成了他精神上的一種寄託。命運的捉弄並沒有完全使他挫敗絕望，田園裡勃勃的自然生機，仍然給他帶來了不少愉悅。他目前最擔心的事就是，在他把花生園的雜草處理好之前老天可別下雨，這擔心讓

他心裡起伏著「似急又不急的波動」，以致思緒不寧地咕嘟咕嘟地喝了兩口茶後，才「突然覺得肚子裡有點漲漲，這時才想起剛剛才喝了一大碗。」可是，正當在春日田園裡辛勤勞作的甘庚伯「打算近黃昏涼爽的時分多做一些事兒的當兒」，鄰家的小村童阿輝急急忙忙跑來告訴他：「你家的阿興在店子街那邊瘋得厲害。」一句話點出了老人的傷心事。他一聽到這個消息，立刻「像觸了電般全身都痙攣了一下」。原來甘庚伯那個從南洋戰場回來之後就又瘋又啞了二十幾年的獨子阿興突然從家中禁閉他的柵欄裡偷偷逃了出來，赤裸著身子跑上街頭滋事，遭到村裡一群不懂事小孩子的凌遲和侮辱，他們嘲罵他，用爛芭拉，土塊和石頭粒扔阿興。甘庚伯馬上放下了田裡的農活，以快得令人訝異的速度跑去肇事現場，他飛快奔跑的身影令鄉鄰們忍不住發出了讚嘆：「哇！老庚伯實在勇健。看他！跑起來像牛起浪，連地都會震哪！池裡的水也漾起水紋哪！」這些善意的議論充滿了村人們對他樸實的關愛。甘庚伯沿途還聽到村民們發出的各種不同議論：

> 「也只有遇到老庚伯這樣的人。人家瘋子是瘋子，但是給他養得勇健得很。」
> 「唷！做人也是如此！像老庚伯做人這麼善良，命運卻這麼歹？」
> 「就是。孤子來這樣。老伴又來死。」
> 「天實在是太沒有眼睛。……」

上面的議論，可以說全都對甘庚伯寄予了無限的同情與憐憫，而且鄉親們還故意把聲音略略提高，讓甘庚伯「把耳朵掏

237

得靈靈的，一字不漏地撿著」，「命運對他這等乖戾的地步，他苦撐下來，得到鄉鄰的尊敬」。這無形中起到對悲哀的甘庚伯一種間接的慰藉與嘉勉作用。小說由此將鄰里鄉親對甘庚伯的同情、贊佩與尊敬完全表現了出來，而鄉土社會中的人情美亦由此散發出來了。故事情節就在這麼一段路程中展開。甘庚伯這個貧窮孤苦的老農有著甜蜜的回憶，也有著悲苦的嗟嘆，更多的是無限的憐恤。當甘庚伯終於找到了發瘋的兒子阿興時，小說通過一段感人肺腑的文字呈現出了甘庚伯難以言喻的內心世界：

老庚伯把扶在紅磚牆上的手，放下來挺一挺身，深深地呼吸，一時才寬鬆了心裡的緊壓不少。但是，一俟他蹲下來和阿興並在一起的時候，那股才消失的內心裡的緊壓，又突然堆上來，使得他不得不連連又深深地嘆了幾口氣。老庚伯伸出左手，抓緊阿興那濃密烏黑的長髮，把深埋在雙膝間的臉孔，拉了出來扭向自己。然而，當他們父子的目光相觸的剎那，老庚伯教阿興那清秀的眉目，和那蒼白而帶有高雅的受難的臉孔時，大大的吃了一驚，使得內心那股緊壓，越發高漲了起來。現在他才發現，他從來就沒有這般靠近，而專注的注意過阿興的顏面。尤其在他觸及到，那一對清澈透底的，有如無任何雜念的稚童的瞳眸時，一陣冷震的微波，蕭然滑過脊髓，突然令老庚伯感到，自己萎縮得變成渺小的微粒，而掉落到那清澈瞳眸的深潭裡，教他覺得他的心靈已經接近到什麼似的，腦子裡一時落得空空，只是心裡那麼無助而虔誠又焦灼的直喊：「天哪！天哪！」但是，這種一時令老庚伯對自己的肉體，無感覺的境界，卻給阿興此刻無意牽動嘴角的笑紋，一下子給彈了回來。

　　小說在這裡運用不少自然不帶斧痕的修飾詞語，恰如其分地點明瞭甘庚伯的衷腸。阿興即使神智失常，可見了父親仍無意地「牽動嘴角的笑紋」，而且他還有著「清秀的眉目」、「蒼白而帶有高雅的受難臉孔」，這讓匆忙趕來的甘庚伯，父子近距離相對時，不由大吃一驚；而阿興「那一對清澈透底的，有如無任何雜念的稚童的瞳眸」，更使甘庚伯覺著「一陣冷震的微波，蕭然滑過脊髓」，使他「心裡那麼無助而虔誠又焦灼的直喊：『天哪！天哪！』」一個已經四十六歲的瘋兒子竟能這樣還原成純真無邪的兒童，恐怕只有慈祥深情的父親才能有如此的感受吧。這一番特寫相當細緻地刻畫了阿興在瘋了之後還是那麼斯文可愛，更遑論他正常時的狀況，而也正由於如此，甘庚伯的沉痛亦因此而加深，並進一步注定了甘庚伯仍將無怨無悔的寬容、愛護受難獨子阿興的餘生。這種悲憫的愛憐之心，也更加呈現出甘庚伯命運的乖戾及人格的高尚。

　　在甘庚伯押著兒子阿興回家的途中，小說藉由甘庚伯與村人之間的問答，讓人們得知了甘庚伯命運如此不幸的根源。甘庚伯的痛苦雖然是來自於兒子的又瘋又啞，但究其根本原因，造成了甘庚伯困境和痛苦的根源，卻是日本帝國主義發動的那場罪惡的太平洋戰爭，日本人才是真正的罪魁禍首。當年才剛二十來歲的阿興被強行徵召去南洋當兵，在光復後第二年回來時就已經成了瘋子，到如今已二十五六年了，「我們把一個好好的人交給他們，他們卻把一個人，折磨成這個模樣才還給我們」。甘庚伯夫妻費盡心力也無法治好這個獨子的瘋病，舉凡能力所及的方法無一沒有嘗試過：「請神跳童乩，叫道士作法，老庚嬸去茱堂吃齋，西醫漢藥，松山瘋病院，任你講哪一項沒試過？他老人家勤儉累積，有一點錢就投到這無底洞裡

去。」當一切人為的努力都無濟於事的時候，他也只能認命了。最後相依為命共同照顧兒子的老伴又在兩年前過世了，獨子阿興還是瘋瘋癲癲的，使農事、家務，以及照顧阿興的責任現在全落在甘庚伯這個年近古稀的孤獨老人身上。面對如此悲慘的晚境，作為日本侵略戰爭之下千千萬萬受害者之一員的甘庚伯，並沒有大聲痛斥控訴日本人的罪行，那些善良的鄉鄰也沒有嚴厲詛咒戰爭。甘庚伯只是無可奈何地承受了殘酷命運，堅韌不拔地努力撐持了四分之一個世紀。小說雖然是用冷靜客觀筆觸來說明甘庚伯不幸命運的根由，但淡淡的幾筆卻具有千鈞之力，這顯然比用激昂語調直接譴責、控訴日本軍國主義罪行要更有力，給人以極大的震撼。小說還在甘庚伯牽阿興回家的路途中設計了一個意外的小插曲表現了甘庚伯反抗宿命的思想，他雖然沒受過什麼教育，也有一些鄉下人的迷信思想，但當一個與他同輩份的老婆婆責怪他用麻袋和草繩圍裹阿興赤裸身體的糊塗行為：「你死了，阿興才替你披麻戴孝還未慢咧！」的時候，甘庚伯雖然覺得有些不吉利，但他卻不再把這當回事了：「要是他真會替我帶孝，那總算天有眼睛了。我死目也甘瞑囉！」。正因這一事件的刺激，頓時引發了甘庚伯對傷痛往事的回憶，令他不禁悲從中來，轉向阿興發起了牢騷來：

　　「你母親對你那麼疼！她死的時候，要你這個孤子披麻帶孝，端香爐送出殯，你卻瘋得厲害！害你的母親一柩棺木抬出門，一直伐不開腳。嗯！跟你說有什麼用？不知道的人還以為我也是瘋子。」

　　在這裡，甘庚伯對著阿興訴說關於老伴的往事，語氣中實

有一份對曾經相依為命，共同照顧瘋兒阿興的老伴的深切懷念，在牢騷中自有一種平淡的愛意顯現出來。由於甘庚伯一再想起老伴臨死前的遺言，叮囑他要多「吞忍」這個瘋兒子，因此面對「半句話也沒有，一點表情也沒有」的瘋兒子，他並未顯出厭棄與不耐煩的情緒，努力遵守著老伴的遺言和兒子談著永遠也沒有回應的「話」，而不管他能理解多少，兒子一個勁兒地自顧自沉默。他仍然絮絮叨叨地告訴兒子今年已經四十六歲了，淒涼地說：「你根本不知道我是誰！」還回憶起個把月前，阿興發過一陣瘋，把木柵圈裡的馬桶打得稀爛，當他忙亂的時候，阿興不見了，追出去時竟發現無知的兒子差點連人帶橋都落到河裡，眼看兒子對自己的行為根本就是毫無感覺，世間的是非對錯，在他真的是邈如雲漢，原想揍他一拳的，「拳頭卻重重地落在自己乾瘦的胸脯」，「一時為自己的命運，怨嘆得淚都掉下來。」禁不住難過地斥責阿興說：「你該知道我是你的老奴。到現在我還得給你動屎動尿。」事實上，甘庚伯的無奈與悲哀正是源於他清醒地知道自己永遠也無法走進兒子的心靈世界中去。明知道阿興聽不懂自己的話，明知道阿興不明白自己就是賦予他生命的父親，甘庚伯自嘲、痛苦，卻仍然渴望兒子能聽懂他說的話。他和阿興談起父子倆曾經計劃開墾的沙洲，可這計劃卻因阿興的癲狂整個破滅了，只能眼看別人在那片沙洲上開墾出豐收來。「近幾年來溪床高得很多，浮出幾塊沙洲。我們粿寮仔人，每一家都多少分些地開墾。唯獨我們家，看你這模樣，白白地把我們的份讓人去耕了。」因為目前擁有的幾分地，甘庚伯已經是很不容易地勉強應付著了。小說恰如其分地呈現了甘庚伯的心性，以及他在淒慘境遇中的嗟嘆和怨懟，然而其間所表露出的那份深刻動人的父愛，卻的確

令人感到唏噓不已。甘庚伯、他的瘋兒子阿興，以及伴隨在他們身邊的小村童阿輝，三人走在夕陽的餘暉中，甘庚伯回憶起關於阿興的種種往事，一開始還頗有怨懟，想到自己這把年紀了絲毫沒有享到兒孫之福，反而還要當成年兒子的「老奴」，因此他邊走邊喃喃自語地發洩著自己的不滿。然而當他們自「夕陽從小屋頂跳上前面的苦楝樹」走到「落日已從樹梢落到樹幹，顯得比剛才看到的還大，好像他們越走近它」時，正好路過甘庚伯自己耕種的花生田，面對今年豐收有成的情景，甘庚伯心裡的鬱悶之氣也逐漸平息了。本來甘庚伯夫妻兩人守著他們的獨子勤儉安定地過著日子，家裡的「六分多地，一家一年一季土豆，一季番薯，一年笑兩次，笑得嘴巴咧海海的。」雖不富裕，但全家和樂融融。可是戰爭打破了他們的平靜生活，原本在兒子阿興還沒有回來以前，甘庚伯心裡還有不少關於未來的憧憬，可當他從基隆把兒子接回家時，被糟蹋成瘋子的阿興使他所有的希望都徹底破滅了。小說寫到戰爭末期甘庚伯得了很嚴重的胃病，痛得他死去活來，差點送掉了性命，可是把瘋兒接回家以後，他的胃病反而漸漸地不再發作了，最後竟然神奇地好了，這真是他悲苦生活中唯一一件值得慶幸的事，也許上天正是要讓他好起來照顧兒子。關於這點，小說以甘庚伯的幾段自言自語予以證明：

「你回來之前，我的胃病痛得死去活來。他們一直勸我去檢查，但是我沒去。我知道胃一定破了一大孔。去檢查醫生一定要我開刀。哪有那麼簡單？一來沒錢，二來你不在家沒腳沒手……」

「嗯——！以為你回來什麼都會改變的，哪知道你卻變成

這種模樣回來！要不是我到基隆港接你，你連我們家在哪裡都不知了……」

「很奇怪！你一回來，我的胃就漸漸不痛了。後來根本就不再痛了。這就不能怪天不保佑姓甘的啊！不然這怎麼說？……」

甘庚伯當年因為想念兒子以致病情重到差點死掉，可是當成了廢人的瘋癲兒子被他接回家後，也許是心理作用，覺得要承擔起照顧瘋兒子的任務，因此他進行了強烈的心理暗示，自己給自己加重了對家庭的責任，這使他自身的病痛反倒奇蹟般地銷聲匿跡了，這真可謂是上天眷顧的恩寵。「這就不能怪天不保佑姓甘的啊！」出自甘庚伯嘴裡的這句話，不正是他可憐的自我安慰嗎？事實上，是他對家庭的責任感和父子之間的骨肉親情使他產生了巨大的毅力與耐心戰勝了病魔。由於命運的一再播弄，甘庚伯不得不一再面對殘酷的命運，但他卻勇敢接受，決不怨天尤人，這實際上體現的是甘庚伯精神上的一種自我解脫方式。

隨著離家愈來愈近，甘庚伯想起遺忘在花生園裡的草耙和茶罐，於是委託阿輝替自己去拿回來。此時的他繼續同兒子自顧自地進行著單方面的談話：「你母親也吩咐我在傍晚時分，多帶你出來田頭田尾走一走。」甘庚伯「多少帶有一點歉意的口吻」繼續解釋他之所以沒有常常帶兒子散步的原因是農事忙不完：「但是你看！我哪有時間？人家的土豆草都拔光了，我們的還有兩分多地還沒拔。」如此繁重的農耕之事，對於已經年近七十歲，精力日漸衰退的甘庚伯而言，確實是有些不勝負荷，因為唯一的獨子阿興根本幫不上他一點忙。然而甘庚伯並

沒有因此產生絲毫的怨懟，惆悵之情很快被新的希望拂去了，腦海裡反而浮現出花生田裡的青翠的豆苗，「迎著微風抖抖向上顫動的生機」，滿面笑容地盼望著「今年的土豆可以收一些」的豐收季節的到來，這是一個多麼慈愛又樸實的老農啊。當一路跟著甘庚伯父子的小村童阿輝去而復返時，小說精心描繪了這樣美麗又憂傷的一幕：

夕陽已經落到地平線。地平線被夕陽的著點熔了一個火亮的缺口，前面所有的景象，都只呈現黑顏色如皮影戲的輪廓，唯有天空是火紅而有些變化。阿輝帶著土茶罐和耙子趕回來的時候，遠遠還可以看到父子倆的黑色背影。可是阿輝一跳上小徑想趕上他們的時候，筆直的小徑正巧對著落日，前面兩個黑影的蠕動，卻一瞬間遁失在地平線上那火亮的缺口裡面去了。

的確，「景語處處是情語」。這段情景交融的描繪宛如一首優美的散文詩，在村童阿輝眼光的注視下，黃昏中甘庚伯父子兩人的背影消失在地平線上，這份詩意顯然還含融了相當深沉的情感，這種過分美麗的光景帶給人的是一種憂傷，小說不但提供了動人的故事，而且把甘庚伯二十多年來的沉痛與悲苦昇華到詩一般的意境。不過，最震撼人心的還在於小說的結尾一段：

天很快就暗下來了，粿寮仔村的頭頂上，只有幾顆疏落的星子，淡淡的滴漏著星光。這個時辰，村子裡的人，都清清楚楚的聽到，老庚伯掄動鐵錘，將長長的五寸釘一下一下深深地錘入刺竹筒，牢牢釘住關禁阿興的欄柵的橫梗上。時而還可以

聽到日本兵吼「立正」和「稍息」的口令，夾在重重錘擊的聲音裡面，叫這晚的晚風，吹進村子裡的人的心坎，特別覺得帶有一點寒勁。

　　這段文字含蓄地暗示出：甘庚伯這位辛苦勞碌了一輩子的老農將不得不繼續孤獨地陪伴著瘋兒子阿興淒慘地度過他的餘生。甘庚伯重重的錘擊聲中所含的悲愴、憤恨的情緒，不正象徵了甘庚伯仇恨日本人的心理嗎？而阿興不斷吼叫著的日本兵操練時發出的「立正」和「稍息」的口令；不也正是早年日本軍國主義獸行留在阿興心靈上重大創傷的陰影的一種折射嗎？這樣的文字真可謂是蒼勁冷峭得令人不寒而慄。而甘庚伯的苦痛與悲憤則全透過這一聲聲鐵錘的重擊，反彈向那段日本殖民台灣的沉痛歷史；而阿興那無意識的口令卻又如夢魘似地刺痛著人們的耳膜，像投槍一樣穿越了時間與空間的阻隔，不斷地提醒人們絕不可忘記一段悲劇性的歷史。

　　顯然，這篇小說中真正要表現的中心題旨，除了鄉土社會的人情美和父子之間的「骨肉情深」之外，更有隱藏在這個故事後面的對日本殖民者的仇恨，揭露了日本殖民者強徵台灣青年充當戰爭的炮灰，造成他們的死亡、傷殘、瘋狂，給他們帶來了終生災難，並且禍延其家庭親人。小說以甘庚伯一生的悲苦遭遇為主軸，對日本軍國主義的侵華罪行進行了血淚的控訴和形象的揭露。在半個世紀前日本帝國主義發動的那場侵略中國和亞洲其它地區的所謂「大東亞聖戰」中，日本侵略者曾把甘庚伯那個「好端端」的獨子阿興抓往南洋充軍，強迫他充當苦役，直到台灣光復後的第二年才從南洋回來，卻變成了一個又瘋又啞的人，甚至連話也不會說了，雖經二十六年之久仍無

任何好轉的跡象，還是「瘋」得不知道要穿衣褲，到處當眾裸體亂跑，更不時地怪聲怪氣地喊叫著日本兵操練的口令——「立正、稍息」，甘庚伯的老伴因此憂憤而死，也造成了甘庚伯年老孤單，陷入了雖有一個獨子，卻是有子不如無子的悲慘晚境。換言之，甘庚伯悲劇的肇因恰恰始於日本統治台灣時所推行的罪惡的「皇民練成」時期，阿興正是在日本殖民者強制施行「皇民化運動」中被強行徵召去南洋打仗的「志願兵」，由此可見日本軍國主義殘害台灣同胞之慘毒，其獸行與罪惡實在是罄竹難書。反過來說，正是由於中華民族堅強不屈精神的支撐和血濃於水親情的維繫，甘庚伯才能在貧困而嚴峻的現實面前獨自承擔家庭不幸和貧困艱難，才能對那個被日本殖民者獸行毀掉的瘋兒子百般呵護，數十年如一日任勞任怨地白髮人為黑髮人奔波。的確，甘庚伯可說是一個典型的悲劇性人物，不過小說對於造成甘庚伯悲劇成因的重要社會根源的挖掘，則是採用了點到為止的方式，並未如表現鄉土社會的人情風物美那般使用濃墨重彩。通觀全篇只有幾段很含蓄的描寫：

> 「我們把一個好好的人交給他們，他們卻把一個人，折磨成這個模樣才還給我們。」
> ……
> 這時候四周很靜很靜。牛欄那邊不時可聽到牛尾和牛蹄的動靜。阿興坐在一隻很簡單的床上。一隻很大的影子顯現在阿輝眼前。就這樣看得不知該做什麼的時候，非常突然的阿興喊叫起來。不停的喊著日本兵的立正與稍息的口令。這是他們經常在家裡，或是經過這附近時就可聽到的聲音。
> ……

那時日本人最鐵齒，無神無鬼。我們莊頭想在頭溪溝演一棚戲，無論怎樣都不允准。

……

時而還可以聽到日本兵吼喊著「立正」和「稍息」的口令，夾在重重錘擊的聲音裡面，叫這晚的晚風，吹進村子裡的人的心坎，特別得覺得帶有一點寒勁。

此處，小說通過阿興的「瘋」把甘庚伯的堅忍性格和日本軍國主義的侵略罪行聯繫在一起了，更使人想起日寇鐵蹄下一幕幕慘絕人寰的悲劇。而阿興的瘋正是我們民族大悲劇裡的一個小插曲──戰爭奪去了阿興的青春，使其成爲廢人。對甘庚伯來說，阿興的「瘋」是他一生中遭受的最沉重的打擊，決定了他後半輩子生活慘淡的基調，導致了他孤寂的、窒悶的、逆來順受的性格。小說雖然對這殘酷現實只是輕輕一帶、寥寥幾個片斷就打住了，甘庚伯沒有吶喊和控訴，而僅僅只是深長的嘆息，卻揭示出了戰爭對甘庚伯一家的摧殘與戕害之深、之巨。這樣的構思，的確達到了言簡意賅與意在言外的效果，以及看似平常卻奇崛的目的。

從藝術上來看，小說用一種浪漫的風格貫穿全篇，迂緩的敘述中採用了現實與歷史交織的明暗雙線結構，不僅運用戲劇上的旁白將甘庚伯的孤獨與晚景的無助襯托出來了，而且還特別設定了一個事件的旁觀者──來報信的小村童阿輝來補充敘事，透過兒童的眼睛來觀察悲劇的整個演繹過程。這種作者視角之外的補充性視角的交叉使用，使得小說敘事具有了「全知全能」的功能。具體來說，小說是借從店仔街走回村子途中，甘庚伯對阿興的自言自語和阿輝的對話，來彰顯阿興的童年及

甘庚伯二十多年來的慘痛歲月。就是這個報信的小村童阿輝，由於一直跟在甘庚伯父子倆的後頭，主動觀察和參與到了整個事件的發展進程中，因此他在小說裡發揮了相當重要的作用，小說借用他的眼睛透視和介紹了許多鄉村的人文風情，使小說情節的鋪排富於變化。譬如跟著甘庚伯父子倆後頭的阿輝，回憶起第一次見到阿興受驚嚇的情景時，小說採取了旁觀者的敘述視角進行側面敘事，從而使阿輝不斷受到父子倆言語、動作的吸引，一再打斷甘庚伯回憶往事的思緒，然後小說把甘庚伯的這段回憶分割成多段敘述，最後才完整地交代出來，同時也藉此介紹了甘庚伯拘禁阿興的場所，提示了阿興致瘋的線索，以及阿興發瘋時的一般表現——不停地大聲地喊著日本兵「立正」與「稍息」的口令，不過這口令的背後蘊含了多少慘痛的記憶，除了當事人阿興以外，恐怕是沒有人知曉了。由此小說技巧地讓甘庚伯這時才發現阿輝跟在後頭，詢問他是否還記得四、五歲時被阿興驚嚇的經歷？阿輝的受驚不也間接譴責了日本軍國主義的暴行嗎？同樣的回憶在他們兩人的心中達成了共識，阿輝在許多場合都成了阿興的替身，甘庚伯回想起阿興像阿輝這麼大的時候，不僅書讀得好，而且還寫得一手好字，作為父親的甘庚伯曾經是如何地以兒子為榮，可是現在他的兒子卻成了瘋子兼啞巴，甚而比啞巴還少了咿咿哦哦的粗嗓子。甘庚伯還記得幼年的阿興也像阿輝一樣乖巧得惹人疼愛，放學回家途中常常從溪裡捕捉一串大毛蟹回去，逐漸地甘庚伯把時空混淆了，他總是把阿輝喚成阿興，跟阿輝說著許多長輩們可貴的經驗，好像他的愛子之心一下子得到了回應一般。小說通過這個小村童阿輝讓甘庚伯的愛子之情有了一個轉化依托的對象，慰藉了孤獨的甘庚伯的心靈。小村童阿輝愈是可愛，就愈

襯托出阿興被摧殘得嚴重程度，由此進一步彰顯了甘庚伯內心的深哀巨痛。而鄉土社會的風物美、人情美與殖民主義的暴行，也就由這樣明暗雙線交織的敘事方式編成了一幅幅具有特色的生活圖景，延伸出縱橫交錯的歷史畫卷。

　　黃春明曾說：「當我回過頭去觀看中華民族的歷史的時候，最令我感動的，不是那些帝王將相，仁人志士，而是那些默默無聞的小人物。」〔4〕因此，在他誠摯、樸實的筆下，流瀉出的是對社會底層卑微、委屈的「小人物」的關懷。甘庚伯可謂是台灣當代文學畫廊中閃耀著精神光輝的重要「小人物」形象之一，鮮活實在地散發著濃烈的鄉土氣息。小說沒有強調甘庚伯服侍兒子的艱辛，卻極力渲染了他對兒子的情意和勞作的歡樂。被生活重負和感情折磨壓得喘不過氣來的甘庚伯，彎腰駝背，孤獨寂寞，但當他融進土地和農事的時候，枯乾的老臉也泛起笑紋來。面對發瘋二十五六年的兒子阿興，既萬般憐惜，又萬般無奈，即使怨嘆重重，又不乏希望。甘庚伯的不幸實際是日本殖民者留給台灣人民心靈創傷的縮影。小說越是寫甘庚伯對兒子的深情及其命運的孤苦，就越使人仇視造成其父子不幸的禍根——日本帝國主義。甘庚伯本是一個善良樸實、安天知命、愛子睦鄰的普通老農，卻在已是人生「黃昏」的垂暮之年，失去了養兒防老的依傍，遭遇了喪偶的痛苦，在黯淡的前程中卻仍然無畏艱難地前行，承擔起照顧兒子的責任。這種「絕望中求生」的勇氣和意志，所展現出來的珍貴意義和價值，的確令人有「於無聲處聽驚雷」的感覺。換言之，小說成功地塑造了甘庚伯的感人形象，面對日寇造成他妻亡子瘋的慘景，甘庚伯並未頹喪沉落，而是深懷著對日本殖民者的國仇家恨，當甘庚伯「掄動鐵錘，將長長的五寸釘」「牢牢釘在關禁

阿興欄柵的橫梗上」時，既表現出了作者對日寇歷史罪行的憤怒，更是對台灣當前現實中某些人對日本殖民主義罪行的麻木、淡忘或有意曲解的嚴厲斥責。小說在極力關注與發掘甘庚伯身上所蘊含的民族意識與中華民族崇高精神的同時，也流露出一種對現實的深沉憂慮。小說用歷史事實說明：那些宣傳「皇民運動」和「皇民文學」的「皇民作家」，是殖民者奴役台灣人民的文化幫凶。而當前台灣社會，某些「文學台獨份子」罔顧民族大義，竭力為所謂的「皇民作家」和「皇民文學」張目，他們的這種無恥行徑，面對〈甘庚伯的黃昏〉所揭示的歷史真相，豈不愧疚與羞慚嗎？

第二節 〈蘋果的滋味〉

　　七〇年代以後，黃春明的創作出現了一個較大的變化——從悵惘的鄉土愁思轉向冷峻的殖民批判。這種轉變的由來，主要取決於他從南部小鎮進入台北這個大都市謀生的新生活經歷。小說的內容由熟悉的農村、小鎮，轉向當時台灣社會矛盾的焦點——城市，不僅一反往常對鄉土人物的同情與悲憫，筆調也由浪漫寫實一變而為辛辣諷刺；而且以往那種溫情脈脈的抒情格調不復存在了，咄咄逼人的批判鋒芒益發閃爍。這就像齊益壽所說的那樣：「站在台北街頭，哪裡再去找從前那些可愛的羅東老鄉親？而來來往往的洋人，則到處可見。黃春明要『土』恐怕也『土』不起來啊！因此希望黃春明繼續寫令人懷念的〈鑼〉那一類作品的朋友們，最好把黃春明趕回羅東去，這樣黃春明或許會再去敲鑼打鼓，讓朋友們陶醉滿足吧？」[5]由於歷史的和現實的原因，二戰之後，美國將台灣納入其勢力範圍和國際冷戰體系中。早在五〇年代初，美國就與台灣當局

簽訂了「協防條約」，在越南戰爭中，台灣成為美軍的補給站。此後，隨著大量美援源源流入，特別是美國文化透過強勢的國家機器，以及商品行銷機制進駐台灣，台灣社會表面上迅速繁榮起來，使得有些台灣人對此產生盲目滿足之感，甚至喪失民族自尊、崇洋媚外。顯然，六、七○年代台灣面臨的主要是美、日新殖民主義的威脅。我們知道，雖然新殖民主義和舊殖民主義是有區別的，舊殖民主義採用赤裸裸的方式直接進行掠奪和軍事侵占，新殖民主義卻披著經濟、文化交流和援助的外衣，以施恩捨惠的面目控制人們的思想觀念和意識，以冠冕堂皇的方式在潛移默化中實現其再殖民的目的；但是，無論舊殖民主義，還是新殖民主義，它們奴役第三世界人民的目的與結果都是一樣的，區別只在於手段是直露，還是隱蔽。七○年代黃春明將創作焦點對準新殖民主義問題，這是其強烈的民族意識和現實意識的體現。這也是黃春明文學世界的另一個重要方面。因此，從某種意義上來說，如果說黃春明以往創作中有關國民精神病態和農村破產的主題，或多或少都顯示了對早期中國現代鄉土文學傳統的承續，那麼對於「新殖民主義」的關注和警惕，則使現實主義文學的內容得到了進一步的豐富。這不僅是黃春明文學創作的一個嶄新階段，對於中國當代文學的發展來說，也是一個新的里程碑。在這一階段，黃春明透過台灣大都市市民日常生活方式的變遷，勾勒出一幅新的台灣民間社會圖像，在這個社會圖像中，生活形態的改變不僅是表像而已，細究之下，其實是台灣既有物化價值體系的崩解，以及人際關係的扭曲與疏離。這種現象使黃春明陷入了深深的憂慮。而小說〈蘋果的滋味〉便是在這樣的價值關懷與深沉觀照中誕生的。

這篇小說寫的是台灣工人被美軍吉普車撞傷致殘而因禍得「福」的故事，揭示了部分台灣破產農民流入城市後的「奴化」問題。作者通過這種人精神上的變質，說明了台灣「新殖民地」化危機的加深。建築工人江阿發帶著全家從台南來到台北碰運氣，但仍舊窮得住在貧民窟般的破舊簡陋房子裡，一家七口全靠他糊口，兒子是班裡唯一繳不起學費的學生，常常遭到老師和同學的羞辱，女兒阿珠總是擔心會被賣給人家當養女。顯然，農村勞動者走進城市之後，依然處於社會的最底層，農民的悲劇在城市中繼續以新的形式上演著。然而，一次偶然發生的車禍，使這個貧困交加的家庭突然間「時來運轉」。江阿發不幸被一輛美軍轎車撞傷，他由此得到了一筆可觀的贍養費，不必再去辛苦做工就可以維持一家人的生活了。故事是這樣開始的：在一個下著陰雨的清晨，阿發踩著腳踏車去工地上班，半路上被美軍上校的車撞斷了雙腿。小說中這樣描繪了事故發生時的情形：「一輛墨綠的賓字號轎車，像一頭猛獸撲向小動物，把一部破舊的腳踏車，壓在雙道黃色警戒超車線的另一邊」。這裡的「猛獸」與「小動物」；「賓字號轎車」與「破舊的腳踏車」，很顯然，象徵的是美國與台灣之間的不平等關係。由於肇事者是美軍上校格雷，所以事情似乎起了一些變化。格雷請示美國大使館該如何處理此事？使館的二秘回答說：「這裡是亞洲啊！對方又是工人，……我們惹不起」，「這裡是亞洲唯一和我們最合作，對我們最友善，也是最安全的地方，……美國不想雙腳陷入泥沼裡！」美方出於政治的考慮，害怕引起公憤就採取了「私了」的辦法，將被撞傷的阿發送進一座潔白得像「白宮」一樣的醫院去治療，還有美國修女對受傷的阿發進行護理。格雷則跟著一名外事警察通過

「迷魂陣」似的矮房地區找到了阿發的家，然後帶著阿發的妻子和孩子們到醫院去探問阿發，並給受傷的阿發送來了三明治、牛奶、汽水、水果罐頭，還有蘋果等慰問品，並答應要「承擔責任」。阿發的家人第一次坐上了轎車，平生第一次吃到了以前連想都不敢想的東西。阿發最後雖然犧牲了一雙腿，卻因此而解決了家庭的困境。對此等情況，阿發以為自己是因禍得「福」，感激涕零地連連表示「謝謝！」心裡產生了一種無憂無慮、一絲牽掛都沒有的感覺。這種「幸福」的感覺也傳染給了他的妻子阿桂。起初，阿桂帶孩子們探望阿發時，流著淚埋怨丈夫當初不該「到大都市來碰運氣」；當阿發問她怎麼來的，她說「是美國仔和一個警察」把她帶來的。「美國仔」一詞，在台灣方言裡明顯帶有說話人憎惡的語氣，阿桂以此將她對美國上校製造車禍的不滿情緒表達出來了。然而，當美國上校格雷答應給阿發一筆可觀的贍養費，並同意送他的啞巴女兒到美國念書時，阿發一家對美國上校的態度馬上轉變了。阿桂不但不再稱呼格雷是「美國仔」，反而對來探望阿發的同事說：「這位格雷先生做人很好。」阿桂這句「做人很好」與先前充滿憎惡的「美國仔」的稱呼形成強烈對比，而且，當阿發一家人其樂融融地分享因禍而得來的「口福」時，阿桂竟然還不忘提醒一邊吃三明治一邊喝汽水的阿松與阿吉，「這些汽水罐很漂亮，你們可不能給我弄丟了！」阿桂前後迥異的態度，使人物崇洋媚外的思想情緒流溢紙上。因為得到了很高的賠償費，又受到了像樣的款待，阿發全家第一次如此融洽和樂，感到今天總算像個人的樣子了，暗暗慶幸著他們到城市後所遇到的好運，這真是喜從天降，以致於他們竟以為自己進了「天堂」。當阿發的女兒湊近爸爸的耳邊把美國人的意思說給他

聽，阿發一下子感激涕零地說：「謝謝！謝謝！對不起……」
對於這突如其來的好運，阿發甚至感到有點過意不去，彷彿自
己做錯了什麼事似的不安起來了。阿發作為受害者竟還要向加
害者說「謝謝」與「對不起」，其靈魂的扭曲，真是到了可笑
而復可悲的地步。表面上看來，阿發一家似乎因禍得「福」，
碰到了好「運氣」，實際上他們一家精神上受到的戕害遠比肉
體上的創傷更為嚴重。全家衣食的無虞卻必須以喪失行動能力
來換取，這個代價不可謂不大！可阿發卻認為是交到了天大的
好運，還以此驕其妻、傲其子，甚至本來憔悴的臉面也為之容
光煥發。他的妻子也因此而感到心裡踏實了。這情形不僅說明
了一般台灣民眾自立自主精神的沉淪，而且還把這種精神的沉
淪當做交換幸福的手段，這的確是台灣社會中最令人憂心焦慮
的所在。若進一步挖掘下去，我們會發現阿發一家的卑躬屈膝
與極度的「媚外」態度，顯然還有著更深刻的歷史原因。中國
數千年漫長的封建專制主義文化造就了國民的奴性，因此長期
以來中國人都無法爭取到做人的權利，他們於是只能退而求其
次，就是暫時做穩奴才再說，故而阿發用血的代價換來了當奴
才的權利，竟讓他們全家感恩戴德，甚至還其樂陶陶、欣喜萬
分。阿發被撞斷的何止是雙腿，其實更是折斷了做人的脊梁
骨，他已無法於新殖民者面前挺直腰桿站立了，因此他寧願躺
在醫院做奴才。通過阿發這一形象，我們可以看到中國農民身
上那種愚昧麻木、自輕自賤，以及毫不覺悟的「國民性」痼疾
又一次在新殖民主義時代得以復活。事實上，阿發需要治療的
已不只是雙腿了，更需要治療的是他那卑屈的心靈。

　　小說對「媚外」這種民族軟骨病的批判，並沒有僅止於阿
發一家人，而是將揭露的筆觸延伸到了更為廣泛的人群裡。阿

發被美軍上校格雷撞傷後，因爲涉及到外國人，所以外事警察
出面協助處理這一事故，當警察帶著格雷前往尋找阿發的家人
時，面對美軍上校格雷面對骯髒凌亂的棚戶區而不斷地皺眉的
情況，這個外事警察對此深感羞愧，自欺欺人地掩飾說：「他
們的新房子蓋好了，河邊那裡的公寓就是，等他們搬過去，這
裡馬上又要蓋大廈」了。當阿發因傷痛而對洋人發牢騷時，這
個外事警察竟然嚇得不敢翻譯眞話，唯恐開罪了洋人。當他看
到美軍上校格雷送給江阿發兩萬元救濟金時，在旁邊竟忍不住
羨慕起阿發來了：「這次你運氣好，被美國車撞倒了，要是被
別的車撞倒了，現在還躺在路旁，用草席蓋著哪」。眞可謂是
又羨又妒，眞恨不得換成是自己躺在醫院裡，完全是一副想做
奴才而不得的樣子，活脫脫地顯出一副「媚外」的洋奴嘴臉。
除他之外，甚至連來醫院看望阿發的同事們，居然也對阿發這
次的因禍得「福」事件表示了極大的羨慕，同事們竟一見面就
向他打趣：「阿發，你這輩子躺著吃躺著拉就行了……誰能比
得上？」他們似乎不是來探訪病人，而是來看望一個突然發了
橫財的朋友，來恭賀他交了好運。其自私自利、市儈無賴的卑
劣心理暴露無遺。而工友火土的話更是耐人尋味：「你是不是
故意的？」「我哪有你們福氣？」這群前來探病的工友還以爲
阿發是故意找美國人的車去撞的，認爲阿發雖然是躺著吃躺著
拉，這總比做牛做馬來的好。阿發的工友，以及工頭的醜態眞
是讓人作嘔，他們對阿發的羨慕，是想做奴才而不得的「羨
慕」，貧窮居然帶給人如此的卑屈，眞是令人痛心不已。

　　值得注意的是，這篇小說也並非全是一味的批判，事實上
小說的意蘊是相當豐富的，在批判之中，也有肯定和贊頌。因
爲黃春明深愛著他腳下的這片土地和在這片土地上生生不息的

人們，他創作中始終堅持著「為人生」的觀念。因此對於阿發及其家人，作者所寫的時候是抱著很大同情的，也著力描繪了阿發一家人那種相濡以沫的珍貴親情。當阿發手術的麻醉藥退效之後，他清醒後的第一句話是：「我以為這一下子死了」，但緊接著就是問：「小孩呢？」他最關心在意的是自己的五個子女。這是金錢至上的物化社會中最令人感到希罕的美好感情。在阿發的五個小孩中，阿珠的形象最為突出。當阿珠面對爸爸被車撞了這個晴天霹靂時，為了減輕失掉雙腿的父親的精神痛苦與家庭的經濟壓力，她竟然對媽媽老早想把她賣給別人做養女的事不再害怕，愈是接近事實的剎那，她反而顯現出為家人堅忍生存下去的鬥志來。小說中寫道：「但是，這一次阿珠一點都不害怕。她一味地想著當養女以後，要做一個很乖很聽話的養女，什麼苦難都要忍受。這樣養家就不會虐待她，甚至於會答應她回家來看看弟弟妹妹。那時她可能會有一點錢給弟弟買一枝槍，給妹妹買球和小娃娃。」在迷濛的雨霧中，阿珠去接正在學校上課的兩個弟弟阿吉和阿松，一路上她邊走邊想，這一次媽媽真的一定會把她賣做養女，雖然依舊感到難過和辛酸，但她卻迅速擦掉淚水，向因繳不起學費被罰站而不想上學的弟弟阿吉說：等我去做人家養女，我會給你錢的。雖然最後她並沒有被賣給人當養女，但小說卻由此凸顯了一種彌足珍貴的人性光輝。

　　毋庸諱言，窮得連蘋果都沒有嚐過的阿發及其家人，誠然是叫人萬分同情，乃至悲憫的；不過，當他們全家沉浸在洋人所「贈予」的食品的滋味中時，卻渾然忘卻了已然失去的雙腿，也失去了可以自主與自立的謀生資本。顯然，當時普通的台灣民眾還不能意識到新殖民化的政治、經濟，對人們思想滲

入的極大危害性。小說由此精心設計了一個阿發全家「吃蘋果」的情節，將故事的批判主旨推向尖端。當答應了阿發家提出的要求的美軍上校格雷和羨慕阿發一家因禍得「福」的同事們相繼離開之後，阿發全家在歡洽的氣氛中吃起了洋人格雷送來的蘋果，小說這樣寫道：

　　屋子裡一點聲音都沒有，只聽到咬蘋果的清脆聲，帶著怯怕的一下一下此起彼落。咬到蘋果的人，一時也說不出什麼，總覺得沒有想像那麼甜美，酸酸澀澀，嚼起來泡泡的有點假假的感覺。但是一想到爸爸的話，說一只蘋果可買四斤米，突然味道又變好了似的，大家咬第二口的時候，就變得起勁而又大口的嚼起來，噗喳噗喳的聲音馬上充塞上整個病房。原來不想吃的阿發，也禁不起誘惑說：「阿珠，也給我一個。」

　　從這個「吃蘋果」的場面中可以看出小說的結尾處理方式頗具匠心，的確給人一種言雖盡而意無窮的啟示。從未吃過蘋果的阿發全家嚼著美國蘋果，但卻對蘋果的滋味感到了一種無言的失望：「一時也說不出來什麼，總覺得沒有想像那麼甜美，酸酸澀澀，嚼起來泡泡的有點假假的感覺。」這真是神來妙筆，使題旨畢現。蘋果究竟是一種什麼樣的滋味呢？表面上看似乎是一種不可多得的甜蜜，實則恰好相反，竟是一腔難以下咽的「酸酸澀澀，嚼起來泡泡的有點假假的感覺」。可是，問題在於感覺蘋果甜蜜的人正是當事者阿發自己。對陶醉中完全忘記了自己被撞斷雙腿的阿發及其家人來說，蘋果之所以顯得美味，並非緣於蘋果本身的果肉和汁液，而是因為延伸自「洋人所送的蘋果」這一特殊的意義；換言之，對阿發及其家

257

人來說，他們嘴裡嚼著的甘甜汁液，與其說是來自蘋果的果肉，倒不如說是來自於那種和洋人沾上邊的喜悅。小說用象徵、隱喻手法，把外援表面的誘惑力和其實質的虛偽性形象地呈現出來了，這就宛如蘋果表面的甜美與內瓤的酸澀、虛泡一般，暗示出台灣靠美援支撐起來的經濟繁榮潛存的危機。面對這種喪失正常辨別能力、陷入麻木不仁精神狀態的江阿發及其家人，人們從字裡行間感覺到的當然絕非什麼「甜美」，而是難言的「酸澀」，而小說的反思意味也就由這種尖刻而含蓄的諷刺中油然而生了。假若台灣社會始終依靠新殖民主義者的「恩賜」與「施捨」度日的畸形現狀繼續發展下去的話，那麼後果委實是堪慮的。若換個角度來思考，即便有了美國人給的「贍養費」，江阿發一家的未來是否就真的那麼幸福無虞了？顯然是值得懷疑的。在這齣略帶嘲諷的批判新殖民主義的悲喜劇裡面，既有對阿發不能自立自強的遺憾，更有對當時台灣社會一味依賴西方的感慨，作者確實是既「哀其不幸」，又「痛其不爭」。的確，「現實主義藝術家的諷刺作品，雖然只描寫反面現象，但仍然包含著作為生活的必然趨向的理想，這種趨向正確地闡明了作品中所有的形象。」[6]當然，就客觀因素來看，在台灣社會邁向現代化的過程中，引進外資勢不可免。一方面，早在一百多年前就開始邁向現代化的西方工業國家，相對於轉型期的以傳統自然經濟為主的東方鄉土社會來說，其以工商業為主導的現代文明確實具有明顯的優勢和居於主導的地位。二戰以後，隨著世界經濟的全球化，象徵新殖民主義的西方資本、文化，以及跨國企業，很自然地要向第三世界國家和地區開拓新的市場，此時先進的資本主義文明取代落後的農業文化的客觀態勢早已是勢不可擋地形成了。另一方面，處於第

三世的發展中國家和地區的現代化進程，僅僅靠自身的內部努力已遠遠不夠，極需西方國家強大資金的外力支持。就是這樣的國際經貿局勢，給台灣的社會轉型提供了一個極好的機遇，利用外資，特別是利用「美援」、「日資」就成了水到渠成、兩廂情願的一椿好事。而隨著外資和西方現代技術源源不斷的流入，相應的西方的思想文化、西方的生活方式，以及西方的行為觀念也如開閘之水一般滾滾湧入台灣社會，特別是美國、日本式的生活方式、行為觀念更是日益影響，並改變了台灣的社會道德和價值取向，崇洋媚外的風氣瀰漫一時，引發許多前所未有的社會矛盾與衝突。到了七○年代，隨著象徵新殖民主義的西方資本與文化的進一步輸入，給台灣社會帶來的弊端亦越來越明顯。洋人的飛揚跋扈同某些國人的卑躬屈膝形成了鮮明的對比，不僅民族的自立與自主的精神逐漸沉淪消失了，而且出現了一味仰賴外國的惡習。這篇小說及時、敏銳地反映了這些新的生活波瀾，揭示了台灣社會潛伏的崇洋媚外危機，而這正是以江阿發夫妻這種鄉土人物形象為依托的。

　　若從社會公平的角度來看，阿發之所以樂於當奴隸乃是生活所迫，使他別無選擇，因為阿發全家長久以來無法過上自己想過的生活，他們全家甚至從來沒有嘗過蘋果的滋味，而美國人的「恩惠」確實使他們全家不但吃到了從未吃過的蘋果，答應補償給他們的金錢與物質也確實帶給了阿發全家一份欣喜，而且也令其貧窮的命運大大改觀。事實上，美援也好，外資也罷，對社會底層的貧窮民眾來說，都不及維持基本的生存權利重要。阿發一家人吃著美國人送的蘋果，雖然「覺得沒有想像那麼甜美」，但卻是他們平時再怎麼辛苦工作也無法享受到的滋味。如果一個家庭的幸福需要靠犧牲一家之主喪失自主謀生

的能力才能獲得，那麼這樣的社會如何能不讓人患上精神上的「軟骨病」呢？因此故事結尾並沒有苛責阿發全家人對美國人格雷的感恩之心。然而阿發全家品嘗的美味食品是用丈夫和父親的雙腿換來的，所以嚐起來難免會有「酸酸澀澀的」、「泡泡的」和「假假的」感覺，「蘋果」的這種奇怪的「滋味」無形中也暗寓江阿發和送蘋果的人的關係是不牢靠的，付出的代價實在是過於苦澀而沉重了，隱藏在「蘋果」背後的是江阿發從此成為殘廢，必須一輩子躺在床上無法站立，這真可謂是令人難過與憤怒的肉體的重創和精神的迷失。面對以美、日為代表的經濟新殖民主義的大舉入侵，台灣通過廉價的勞動力和農產品換來經濟成長與繁榮的同時，也引進了民族的屈辱，滋生了一部分國民依賴外來勢力的奴性，因此儘管阿發一家是令人同情的被損害者，但小說的同情裡面則包含著一種揶揄，還是讓他們在美國醫院中處處出洋相，嚴厲嘲諷了他們對損害者感激涕零的奴化心態，直截了當地將他們刻畫成為可憐又可鄙的丑角，從而透露了這一喜劇場景背後所隱藏的深深的民族悲哀。簡言之，阿發拿自己生命的一部分──象徵獨立行動和自主謀生能力的雙腿去換取暫時的「幸福」和家人生活的保障時，面對給他帶來嚴重災難的美軍不僅感激涕零，甚至連協助處理災禍的外事警察和來探病的工友也對此極端羨慕，他們均不以為禍反倒認為有「福」。這種心理狀態典型地反映了五、六○年代以來台美之間的畸形關係。事實上，阿發全家的暫時滿足和台灣社會表面的繁榮都是虛假的，都只能以嚐得「蘋果的滋味」來自我安慰。顯然，這是一出令人倍感痛心的國民精神沉淪、道德墮落的民族悲劇。

從藝術方面來看，〈蘋果的滋味〉是一篇富有象徵意義的

小說。主人公阿發是被作爲台灣社會的某種象徵來塑造的。小說透過這一帶有典型色彩的形象，不僅對台灣社會進行了辛辣的諷刺，還深刻地「檢討」了台美之間關係的實質。小說以一種嘲諷的喜劇手法來處理江阿發的悲劇事件，但在這個表面悲劇所呈露出來的喜劇色彩裡，卻深刻地提示出潛藏在「喜劇」背後的眞正悲劇。具體來說，那就是「蘋果」象徵著「美援」的酸澀滋味，阿發則可視爲台灣社會日漸依賴與屈從於美國的一種象徵；台灣工人阿發與美軍上校格雷之間的不平等關係則象徵著美台之間的關係。在西方新殖民主義的經濟、文化侵入與腐蝕之下，不僅台灣社會上層階級以美國馬首是瞻，而且就連阿發這樣的平民百姓也未能免俗，亦同樣仰人鼻息。小說對此顯然是持批判態度的。

　　在璨若星辰的台灣當代作家中，黃春明的眼光可謂深具歷史洞察力。面對轉型期的歐風美雨的迅猛侵蝕，台灣社會中瀰漫的那股越來越濃烈的媚外崇洋之風，令黃春明感到深深的憂慮：「在目前這個媚外崇洋很厲害的環境裡，如何來對媚外崇洋的人加以開刀，這和我以前寫鄉下，寫我所熟悉的窮人，下層人的筆調，和目前的筆調大不相同。我現在的筆調是非常無情的，明知道媚外崇洋的人也是我們的同胞，但在這社會他們是屬於另一個階層，而這個階層，不但自己不能覺醒，而且墮入那一種生活。當我遇到這種實體的時候，我就無法刀下留情」。[7] 因爲黃春明希望「將社會的病根暴露出來，催人留心，設法加以療治的希望」。[8] 這篇小說情節簡單，人物描寫也不算鮮明，不過採用嘲諷的喜劇手法來描寫悲劇事件，倒是別出心裁。它的價值主要是在思想意義方面──既批判「美援」的實質，又揭露受「援」者的精神麻木，對民族「軟骨

病」患者進行了無情的批判和辛辣的諷刺。若用作者自己的話來說，那就是「由作者的憂時傷世的思想指引著，讓讀者活生生的體認到，我們的民族到底為了自己的什麼缺點受苦受難。」〔9〕有點令人感到遺憾的是，這篇小說發表之初並未引起台灣文壇的注意。因為那時美國與台灣尚未「斷交」，普通的台灣民眾大多還陶醉在「美援」的所謂「安全」和「幸福」感之中，但僅僅才過了數年，美國就因其國家利益和國際戰略的考慮，突然拋棄了被台灣人認為堅如磐石的「友誼」，一下子翻臉不認人了，迅速與台灣「斷交」、「撤軍」與「廢約」，這一系列接踵而至的打擊使台灣民眾猝不及防，帶給台灣民眾難以愈合的深遠心靈創痛。此時他們才驚嘆黃春明早在台美「斷交七年之前」便對台美關係的實質作出「最全面最正確的反映與檢討」。這篇小說所影射的是三十年來台灣與美國的關係。就如阿發及其家人用失去自主謀生能力的雙腿換取了美國人所「施捨」的那一筆沾著鮮血的贍養費一樣，那拿自己的主權作代價換取美國「恩賜」的台灣當局，最終從美國手裡換回來的就是這麼一點點酸澀可憐的「經濟實惠」，就像小說中所說的那種「總覺得沒有想像那麼甜美，酸酸澀澀，嚼起來泡泡的有點假假的感覺」的「蘋果的滋味」一樣。

第三節　〈莎喲娜拉・再見〉

〈莎喲娜拉・再見〉發表於一九七三年六月六日，三個月之後，日本就宣布與中華人民共和國建交，同時與台灣斷交了。黃春明能於日台「斷交」前夕就創作出這樣一篇徹底檢討「台日關係」為主題的作品，充分顯示了他的遠見卓識。由於七○年代台灣連續面臨了「保衛釣魚島事件」、「退出聯合

國」、「美國總統尼克松訪華」等一系列重大事件的衝擊，此時人們的民族主義情緒因這些國際事件而愈益高漲，因此這篇小說一問世，在短短的三年時間裡，便連續再版了十二次，由此可見這篇小說在當時所產生的社會反響有多麼巨大與強烈。創作〈莎喲娜拉・再見〉這篇小說的時候，黃春明已經離開素樸的羅東小鎮，從宜蘭電台前往台北這個大都會謀職了，生活場域的變遷使他更加貼近地看到資本主義商品邏輯在台灣急速流行的情況，也更加敏銳地觀察到這種變遷所導致的台灣社會變遷與文化異變。而黃春明小說的主人公也開始從鄉下人物逐漸過渡到城市人物來；與此同時，他的小說亦結束了自己悲憫鄉土的情懷，走向了尖銳的社會批判。其中最爲突出的主題就是──強烈的民族意識被一再張揚。衆所周知，進入七〇年代以後，台灣經濟開始逐漸起飛，最終成爲舉世矚目的「亞洲經濟四小龍」之一。但是這種經濟的飛速發展，不是依靠台灣經濟自身發展脈絡而自然出現的，而是仰仗於國際機遇和外來資本，主要是在美、日兩國跨國經濟的強勢裏挾下形成的。在外來資本的猛烈衝擊下，台灣原有的經濟基礎完全不堪承受，不得不被迫處於一種經濟附庸地位，隨著經濟附庸地位的形成，傳統文化的陣地也日漸淪陷於西方資本主義文化無處不滲的力量控制下。台灣不知不覺中變成了美、日等資本主義強國的經濟與文化的「新殖民地」。然而，台灣人民畢竟對於外族的入侵的歷史有著難以忘懷的切膚之痛，在繁榮富裕的五彩聲光中，不少有識之士卻清醒地意識到再也不能重蹈覆轍了，更無法忍受以任何形式，或任何名義對台灣重新施行的「殖民化」。作爲一個愛國者和民族主義者，黃春明沉痛地看到台灣被再次「殖民化」的趨勢愈演愈烈，這一切促使他開始思考新

殖民主義對台灣的危害。他以對現實的清醒認識，呼籲人們抵抗美、日爲首的西方國家對台灣的「再入侵」與「再殖民」，尖銳諷刺了台灣社會日趨嚴重的崇洋媚外風氣，積極宣揚民族意識，重塑民族信心。〈莎喲娜拉·再見〉就是一篇具有典型意義的批判新殖民主義的力作。

這篇小說構思奇特，幾乎沒有什麼刻意營造的故事情節，基本上是寫實的，但諷刺鞭撻卻極有力度，它以近乎滑稽的喜劇方式對扼殺中國姑娘尊嚴的日本商人進行了報復性的嘲諷，蘊含著豐富的歷史批判與社會批判的意義。小說的叙述手法很單純，類似遊記的「移步換景」，即根據時間和遊程的順序，依次寫出了沿途發生的一系列故事。具體來說，就是從主人公黃君去接馬場等日本商人寫起，直到礁溪之行結束，完全按照事件進程來寫。至於構成小說主幹的事件主要有兩個：一是黃君帶著由七個日本商人組成的旅遊團去礁溪嫖宿台灣妓女的詼諧經歷；一是黃君藉翻譯之便，用語言搭起一座錯位的橋梁，將嫖妓的日本商人與崇日的台灣大學生玩弄於股掌之中，用中國人民對日抗戰的歷史，既譴責了日本帝國主義的侵略暴行，又教訓了忘記歷史的崇日年輕人，從而檢討了「台日關係」的真正實質。至於整個故事發生的引線就牽繫於主人公黃君身上，小說通過對這個城市小職員內心感受的真實描寫，深刻反映了當時台灣社會屈辱的現實。黃君本是在家鄉礁溪教書的一介書生，由於生活所逼，被迫闖蕩於台北打工謀生，在台灣一家外企旅遊公司當導遊。由於他熟諳日語，所以總經理從高雄打來電報，臨時指派他充當日本「觀光買春」團中的「拉皮條客」的角色，命令他從台北帶領七個與公司有極密切關係的日本商人到他的家鄉礁溪去嫖妓。總經理爲此還特別慎重地向他

指出「這也是公事。是急件的！」可是這一基於商業邏輯的行為，卻使黃君的心理「經過一陣痛苦的掙扎」：

居於個人與一個中國人對中國近代史的體認的理由，我一向是非常仇視日本人的。據說我最喜歡聽他講故事的祖父，他的右腿在年輕時，被日本人硬把它折斷。還有，在初中的時候，有一位令我們同學尊敬和懷念的歷史老師，他曾經在課堂上和著眼淚，告訴我們抗戰的歷史；說日本人分明是侵略我們中國，還高唱著代天行道、打倒不義的戰歌，把這一場醜惡的侵華戰爭，美其名為「聖戰」。同時在大陸上殘殺無數無辜的老百姓。當時這位南京人的歷史老師，拿出外國雜誌上的圖片，讓我們看到南京大屠殺的鏡頭：我們看到被砍首的中國人，被刺刀刺進肚子的孕婦，其中最難忘的是，一群中國人緊緊地手牽著手，有的母親緊緊地抱著孩子，走下土坑被活埋的場面。記得當時看了這些圖片，整個身體都變得像石頭一般的僵化了。我們一邊含著眼淚聽鄒老師講，一邊在心裡還恨自己的年齡沒能趕得上八年抗戰，去找日本鬼子為我們同胞報仇，哪知道，事隔將近二十多年，世局的變遷，社會的變遷，歷史給歷史老師的使命，在我們心田裡種下的種子，久而久之，也就像現在，只覺得偶做胚動，而未遇時機發芽，或許我的這種意識早被潮流淘汰，但是在我個人的意識中，根深蒂固的這般，是我無法拔除的。

很顯然，黃君的這一段內心獨白，可謂於無形中深刻總結了近半個世紀的以來的中國歷史，以及自己身處歷史認識與現實境遇中的矛盾狀態。作為一個民族主義者，黃君面對民族的

沉痛的歷史記憶和現實「公事」的逼迫，自然會產生了難言的
矛盾和抗拒心理，但他又不得不面對這矛盾所造成的更深一層
的心理折磨：：「然而，現有形式上，不但不能仇視日本人，
總經理還說要我帶他們到礁溪溫泉，好好招待招待他們，……
發生同樣的矛盾和痛苦，……又有另一層難言的苦衷。」這並
不僅僅是一個為迫於糊口生計的小職員不得不接受的無奈的「現
實」，也是整個民族的矛盾和不得不接受的殘酷「現實」。因此
黃君在電話中極力向老闆推辭這個差事，更何況是為日本人買
娼而「拉皮條」拉到自己的家鄉礁溪去呢？由此導致了黃君內
心纏繞隱伏著深深的嫉恨與無法選擇的痛苦：接受這件差事
吧，有損自己的民族感情和一向仇日的思想；可是不接受這差
事的話，那麼，立刻「失業」的後果則又是完全無法想見的。
此時，小說凸顯了黃君左右為難、無法抉擇的心理掙扎：

　　他媽的！不幹了！

　　不幹？

　　來台北也有十年了，十年間換了二十多個工作地方，每次
都是耍性子瀟灑一時，其間，有幾次沒錢付房租，嬰兒生病典
當東西看醫生等等。受到這些日子驚嚇的妻子，她臉上的陰影
到現在尚沒有完全退卻哪！再說，這個工作不幹了，下一個能
容我工作的地方在哪裡？還有我最近胸腔動不動在三更半夜痛
醒過來的身體，這都不是憑過去的衝動所能把握的。說真的，
因為有了目前的這一份工作，我第一次使這個小家庭的生活安
定下來，隨即妻子的那張驚慌著的苦臉，也能為咿呀學語的孩
子，學會了一點什麼行為，而開始泛起笑紋把陰影撥開，小孩
子經常復發的支氣管炎，似乎也不見發作。

他媽的！不能不幹！

幹？

　　最後，為了避免再次成為城市中的漂泊一族，為了保住糊口的飯碗，黃君只好違心地去做這件「內心很痛恨而表面上迎合」的「拉皮條」差事。由於黃君所處的社會地位比較低下，雖然有強烈而堅定的民族意識，而且能對日本商人恬不知恥的集體性「觀光買春」行為進行譴責，但是作為一個城市裡的普通小職員，黃君與進入城市的民工比較起來，表面上雖然在現實社會的競爭中似乎擁有了較大的優勢，但在那光鮮的「白領」外表底下，他卻不得不放棄人格的尊嚴，也無法掙脫窮困的鎖鏈，甚至還必須為生活甘做任人擺弄的棋子。為此，小說中這樣寫道：

　　幾年來一直堅持下來的原則，也把自己塑造成一種特殊的個性和氣質，就要垮在今朝？那又何必當初。真不像黃××你自己。我知道，熟悉我的朋友知道了這事情，一定都會感到驚訝。一向習慣於友人類似讚賞自己的目光下活動的我，如果那些目光都黯淡下來了，我怎麼辦？我想最不容易妥協的還是自己。放棄了原則，我還有什麼？

　　但是話又說回來，我這樣會不會把自己看得比什麼都重要？會不會眼光不夠遠大？難道我自己偉大得不值得去為妻小他們犧牲一點什麼？何況妻小不見得有你的原則。妻是一個成人，即使她能瞭解丈夫的原則和價值，並且贊成這原則，堅持這原則而不辭勞苦；但是小孩子，什麼都不懂的小孩子呢？他肚子餓了，他有權張大口哭鬧著要奶喝；他生病了，他有權要

求看醫生，他有權向這個世界要求一切使他長大獨立自主。我知道我不能忍受對小孩子有所虧欠。說不定孩子將來會有很大的成就，不然或是到孫輩他們。然而，這個關鍵很可能就是現在的幹與不幹。這時候我突然發覺，我過去是多麼混蛋的人；所謂的原則，其中大部分是看低了什麼，提高了自己，和高估了什麼，提高自己的自我滿足的心理衛生的把戲罷了。

由此可見，黃君完全是被迫受命充當殖民者的「拉皮條客」，這與其所處的殘酷「現實」境遇是分不開的。為了使自己和妻兒不重蹈失業、不安和饑餓之苦的覆轍，黃君即便有心抗爭，卻無力悀然拒絕這可恥的差事，這二者之間產生的尖銳矛盾，使故事形成了某種張力，從而直接推動了小說的發展。從更深一重意義上來看，正是由於黃君身處資本主義商業殖民體系的跨國網絡之中，他已經無法保有自己身體的自主權了。黃君在這個網絡中的所謂價值，不過是在非人性的商業邏輯中，充當資本家獲取利潤的工具，或成為運轉資本的商業機器上的一顆螺絲釘而已。由此可見，即便黃君有著滿腔的不願與不滿，卻也無法抗拒這項「拉皮條」的任務，至多只能以一句帶著自我嘲諷與調侃口氣的「我看我拉皮條的事幹定了！」來予以自我安慰，用阿Q精神來自欺欺人。

值得注意的是，黃君尊照唯利是圖的老闆命令所帶的這七個日本商人，並非普通的觀光遊客，而是所謂的日本「千人斬俱樂部」的成員。他們是當年侵略中國的軍國主義份子，而今卻搖身一變為商人。所謂「千人斬」，就是這群日本人把往昔侵華戰爭中每人殺一千人的口號，在非戰爭時期變成每人要玩弄一千個女人的無恥信條，實際上就是「武士道」精神的死灰

復燃。這個只有七名會員的俱樂部的頭頭馬場露骨地表明：「武士道的時代已經過去了，我們不能再配著武士刀浪遊天下，不是殺人就讓人殺。同時，我們也不願意當武士。我們千人斬的意思是，希望今生能跟一千個不同的女人睡覺。」這番話說穿了就是用嫖妓的方式宰殺中國人民的基本尊嚴。這種侮辱和宰殺中國人民尊嚴的行徑，很自然會使人們聯想起一九三七年「南京大屠殺」中屠城日軍所進行的「殺人比賽」。[10]時隔僅僅二十來年，犯過「百人斬」滔天罪行的民族再次以「中日經濟合作」的名目重新來到台灣，這再次「入侵」的方式，與昔日雖然有「形式上」的不同，但舊殖民主義和新殖民主義所隱含的本質並無任何差別。可見，小說塑造的這個「千人斬俱樂部」，的確隱喻了深刻而沉痛的「歷史記憶」。換言之，軍國主義思想仍根深蒂固地留存在這群入侵者身上，其殖民者的本質絲毫沒有改變，只不過是入侵的方式和手段改變罷了，他們來台灣觀光旅遊的目的，不過是為了用「集體買春」的商業方式從精神和肉體上再次摧毀中國人的自尊與信心。這批日本「千人斬俱樂部」成員昂首闊步於他們的新經濟殖民地台灣時的躊躇滿志，簡直與日據時期在台灣橫行霸道的舊殖民者的優越感並無二致。這群日本嫖客不遠千里，前往台灣集體狎淫台灣婦女，不正是日台之間殖民與被殖民關係的尖銳展現嗎？人們透過黃君的引導，確實可以深切感受到台灣人民所遭受的又一次沉重的精神創傷，而這一次的創傷不是戰爭帶來的，而是由七個日本商人「集體買春」的醜陋行徑與罪惡的台灣商業娼妓文化的共同合擊造成的。小說運用歷史與現實雙線交織的方法，把這種屈辱表現得相當強烈。雖然說娼妓業的興旺並不僅僅是像台灣這樣的第三世界國家與地區所獨有的問

題，而是全球性的社會問題；但是這一問題卻在當時的台灣表現得相當典型。二戰結束後，發達資本主義國家對第三世界的直接的軍事侵略轉換成了經濟滲透。事實上，殖民主義時期與新殖民主義時期的侵略、掠奪本質上並沒有任何變化，而小說的最大張力就來自於殖民和被殖民、侵略和被侵略的再次重現這一根本性問題。小說通過日本商人的「跨國性買春」行為，暗示了經濟與權力的邏輯遠遠超出了歷史記憶，使人們不得不更加正視新殖民話語背後的文化、資本支配邏輯，進而深入關注新殖民主義的霸權邏輯。如果從這個脈絡上來領會這篇小說的豐富意涵，人們立刻就會發現它所提出的問題具有非常重要的當前意義。

　　隨著觀光遊程的展開，對黃君而言，其內心那種因民族自尊和生活壓力而被迫充當淫媒的矛盾，至礁溪的場景時達到了第一個高潮。小說全篇雖然基本上沒有主幹性故事，但所寫的人物、事件，就截取生活的剖面來看，則頗具典型性，也是最能反映生活本質的一個焦點。小說中精心設計了個黃君利用翻譯的方式巧妙「修理」這群日本商人的一個情節，將他心中高漲的民族怒意直接發洩了出來，從這裡開始，黃君不斷進行自發性的反抗。百般不願的黃君對於這樁寡廉鮮恥的「公事」極為反感，卻又不得不讓日本商人挑選自己的同胞妓女，為調情的嫖客和妓女充當翻譯，為雙方之間的夜渡花資進行協商，這些具體行為都對黃君的民族自尊造成了嚴重傷害，此時的黃君可謂憋了一肚子的怒氣，但為現實所迫，既不能公然反抗，只好採取了一種惡作劇的方式進行發洩。他利用日本商人對環境既不熟、語言又不通的有利條件，想方設法整治日本商人。小說將寫實與諷刺手法的運用，有機融合於一體。當黃君違心地

扮演了「拉皮條」和翻譯的尷尬角色時，人們可以發現在馬場爲首的日本「觀光買春團」和中國妓女之間，黃君的同情顯然在後者方面。爲了更好地理解這一點，我們不妨回顧一下小說開始時黃君與同事之間那段頗爲發人深省的話：

> 「以我所知道，那些女人沒有一個是自甘墮落的，她們都是環境所迫，爲整個家庭犧牲。我去幹拉皮條，教她們怎麼向日本人敲竹槓。你們知道，哪一個地方的女人越便宜，代表那地方越落後；像南美洲的幾個國家，一個女孩子採一天的咖啡豆才賺八比索，一個十四歲的孩子跟人陪宿是十六比索，大飯店裡的一杯咖啡也是十六比索，你們不要笑，這是真的。我們在日本人的心目中，也是一個落後地區，事實上我們已經進步很多。但是在他們的印象，還是把我們看得低。他媽的，看他們來到台灣的那一副優越感，心裡就氣憤。……」

從這段話中可以看出，黃君對日本人的仇視是滲透在骨子裡的。雖然黃君採取不得已的喜劇方式來發洩滿腔義憤，但由於小說以相當多的筆墨刻畫了黃君的內心世界，從而使他那近乎滑稽的感情發洩方式產生了積極的社會意義。因此當日本商人跟小姐一起飲酒作樂時，由於雙方無法進行語言溝通，黃君於是「心生一計開辦臨時補習班，教日本人中文，教小姐日文。但是只教他們『好』、『不好』、『是』、『不是』這四句話」，不大功夫，雙方都學會了。小說生動地刻畫了雙方試著互相通話的場面：

> 這一下可熱鬧，本來不怎麼想說話的人，也都想試試。結

果不管通不通，反而變成喝酒作樂的遊戲，笑聲此起彼伏，連我自己笑得肚皮都痛起來。有一個小姐就坐在我的另一邊，她向落合說：

「你是狗養的。」

「好，好。」落合猛點頭還高興哪。害這位叫美美的小姐笑得身體往這邊倒過來。落合問我她剛說了什麼？我說你不是說「好」嗎？他說他猜美美說的話一定很有趣。

「是很有趣。她說你長得胖了一點，但是很可愛。」我回答落合說。

落合高興的握著春桃的手：「真的嗎？嘻嘻嘻，你也很可愛。」諸如此類的笑話鬧了很多。

由這個充滿「笑聲」和滑稽感的場面可見，黃君對馬場之流的自發反抗是通過別開生面的肆意嘲諷表現出來的。面對台灣各種複雜的社會因素，黃君個人雖無力回天，無法阻止這群衣冠禽獸的罪惡行徑，但他卻千方百計地將這群日本商人變成了小丑，供人嘲弄、譏諷；特別是一個賣淫的小姐用日本商人聽不懂的台語「狗娘養的」嘲罵日本人，力所能及地張揚了民族感情和維護了民族尊嚴。這場鬧劇的結局是：馬場之流最後確實達到了目的，嫖到了台灣姑娘。當時的實情也只能如此，被迫賣淫的姑娘無法拒絕任何嫖客，而黃君也只好眼睜睜地看著這群日本商人污辱自己的同胞。然而，人們更應該正視的是那些笑謔背後隱藏的無盡辛酸與悲哀。事實上，這種帶著沉痛淚水的「笑聲」和黃君那難言的「苦衷」始終交織在一起，黃君雖然以「敲竹槓」的方式從日本人的手裡為妓女爭取到了更多的花資，提高了陪宿費以增加她們的收入，把「停泊錢」悄

悄地從四百元漲到一千元；還叫這些姑娘們一齊動手搶光馬場之流送的玻璃絲襪子，這些洩憤手段儘管無補於大局，卻也到了黃君力所能及反抗的最大限度。因此當黃君得知旅館女侍的女兒竟是昔日當教員時崇敬自己的學生的時候，黃君的羞恥感、惶恐感與犯罪感就更加沉重了。小說正是透過現實的殘酷和民族精神淪陷之間的衝突，來喚醒人們的覺醒。如果從性別的角度來深究這個問題的話，人們可以很容易地發現，黃君雖有一定的謀生技能與社會位置，但卻無法與整個台灣社會重新被殖民化的現實所抗衡，為了生存，他亦不得不被迫匍匐於日本「千人斬俱樂部」之下，成為一個精神上「去勢的男人」，只能對自身這種男權喪失的狀況進行一些自我調侃、瓦解及顛覆而已，面對強大的殖民勢力，黃君終於被迫自我閹割地喪失了性欲與性能力，表現在小說中，那就是黃君只能憑藉近乎自欺的「精神勝利法」來緩解對自己的憎惡，但最終也只不過是以借酒澆愁和爛醉如泥來逃避自我良心的譴責。其實，在「殖民與被殖民」這個最具權力對抗關係的問題中，黃君身上一再表現出來的曖昧與游移態度，正說明了作者「抵制殖民」的良苦用心；而在小說對於人物既肯定又否定的塑造中，也呈現出了作者對重建民族自主意識與自信心的某種焦慮，間接反映出長期在殖民勢力籠罩下的台灣一再無法擺脫的那個「歷史性的難題」——真正的「男性形象」的闕如[11]。而導致這一切的根本原因，正是台灣在資本主義世界體系中所處的邊緣位置造成的，台灣在六、七〇年代被日本重新經濟殖民的狀況與台灣日據時期相比並無太大差異，事實上，唯有坦然面對自己「缺乏雄風」的缺陷與難題之後，才能進行真正的反省。若在換一種理論角度來思考的話，這篇小說似乎還可以被挖掘出更豐富

的意蘊。按照當前學術界流行的「後殖民理論」的論述，殖民者和被殖民者在文學中往往以男性和女性的關係出現，而以男性對女性的狎淫和壓迫呈現殖民地的壓迫與剝削的複雜關係。小說中的「千人斬俱樂部」，形象體現了日本新殖民主義在其舊殖民地的復辟。隨著六○年代中後期，新的國際分工的展開，日本獨占資本以貸款、投資、援助的名目，在美國的庇護下，深入二十世紀上半葉的日軍占領區，再次對這些地區施行「新殖民」。於是大批日本商人隨日本跨國公司、技術合作、貿易商社在前殖民地進行擴張與掠奪。日本觀光客在「集體買春」活動中首先占領了殖民地女性的身體，以此方式宣洩新殖民主義的種族優越感和再次君臨支配舊殖民地的霸道意識。這篇小說中，以「劍」隱喻殖民者的男性生殖器官，以「千人斬」勾起日本軍國主義在中國瘋狂屠殺的歷史記憶，這種描寫有著深刻的歷史意義和豐富的象徵蘊涵。由於故事情節的敘述始終沒有離開過民族遭受侵略與殖民的記憶，因而即便小說中的角色與情節的設計雖然顯得有些過於誇張，但卻把台灣當年所處的歷史情境表現了出來，從而增強了批判新殖民主義的力度。昔日，雙手沾滿中國人民鮮血的日本「武士」——馬場、落合之流，以殘暴的武力與帶血的刺刀強暴蹂躪中國婦女的血跡未乾；現今卻又換穿西裝革履，搖身一變成為商人，他們「放棄槍桿，卻改用殺人不見血的經濟侵略」，再度以「經濟合作」、「技術合作」的名義「殺」回台灣，利用金錢與物質的優勢，大搖大擺地捲土重來台灣，繼續肆意施暴與凌辱台灣同胞。之所以會出現這種狀況，是因為「在他們的潛意識裡，還是把台灣看成他們的殖民地」，他們「來到台灣在商業上那種趾高氣揚的姿態，就是在他們的經濟殖民地上昂首闊步」。

表面上看黃君的自發性抗爭取得了一定的勝利，但這充其量是一種心理上或道義上的勝利，自己的同胞照樣被凌辱，只不過多收了一點點「花費」而已，這是一種怎樣的勝利啊？無論是對於黃君來說，還是對於被嫖的台灣姑娘而言，皆因物質的貧困，才使他們的反抗顯得虛弱無力。這篇小說不僅揭露了外國資本侵入和西方文化滲透後台灣社會出現的弊端，而且反映了在中日歷史文化衝突中造成的民族憂患意識。換言之，小說不僅深刻地諷刺了商業與色情的結合，袒露了經濟繁榮面紗下的罪惡；而且正是以這種巧妙的方式，通過黃君耳聞目睹的情況，一方面鋒芒直露地揭穿了那七個日本嫖客的醜惡嘴臉和卑劣行徑；另一方面通過回憶南京大屠殺和黃浦江浮屍的場景，將歷史和現實聯繫起來進行對比，提醒同胞勿忘國恥。顯然，這是當時台灣社會的民族悲劇。由於這一悲劇是描寫日本商人如何在台灣嫖戲自己同胞的社會現象，而這種現象在當時的台灣是相當普遍的，因此再次嚴重損害了台灣同胞的民族自尊心。黃春明創作的這篇小說也就因其首當其衝地提出這個問題而顯得引人注目，而小說的批判意義也因此得到了深化。

小說情節發展的第二個高潮則出現於觀光遊程的後半段。當「千人斬俱樂部」的成員在礁溪「集體買春」結束之後，黃君帶著馬場之流坐上火車由礁溪奔向花蓮，在火車上這群人碰上了台灣大學中文系的陳姓學生，沒想到此人是一個極為崇洋媚外的傢伙。黃君利用日本嫖客和崇日大學生之間的語言不通，在他們中間搭起一座「偽橋」，成功利用自身優勢，盡其在我地「翻譯」了雙方的「談話」。當這位陳姓學生迫不及待地向馬場之流請教有關中國文學的問題時，黃君驚訝之餘靈機一動，詭稱馬場他們是日本「大學教授考察團」的成員；同時

告訴馬場他們，這個陳姓大學生是「學歷史的」，「正在寫有關八年抗戰的論文，所以很想跟日本人談談。」黃君成功地將雙方進行的那場對話進行了特殊「翻譯」，不但以日本侵華的罪行去譴責日本商人，而且也以中華民族的悠久傳統來啓悟這位台灣青年：

「我爸爸一直告訴我日本不錯，所以我也很想到日本。」

馬場他們好像等著這邊的話，他們望著我。我轉向他們說：「他說你們的年齡，正好被徵召入伍，參加侵華戰爭是不是？」我看到落合蒼白的臉。一下子變得拘謹的馬場，我笑著說：「這個傢伙可真傷感情。不過也沒什麼吧。落合君，你好像對這件事較為敏感，怎麼了？」

「沒怎麼啊。」停了一下，好像勾起他想到什麼似的，「那時侯，除了殘廢，所有的年輕人都被徵召入伍，當然我們也不能例外。」

「一場戰爭，並不是一個普通的老百姓可以引起的。不管你們把那場戰爭叫做侵華戰爭也罷，那是當時日本帝國政府發動的，我，我們只有聽任擺布的份。」馬場看一看自己人：「對不對？」

「現在聽起來，你們好像對這場戰爭從骨子裡就反對。但是，那是現在。以前呢？你們不是高唱著代天行道打倒不義，邊唱邊踏上中國大陸的嗎？還說是一場聖戰。」我必要地笑著說：「要是我和你們一樣，我也是一樣。」

他們突然感到鬆懈了一下，大家都笑了起來。「那麼你們都到過中國大陸了？當兵的時候。」

「除了竹內君我們都到過。」

「我突然，也對這個問題發生興趣。其實是這位學生的問題哪。」我笑著說。然後看著學生告訴他說，「他們幾個教授說，希望你能原諒他們說話不客氣的地方，因為他們對你的想法有所批評。」

「不會的。我應該謝謝他們才對。」學生回答。

「他說你爸爸認識日本好，那還有一點情有可原的地方，因為他們的年齡，正好受到當時日本的愚民教育。但是看你的年齡不該有這種想法才對。」

「是我爸爸這麼說的，……」

「你等我說完嘛。馬場教授還說，假定日本是好的，美國是好的，或是哪一個地方是好的，那麼你就想到好的地方享受，甚至於去逃避現實。試問你：假定日本是好的，那麼你過去曾經替日本付出了什麼？沒有的話，就不用想去坐享其成。」我笑了笑，「不過教授說，如果你真想到日本去的話，他表示很歡迎。」

「我不是去享受啊？我是去讀書啊！」

「讀書當然可以，這是你個人的問題。教授的話也不是針對你怎麼做批評。他大概對時下的年輕人，對現實不滿，一味想往想像中較好的國家跑。你是不是這種人，只有你才知道。」

「他說得很對，我很欽佩他。他們來考察多少天呢？要是他們能到我們學校演講就好了。」

由此可見，黃君的確充分利用了日本商人不諳漢語，而台大學生又不諳日語的情境，既向日本人提出戰爭責任的痛切詰問，又向那個對日本的現代化懷抱艷羨的台大學生提出了辛辣

的批評。顯然，向殖民者揭發五十年不曾解決的戰爭責任，向大學生強調民族文化，這樣的「翻譯」方式，確實達到了引人惕厲的目的。這位滿腔民族義憤而又機敏靈活的黃君，在火車上的「搭偽橋」和「兩頭瞞」的翻譯場面，確實達到了藝術作品處理歷史題材的一個相當高的水平。黃君有效發揮「兩頭瞞」的技巧，最後達到了他的批判目的，其背後始終潛流著「歷史上是永遠洗不清」的這一民族記憶，向人們指出從意識和心靈上「去殖民化」的重要性。具體來說，在火車上，面對台大學生與日本商人，黃君通過巧妙方式穿針引線，以強烈的民族主義對他們進行了兩面夾攻，儼然成了道義審判官，鮮明呈現出他心靈深處的抵抗意識。他一方面逼使七位日本嫖客承認曾在侵華戰爭中所犯下的累累罪行，從而讓他們這次的台灣之行——變「觀光者」而為「被告」；黃君採取「揭老底」的辦法，通過南京大屠殺、黃浦江沉屍和大轟炸等歷史史實，徹底戳穿了日本「千人斬俱樂部」的醜惡本質，揭露了他們當年參加侵華戰爭時所犯下的滔天罪行，將他們置於歷史的審判台上，並進而從靈魂上鞭撻他們，迫使他們不得不產生認罪感。換言之，從精神實質上來說，馬場之流是被黃君徹底壓倒了，他們遠渡重洋前往台灣尋歡作樂，最後卻始料未及地陷入痛苦心情的折磨中。另一方面，黃君還以那個崇日媚外的台大中文系陳姓大學生為靶子，不僅批評了這個大學生和他父親歷史意識的薄弱，而且對當時普遍盛行的崇洋媚外的社會風氣亦進行了猛烈針砭。不僅嚴厲教訓這個中文系大學生的數典忘祖，而且使他為自己連台北故宮的文物一次也沒參觀過，卻一心嚮往到日本去研究中國文學的媚日行為而感到羞愧，小說由此凸顯了台灣青年的心靈在「新殖民地」處境下遭受扭曲的嚴重程

度。小說所構思的這個「搭僞橋」與「兩頭瞞」的情節，在現實中確實並不常見，但作者卻有意製造了這個「巧合」的情節，目的不外乎是借此發洩胸中反日的激情，同時又對年青一代中竟有如此喪失民族尊嚴的人，進行了嚴厲的譴責。小說自始至終貫穿著雙關諷刺：既刺人——日本商人，又諷己——崇日的洋奴型青年，而諷刺的矛頭最終還是落在自己民族的弱點之上，小說爲此發出了沉痛的質問：「爲什麼能產生故宮裡面那樣的文物的優秀民族，近世紀來竟枯萎得這麼厲害呢？」而正是這一點，使小說深深撼動了人們的心魂。恰如魯迅所言：「我們……歷史上滿是血痕，卻竟支撐以至今日，其實是偉大的。但我們還要揭發自己的缺點，這是意在復興，在改善。」[12] 而由於小說在批判中將上述兩方面緊密地結合了起來，這就使得張揚民族尊嚴的主題變得更爲鮮明突出。黃君身上折射出來的這種民族意識當然是十分可貴，然而，人們也應看到黃君所取得的勝利，其意義是十分有限的，充其量只是道德意義上的勝利罷了，因爲在小說中那些詼諧的笑聲背後隱藏了許多發自內心深處的悲淒。而這恰恰是因爲作爲社會希望的年輕一代的墮落所引發的。黃君教育和諷刺的那位台大學生，不也正象徵了台灣的一般年輕人嗎？黃君儘管對他有不少的嘲謔，但之後又如何呢？大部分的台灣青年還不是像這位陳姓大學生一樣依然崇日媚外。一代新洋奴又在成長，這樣的社會希望何在？這的確是那個年代台灣人的悲情。

　　當然，這篇充滿諷刺意味的小說除了它本身取得的高超藝術成就之外，還有效表達了作者深刻的歷史反思和冷峻的現實憂慮。一般來說，最傑出的諷刺文學多半來自殖民地的弱小民族作家。作爲一個第三世界的愛國作家，黃春明小說中的笑謔

其實是相當悲傷與刻骨銘心的。人們往往可以看到欲哭無淚的悲愴情節裡暗藏著可笑的意味；在那可笑的情節中卻隱蔽著令人柔腸寸斷的悲愁，因為在這篇小說高度的藝術性背後始終潛流著強烈的歷史記憶和殖民地創痕。那麼小說主要通過何種敘事策略獲得作品現實意義的呢？簡言之，小說是通過充分展示新殖民地台灣社會與生活的批判視野來解決這一問題的。眾所周知，二戰結束後，帝國主義的前殖民地紛紛在民族獨立鬥爭中獲勝，為了繼續維護和延長前殖民地宗主國的利益，帝國主義改變了策略，放棄了對殖民地直接的暴力統治，轉而支持自己培養出來的殖民時代的土著菁英，當這些土著菁英在獨立後掌握了政權，帝國主義就藉這些「代理人」繼續維持他們在前殖民地的各種利益，世稱「新殖民主義」。在新殖民主義下，宗主國雖然無法完全控制新獨立的國家或地區的政府機關，對前殖民地進行直接統治；但卻可以通過新獨立政權中的前殖民地菁英資產階級，經由經濟壟斷、貨幣分配、資本轉移、文化滲透、不平等的國際分工，以及西方價值、風俗、生活方式和意識形態的擴散等手段，造成新獨立國家或地區人民心靈的再度殖民化，瓦解這些國家或地區人民的民族文化認同。這些都與傳統殖民主義所造成的荼毒並無二致。而這一切則引起這些國家或地區的知識分子深入探究和反省新殖民主義的危害。台灣是日本的前殖民地，日本雖然在二戰中因徹底戰敗而把台灣歸還給了中國，但是戰後不久，日本就迅速利用國際「冷戰」秩序，重建了其在前殖民地的威權，以新殖民主義的方式再度深入支配與控制台灣。早在一九五〇年開始，日台在美國中介之下，就恢復了台日間的殖民性質貿易關係。六〇年代中後期，在新國際分工下，日本長期對台高順差輸出，從而以結構

性的貿易優勢，攫取了台灣對美的巨額貿易順差。日本資本、商品和商人沿著舊殖民地時代的人脈和歷史根基源源不斷地向台灣滲透。因此，戰後二十五年重登台灣的日本商人的潛意識裡，仍將台灣看成其殖民地，他們在台灣商場「趾高氣昂」，如同「在他們的舊殖民地上昂首闊步」，的確是自有原因的。這些日本商人對於前殖民地台灣抱持著殖民者中心的偏見和歧視。如果說後殖民理論家薩伊德是以「東方主義」說明了西方對中、近東前殖民地根深蒂固的偏見，那麼日本人也始終對其前殖民地台灣也抱持著「南方主義」的偏見。日本以「南方」稱台灣和東南亞諸殖民地。因此小說中的日人馬場之流，對於從農村來礁溪賣身的「很俗氣」的台灣妓女發動了殖民性質的色情想像──對於可以前往花蓮狎嫖到台灣原住民妓女感到興奮。若從小說蘊涵的豐富意義來看，貫串這篇小說首尾的，則是日本觀光客「集體買春」的特殊消費行為，這構成了故事的主線。在社會轉型期間，娼妓業的泛濫乃是一個國際性的現象。這篇小說就透露了關於這方面的若干重要信息：娼妓業已從一國的內部「消費」，擴展為國家之間的民族衝突，特別是昔日的殖民者重新以金錢為手段，去凌辱前殖民地國家和地區的婦女，不以為恥，反自得意。這種情況說明殖民主義的幽靈在戰後以「經濟技術合作」、「文化交流」，以及「觀光旅遊」等種種方式借屍還魂了。由於小說將新殖民主義者──日本「千人斬俱樂部」成員的「集體買春」行為，定位為侵略和被侵略、日本和中國的二元結構的「問題」，從而使這篇小說不僅如同一把鋒利的雙面劍，一面斬向日本新殖民主義者，一面斬向台灣人的媚日心態。事實上，這個「千人斬俱樂部」成員此次到台灣的「買春」旅遊，用金錢取代刺刀對台灣女性玩

「千人斬」遊戲，對於這種無視人權、婦女權利的新殖民嫖客的無恥行徑。作者不僅對此做了道德上的嚴厲譴責，而且還是以針鋒相對的民族立場在批判它了。

在「東方主義」與「後殖民主義」的批評理論還沒有在台灣讀書界流行的七○年代，黃春明早就以小說形式將台灣社會中浮現的日本新殖民主義的文化、種族偏見提出來加以批判了。也正因如此，這篇小說帶給人們一種令精神震撼的強大穿透力。雖然小說塑造了黃君這樣一個抗爭性人物，但他已經完全不同於黃春明以前作品中的人物，他既不忍辱苟活，也不再把希望寄託於未來，而是面對現實，對自己的處境明確表示了不平或不滿，雖然他對媚外思想和民族意識的淪喪均持有堅定而鮮明的批判立場，但卻也只是在自己力所能及的情況下利用巧妙方式，對這些披著觀光客外衣的新殖民主義者進行靈魂的審判，讓他們在歷史的罪惡與現實的醜行中看到自己的真實面目而不免心驚肉跳，並在經濟上付出更大的代價。當然，這種鬥爭方式並不能從根本上改變歷史的進程與事件的性質，只是暴露了新殖民主義者的醜惡行徑，藉以呼喚社會良知。雖然黃君在「拉皮條」與「搭偽橋」事件中所顯示出的不過是某種自發的個人抵抗色彩，但卻很自然地將讚頌民族主義這一主題和批判崇洋媚外的思想緊密聯繫在一起了，不僅以銳利幽深的眼光洞察了新殖民主義者的醜惡靈魂，而且敏銳地反映了台灣社會轉型時期民族主義情緒抬頭的歷史潮聲。因此人們可以這麼說：〈莎喲娜拉‧再見〉的問世，不僅將所有中國人胸中的悶氣一股腦兒像火山爆發般噴了出來，激起了人們高度的愛國情懷和民族激情，而且也使黃春明的聲譽超越了同一時代的台灣作家。顯然，就這一點而言，這篇小說的當前意義遠比發表當

時的價值要大得多。

第四節　〈小寡婦〉

　　創作於一九七四年的〈小寡婦〉是黃春明繼〈蘋果的滋味〉之後，又一部以「檢討」美台關係爲主旨的小說，不過其間「反戰」的意味相當濃厚。這篇小說雖然繼續了同一時期的另一部作品〈莎喲娜拉・再見〉中的商業與色情相結合題材的描寫，但是商業色情營銷的對象卻改變了：不再是象徵新殖民主義的日本人，而是參加越戰的美國大兵。小說橫跨的時段是從一九六八到一九七〇這兩年，導因是美國深陷「越戰」泥沼，全世界反戰運動如火如荼，而背景是處於經濟起飛階段的台灣社會，場景是台北的一家酒吧和酒吧女的公寓。故事以一家名爲「小寡婦」酒吧的經營企劃，以及發展爲情節主線，連帶出幾位酒吧女的身世遭遇，以及酒吧女與「恩客」──美國大兵之間的性交易。不僅將台灣資本主義經濟發展中資本原始積累的罪惡鮮活地展現在人們面前，指出它的「每一個毛孔中都滴著血和骯髒的東西」，嚴厲鞭撻了寄生於新殖民主義身上的洋奴；而且強烈譴責台灣當局把廣大民衆綁在美國戰車上的行徑，揭露了美國發動「越戰」的罪惡和美國海外勢力進入台灣後帶來的禍患，表明了強烈的「反戰」思想。

　　我們知道，二戰以後，帝國主義的前殖民地紛紛獨立，西方前殖民主義宗主國利益受損嚴重，英國和法國都在戰後企圖重返舊殖民地，卻遭到頑強抵抗而失敗。特別是法國在戰後重返越南，遭到越南人民堅決反抗，在五〇年代「奠邊府」一役中，越南人民徹底打敗了法國入侵者。爲了圍堵越南民族解放運動，維護西方在越南的殖民利益，美國在六〇年代武裝介入

越南內戰。美軍以強大的現代化武器侵略越南，但卻陷身於為自己民族解放而戰的越南人民戰爭的泥沼中。由於早在五○年代美國就與台灣簽定了所謂的共同「協防協定」，將台灣納入「圍堵共產主義」的陣營中，六○年代以來台灣更成了東西方「冷戰」格局中美國國際戰略布局中的一枚重要棋子，因此當美國發動「越戰」之後，立即將台灣綁上其戰車，將台灣作為其戰爭的後勤與補給基地之一。這是小說故事發生的基本國際背景；至於台灣的內部背景，則是西方新殖民主義重新進入和控制台灣的時期，亦即所謂的「經濟起飛，工商業發達，都市繁榮」的台灣社會轉型時期。小說的故事情節並不複雜，基本上是單線推進，以主人公洋奴馬善行以西方商業邏輯策劃經營一家名為「小寡婦」色情酒吧這一事件為核心，如索串珠似的將相關的各方面人物與事件製成一條故事「鏈」，來反映當時台灣社會的波瀾和浪濤。

這是一篇以台灣買辦菁英如何以東方小寡婦的形象改裝旗下的妓女，企圖吸引越戰美軍來台跨國買春為題材的小說。小說一開始就以標題「一九六八」，將人們帶入故事發生的特殊情境：「一九六八年，美國總統詹森，叫駐（南）越美軍的人員創了最高紀錄，高達五十多萬人」。由於戰爭歷時太久，美軍士氣低落，心理空虛，厭戰情緒瀰漫。此時，「台灣被美軍當局增列為美軍遠東地區的休假中心」——面向美軍的妓女供應地。由於大量美軍士兵輪流到台灣休假，於是台灣色情行業的生意一時紅火起來，不過由於賣淫業的競爭相當激烈，為了吸引美國大兵，一些以色情服務為主的「酒吧業」就應運而生了。小說中一個兼營台北、台中、高雄、花蓮等多處地方的西式酒吧的黃老闆，為了能利用這個機會賺取更大的利潤和擴

大商業競爭優勢，他不僅主動採取措施，讓酒吧裡的吧女們改
中國名爲美國名，如「秀玉」改作「安娜」之類，並積極爲提
高酒吧女們賣春的「士氣」，鼓勵酒吧女積極迎合美國大兵，
全力從美軍身上撈錢；而且還主動邀請了他的同學馬善行來台
北與他合開新式酒吧，以便在與同業者的激烈競爭中獲勝，因
爲黃老闆看出馬善行有著高超的現代經商手段。馬善行大學畢
業後就到美國留學，「在美國有四、五年」時間，專攻「市場
學」和「旅館經營」專業，腦子裡既有現代經營、行銷和管理
的理念，又有「實際工作經驗」，並且生活方式也已經基本美
國化了，言談之間滿口英文，連喝咖啡都要喝不加糖的，算是
一個「美國通」。馬善行可謂是當時台灣商界尤其是台灣外資
企業的寵兒——美國留學回來的「工商管理碩士」（MBA）。
小說著重刻畫了馬善行這個洋奴買辦的醜惡形象，他以高超的
現代營銷理論爲指導，積極推銷「小寡婦」這家變相妓院，以
此竭力來滿足越南戰爭中前來台灣休假的美國官兵的性需要，
以便從美國大兵身上賺到大錢。這個仰美國鼻息的台灣買辦菁
英知識分子馬善行一出場，小說就以近乎漫畫式的誇張手法爲
他畫了一幅肖像：

　　馬善行不慌不忙，把才點著的 kent 揉熄，同時半開著嘴，
讓煙裊裊的溜出來。這雖然是十多秒的時間，但是在一個人能
給陌生人產生深的第一印象而言，卻是一段很足夠的時間，也
因為他一開始就刻意要這麼做。當馬善行自覺得給人的印象成
熟的時候，很連貫而自然的把半張著的嘴巴一合攏，深深的吐
一口氣，剩餘在口腔裡的煙，就從鼻孔噴了出來，在這同時把
沉思狀的眉頭展開，抬眼望著大家說話。

　　這裡，小說通過馬善行一個抽煙的小動作，將其矯情弄姿，惺惺作態、別有用心的醜態刻畫得栩栩如生，不僅收到了強烈的嘲諷效果，還給這個新殖民主義買辦的形象進行了「定位」與「定格」。

　　小說十分擅長從文化視角去剖析病態社會的畸形現象，在描寫現實生活時，哪怕最隱晦、最陰暗的角落也利用文化的眼光進行透析。馬善行接受了與黃老闆合作開辦色情酒吧——變相妓院的邀請之後。馬善行立刻召集了各妓院的老闆和老鴇，向他們灌輸新的商業經營理念，他與資本家黃老闆沆瀣一氣，以西方行銷理論作為做生意的指南，不僅將同胞妓女當做物資商品，將來台「找樂子」的越戰美軍當成購物的顧客，在雙方之間做起了生意；而且把當妓院老鴇當成職業，把開設色情酒吧，正經八百地當做一種產業來經營。馬善行的具體經營步驟如下：

　　首先，馬善行運用他留學期間學來的商業管理知識，不僅仔細分析了台灣當時的「賣淫」市場的現況——美國的「反戰運動」使「越戰」中的五十萬美軍心靈空虛；而且研究了目標顧客美軍大兵的基本消費心理——用金錢買酒和女人來填補空虛。在善於把握市場動向的馬善行的精心策劃和巧妙安排之下，這家酒吧開始了商業運作前的具體準備工作。為了招徠更多到台休假的駐越美軍到此尋歡作樂，馬善行先是提出了一個所謂的「屏風文化」的設想，對舊酒吧進行了重新裝修，將酒吧裝潢成清一色的中國格調，用一扇扇屏風把酒吧的空間阻隔分割成一個個小格，用中國情調和氛圍增加誘惑力。小說寫道：「有了屏風，就產生屏風文化，在這樣的天地裡，屏風格成一男一女的小天地，小寡婦被纏在繭裡」；馬善行還挖空心

思想出了一個「高招」——為酒吧重新改招牌，用中文的「小寡婦」替換了毫無特色的一般性西洋店名「露西」，突出了酒吧的新鮮感，「對美國大兵來說，又是中國小姐，又是寡婦，異國情調，再加上偷情的感覺，不迷死美國大兵才怪！」馬善行還親自為手中經營的特殊商品，即從事色情服務的酒吧女們進行重新定位和包裝——利用美國大兵「東方主義」的偏見和想像，責令為了生存掙扎的所有酒吧女一律假模假樣地裝扮成剛剛死去丈夫的中國小寡婦身份，裝出一副「表面上看來是一座冰山，其實裡面是火山」的故作憂傷含情的模樣，以這種特有風情來迎合、招攬當時剛從「越戰」戰場上下來的、精神空虛的美國大兵。小說用大量篇幅描寫了馬善行親自對酒吧女們精心授課，並進行訓練的場景，為了以「中國寡婦」的「異國情調」來「吸引外國人」，他讓酒吧女穿起清末民初的仕女行頭、戴上假髮、腳穿繡花鞋，窩肢裡還塞著一條香絹，手捧古典名著《西廂記》和《紅樓夢》，同那些洋嫖客聊中國婦女的纏足歷史、談貞節牌坊和處女崇拜，大談《金瓶梅》、《素女經》裡的床上功夫等。馬善行這個新殖民主義買辦知識分子就這樣把西方人對於中國女性和中國文化的腐朽、下流，以及充滿民族偏見的想像加以誇大化和固定化，「小寡婦」的酒吧間也就這樣被冠以了「文化」之稱，小說以此詮釋了這種特殊色情文化中隱藏的種種污穢與骯髒，不僅具有尖銳的諷刺意味，也顯得獨特而深刻。為了要酒吧女們「看重自己」、「幹得有聲有色」，為了讓酒吧女們充分利用所謂的「新寡身份」施展渾身解數去迎合、勾引美國大兵，賺取更多的金錢；馬善行積極對酒吧女們進行心理重塑，強化和鞏固酒吧女的自信心，他一再鼓動酒吧女們：「我們幹的不是王八烏龜生意，我們是有

執照的，是合法的，跟私娼不同」，要「把這個時期酒吧經營，當著另一種越戰打」——要讓美國兵拜倒在「小寡婦」的「風韻」之下，「將來他們沒人再跑到琉球、日本、香港特別的休假中心去花錢」。與此同時，馬善行還對酒吧女們進行「國際時事」宣講：「有關越戰的報紙也要看看，給你們分組分好的組長，一定要讀給組員聽聽。你們現在學的，不能偏，談話時要看對方轉舵，從此你們又可以靠講話賺錢。所以講話的範圍越廣越受歡迎。要你們讀越戰的新聞，和美國國內的新聞，只是要來找你們的美國兵，覺得受到你們關心罷了。他們心靈空虛，什麼地方，可以說全身都寂寞，渾身都要人安慰。有的是他們來買，但是你能給他們一點不花成本的關心，他們還是肯花錢的。知道？」這真可謂是為了賺錢，手段無所不用其極啊！

此外，為了更好地吸引美國大兵來進行「性消費」，馬善行還利用美軍士兵長期在海外出征所產生的強烈想家的心理，推出了不同於一般妓院的「公寓文化」，要酒吧女將美國大兵帶回公寓過夜，營造所謂「家」的氣氛以撫慰美國大兵的思鄉之情，為了體現「公寓文化」的妙處，馬善行要妓女們在美國大兵求歡之際，把房中陳設的那幀假的丈夫遺像蓋起來，以便賣弄風情，進一步挑起美國大兵的偷情興奮感。馬善行還擔心妓女們裝寡婦裝不像，竟親自教唆道：

「你們從現在起，就要扮演最不合乎時代，最落伍的中國婦女的一種，小——寡——婦。這種小寡婦的特性是，外表上看來是一座冰山，其實裡面是火山。你們都要記住，你們都是婚後不久，正在享受美滿婚姻生活的時候，不幸死了丈夫的小

婦人。但是丈夫之情，還有，有些傳統禮教的約束，你們不得
不守寡。」

　　而馬善行之所以要讓酒吧女們搞喬裝小寡婦的把戲，卻是
爲了極卑劣的目的：

　　「人家問你你才開口，但也不隨便開口，也不要像過去向
客人討酒喝，我們心裡實在要他們請我們喝幾杯茶當酒的。不
然錢從哪裡來？我們有一招不要忘了，以退爲進。比如說，你
們故意說喝了酒會叫你糊塗的失節，你這麼一說，老美不請你
喝上三十杯才怪……」

　　小說以這種漫畫式的誇張描寫，生動地揭露了馬善行這個
出賣民族尊嚴和傳統文化來巴結外國人的無恥之徒的靈魂，口
頭上掛著傳統「禮教」，骨子裡卻是利慾薰心。就是這樣一個
寡廉鮮恥的民族敗類，其名字居然還叫什麼「善行」，眞不知
其「善行」表現在哪裡？這可眞是莫大的諷刺啊！當所有的準
備工作都基本就緒了以後，馬善行還特意搞了幾次模擬推銷的
排演──叫幾個洋人朋友在酒吧開張之前，來酒吧進行實地測
驗，考察酒吧的銷售效果到底如何。
　　除了以上的舉措之外，尤其引人注意的是，小說的構思中
還巧妙利用了「廣告」這一特殊的藝術道具。由於廣告是現代
消費社會中最具有推廣威力的行銷手段，不僅是商業經營的一
種方式，也是產品行銷的工具，更對應了一個色情消費的商業
社會。因此小說構思中充分運用了現代「廣告營銷學」的理
論，並以此推動故事情節的發展，將廣告的理念與施行轉化鋪

衍成爲小說情節，增加了小說的刺激性與趣味性，更反映了台灣社會的變遷，以此批判了色情消費惡性發展的都市文化。爲了擴大「小寡婦」酒吧的客戶來源，以及迅速增加「小寡婦」酒吧的特殊「商品」——酒吧女的銷量，馬善行充分利用現代廣告的威力來進行宣傳和推銷。馬善行所策劃的「小寡婦」酒吧的跨國色情廣告的重點與中心意旨，完全集中於突出「性愛」這一特色上面，針對的主要對象是「越戰」中到台灣調整身心進行輪休的美國士兵。馬善行採取主動出擊的廣告戰術，他認爲「廣告」便是經營者的行銷策略，因爲「廣告是一件很重要的工作，尤其是對美國人，他們從小就被廣告長大的」，因此他爲酒吧製作的廣告文案完全符合商業邏輯和美國大兵的心態與喜好：第一步當然是「小寡婦」這個具有創意的構想，「對一個想找個女人安慰的美國大兵來說，小寡婦更具有魅力」；第二步就是如何把這種性質特殊的「產品」推向市場，在馬善行的一手主導下，他精心地選擇了發表廣告的媒體，以及利用媒體播出廣告的時機，以及廣告上精密設計的圖文和數字，小說中對此有著極爲詳細的描寫：

　　「我們廣告不一定很花錢，跟我們過去露西酒吧在 China Post 上面登廣告一樣，可能開始次數要多一點，一出了名，以後也用不著花錢，樂於此道的美國大兵，自然就發生 Mouth Communication 口交口，義務替我們宣傳，說不定還會得到 Times 或 News Weeks 的免費 Publicity。……」

　　……

　　「這個問題我都想到了，我們的廣告雖然刊登在英文的刊物上，但是我們用的不是英文。我們有時用西班牙文，有時用

德文，有時用法文，或是意大利文。因為美國的軍官，他們在學校時都選修一門外文。一定有人看得懂。這麼一來，英文刊物上登的不是英文，特別醒他們的眼。他們會奇怪，一覺得奇怪就上鉤了。還有我們『小寡婦』三個字，還是大大的用我們的中國字。久而久之，他們也會懂。」

……

小寡婦開幕的前三天，他們就在此間外文的刊物上，在固定的邊欄刊登廣告了。廣告的內容，畫面用漫畫畫一座待發射的火箭，火箭身上寫著「小寡婦」。沒什麼文字，只寫「請注意小寡婦倒數歸零！」

開幕前三天，只寫個電腦阿拉伯數字的「3」字。

開幕前兩天，只寫個電腦阿拉伯數字的「2」字。

開幕前一天，只寫個電腦阿拉伯數字的「1」字。

開幕前那一天，畫面上的火箭不見了，只留下整個畫面的煙霧。而以煙霧襯底，排好如下的文字：

大標題：美國的亞洲外交為什麼失敗？

副標題：因為美國人不懂什麼叫做入鄉隨俗！

說明的文字：如果你想懂得什麼叫做入鄉隨俗的話，請你到錦西街，來問問我們的小寡婦便知道。知道。

在襯底的煙霧中，還露出幾個披髮蓬的小寡婦的笑臉。

很顯然，「小寡婦」酒吧這則圖文並茂的以賣淫為商品消費的廣告，的確可謂出奇制勝，有著巨大的誘惑力和吸引力，因為它確實充分抓住了人們的獵奇心理。果然，「那一天小寡婦一家人都很樂。其中馬善行比誰都高興，幾份登有廣告的外文刊物插在西裝袋，一會兒接電話，一會兒聽人家來告訴他一

些消息，雖然還不到營業時間，但是由廣告引起的反應，已經夠熱鬧了。單單同業的經營者和吧女，很多因為好奇來造訪的不少。」確實，在這份廣告連續性刊登的攻勢下很快就取得了成效，包括美國大兵、日本報導家、CIA 的人等都有了反應，而兩個前來挖新聞的記者岡本、宮入更是直接了當地予以了「讚揚」：「你們小寡婦的廣告很成功。」這則「賣春」廣告獲得的巨大成功，其實也就是馬善行推行的商業經營策略的成功。於是「小寡婦」酒吧的生意日漸興隆起來，來此進行「消費」的「顧客」也越來越多，酒吧的名聲也越來越響亮。「據小姐隨時告訴馬經理，他們很多人都是看了報紙廣告，慕名來的」。妓院也好，酒吧也罷，原本總是很難擺脫人們對於這種色情行業的固定印象——罪惡的淵藪，裡面充斥著腐敗與墮落，但這則廣告卻將其與「美國的亞洲外交為什麼失敗？」連為一體，使嚴肅的國際外交政策和骯髒的跨國「性消費」之間產生了一種滑稽可笑的聯繫，其間的嘲諷與批判意味可謂不言自明。

隨著馬善行精心策劃的商業計劃得以步步展開，成效也日漸顯現出來了。「小寡婦」酒吧正式開張以後，生意出人意料之外的好，上門的美國大兵絡繹不絕，酒吧女們應接不暇，此時為了中飽私囊和盤剝到更多酒吧女的血淚錢，馬善行很快將酒吧裡的屏風拆掉，讓一個個困縛在屏風裡的小寡婦脫繭蛻變成四處飛舞的花蝴蝶，從而大發其財。很顯然，酒吧屏風的建與拆，完全是建立在商業利潤賺取額度是高還是低這架天平上的。至於所謂的「屏風文化」與「公寓文化」的核心，其實質就是以商業邏輯運作的畸形變態的「賣淫」文化，人性在這裡被扭曲，尊嚴在這裡被踐踏。小說由此批判了台灣社會腐朽沒

落的文化現象，指出這種表面上「冠冕堂皇」的「屏風文化」、「公寓文化」，其實恰恰是出賣肉體與靈魂的寫照，散發著縷縷血腥味和骯髒的臭氣，彰顯出台灣婦女的不幸，以及她們肉體與心靈所受到的戕害與摧殘，揭露了新殖民主義買辦商人的喪盡天良與寡廉鮮恥。其實小說所表現的這種「跨國性買春」行為，以及「國際賣淫業」施行現代性企業化管理的趨勢所象徵的性交易則還含有更深一層的殖民意涵：馬善行經營「小寡婦」酒吧牟取暴利的過程表現了新殖民地買辦菁英的「自我東方主義」，即為了使自己被殖民者依靠和接受，利用西方或殖民者的「東方論述」，或利用帶有西方中心主義偏好的想像來論述與重塑自己，以便在西方世界中立足，投西方殖民者所好。買辦知識菁英馬善行為了賺取更多的商業利潤，不惜有「理論」有「知識」地出賣婦女同胞的靈肉，從而有意識成為西方對中國施行「東方論述」的幫凶。馬善行之流在金錢的奴役下，靈魂徹底地墮落了。他們的墮落，既不是源於盲目無知，更不是外力脅迫所導致的，自始自終都是主動與自覺的，因此就更加令人痛恨與憤怒了。

　　小說越是寫出馬善行竭力經營「小寡婦」色情酒吧的精心，就越是無情揭露了台灣六、七〇年代的所謂「經濟起飛」的底蘊下所隱藏的骯髒與血淚。為了賺取美軍的錢，馬善行這個無恥之徒的確是不擇手段，挖空心思，無所不用其極，不僅用所謂富有民族色彩的「小寡婦」去招徠美國大兵，而且從廣告、招牌、室內裝潢，到酒吧女的化裝、服飾、言談、舉止等所有細節性方面一一對酒吧女進行精心的講解和培訓，讓她們把美國人引入高級公寓裡的自己的「家」，而且一切都要突出「小寡婦」的特點，以所謂「入鄉隨俗」來刺激美國兵的好奇

心使他們上鈎，從而把酒吧辦成聞名世界、獨一無二的「特種行業」。小說對這個迷信行銷企劃的新殖民經濟下的買辦知識分子，的確是極盡諷刺之能事。小說所反映的時代畫面相當廣闊，採用了寫實與幻覺穿插的敘事方式，結構上較好地運用了電影蒙太奇的組接手法和漫畫式的藝術誇張技巧，對台灣都市瀰漫的新殖民主義文化進行了嚴厲批判。特別是小說末尾指出，當「越戰」以美國的敗北，印度支那半島的統一於一九七○年初結束之後，台灣惡性發展的色情業也開始走下坡路了，就在「小寡婦」之類的酒吧行將萎縮之際，小說透過馬善行又去改營房地產那個「最熱門、最賺錢的生意」時說的一番話，不僅再次揭露了馬善行精明機詭和見風使舵的醜惡嘴臉，而且暗示台灣的色情行業已賺取到了大筆美國兵的錢，從而使台灣「現在的經濟起飛，工商業發達，都市繁榮起來了」，然而，這種「繁榮」卻是以出賣台灣婦女的色相與肉體換來的，是以毀壞民族尊嚴而換得的，有著恐怖的後遺症。酒吧女阿青的經歷就是一個最好的證明。阿青在其情人美軍黑人士官史密斯因吸毒被押解回國後，不僅擺脫妓女生涯的希望徹底破滅，而且不得不繼續用出賣皮肉掙來的血汗錢養活自己和混血兒小黑。許多酒吧女們在侵越戰爭結束後，成了被美國大兵遺棄的真正「小寡婦」；可是那些真正從這個「特種行業」獲利的酒吧老闆們，則在越戰結束之前就已找到了新的投資門路了。這種種人間不平，實在不能不令人低頭深思。顯然，小說無論是對民族崇高美德的張揚，還是呼喚民族精神與愛國感情的回歸及重振，都流露了一抹世風日下的無奈，展示了對民族意識與愛國感情日趨淡漠而產生的憂患情懷。雖然在一九七七年前後爆發的那場台灣著名的「鄉土文學論戰」中，黃春明沒有直接

寫文章加入「打筆戰」的行列，但不可諱言，當時論戰中提出的許多重大的政治性議題，黃春明早就以他的文學創作提出來了。特別是「鄉土文學論戰」的焦點之一：關於台灣是否屬於殖民經濟的問題？黃春明早在「論戰」之前與「論戰」期間，用他有意創作的一系列作品和藝術形象對這個問題做了形象解答，這一切的確充分顯示了他作為一個現實主義作家見微知著的洞察力和高瞻遠矚的眼光。

若從小說表現的「反戰」意圖這個視角來看的話，這篇小說顯然也有著特別的意義。雖然說「越戰」期間美軍將台灣當作「嫖妓」與「渡假」的「聖地」，不過小說所刻畫的進入「小寡婦」酒吧「買醉」或「買春」的美國大兵都沒有被隨便塑造成色慾薰心的登徒子，作者反而以同情的筆調將這些美國大兵遠離家園、飽經戰火摧殘的脆弱心靈表露無遺：「史密斯、史提夫、路易、湯姆、比利這五個美國大兵，對『小寡婦』酒吧裡的吧女投注的感情不同於一般聲色場所裡常見的露水姻緣。他們在酒吧裡將自己在戰場上的恐懼不安藉由情愛肉欲宣洩而出，待內心積蓄的壓力完全釋放之後，再重新投入純真的男女之情。」小說以文學方式批判了美國侵越戰爭。小說中不僅描寫了一個在越南人民戰爭中草木皆兵的拉鋸戰環境下一度狂亂、罹患精神性陽痿的美軍士兵路易，透過他受傷的心靈揭露美軍在越南對平民的強姦和濫殺；而且還透過少不更事的比利和湯姆的醉酒之後以殺人數目向酒吧女們炫耀的讕語，特別是酒醉的湯姆回想起了他在「舊金山頂預備營」執行警衛任務時開搶打死了「反戰」的好友荷西的往事，揭露了越戰戰場上美軍在荒謬的國家倫理教唆下，犯下的肆意屠殺越南平民的反人類的罪行，使美國侵越戰爭的非正義性和非人道性鮮明

凸顯出來了，激起人們對於這場的戰爭的反思，促使更多的人加入到「反戰」運動的行列中去。至於故事結束時，所描寫的被國家戰爭機器播弄，在戰場上失臂致殘、九死一生的美國大兵比利和酒吧女菲菲兩人最後因真愛而走到一起的場景，則體現出了作者對受盡侮辱與損害的弱勢群體的一種悲憫情懷。

第五節 〈我愛瑪莉〉

　　七○年代中後期，世界經濟迅速發展，商貿全球化的浪潮席捲了台灣，台灣隨之搭上了資本主義高速發展的列車，不少跨國公司相繼進入並占領了台灣市場，特別是美國和日本輸出的政治、經濟、文化影響日漸深廣地滲透和侵入台灣社會的每一隅。換言之，台灣正在日益深入地淪落為美、日等西方資本主義國家的「新殖民地」。當時整個台灣皆在快速的轉變之中，不僅鄉土日趨邊緣化，而且傳統亦日益沒落，全社會不由自主形成了一種貪婪、粗鄙、急功近利的資本主義「市儈文化」，特別是像台北這樣的工商業興盛的大城市中，傳統文化與道德的陣地更是不斷地迅速淪喪，人性與人心皆以令人驚訝的方式異化，當老闆的唯利是圖、無視道德，中上階層一心嚮往西方式的生活，作為社會良心的知識分子甘做洋奴、仰人鼻息，當時的台灣社會確實陷入了一種「全盤西化」的陷阱之中，崇洋媚外，特別是「崇美媚日」已成了一種社會通病，台灣一時間面臨著何去何從的嚴峻選擇。而黃春明的小說〈我愛瑪莉〉發表於《中國時報》「人間」副刊的時間是一九七七年九月，當時台灣著名的「鄉土文學論戰」正處於高潮時期。當時台灣的知識界和文化界的有識之士敏銳意識到了新殖民主義的弊端，大聲疾呼回歸鄉土，重建民族自信，從思想和精神上

反思和清算新殖民主義的經濟、文化侵略所造成的禍害。黃春明雖然沒有直接撰寫論爭文章投身於這場影響深遠、意義重大的「鄉土文學論戰」中去，但他卻並不是一個冷眼的旁觀者，而是以他擅長的文學的形式，用一系列小說狠狠地譏刺了新殖民地政治經濟關係中台灣買辦階級知識分子的荒謬與醜惡，揭露了台灣現實社會中潛伏的深重危機。這篇小說的主人公是一個買辦商人大衛‧陳，這是一個異常典型的「黃皮膚白面具」型的洋奴。小說以傳統與現代、本土與西方激烈衝突和撞碰的台灣現實社會為背景，以其犀利的筆觸、憤怒的激情，以及幽深的目光洞察了人物的靈魂，用簡練精妙的手法勾勒出人物的醜惡嘴臉，形象反映出特殊歷史條件下的人性畸變和人心裂變的危險。

　　小說一開篇就以「名正言順」為小標題，迅速將主人公大衛‧陳推到前台進行介紹。大衛‧陳原名陳順德，本是一個小地方的初級中學英語教員，來到台北後幸運地抓住了機遇，進入一家美國公司做事，一兩年後升任經理，後又抓住機會走進了洋機關，幾經鑽營，在人事資料上，他年年都有小幅度的升等。大衛嘗到了當洋奴的甜頭。他以西方生活方式為最高的價值取向，迅速將自己「美國化」，他打洋腔，擺洋譜，甚至甘於揚棄自己的名字，為了討洋老闆的歡心，他將自己的名字改為英文的「DAVID」，用中文念起來就是「大衛」的諧音，可是他的洋老闆衛門由於發音的原由，卻將他喚作了具有嘲諷意味的「大胃」。事實上，小說主人公的改姓名行為潛藏著更深的涵義。眾所周知，隨著六○年代以降到外國留學，或在台灣的外國機關、跨國公司工作的人越來越多，台灣菁英知識分子取洋名已是蔚為風潮，陳順德的改名為大衛‧陳，不過是一件

極為普遍的事，乃滄海一粟而已。但小說卻在主人公改姓名的問題上，做了一篇很詼諧辛辣的文章。主動把自己民族和家族的名字改為殖民者的名字，當然是與殖民者同化的象徵，但在漢語漢字環境中，「DAVID」被訛為「大衛」甚至「大胃」，卻帶有嘲諷意味。目前流行一時的「後殖民理論」就指出，被殖民者在「複製」殖民者的文化、語言時，往往摻入土著文化的「異質」，使殖民者文化走樣變質。然而「改姓名」確實使陳順德忘乎所以，喪失自己的認同。因為當被殖民者被迫用殖民者的語言、名字取代自己的身份、歷史、傳統和文化時，被殖民者終將喪失證明自己的獨立主體和歷史意識。當別人叫大衛‧陳的洋名和中文名字時，他有截然不同的反映，叫洋名時他笑臉相迎，以中文名「陳順德」招呼他時，竟會回不過神來，「通常地一聲是聽不見，第二聲的時候他會在心裡想一下；第三聲，他會因厭煩而焦急，但仍然裝著聽不見」，甚至謊稱一邊耳聾以掩飾其不滿；而且他還會神情不悅地說，同他一樣叫「陳順德」的人太多了，「好久就沒有人叫我陳順德，叫我大衛」。自從改用洋名字，陳順德「脫胎換骨」，「著實地扎根在」洋機關的「工作環境」中了。但他的這種徹底同化的行為並沒有使他獲得洋老闆真心的對待。洋主子只不過是覺得大衛‧陳這個標準的「買辦」好用，推行業務的能力高超，對公司在台灣的「洋務」推廣和拓展具有「多角性利用價值」，而且大衛‧陳對洋上司百依百順、逆來順受，極盡巴結討好之能事，有一種別人望塵莫及的「韌功夫」；然而即便是這樣，洋主子仍然對他充滿了鄙視，洋主子衛門夫婦私底下始終以豬、狗指稱已經改名為大衛‧陳的台灣人「陳順德」，並且絲毫不忌諱對他的嫌惡。儘管刻薄的洋主子將大衛‧陳當成

一頭「豬」或一條「狗」來看待，他卻恬不知恥地把這當作是同洋上司之間的一種「友誼」的體現。很顯然，在殖民者和力求同化的被殖民者之間，始終是存在著一條無法填平的鴻溝。小說雖然是以極端誇張的形式激烈抨擊大衛・陳極端崇洋媚外的醜惡行徑，但是卻在一定程度上反映了生活的真實。

　　小說作為對台灣經濟新殖民地問題進行剖析的另一個重要切入點，就集中在滋生於這上面的一個特殊階層——洋奴買辦因「文化認同」的錯位而導致的精神與道德的淪喪方面。正是這種滲透和積澱在血液與骨子裡的「崇洋情結」，使大衛・陳奴顏媚骨地成為了一種被魯迅所痛斥的「可惡奴才」——「遇見比他更凶的凶獸時便現羊樣，遇見比他更弱的羊時便現凶獸樣。」[13] 為了從洋主子那裡獲得更多的殘羹冷炙，多啃到幾根主子丟棄的「肉骨頭」，因此他的奴性便集中在對於洋主子的種種媚態上。因為大衛・陳從自身經歷中深深體會到：只有當好了洋主子的奴才，才能成為自己同胞的「主子」，所以他除了名字洋化外，還摸熟了一套取悅洋上司的手段。列寧曾這樣說過：「意識到自己的奴隸地位而與之作鬥爭的奴隸，是革命家。不意識到自己的奴隸地位而過著默默無言、渾渾噩噩的奴隸生活的奴隸，是十足的奴隸。津津樂道地讚美美妙的奴隸生活並對樂善好施的好心的主人感激不盡的奴隸是奴才，是無恥之徒。」[14] 而大衛・陳的確就是列寧所說的「無恥之徒」！而這種無恥的奴性使大衛・陳迅速成為洋老闆最喜歡「用」的人，他的薪水和職務也迅速看漲，生活水平一年上一個新台階，擁有了一定的社會地位、洋房和汽車，逐步地實現著他所嚮往的美國生活方式的夢。就在大衛・陳雄心高漲、躊躇滿志之時，一向「賞識」他的洋老闆衛門與露西夫婦卻要卸任離開

台灣返回美國了，大衛・陳免不了表現出戀戀不捨之情，他不僅挖空心思地給露西送了一對手鐲和兩件訂做的旗袍，而且還外加一幅價值四千元的「白石翁的殘荷臨摹」古畫，以此為誘餌向衛門夫婦邀寵；而且還處心積慮、死乞白賴地纏著洋老闆衛門夫婦，懇求他們將其豢養的一隻價值不過六百元的雜種洋狗──「瑪莉」留給他，大衛・陳甚至不惜花費二千元台幣巨款為「瑪莉」修建了一座新狗舍。衛門夫婦本來就無意多花數百美元買機票把狗帶回國，因而也就答應了大衛・陳的要求。衛門太太臨行前曾特別囑咐他：「狗，跟人一樣，你愛它，它就愛你」，「瑪莉最近發情，你可不能讓它隨便跟土狗交配，一定要找一頭有血統證明的狗才可以。」大衛・陳將洋主子的這段臨別贈言奉為圭臬，始終遵行不悖，而這段話亦為故事後續的發展埋下了一個伏筆。大衛・陳終於將「瑪莉」過戶到自家門下，除了借此達到光耀門庭、抬高身價的目的之外，其實他領養「瑪莉」還有更深一層的考慮，這是他所進行的一項長期的「感情投資」，「瑪莉」是他未雨綢繆預先留下的一著暗棋，一方面可以繼續和洋老闆保持聯繫，另一方面則出於醉心於美國式生活方式的願望。他更期待的是，一旦有一天洋老闆再次回來時，會因其「忠狗」的行徑而大大褒賞他，從而實現他心裡早就制定好了的「在這外國機構爬升的事業」。他曾向妻子玉雲透露其心機：「你以為我喜歡養狗嗎？我只想養衛門家的狗」，「衛門雖然回美國，但是還是跟我們有關係，並且他可能還有回到台北的機會。」換句話說，因為「瑪莉」是洋主子的象徵，伺候它就等同於服侍洋主子，而一旦洋主子再度調回台灣後，「瑪莉」就將成為他同洋主子之間的一種粘合劑，可以繼續鞏固兩者之間的主僕關係；顯然，大衛・陳的前

程跟這條名喚「瑪莉」的狗確實結下了不解之緣，故而他才會
把領養「瑪莉」視爲至高無上的幸事。很顯然，大衛・陳是把
這條狗看成自己日後在洋機關賣力爬升、炫耀身份地位與事業
前途的希望所在，因此他會認爲「瑪莉」神聖不可侵犯，愛
「瑪莉」遠勝過愛自己的妻兒。大衛・陳爲了討好洋主子，求
人不得而求其狗的行徑，呈現出來的已不僅僅是無奈的卑微，
而是可厭的卑屈了。當大衛・陳如獲至寶般將「瑪莉」用車載
回家時，此時的他，眞是得意非凡，躊躇滿志，「很清楚的自
覺得，他的生活又往上跳升了一格，越來越像美國式的生活
了。」具體來說，就是他的生活更加美國化了：他夢想著儘快
在台北的「天母」外僑住宅區擁有自己的房子，並像在台北的
洋人那樣帶著狗開著歐洲轎車，讓洋狗「瑪莉」向車窗外伸出
半個腦袋，招搖過市。這無形中表明進入美國公司工作四年以
來，他已經經歷了一次脫胎換骨的改造。這顯然深刻說明了一
個問題——那就是在殖民地體制下，被殖民者，特別是那些受
到殖民者片面的現代性所蠱惑的殖民地菁英，亟思同化於殖民
者來改變自己卑下的處境。若用「後殖民理論」大師弗・法農
的話說，就是要在自己黑色的臉上戴上殖民主子白色的面具。
他們全心全意學習和模仿殖民者，並且在模仿的過程中，急切
地否定、拒絕、唾棄自己的種姓、文化和傳統，還用背棄和否
定自己的方式來全心傾慕、諂媚和崇拜殖民者，從而否定眞實
的自我。這些試圖以改換姓名、改變頭髮和皮膚顏色，以及改
變生活習慣等同化手段來改變自身命運的「被殖民菁英階
級」，在價值觀、思維方式、生活方式、知識系統和意識形態
認同方面，是完全唯西方殖民者馬首是瞻的，他們完全以殖民
者的是非、善惡、美醜標準作爲自己判斷是非、善惡與美醜的

標準；與此同時，他們甚至於會將自己的民族、家族，乃至同自己民族相關的一切歷史、傳統、文化都當成落後、醜陋和羞恥的東西，從而產生憎惡感，覺得無法忍受。歸根結底，這群所謂的「被殖民菁英階級」是竭盡全力來離棄和憎惡自己的祖先與同胞的，希望以此受到殖民者的青睞，並被殖民者所完全接納。歷史地看來，這樣的「被殖民菁英階級」幾乎從沒有成功過。他們那種焦慮、諂媚奉承、奴顏卑膝以乞求同化的心態與行為，不僅沒有被殖民者所接納，反而遭到殖民者更深的鄙視、不齒、厭煩與排斥。反過來說，被殖民者以背棄自己的同胞與歷史文化，嚮往同化於殖民者的奴性行為，既沒有從殖民者那獲得等值的回報，又為自己的同胞所不齒，自己的同胞也以敬而遠之來回應他們，最後那扇「同化之門」仍舊是被殖民者冷峻、倨傲地緊緊關閉著，而這樣的殖民地菁英因而也就陷於眾叛親離的孤獨、尷尬境地。[15] 舊殖民地菁英如此，改變策略後的新殖民地諸關係下的菁英資產階級又何嘗不是如此呢？〈我愛瑪莉〉這篇小說就以生動的形象說明了台灣新買辦階級的處境。

隨著故事情節的發展，小說一層層深入揭示出這種主子與奴僕之間畸形關係的實質。「瑪莉」到大衛・陳家之後，大衛・陳立刻將它視為新的主子，極盡奴性地寵愛和伺候著這隻狗，甚至視自己的妻小比不上這隻雜種狗，任憑該狗攪擾家人，讓妻兒全都受盡了「狗罪」。由於大衛・陳內心深處的極度「崇洋」，這使得大衛・陳在對待「瑪莉」和家人時，採取了大相逕庭的態度，但大衛・陳始終未對此進行理性的反思。他只是直覺地感到「瑪莉」在他心目中的地位高過家中的一切，小說中有一段描述很貼切地揭示了這一點：「他認為糟蹋

瑪莉，在他社會性的本能上，覺得是在糟蹋他的前途，甚至於過去一切辛勞。」由此可見，在大衛・陳、洋上司、妻兒，以及「瑪莉」之間縈繞著幾重特殊的「人—狗」關係。具體而言，洋上司的寵物中，不僅有一條雜種「大狼狗」——「瑪莉」，實際上洋上司還有另一條寵物「哈巴狗」——大衛・陳；而大衛・陳對待妻子、兒子的關係來說，他無異於是家裡的「大狼狗」；當他奴顏媚骨地甘爲洋上司「哈巴狗」的同時，反過來又要求自己的妻兒當他的「哈巴狗」。當洋上司回國以後，「瑪莉」就成了他的新主子，大衛・陳則再次蛻變爲「瑪莉」的「哈巴狗」，顯然，當慣了奴才的大衛・陳不可一日無主子，而且已片刻離不開主子了。而大衛・陳的妻子在他的強迫和壓制下，只能無奈地伺候「瑪莉」這個大衛・陳的新主子。換言之，大衛・陳不僅在洋上司面前把自己降低到了狗的地位，而且爲了個人私欲，還要將自己的妻子降到比狗還低下的地步。這恰如魯迅所指出的那樣：「有權時無所不爲，失勢時則奴性十足」，「做主子時以一切別人爲奴才，則有了主子，一定以奴才自命。」[16] 小說通過大衛・陳對洋上司，以及作爲洋上司象徵的狼狗「瑪莉」，同自己的妻兒之間判然有別的態度，不僅尖銳諷刺了小說主人公的奴性，而且對這種妻不如狗，人狗易位的畸型關係進行了深入挖掘。這種「將狗擬人化」和「將人擬狗化」的隱喩性藝術描寫，的確生動勾勒出了一幅「人狗顛倒」的處於異化狀態的人際關係和社會關係。

　　雖然衛門夫婦和大衛・陳之間的「主奴」關係因洋主子的回國而暫時結束，但作爲奴才，那是一刻也不可少了主子的，因此大衛・陳迅速與象徵洋主子恩德與權威的雜種狗「瑪莉」建立了新的「主奴」關係。這使「瑪莉」一進大衛・陳的家

門，立刻就成了家中的「太上皇」。這條大狼狗不僅給大衛‧陳的家人帶來無盡驚嚇與恐懼，而且還將家裡的陳設毀壞殆盡。第一天，「瑪莉」就把大衛‧陳像命一樣寶貴的三十多盆宮蘭和報歲蘭全部打翻在地，還摔破了十多盆，這些珍貴的蘭花，平時孩子不小心弄壞了一點，都難逃挨打的懲罰，但「瑪莉」摧毀、弄碎了幾乎所有的蘭花，大衛‧陳卻並不怪「瑪莉」，反而嫁禍於妻子，說是妻子照料不周造成的。這可是苦了一向怕狗的妻子玉雲，玉雲爲了防備「瑪莉」的破壞，不得不把蘭花全都用鐵線懸吊起來，曬衣服時只好被迫踩在凳子上爬高，而且，玉雲爲了更好地伺候洋狗「瑪莉」，不懂英語的她卻認認眞眞地抓緊一切時間背誦大衛‧陳所列出的英文，大衛‧陳的家人就暫時這樣戰戰兢兢地度著日子。可是幾天後不幸的事再次發生了，玉雲打掃天井時，一不小心鬆了「瑪莉」的綁，「瑪莉」頓時野性大發，在屋子裡蹦蹦跳跳、橫衝直撞，經它房前房後一個多小時的撲騰之後，原本漂亮整齊的家宛如遭受了一次私人迷你型颱風的蹂躪：落地燈、燈罩、玻璃花瓶、繡花坐墊、紗窗，不是被打碎，就是被抓破；就連大衛‧陳心愛的地毯上也撒滿了爐灰，整座宅院被擾得一片慌亂，驚慌失措的玉雲則一邊打掃房子，一邊口裡亂嚷亂叫地追著「瑪莉」跑。然而，大衛‧陳回家後，面對家中一塌糊塗的慘狀，並未因此而生「瑪莉」的氣，反而因擔心「瑪莉」受驚而殷勤地對它進行撫慰：

　　大胃一邊安撫著瑪莉，一邊指揮著玉雲，要她把花這樣那樣地說了一大堆，要是他看到玉雲做得不合他意，他就罵她笨。原來被侍候的舒舒服服地趴在地上的瑪莉，它一聽到大胃

講的不是英文，聲調又是那麼不友善時，它趕緊站起來，不安的露出野樣子，大胃馬上改用英文和語調，連忙說：「No！No！No！not you，not you……」說著一隻手抓牢鏈子，一隻手正相反，輕輕的拍瑪莉，有時順瑪莉的毛勢，從頭到身體，一下一下撫慰，狗一舒服，又放鬆的趴在地上。玉雲一邊整理地上，一邊勾著眼睛，一直注意狗的動靜。而她的一舉一動也在大胃極易怒的注視之下，注意她是否弄壞了花身。

值得注意的是，同殷勤撫慰肇事者「瑪莉」形成鮮明對比的是，大衛・陳對待這場家庭大浩劫的最主要受害者妻子玉雲的態度卻著實讓人感到瞠目結舌，他不僅沒有同情、安慰妻子，反而是冷眼橫眉，拿忙了一整天的妻子玉雲發洩怒火：

「你笨蛋！你這沒用的東西……」
「要是你聽我話不養狗，就沒有這些事情！」
「廢話！你笨蛋你還有什麼話說？」
「啊——我知道了，凡是動到你的蘭花，你的地毯，你的汽車，現在又加上你的狗就有事情了。」她越說越洩氣。
「給我閉上你的狗嘴！」
「嘿嘿，」玉雲完全沒脾氣了，毫無表情地做個笑聲，淡淡地說：「我有一張狗嘴就好了，恐怕連狗都不如——。」

兩廂比較起來，大衛・陳對於洋狗「瑪莉」和自己妻子迥然相異的態度，可以看出在他心目中真是「人不如狗」啊！推而言之，這不也正是所有洋奴對洋主子和對自己同胞態度的生動寫照麼？作者所呈現的洋狗「瑪莉」飛揚跋扈的情形，使小

說對新殖民主義的批判顯得更爲生動。「瑪莉」作爲在洋老闆衛門家英語環境中養大的狗，它只能在英語語音下做出反應，是一條只能依照殖民者語言反應的狗。由於殖民與被殖民兩者之間在客觀上形成的主奴關係，致使被殖民者亦無法役使殖民者所豢養的畜生。因此當「瑪莉」情緒不穩時，大衛·陳必須使用英語輕聲細語地撫慰它，才能使它安靜下來。作爲養家的人，大衛·陳君臨自己的妻小，妻子玉雲因必須仰賴其維生，因而對大衛·陳尤爲馴順畏懼，對於大衛·陳無理的叱責不敢反抗，只能「完全沒脾氣了，毫無表情地做個笑聲，淡淡地」將一切委屈和辛酸強嚥下去。由於洋狗「瑪莉」乃大衛·陳力求同化於殖民者的手段與進階的工具。大衛·陳愈是積極於同化的目標，就愈是會以「瑪莉」的情緒、好惡、舒適與否爲家庭的中心，自然也愈是會將妻兒的價值和地位視若無物。顯然，不是洋狗「瑪莉」統治著包括大衛·陳在內的一家人，而是殖民者的價值、生活方式和殖民者片面的「現代性」通過一條狗役使和宰制著大衛·陳一家人。顯然，在殖民地關係中，被殖民者已被剝奪了使用自己語言的權利，而殖民者語言和文化的強權統治又使被殖民者噤聲失語，並無從形成對自己的表述定位。不懂英語的玉雲，因將「瑪莉」叫成「美麗」，就常常遭到大衛·陳的嘲笑。換言之，作爲最底層的被殖民者中的一員，玉雲因爲不諳殖民者的語言，且不說在洋人面前，即便是在她那個買辦洋奴丈夫面前，甚至是在一條只對英語有反應的洋狗面前，也是處於噤聲失語的難堪境地的，她在非中文的語境中只能處於無法表述自己、界定自己的弱勢地位。顯然，正是殖民地的畸形關係使人變成奴隸，使人不如狗，使人同畜生的價值被完全顛倒了。

　　隨著對大衛・陳崇洋媚外奴性人格的進一步展示，小說在情節的設計方面益發生動。由於大衛・陳始終將洋主子衛門太太的臨別囑咐牢牢銘記於心頭，因此大衛・陳心中最擔憂的事就是害怕發生「瑪莉」和當地土狗交配的事，害怕因此而「玷污」了「瑪莉」「高貴」的洋血統。但越擔心的事就越是發生了。這條外國母狗來到大衛・陳家後，本地的土狗們個個都饞涎欲滴，經常一群群地伸長脖子圍在大衛・陳家的門口不肯離去，和大衛・陳玩起了「敵進我退」的游擊戰，大衛・陳哄趕一下，它們就後退一步；大衛・陳再哄趕一下，它們就再後退一步，然後便撐起前腿虎視眈眈地企圖伺機作案。這使大衛・陳家時刻處於這群當地發情野狗的重重包圍和嚴重威脅之下。大衛・陳一再告誡妻子玉雲，千萬要保護好「瑪莉」，無論如何不能讓那群土狗得手。遺憾的是，這條被大衛・陳視如珍寶的洋狗卻一點也不爭氣，偏偏就是喜歡當地的土狗。一天早上，玉雲按慣例出門溜狗，未曾想到帶著「瑪莉」才剛出門口，幾隻當地公狗就跑過來了，衝著母狗「瑪莉」發起情來。玉雲不禁心裡一慌，套著「瑪莉」皮帶環的手腕被刮破了皮。此時，一隻當地公狗已騎到「瑪莉」身上，玉雲想拿磚頭砸那隻公狗，未料連「瑪莉」亦被嚇得向前用力跳開，令玉雲手中拴它的皮帶環一下子被勒緊了，再次往玉雲手上的傷口上重重一刮，使玉雲疼得不得不把牽「瑪莉」的手鬆開，「瑪莉」於是拖著鏈子跑開了，這樣一來，玉雲被嚇壞了，她忘了手上的劇烈疼痛，拼命追趕「瑪莉」，口裡還不停地呼叫著：「美麗──美麗──」。就這樣，「她跌倒，膝蓋破了，血一直流濕了雙襪……。這樣帶傷失魂落魄地追了三四條街道，最後還是一個年輕人幫她把狗牽回家去的。」可是大衛・陳回家後，面

對傷痕累累、皮開肉綻的妻子，沒有絲毫同情與安慰，反而怪她笨，不懂英文，把「瑪莉」叫成「美麗」，才遭致了這一場災禍。經過了這次「當地野狗突襲瑪莉」的事件，他們取消了溜狗。但好景不長，平靜的日子總是短暫的，更大的「災禍」還是發生了：一天下午，玉雲外出去買牛肉，一時疏忽，門沒關牢，而「瑪莉」卻發情了，按捺不住地掙脫鏈子奪門而出。玉雲回來時，發現「瑪莉」私自跑出家後，竟然饑不擇食地在家門口和一隻比它小很多的、很不像樣的土狗交配上了。面對這一突發情況，玉雲如惹滔天大禍，嚎啕大哭起來，趕緊打電話叫大衛・陳回家。大衛・陳飛快往家趕，在門前下車時，恰好目睹了「瑪莉」正得意地與當地土狗交配的場面，當場氣得大衛・陳不可名狀，小說寫道：「今天瑪莉的桃色事件，在直覺上，一隻不是普通的狗，竟然給土狗姦了的事，令他錯綜複雜地懊惱而氣憤起來。還有，這件事在瑪莉的肚皮裡，可能發生的結果，更叫他坐立不安。」這原本不過是一件再正常不過的畜生交配的小事，大衛・陳卻將之定位為「桃色事件」，好像自己被戴上了「綠帽子」似得怒不可遏，真讓人感到忍俊不禁。然而，在小說設定的那個具體語境中，大衛・陳如此荒唐、可笑的想法和行徑卻使得一個典型洋奴的醜態躍然紙上，這真是奴在身者，其人可憐；奴在心者，其人可鄙啊！此時惱羞成怒的大衛・陳幾乎已經陷入了瘋狂的狀態，他不僅自怨自艾，而且不問青紅皂白地將怒氣轉嫁到妻子玉雲身上，像對待不共戴天的仇人似的劈頭蓋臉地對妻子大打出手，他憤怒地把妻「拉上來，左一掌、右一掌的摑」，面對妻子「『對不起，對不起……』她捂著臉，像小孩子向大人求饒，不停的說對不起」的求饒慘象，竟激不起他一絲憐憫與不忍，甚至還惡毒地

咒罵妻子：「你死好了，你死好了」；「你這個自私的女人，你怕狗，你討厭狗，你就存心破壞我」，毫無理智地一味責怪妻子未將「瑪莉」保護好，破壞了其「事業」與「前途」。這個「連打帶罵」的細節，赤裸裸地剝開崇洋媚外者的可恥嘴臉。雖說是可忍，孰不可忍？但大衛・陳如此肆無忌憚發洩的洋奴淫威終於也惹惱了一向逆來順受的妻子。以致一向畏縮的玉雲突然挺身站起來抗議：「我再也不願受你的洋罪了」，「你想打就打吧」，「我倒是要感謝你……你竟還忍心打我，這才把我打醒了。」逼得玉雲不得不發出憤怒的質問：

　　「過去的我們不談，現在我問你，」她停了一停，「你愛我？還是愛狗？」
　　「愛狗！」大胃瘋了似的叫起來……

　　當這個無恥之徒竟然瘋狂般地叫喊出「愛狗！」時，大衛・陳的洋奴醜態已發展到了登峰造極的地步。而這也是小說〈我愛瑪莉〉取名的由來。小說在對人物的嘲弄中埋伏著深沉的痛楚，在讓人捧腹的笑聲裡隱含著悲傷的淚水，行雲流水的情節中卻翻騰著污泥和濁水，其諷刺效果也達到了極至。顯然，從藝術上來看，小說所運用的這種刻畫人物的諷刺技巧是相當辛辣而深刻的。諷刺不僅是一種手段，而且是一種實質。小說把批判的主旨和運用諷刺的藝術手法融會貫通於一體，使諷刺藝術不再顯得是輕佻、滑稽，或可笑，而是呈現出厚重、深沉的悲劇樣貌，使人欲哭無淚，悲喜交加，並莊嚴地賦予這種諷刺以肅穆感，可謂達到了魯迅所說的「將無價值的撕破給人看，將有價值的毀滅給人看」的藝術高度。小說並未採用滑

309

稽的漫畫手法來勾勒大衛‧陳這個完全喪失民族氣節的洋奴形象，而是採取嚴肅的諷刺，其目的就是為了不使批判「崇洋媚外」這一莊嚴的題材被污染，不使「新殖民主義」的危害這發人深思的問題被人們在一剎那的哄笑聲中散掉。因此，人們可以體味到，當大衛‧陳之妻玉雲質問他「你愛我？還是愛狗？」而他回答：「愛狗」時，人們被激發的就不是輕鬆戲謔的笑聲，而是一種鑽心的憤怒和沉痛了。很顯然，小說表面上巧妙採用了喜劇情節連環套的結構，實際上卻隱現了一則人異化為狗的悲劇故事。小說真正想要批判的，並非只是大衛‧陳之流的台灣洋奴，而是以美國為核心的巨大跨國資本體系對第三世界國家與地區在經濟上與文化上的「重新殖民」。為了一條洋主子曾經養過的雜種狼狗，大衛‧陳竟連自己的妻兒子都可以不要。一個人的價值居然要靠狗來證明，這實在不能不說是一個天大的諷刺，然而他卻絲毫不以為恥，反以為榮；顯然，這種做慣了奴才的傢伙已做不了真正的人了，或者說已根本不配做人了。因此，洋奴大衛‧陳也就無可爭辯地成為了「崇洋媚外」形象中最精彩的典範之一。而這有著深刻的寓意：在台灣幾十年依賴美援和外國資本的經濟生活中，崇洋媚外已經成為社會經濟系統內的一種素質。現今的崇洋媚外已不同於往日的形態，而是藉著社會潮流，那麼深入地鍥入某些人的靈魂深處了，甚至連無意識的日常生活中也無法避免崇洋媚外之風的侵入。換言之，倘若說象徵新殖民主義的外國資本家和跨國公司對台灣社會的危害，還只是一種外來風雨的污染與鏽蝕的話；那麼仰仗或寄生於新殖民主義軀殼上的洋奴，則像蛀蟲一樣從內部腐蝕著台灣社會，其嚴重危害性確實不可被輕率低估。

　　小說結尾的情節，亦有著特殊的意涵。當大衛・陳最後於「愛妻，還是愛狗」的問題上選擇了「愛狗」之後，終於迫使其妻帶著兒子離家出走去了孩子的大舅舅家。此時的大衛・陳尚不知反省，反而決意不惜一切代價為「瑪莉」打胎，以免「瑪莉」的「純正」血統遭到破壞。他帶著「瑪莉」去找「仁愛獸醫」，要求為「瑪莉」打胎。獸醫明明知道「這是一條一文不值的俗狗」，但在利益的驅使之下，為了索取高價，仍然將「瑪莉」當成名貴的狗種來治療，卻在施藥時因藥劑師錯將「動情荷爾蒙」誤為「子宮收縮劑」，使「瑪莉」痛苦地掙扎起來，下部流血，不停發顫……而大衛・陳則耐心地蹲在它身旁，撫摸它。就在大衛・陳一個人孤獨地廝守著奄奄一息的「瑪莉」身邊時，他依稀又聽見玉雲說：「你愛我？還是愛狗？」小說終於畫上了休止符。當人們看到，大衛・陳的妻小竟因為一條狗而離開他時，那幕冷漠的場景真是叫人哭笑不得，小說其實又一次告訴人們，這一悲劇的發生並非偶然現象，而是有著深刻的必然性。這一悲劇向人們暗示：大衛・陳企圖過上「全盤西化」的生活，妄想完全同化於殖民者的最終結局，就是落得個妻離子散，家庭解體，與他的初衷完全背道而馳。這就是洋奴的下場，可恥卻又可悲！小說生動揭示了「西化」思想侵入台灣後貽害無窮的事實，通過挖掘洋奴大衛・陳如此扭曲與背離道德性格的形成，觸及到其靈魂深處，譴責與批判了崇洋媚外的腐敗世風。在外資大量湧入的台灣社會轉型期，出現這種為金錢而不惜出賣靈魂的人物並非偶然，人們亦毋須予以回避。因為正是殖民地關係使人變成奴隸，使人和畜生的價值被荒謬地顛倒了。當大衛・陳揚言愛狗甚於愛妻時，小說的確把問題的矛盾推向了頂點。崇拜洋人連及其

狗，連最起碼的人性與人情都蕩然全無，更別提民族情感與民族自尊了。可見作者對大衛‧陳這一形象的刻畫，顯然有著雙重的意義：一方面，通過這一洋奴形象，既批判了數典忘祖的大衛‧陳之類的洋奴的嘴臉，又詛咒了衛門之類「新殖民者」輕侮中國人的惡行，還批判了瀰漫於台灣社會中崇洋媚外的醜陋文化；另一方面，小說透過譴責大衛‧陳這一洋奴形象，還蘊含了對回歸民族精神，重塑民族尊嚴的深情呼喚和對提高國人素質以及優化「國民性」的強烈祈盼。而小說的時代意義也就由此得到最大限度的開掘和發揮。

　　若依據性別理論來對這篇小說進行解讀的話，大衛‧陳這一洋奴形象則還包含了另一層特殊的意義，恰如學者邱貴芬所指出的那樣：「許多台灣女作家筆下的男人都是軟弱不堪，失去傳統上男人主控的權力，形同被閹割去勢」，[17] 其中一大原因是：「台灣歷經幾次殖民時期政治丕變的慘痛經驗，台灣男人失蹤的失蹤，留下來的則學習在噤若寒蟬的情況下求命保身。台灣的婦女面對的是傳統男性權威的崩潰，她們見到的是她們的男人被有形無形地『閹割』。」[18] 相對於大衛‧陳形象的委瑣與鄙陋，玉雲則是一個備受摧殘與羞辱的形象，她的不幸與矛盾均源於她依附於洋奴丈夫生存而失去了獨立性，因此在家庭中淪為了大衛‧陳的奴隸。在經歷了重重風波的折磨後，一向對丈夫委曲求全、逆來順受的玉雲，在大衛‧陳的拳頭巴掌之下被打醒了，終於毫無眷戀地帶著孩子離家出走。玉雲最後走上了反叛的道路，這是她女性意識的覺醒，更是民族意識的覺醒，她反抗的不止是夫權，更是那種媚外崇洋的奴性思想。她的反抗雖然顯得無力和軟弱，但畢竟有著積極的意義。事實上，玉雲無論是在社會上，還是在家庭中，她都是一

個弱者，她最後邁出的反叛腳步其實是相當艱難的。小說中對玉雲的內心委屈和心理突變有很細緻的描繪，還採用了「意識流」的寫法將現實與夢幻、回憶穿插在一起描寫。玉雲看到大衛‧陳從中學英文教員而成為洋買辦，幾年鑽營下來，每年都有小幅度的升等，於是一家「吃住穿」的問題，早就擺脫了實用的需要，進入了講究與享受的階段。因此，玉雲雖然時常遭受大衛‧陳日漸滋長的專橫傲氣所帶來的精神上的痛苦，但在她生活的小圈子中卻有些光彩的面子，這也正是大衛‧陳事業上的「成功」所給予的。每次遇到親戚、朋友和同學時，幾乎每個人都以她丈夫在洋機關的成就來讚美其婚姻，甚至於因為他們的出國機會而羨慕她。每當此時，玉雲對自己在家庭中遭受痛苦的承受能力也就相應地增大了，也就更無法弄清楚造成她痛苦的根源所在。只要她從親戚或朋友那兒得到一點點語言上的安慰，她對大衛‧陳的容忍性也就隨之進一步增大。玉雲就在這樣的患得患失中，陷入了經濟上得益而精神上受折磨的兩難處境中。玉雲的處境或許也可以被視為西方經濟新殖民地條件下台灣人民處境的一種象徵。然而，在大衛‧陳和玉雲這對夫妻相處的模式中，卻讓人看到了深深的不平等，作為婚姻一方的妻子玉雲毫無尊嚴可言，甚至被徹底矮化到連狗都不如的境地，家庭財富的增加，生活水平的提高，並沒因此帶來更多的快樂，這不能不說是一樁最為悲慘的婚姻。在大衛‧陳的淫威下，玉雲雖本能地認識到不能引「狼」（瑪莉）入室，本能地為自己的地位不如一隻狼狗而氣憤，但卻因對於自身的處境、面臨的危機，以及生存的使命等毫無丁點理性的認識，因此很容易就屈服了。小說由此暗示：對大衛‧陳之流的洋奴，絕不能毫無原則地遷就或退讓，否則就會像精心服侍丈夫而到

頭來卻連一條狗都不如的玉雲那樣被主子棄如敝屣。

　　通過上面的分析，人們確實看到了黃春明處理「新殖民主義」問題的高超方式，他在七○年代即敏銳地觀察到西方強勢文化滲透與台灣主體文化滲漏所共同衍生的文化認同危機。黃春明透過他的創作，一方面把握了社會脈動，挖掘出社會問題，尋求著解決問題之道，另一方面也尋找著作為一個知識分子在社會批判方面的支點。這個因一條洋狗而弄得大衛・陳一家妻離子散的極具諷刺意味的故事，痛快淋漓地鞭撻了台灣工商社會流行的崇洋媚外之風與奴顏媚骨之態，其批判鋒芒直指家庭解體、社會解體之危機，的確令人震撼與深思，由此可見，作者對於「新殖民主義」危害的深重憂慮與警惕。誠然，二戰以後，西方資本主義的入侵方式是以經濟、技術援助的方式進行的，然而社會的進步與經濟的發展，畢竟還是需要引進西方的資本和技術，「小國寡民」的閉關意識是行不通的，因此需要解決的問題就是如何防備與阻止伴隨著西方資本主義「現代性」進入後同時出現的負面效應。對於台灣社會而言，它的「新殖民地」性質乃是海峽兩岸長期隔絕的局勢和國際「冷戰」格局相互交織下的特殊時代產物，這種「新殖民主義」由於在客觀上給台灣帶來了一定程度的經濟繁榮，給某些人帶來了生活水平的巨大提高，因此無形中也使得如何對待與處理「新殖民主義」的問題變得更加複雜起來了。換言之，在接受西方資本和技術發展民族經濟的同時，如何保持民族尊嚴，如何克服孳生的崇洋媚外思想，不僅是台灣人民需要嚴肅直面的，也是全中國，乃至整個第三世界人民必須直面的重大問題之一。這應該也是小說〈我愛瑪莉〉最重要的思想意義之一。

　　此外，毋庸諱言的是，這篇小說發表後不久，一度也引來

了某些「我不愛瑪莉」的評論：「無論如何，文學還是含蓄的，老子有一句話『道可道，非常道。』似乎可以用來借喻文學中未可盡知的那份領域。黃春明毫不含蓄地說了他的『愛』和『不愛』，固然也是黃春明式的勇敢和坦誠，但『玄機』盡失，我不也可以說『不愛』嗎？」〔19〕甚至還有人認為這篇小說是：「辭氣浮露，筆無藏鋒，甚且過甚其辭」，其性質已接近於「譴責小說」等。這樣的批評誠然並非全無道理，不過我們卻也不得不承認作者這種稍嫌露骨的批判取得了成功的戲劇效果，而小說社會警示意義的巨大更是遑論多言！

除了上面各節所介紹的黃春明在這一階段創作的主要小說篇目之外，黃春明以其開放的現實主義理論為指導，還創作了另一些值得注意的作品——〈小琪的那一頂帽子〉和〈鮮紅蝦——「下消樂仔」這個掌故〉。這兩篇小說仍然延續了黃春明前一時期關懷「小人物」的情懷。〈小琪的那一頂帽子〉通過兩個推銷日本武田快鍋的台灣小職員的遭遇，揭露了日本對台灣「經援」的美麗謊言，就像那聲稱性能優質的快鍋的爆炸一樣，最後將給台灣民眾帶來無法想像的可怕後果。小說以兩個懸念構成：一是美麗嬌羞的少女小琪老是戴著齊眉帽子底下的秘密；一是主人公推銷的日本武田快鍋優質性能的真偽。故事有頭有尾，情節跌宕起伏，結局出人意料，令人感到異常失望和悲哀。小說最後以象徵日本「經援」的武田快鍋的突然爆炸，揭破了日本經濟殖民台灣的真相。小說開始時，主人公王武雄和林再發一出場就帶有很深的暗示意味。為了實現過上好日子的夢想，王武雄和林再發當上了「武田瓦斯快鍋」的推銷員，他們接受這份工作時，公司的董事長和總經理站在公司門口，一邊皮笑肉不笑地同屬下員工一一握手，一邊又說：「從

此公司就看你了」，接著便教訓員工，握手要「輕重適度」，
以免讓對方感到「失去信心」和「誠意」。這虛僞的一幕，既
象徵了日本對台灣「經援」的虛僞，更暗喻了結局的殘酷。王
武雄和林再發接受了這份到臨海小鎮推銷一百個快鍋的工作之
後，面對快鍋在小鎮無人問津的窘境，兩人感到十分煩惱。雖
然他們兢兢業業地努力推銷著快鍋，但依舊是業績不彰，兩個
星期都沒賣掉一個，王武雄爲此萌生了去意。而林再發爲了生
計，始終眞誠努力地對待著這份工作，他對王武雄說：「工作
不只是向公司交代，同時也向我們自己交代。你才二十出頭的
少年家，你可以這樣想。我三十多了，我可不能跟你一樣的想
法啊。」林再發甚至在快鍋爆炸、受難的當天，敬業的他臨出
門前還信心十足說「看今天了」，充滿希望的他，得到的竟是
生命垂危的回報。爲了完成推銷任務，林再發親自進行現場表
演，想以快鍋功能的「優越」來吸引顧客，卻不料第一次試
驗，就引起了爆炸。當場炸死了三個人，多人輕重傷，林再發
的脖子也被快鍋的一塊碎片砸了進去，送入醫院後已是奄奄一
息。可是禍不單行，就在林再發生命垂危的關頭，郵差卻捎來
了他太太美麗的信。信中說她跌了一跤，恐怕會早產，要林再
發立刻回家。此時的王武雄又意外地發現美麗小琪帽子底下的
眞相，竟是不堪目睹的醜陋頭蓋骨。至此，小說的寓意完全呈
現了出來：美麗的小琪的帽子下掩蓋的原來是覆滿了怕人疤痕
的頭蓋骨，少女的美艷頓然全失；林再發當衆表演快鍋的優質
性能時，回報的卻是一聲奪人性命的劇烈爆炸。小說以對比象
徵的手法，將少女的美艷與日本快鍋所宣傳的優質性能對比，
將帽子下醜陋的頭蓋骨與快鍋爆炸造成的死傷慘景對比，將兩
者之間醜陋的眞相揭示出來，進一步形象地印證了日本「經

援」的虛假性和橫暴性。日本武田快鍋的爆炸聲，既造成了林再發及其家人的悲劇，同時說明了日本公司老闆所宣傳的所謂的「先進」與「優質」的快鍋性能，全是一場賺人錢財的騙人把戲。這個林再發想以之維持生活，並改善待遇的「日本武田快鍋」的猛烈爆炸聲，不僅炸碎了林再發的夢，而且也炸碎了日本經濟殖民下台灣民眾的夢。這聲爆炸，確實給人留下了無限的思索空間。不過，小說並未就此打住，而是在批判日本對台灣的經濟新殖民的同時，也發掘出了普通台灣民眾潛藏在靈魂深處的震撼肺腑的心靈美。面對林再發生命垂危、其妻又遭遇小產先兆的危難時刻，王武雄這個才剛二十出頭的年輕人毅然決定由自己全部承擔下林再發一家的重擔。他的心中浮凸起一個念頭：「我手放進口袋裡把信掏出來握在手裡。這時有一個很短暫而堅決的念頭在我腦子閃現了。要是林再發死了就跟美麗結婚。我知道這在一般人看來是很荒唐，說不定還被視為卑鄙。我不管，要是林再發死了，美麗，還有那個小孩怎麼辦？我要盡我的努力，讓美麗相信我，嫁給我。想到這裡我淚流得更厲害。」在這裡，王武雄勇於負起對朋友責任的行為，顯示的正是社會底層的弱勢群體相濡以沫的寶貴情誼，這是在危難時刻，發自內心深處的生死與共的美好心靈。換言之，小說通過發現了殘破不堪的世界的真相的王武雄，毅然發願要去娶林再發的遺孀，並且撫育其遺孤的善良行為，肯定了人與「社會」抗爭的勇氣。至於〈鮮紅蝦——「下消樂仔」的掌故〉則是一篇嘲笑大男人自我意識由盛而衰的作品。故事通過描寫主人公阿樂男性欲望受挫的過程，表現了如何在尊嚴和生存之間自處的問題。阿樂原本在村子裡是很驕傲的人，這不僅因他曾打敗西皮的二王，收復了福祿的地盤讓人尊敬，而且還

由於他的男性雄風令人羨慕。然而，人到中年卻突然患了陽痿，不但被全村引為笑談，還因為阿樂嬙花了太多的公家錢來醫治阿樂的病症，而導致兄弟姒娌吵鬧分家。雖然「阿樂一開始就作得很好。所以即使活得並不愉快，卻也沒叫他活得不耐煩。」但最令阿樂不堪的是，他竟在一次打架中輸給了跛子阿松，為此阿樂傷心得嚎啕大哭，這驚動了全村人趕來勸慰。日子久了當人家叫他「下消樂仔」時，再也引不起任何心底的隱痛了，甚至還能很有禮貌地和對方聊閒話、拉家常。很顯然，只要放下自怨自艾的無謂的大男人意識，阿樂依舊可以在社會上享受群體關係中的情感交流。雖然阿樂喪失了性愛的能力，但他沒有喪失圓融的求生智慧，仍然能保持和諧的人際關係。

〔1〕陳映真：〈建立民族文學的風格〉，見一九七七年十月的《中華雜誌》（一七一期）。

〔2〕陳映真：〈建立民族文學的風格〉，見一九七七年十月的《中華雜誌》（一七一期）。

〔3〕陳映真：〈建立民族文學的風格〉，見一九七七年十月的《中華雜誌》（一七一期）。

〔4〕黃春明的這段話，轉引自黃重添、莊明萱、闕豐齡編著的《台灣新文學概觀》（上冊），鷺江出版社一九九一年版，第二二二頁。

〔5〕齊益壽：〈一把辛酸淚──「我愛瑪莉」序〉，見小說集《我愛瑪莉》，台北，遠景出版社一九七九年版。

〔6〕參閱了《蘇聯大百科全書》中「現實主義」條目中的相關內容，見一九五七年《文藝理論譯叢》（第二期），第二〇九頁。

〔7〕黃春明：〈《莎喲娜啦·再見》·自序〉，見小說集《莎喲娜啦·

再見》，台北，遠景出版社一九七四年版。

〔8〕黃春明：〈《莎喲娜啦·再見》·自序〉，見小説集《莎喲娜啦·
　　再見》，台北，遠景出版社一九七四年版。

〔9〕黃春明：〈《莎喲娜啦·再見》·自序〉，見小説集《莎喲娜啦·
　　再見》，台北，遠景出版社一九七四年版。

〔10〕參閱了〈南京大屠殺中比賽殺人犯判死〉一文中的相關內容，見一
　　九四七年十二月十九日天津發行的《大公報》。一九三七年十二月
　　十二日南京攻城戰中日本軍隊曾進行了「殺人比賽」，最終結果是
　　向井殺人一百零六名，野田殺人一百零五名。

〔11〕參閱了邱貴芬的〈台灣小説的孤女現象〉一文中的相關論述，文中
　　指出台灣小説中缺乏較為樂觀、自信、有為、有深度的男性形象，
　　見《文學台灣》（第一期）。

〔12〕魯迅：〈致尤炳圻〉（一九三六年三月四日），見《魯迅全集》
　　（第十三卷），人民文學出版社一九九一年版，第六八二頁。

〔13〕魯迅：〈忽然想到〉（七），見《魯迅全集·華蓋集》（第三
　　卷），人民文學出版社一九九一年版第六〇頁。

〔14〕中共中央馬克思恩格斯列寧斯大林著作編譯局編譯：《列寧全集》
　　（第十三卷），人民出版社一九五五～一九五九年版，第三六頁。

〔15〕參閱了張京媛編的《後殖民理論與文化批評》一書「前言」中的相
　　關內容，北京大學出版社一九九九年一月版，第一七頁。

〔16〕魯迅：〈諺語〉，見《魯迅全集·南腔北調集》（第四卷），人民
　　文學出版社一九九一年版第五四二頁。

〔17〕邱貴芬：〈性別／權力／殖民論述：鄉土文學中的去勢男人〉，見
　　載鄭明娳主編的《當代台灣女性文學論》，台北，時報文化出版企
　　業有限公司一九九三年版，第八三頁。

〔18〕邱貴芬：〈性別／權力／殖民論述：鄉土文學中的去勢男人〉，見
　　載鄭明娳主編的《當代台灣女性文學論》，台北，時報文化出版企
　　業有限公司一九九三年版，第八三頁。

〔19〕參閱了彭瑞金的〈我不愛瑪莉──試論黃春明的變調〉一文中的相
　　關論述，見論文集《泥土的香味》，台北，東大圖書有限公司一九
　　八〇年四月初版，第一〇五頁。

第四章
悲憫的人道關懷
黃春明小說創作的第四階段

　　台灣從早期的農業社會，經過六、七○年代的經濟起飛到八、九○年代的工商業發達的一系列轉變。雖然帶來了富裕與繁榮，卻也造成了各種矛盾與衝突。其中最為突出的就是台灣鄉土社會人口的外流所帶來的家庭結構的重大改變。換言之，就是大量的年輕人紛紛出走流向都市，農村人口老齡化問題日益嚴重。面對這些新出現的現象，進入八、九○年代的黃春明，開始將筆鋒轉向傳統文化消失之後，台灣社會中出現的老人問題、環境問題，以及現代資訊問題上。因為他深切意識到：

　　老人的問題是目前台灣社會問題裡面，最具人文矛盾的問題。今天有多少老年人，分別紛紛被留在漁農村落的鄉間，構成偏遠地方高齡社區的社會生態。他們縱然子孫繁多而不能共聚一堂，過著孤苦的日子。在富裕的物質社會裡，都還曾經有過美好的憧憬，但他們萬萬沒想到，結果只是讓他們空歡喜過一場。過去，他們再怎麼窮困的日子，他們都盡了養育子女，安養高堂的責任。那知道輪到他們登上高堂的地位時，子女還有孫子都不在身旁。醒著的時候，不是看電視，就是到廟裡閒聊。問他們現在做什麼事？他們會無奈的笑著說：「呷飽閒

閒，來廟裡講古下棋，等死。」

　　……看看我們目前的台灣社會，我們在經濟上創造了奇蹟，而產生奇蹟的這一代的老年人，卻遇到了前所未有的處境，在鄉下憂憂悶悶，默默地迎送每天的落日。

　　……想一想，在某些方面來看，台灣有今天的成就，絕對和這些老年人年輕時所流的血汗，打下堅硬的基礎有關。今天我們的社會不懂得謝恩，還「劈柴連柴砧也劈。」[1]

　　正因如此，黃春明產生了「為目前在台灣社會裡面的老人抱屈」[2]的強烈願望，決心用他的筆「為這一代被留在鄉間的老年人做見證」。[3]因此自從發表過〈我愛瑪莉〉之後，沉寂了將近十年的黃春明重新開始進行小說創作。他這一時期的主要作品如下：〈大餅〉、〈現此時先生〉、〈放生〉、〈瞎子阿木〉、〈打蒼蠅〉、〈死去活來〉、〈銀鬚上的春天〉、〈最後一隻鳳鳥〉、〈九根手指頭的故事〉，〈呷鬼的來了〉，以及〈售票口〉等。這些小說大部分都是以富有鄉土氣息的筆調和悲天憫人的情懷，精心描述老人在現代社會中各種有形或無形的悲哀與無奈。在快速變遷的台灣後工業化時代，年輕人相繼向外流失，他們到城市中去實現自己的各種夢想；與此相對，鄉村中到處呈現的卻是一個任老人們自生自滅的世界。傳統的「孝悌」，已經被勢利的現代人徹底扭曲、異化了，現代的年輕人只管父母的物質生活，卻完全忽視了老人們的心靈需求。黃春明本著悲憫的人道主義情懷，為這些被子女與社會遺棄的老人們發出了抗議的呼聲，同時還努力探索造成這些問題的複雜原因。簡言之，黃春明這一時期的作品大部分都是反映台灣社會轉型完成之後，在生活普遍富裕的景象下鄉

間老人的感受，呈現出傳統與現代之間巨大落差而造成的種種問題，提醒人們關懷這一個被台灣社會忽略了的弱勢群體。

第一節 〈現此時先生〉

一九八六年發表的〈現此時先生〉是黃春明關注台灣社會的「老人問題」之後，所寫的第一篇小說。從這篇作品開始，黃春明陸續創作了一系列以老人為素材的小說。這篇小說寫一位被人戲稱為「現此時先生」的偏僻鄉村讀報人，由於一則現代媒體、資訊編造、杜撰的假新聞而喪命的故事。

故事發生的背景是在一個名叫「蚊仔坑」的偏僻台灣小山村裡。生活在這裡的老人們仍然過著傳統的文化社交生活，不過現代文明之風也緩慢地吹進這裡了。小說一開始就給我們描摹了一幅遠離了城市喧嘩的寧靜、安詳的鄉村社會圖畫：

蚊仔坑的三山國王廟並不大，更談不上堂皇，倒是和小山村相配。廟早已經破舊了，這也跟留在村裡的舊農舍、老貓老狗和老年人，都顯得很相配。整個村子，一年到頭都籠罩在慘淡而和諧的空氣中，始終不失那一份悠然自得的神情。

三山國王廟算是小山村的文化中心。溽暑的夏天，就在廟庭的榕蔭下，酷寒的冬天，就在廟內的廂房，沒有一天，小孩子們不來這裡蠶食未來的時光，一口一口地濺出歡笑和哭聲。老人家來得更勤，沒有一天，不聚集在這裡反芻昔日的辛酸，慢慢細嚼出幾分熬過來的驕傲和嘆息。

在這裡，真實生動地呈現出了台灣農村普遍的人文景觀，小說以此為背景，敘述了一群活在過去歲月中的老人，處在封

閉空間裡和時代社會疏離的情況：

> 多少年來，三山國王廟的老人，除了和其他鄉下的老人一
> 樣，大家喜歡聚在一起，古今中外，天南地北地閒聊之外，他
> 們多了別地方少有的日課節目，那就是現此時先生唸報紙給大
> 家聽。

　　由此可見，「蚊仔坑」的這群老人生活在一個文化落後、
信息閉塞、自我封閉的空間中，而與現代社會漸漸產生了疏
離。他們與古人生活唯一不同的地方，就是多了一項娛樂──
聽「現此時先生」唸舊報紙，從中獲取一些關於外部世界的新
信息。處在這一群文盲的老人中，唯一一位識字的老人是患有
嚴重氣喘性心臟病的「現此時先生」。他是這群老人中間的核
心人物，由於他讀報時，經常使用「現此時」的口頭禪，久而
久之人們將他的本名忘記了，都以「現此時先生」來稱呼他。
因為數十年如一日地為大家唸報紙，報紙成了他在老人中間建
立尊嚴及地位的象徵。不過，有意思的是，他所唸的報紙的來
源卻很隨意，不是山下雜貨鋪包東西用的，就是進城的人在車
站順手撿回來的。這種獲取新聞的渠道，不僅令新聞的即時
性、迅捷性在這裡蕩然無存；而且也間接映襯出「蚊仔坑」的
偏遠與荒涼，更令人們為這群老人的孤苦、無依感到心酸。隨
著歲月流逝，聽「現此時先生」唸舊報紙，成了這群鄉村老人
的習慣，他們之間「久而久之，就變得唸的人不唸給人家聽也
不舒服，聽的人不聽人家唸也不對勁的這種內部濃厚，外表平
淡的關係了。」由於這群淳樸的老人們信守著傳統的禮俗與信
仰，因此他們對報紙上所說的一切毫無保留地全盤相信，「現

此時先生」對報紙的信任更是達到了「崇拜」的地步；而「現此時先生」的權威也因報紙而確立。關於這一點，小說設計了一個情節來說明。當這群老人對於世風日下，古老的「斬雞頭」發誓不再靈驗的事進行議論時，「現此時先生」提出了自己的獨到見解，他認為這是由於現在「斬」的是美國生蛋雞，闖入地藏府告枉死狀時，說的是美國話，地藏王聽不懂，所以「斬雞頭」才不再靈驗。當大家對他的觀念表示質疑時，他就用「報紙說」的來說服大家。因為，「從他長久唸報紙給老人家聽的經驗，只要說是報紙說的，他們就無條件地相信，所以他也常把自己的看法，夾報紙說的權威來建立他的地位。這一點，最明顯的地方是，他愛發表意見，愛批評，感覺上他是最講道理。爭論間，也最愛提醒別人要講道理。」顯然，「現此時先生」多年來的權威，就是建立在這群老人對報紙的崇拜與信任上的。

可是，有一天「現此時先生」在給大家讀報時，竟在一張過期報紙的邊角補白上發現了關於他們居住的「蚊仔坑」村的一則新聞，「現此時先生」為此用比平時更認真的態度給大家唸這則新聞：

看到大家都聽他之後，他低下頭唸起來了。「現此時，福谷村黃姓村民，就是說福谷村那個所在，有一個姓黃的人，其所飼養的母牛，昨日生下一頭狀似小象的小牛。知道嗎？唷！現此時，這位姓黃的人，他所飼的牛母，昨天生一隻牛仔子，不像牛，像一隻小象。大家不要說話，下面還有。現此時小牛經過飼主小心照料，可惜隔日即告死亡。……」

一開始，這群老人家是「做夢也沒想到，這麼偏僻的地方也會上報。這對他們來說，是小消息、大事件哩。他們受寵若驚得難以置信。」然而，興奮與驚喜過後，一向聽命於報紙的他們，卻對這則「新聞」的真實性發生了質疑，都感到難以置信，甚至連「現此時先生」自己也產生了同樣的疑問，因為畢竟不可能近在咫尺的地方發生了這樣的大事會沒人知道。於是，大家不禁開始懷疑「報紙說」，因而也連帶著懷疑起「現此時先生」多年來從「報紙說」上所建立起來的公眾權威。小說生動地呈現了已經與報紙融為一體的「現此時先生」此時的矛盾心情：「現此時也知道，但是大家帶著懷疑的眼神逼視他時，本想跳出來表示同樣懷疑的他，卻又退回報紙的一邊拿不定主張。」可是，懷疑的聲浪愈來愈高，「現此時先生」感到他幾十年間辛苦建立起來的聲望、地位、價值與面子受到了空前的挑戰，因此，為了顧全自己在眾人面前的尊嚴，不服輸的「現此時先生」決定把這則「新聞」核實清楚，他向大家提議去現場去探勘，在「現此時先生」的率領下，一群老人浩浩蕩蕩前往坑頂去看那頭生出小象的神奇母牛。小說以一種哀矜的筆調敘述了這一幕：

太陽將要從坑頂的那一邊往下墜，由現此時帶隊的老年人從這一邊沿著相思林往坑頂爬。

太陽越墜越大，老年人已散落不成群。

太陽越低越紅，現此時落在最後頭，抱著一棵相思樹喘息。金毛停下來關心地俯視他，想說什麼，卻說不出話來。現此時的身體抽了一下，金毛焦急地跑近他的同時，他鬆抱而慢慢地滑倒在地上。現此時最後一眼的印象，覺得金毛的身影竟

是那麼地巨大。

　　大嗓門的坤山最先爬上坑頂。他望了一下已失去大部分光芒的落日，回頭向下面叫嚷：

　　「到了——。」

　　下面從不開玩笑的金毛的回音：

　　「現此時死了——。」

　　一片很清楚的幽靜。

　　「現此時死了——。」

　　小說在這裡用富有象徵意味的筆法刻畫了一個為了維護尊嚴而失去生命的可笑老人形象。「現此時先生」的死，其實也反映了那群被遺忘的鄉村老人對社會的一種無聲抗議。「現此時先生」還沒來得及證實那則新聞，就在爬山路時心臟病發作，命喪九泉了，其實他之所以要竭力證實報紙上的消息，最根本的原因還是為了確證自我的地位和尊嚴。他的行為雖然帶了幾分迂腐與愚昧，但卻讓人感到「小人物」實現自我價值的艱難與悲憫。與此同時，小說通過「現此時先生」的不幸喪命，嚴厲諷刺了現代資訊的價值和誠信度，對於現代社會中新聞的真實性提出了質疑，從而暴露了現代「文明」的某種荒謬。在今天這個信息爆炸的時代，大眾傳媒已經形成了晚期資本主義時代的文化邏輯，雖然仍舊是不擇手段地獲取商業利益，不過卻變換了手法。特別是九○年代以來，這個「現代新文明之神」——大眾傳媒，更是迅速控制了人們的頭腦，小說中的「現此時先生」就恰恰是一個被「報紙說」控制了頭腦的老人——崇拜大眾傳媒。因此從根本上說，「現此時先生」是被荒謬的傳播媒介害死的。小說由此表達了文化批判的深刻主

題。具體來說，這個被大眾傳媒犧牲掉的「現此時先生」形象
所代表的意義，恰如楊澤所指出的那樣：「現代新文明之神，
輕易的把舊社群所膜拜的命運之神打倒了，比後者冷漠千百倍
的新文明之神，殘酷的輕忽小人物的困境和死亡，事實上也就
是輕忽任何一個人的困境和死亡。」〔4〕也正因爲如此，「現此
時先生」的悲劇，其實承載的是同他一樣的每一個「小人物」
的命運。

第二節　〈放生〉

一九八六年發表的小說〈放生〉，是一篇涉及「環境保
護」和「政治選舉」題材的小說。它的背景是八○年代經濟起
飛之後，正在向後工業時代過渡的台灣農村。小說通過主人公
尾仔與金足這對老夫妻的處境，表現了鄉土社會濃厚的人情
味，以及在新時代中他們面對環境變遷如何適應的問題。

小說一開始就描寫了尾仔和金足這對老夫婦到了本該安享
晚年的時候，卻承受了極大的身心壓力，原本一家三口和樂融
融地生活著。然而他們的獨子文通因爲抗議「工廠放毒水」造
成的環境污染，在忍無可忍的情況下，同警察與縣政府的人起
了衝突而打傷了人，被控以「重傷害和妨礙公務等數樣罪，被
判刑入獄」，至今坐牢已經好幾年了。小說由此暴露出台灣農
村面臨的嚴重問題——環境污染。台灣自六、七○年代開始社
會轉型至今天，工業文明的魔爪愈來愈深入地伸向台灣農村的
每一個角落。小說中用了很多筆墨地描繪了尾仔與金足這對老
夫妻生活的家園——大坑罟的變遷。自工業區建成之後十幾年
來，由於官商沆瀣一氣，工廠肆無忌憚地排放廢氣、廢水、廢
煙，以及廢料等，大坑罟的環境遭受了極爲嚴重的污染，村人

的生活受到工業文明的嚴重威脅，呈現出一個猶如廢墟般的家園。小說通過許多形象鮮明的片斷無聲地控訴了環境污染的嚴重危害：

　　金足婆先走近被單，伸手抓一抓垂下來的邊角，覺得被單都乾了，衣服更不成問題。只是晾竿上的衣物，因為今天風勢西向，都蒙了一層工廠噴出來的煙塵。這些煙塵落地的情形，倒是很有秩序；粗粒的落在就近的田裡，細粉狀的就飄落到金足他們家附近的地方。對這些煙害，十多年來連帝君廟裡的紅關公都變成黑張飛了，大坑罟的人更拿它們沒辦法。

　　本來大坑罟兩百多戶的居民，靠著出海口一帶的魚苗場，撈魚苗為生。他們在冬至前撈烏魚苗，三月初到九月之間撈虱目魚苗，九月底到春節撈鰻魚苗。一年大概有十二萬元左右的收入，再加上一點農產品的收入，勉強可以維持生活。但是，從上游有了工廠排放廢水之後，魚苗被毒死了，少數沒被毒死的魚苗，中毒之後失去健康，要是魚苗市場知道來路，大坑罟的貨也就冷門，收購魚苗的批發商之所以肯買他們的貨，第一，可以殺價。第二，把便宜貨混在其它地區的魚苗賣出去，可以獲得暴利。很顯然，大坑罟越來越難討生活了。一年的平均收入五萬元不到，農作物的貼補，也因為上游水泥廠的採土，破壞了水土保持，早幾年就被波蜜拉颱風帶來的洪水，沖失了大部分耕地。到目前兩百多戶的住家，只剩下十多公頃的土地，其生產對低收入的他們而言，他說換累不換飽。另外除了沒有什麼魚苗可撈之外，遇到工廠每四天或五天不等地放出惡臭的黑水時，只要身上有一丁點傷口，一碰了這種廢水，當時扎痛不說，日後的潰爛更為困擾。幾年來，大坑罟的女孩子

嫁出去的大有人在，男孩子把外地的女孩子娶進來的，相對的
就少了很多。在這種情形下，離開大坑罟的人就有一百多戶
人。他們都搬到其它鄉鎮，無法改行的，都擠到新竹南寮的漁
村，還是以撈魚苗為生。可是，一時有那麼多人湧到南寮，造
成魚苗業，在當地個人的收入，馬上就被分掉一半。南寮人極
力排斥大坑罟人，乃至發生械鬥的事。

　　小說中的尾仔與金足這對老夫妻面對被嚴重污染了天空、
土地和水源的家園，雖有怨言卻也無可奈何，他們只能眼睜睜
地看著自己的家園被破壞的現象繼續發生，小說通過尾仔與金
足這對夫妻的對話，表達出了對今昔環境差異的不滿：

　　「我才在想，從有了這些工廠之後，大坑罟就看不到泥
鰍、田螺、三斑、水龜仔，蛤仔，可以說水裡的活物都沒了。
你怎麼會想到去捉泥鰍？」
　　「怎麼知道。只是想隨便去捉捉看，哪知道全都死光光，
連一條泥鰍影子都沒有！」阿尾放下手裡提的東西，蹲在雞籠
前看田車仔。「有沒吃？」
　　……
　　「我們小時候，泥鰍就等於土地，誰要？抓多少都拿去喂
鴨子。……」
　　「以前以前，以前還用說！以前我的祖奶奶不死的話現在
也還活著哪，以前。」這樣的話語令金足以為又說錯什麼惹他
生氣。停了一下，他又說：「以前我們這裡哪有工廠？哪有工
廠放毒水？以前，……」

　　由此可以看出，尾仔與金足這對老夫妻是多麼懷念昔日有泥鰍可捉的河川，多麼懷念沒有被工廠毒水污染的土地啊！可是，無權無勢的他們卻無力改變現狀，只能小聲地抗議著，而社會環境的變遷，依然隨著時代無情地衝擊著他們的生活。

　　那麼，造成這種可怕情景的根本原因又是什麼呢？到底是誰之罪，誰之責呢？小說通過尾仔和金足這對老夫婦的回憶做了一番解說。當年大坑罟的村人在選舉期間為支持歡迎工業區設立的國民黨楊姓鄉長候選人，所有的村人都陷入了瘋狂的選舉熱潮中；可是等到工業區設立後，大坑罟的村民卻發現那個已經當選的候選人在選舉時所許諾的好處根本就沒有兌現，村人絲毫享受不到丁點利益，反倒是工廠造成的環境污染讓他們的生計大受影響。小說中這樣寫到：

　　姓楊的當選為鄉長了。因為黨的支持，很快地把鄉公所公共造產的土地，幾乎是半送地將它送給商人。工廠設立了。那開始讓村人看來象徵著他們步入現代化的煙囪，夜以繼日地噴出濃濃黑煙，覆蓋五六公里方圓。幾年以後，農民才發現農作的嫩芽和幼苗的枯萎，和煙塵有絕對的關係。同時發現身邊的溪流，和飲用的井水都有一股難聞的怪味。村裡的年輕人沒幾個到工廠上班不打緊，污染的問題時間一拖，問題越來越嚴重。過去不曾有過的，說不上病名的皮膚病在村子蔓延，有幾個壯年不該死的時候死了。

　　然而，就在大坑罟村民正遭受著嚴重環境污染損害的同時，真正受惠的只有那位連任兩屆的楊姓鄉長，他卸任後就轉任工廠的高級主管了。「同時，全村子的人也才明白過來，過

去他們是被利用了，被金光黨欺騙了。知道整個事情都是事先謀好的騙局。」善良的大坑罟的村民氣壞了，曾發誓從此不再聞問選舉的事了。「可是，聽說一個無黨無派的候選人，他沒有其它政見口號，他唯一當選鄉長的願望，即是要把設立在溪邊的工廠請走，請不走就把它拆掉。聽到這樣的聲音，長久以來受害最深，又無處申訴的大坑罟人，真的就那麼樣地再度瘋起來，自己的鎮長不選，跑過河去幫別人的鄉長拉票。」尾仔的兒子文通也積極投身其中，為這個候選人助選。然而，等到這位無黨無派的鄉長上任後，「請走工廠」的許諾卻遲遲不見兌現，「化學工廠和水泥廠的大煙囪，仍舊傲岸聳立在那裡，從從容容地吐著濃濃的黑煙，和已經壓到大坑罟這一帶來的烏雲，交混為一體了。多少年來，大坑罟這一帶的人對煙囪的詛咒，只止於無奈的反應，並不曾寄於應驗。」因為受騙後的村人亦曾走上街頭抗議，不過，最後的下場就是像文通這樣，因為忍無可忍地對已被暗中收買的調查污染真相的辦事人員揮拳相向而弄到銀鐺入獄，留下尾仔和金足這兩個孤獨的老人相依為命。而且「自從莊文通因為重傷害和妨礙公務等數樣罪，被判刑入獄之後，那一帶又多了幾家工廠，烏煙滾滾，污水長長。這村子裡，實在待不住的人家，一個一個搬出去了。像阿尾和金足他們人丁少，生活負擔少的人還留著。但是，也有不少的人，搬到外頭沒辦法適應的，又搬回來。總而言之，大坑罟的人口少了一大半。對選舉的事，他們集體地患了冷感症。」小說嚴厲地譴責了政商勾結坑害善良百姓的惡劣行徑，這種腐敗行為，已不僅只是破壞風水地理與影響純樸風氣那麼簡單了，而是嚴重到了罔顧人們死活的可惡地步。小說在此巧妙而生動地諷刺了台灣所謂的「民主」政治的虛妄性與荒謬性。

　　唯一的兒子文通入獄以後，尾仔和金足這對老夫妻時常沉浸在對兒子的思念之中，終於盼來了文通即將出獄的消息。在這個過程中，小說生動表現了傳統夫妻之間那種相濡以沫的深情。尾仔與金足這一對老夫妻，頂嘴了一輩子，卻也恩愛了一世。雖然「平時憨厚的阿尾，只會跟金足賭閒氣。等他閒氣一賭起來，就像椿一樣，釘在那裡連根也長了。誰都拿他沒辦法，兩個人一時僵持在那裡，一個為面子，一個為的是不知怎麼才好。」但是他們之間仍是互相關心的：

　　「你沒怎樣吧？頭暈？想吐？」
　　「你這、這、這才瘋哪！」阿尾煩不過的說：「你這樣，我沒怎樣也會被你逼得有怎麼樣。瘋了！」
　　「還不是關心你，為你好。」
　　「快走，快走。」這下阿尾精神來了：「肚子餓了。你還要燒飯哪。」
　　金足從話中似乎覺得被需要而感到愉快。她輕鬆地說：「你這籠中鳥，放你出去你也活不了。」

　　雖然尾仔與金足這對老夫妻之間的這段對話很平常，口氣甚至還帶點對對方不滿的情緒，然而他們之間那種深厚的相互依賴、相互扶持、相互需要的情感，卻是用吵罵、頂嘴的相反方式來體現的。金足婆的話：「還不是關心你，為你好。」真可謂用情之深盡現其真心。他們共同面對愛子入獄受難，一起等待兒子的歸來，他們既聊往事、選舉、工廠污染，以及官商勾結等等；也談現在和未來，關於兒子文通，關於餵養「田車仔」等事。這是傳統農業社會中夫妻感情另一種風貌的呈現。

而這種深厚感情對於生活在情感淡薄的現代都市裡的人們來說，是多麼令人羨慕啊！在這裡，人們可以看到一個既溫暖實在，又富有人情味的世界。而在這個世界中的每一個老人都是有情有義的，讓人們似乎感覺到那個在社會轉型時期被工業文明摧毀的溫馨而美好的鄉土社會，又一次在黃春明筆下復活了起來。這無形中也讓人們產生了重新從城市走回鄉土的期待。

與此同時，小說詳細表現了文通出獄前他的父母為迎接他回來的那種期待、興奮、急迫又焦慮的心情。尾仔與金足這對夫妻由於「曾經折損過三個小孩」，因此分外疼惜文通這個獨子。小說細緻展示了尾仔和金足深沉的愛子情懷：他們忙著為文通清洗衣物、整理家裡的環境衛生。尾仔甚至還捕獲了一隻罕見的「田車仔」想討兒子的歡心，因為文通尚未進小學的時候，曾經飛失了一隻和他玩了一個多月的「田車仔」，吵鬧著要正忙著給難產的母豬接生的父親去替他抓回來，卻被正忙得焦頭爛額的尾仔一把拉開，不慎將文通的胳膊拉脫臼了。雖然後來尾仔捉了好幾種鳥回來給兒子玩，卻始終沒有使文通高興起來。事隔多年，父子倆早都忘記此事了，但在文通即將出獄之時，因看到「田車仔」，使尾仔回憶起了這段往事，尾仔為此耿耿於懷。他心中一直轉著補償兒子的念頭，因此當尾仔意外見到一隻久違的「田車仔」時，興奮之情不言可喻。他不顧自己的老邁之軀，冒著雷雨在水田之中奮勇捉到了一隻中毒的「田車仔」，回家後為它療傷，並精心餵養照顧它，使「田車仔」重新恢復了生機。小說以尾仔捉「田車仔」來表達深厚的父愛。隨著文通回家的時刻愈來愈近，尾仔和金足這對夫妻的心情也愈來愈緊張。作者將他們的焦慮心情刻畫得活靈活現：

　　但是想到文通這孩子，金足傷心地訴說著：「這孩子，他說出獄那一天，不准我們去接他。不准？這哪裡是他對我們倆老說的話。不准？」原來她想阿尾會怎麼說，看他沉默不語，又怕阿尾誤會她的意思，她補充著說：「其實我才不管他怎麼對我說什麼。叫人傷心的是，為什麼他不想我們去接他回家？為什麼？」

　　「這傢伙的脾氣你又不是不知道。……」

　　「都是你寵壞的。你看別人，人家是多麼盼望家人去探監。只有這孩子跟人不一樣。見了他不安慰我們幾句不打緊，還怪我們常去看他。……」金足說得心酸喉塞而停下來。

　　「難怪你要難過。連他這種話你也相信。」阿尾說：「他說這種話，你該知道他心裡面有多矛盾啊！他看我們兩個老人家，每次老遠跑去看他，你想孩子忍心嗎？我認為文通比別人更會想。」

　　「孩子是我生我養大的，我當然知道。你以為我就是那麼傻，我啊，我只是……」說到心酸處，語調也悲了。「我只是希望聽到他說一兩句好聽的話罷了。做母親的就是這樣，這樣傻！」

　　從這段對話中，可以看出身為父親的尾仔還能較為理性地理解、體諒兒子的心意，但是當母親的金足，雖然心裡也明白兒子的用意，在感情上卻有點不能接受，她心酸哽咽地說出的那句話「孩子是我生我養大的，我當然知道」，「我只是希望聽到他說一兩句好聽的話罷了。做母親的就是這樣，這樣傻！」的確，普天下的母親都是這樣牽掛著孩子，無私地愛著孩子的。然而，就在他們的兒子文通回家的前夕，尾仔夫婦卻

很意外地從鄰居那裡聽說了一個消息：政府將要把大坑罟設立成鳥類保護區了，從此以後什麼鳥都不能捉了，而且工廠也不允許再污染環境了。可是這個「好」消息卻在尾仔與金足這對老夫妻心裡激起了波瀾，他們頓時因文通所受的冤枉而感到不是滋味，因為文通就是為了抗議工廠排放「毒水」才被捕入獄的，而且已經坐了好幾年牢，這豈不是白白被犧牲了？尾仔在落寞之餘，把細心呵護的「田車仔」給放生了。小說細緻地記錄了工業化完成之後的台灣農村的困境，形象刻畫了農村自然環境受工業文明和政治強權合力荼毒的慘痛景象；同時指出用設立「自然保護區」的人為方式強行干預自然，未必是一件好事，大坑罟雖然被列為了鳥類保護區，工廠固然不能再污染環境了，但是也造成了任何鳥類偷吃農作物都不能捕捉的新困境，因此尾仔氣憤地質疑道：「麻雀也不能？」小說通過「小人物」的犧牲提示我們的是：「即使我們願意改變，我們經得起改變，可是我們一定不要忘記我們為改變所付出的代價。」很顯然，黃春明這一時期創作的以鄉土為題材的小說，並不是對於六、七〇年代鄉土小說創作的簡單回歸，而是帶有新的開掘意義。這恰如季季所言：「黃春明早期描寫的鄉村生活，以八〇年代的眼光去看，幾乎是找不到了。這使得他的那些作品，越來越珍貴。許多沒有經歷五〇～六〇年代鄉村生活的人，只有到他的作品裡尋找先人生活的形貌和掙扎。」[5] 小說在結尾刻意設計了尾仔在兒子文通進家門之前放走了那隻「田車仔」，隱喻了「田車仔」和文通其實已經合而為一了。關在籠子裡的「田車仔」的「放生」，正象徵著坐牢期滿的文通之「重生」。經過最後這個「放生」的高潮設計，小說的寓意也就不言自明了。

第三節　〈打蒼蠅〉

　　一九八六年發表的小說〈打蒼蠅〉展示了一幅鄉村老人黯淡無光的晚年生活畫面，整個故事的調子是灰色的，給人一種壓抑、沉悶的感覺。故事發生的時間段不過只有短短的大半天——從晌午到黃昏。小說一開始就為人們展示出了一幅主人公旺欉伯仔百無聊賴地消磨時光的畫面：

　　林旺欉老先生席地坐靠門檻，手執蒼蠅拍，從上午自家房子的影子罩到巷道對面那一邊的水溝，就拍答拍答地拍打，打到影子已經縮到門前的水溝了。由於氣溫越升越高，蒼蠅打不勝打，越打越多，永遠都打不完。是很無聊，這樣打下去，根本就無濟於事，從三月間搬到新房子來，一開始打蒼蠅不久，他就這樣想了。可是，有了這樣的想法之後，對打上癮了的他，卻像一根小刺刺到身上的皮膚裡面，想拿拿不到，不拿雖不礙事，但碰到了，或是想到就不舒服。過了一陣子，他發現自己打蒼蠅的技術，神到拍無虛發，打死的蒼蠅隻身完好，可見運作斟酌，恰到好處。這麼一來，打蒼蠅就變成一種樂趣，也變成打發時間找樂趣的一種習慣了。

　　小說由這樣的畫面隱喻了旺欉伯仔的「灰色」晚年。這種生活方式是怎麼造成的呢？故事藉著旺欉伯仔等郵差過程中對一段段往事的回憶鋪展開來。原本生活在鄉村的旺欉伯仔是有房有地的農人，在農田和農事的辛勤操勞中，日子倒也過得愜意。但是三月間發生了一件意外的事，在台北的大兒子炳炎因負債累累回鄉向老父求援，當「大兒子跪地求他，把地契和房

契過名給他處理台北的債務」時,為了不讓兒子去坐牢,他答
應了兒子的要求。隨後便經兒子的安排,同老伴阿粉一起搬進
附近賣不出去的「湖光別墅」,同兒子約好每月月初寄六千塊
錢回來當兩老的生活費,可是,兒子卻常常拖延匯款,「要不
是三個女兒,這個一千,那個兩千地接濟」,他們的生活早就
發生問題了。在兒女紛紛外流到城市之際,又被迫離開了熟悉
的農事與農田之後,由於一下子失去了生活重心,他們似乎也
失去了生活的興趣與動力,很快就陷入了一種灰暗無聊的境況
中,終日無所事事。不久老伴阿粉就迷上了賭博,經常夜不歸
宿。而他則是「白天打蒼蠅,晚上就是喝酒」。每個月都在等
候郵差送來匯款掛號信的焦慮中度日。而鄰居們卻還羨慕著他
們看似「悠閒」的生活:

> 「林先生愛說笑,你們沒有錢怎麼會來住湖光別墅這裡?」
> ⋯⋯
> 「炳炎真有才情,讓你們兩老住別莊享福。」當時聽起
> 來,多少還覺得頗有點安慰。五個月後的今天,想起這樣的
> 話,覺得自己未免得意得太早了。路過這裡的村人老友,常來
> 看旺欉他們時,多多少少會留一些果菜說:「炳炎常回來看
> 你,你也得叫他來內埤仔看看我們啊!要不然叫他來讓我們看
> 看這個內埤仔囝仔啊。有汽車更方便。⋯⋯」想起這些經常會
> 聽到的話,真有走投無路的感覺。

面對鄉鄰們這樣一句句善意的話語,又有誰知道旺欉伯仔
心裡的苦悶。再回想到現在住的房子,不僅乏人問津,而且是
偷工減料倉促蓋成的,這樣劣質的房子,「連蓋房子的工人也

說，這種房子送給他都不敢住。」然而，「林旺欉和林曾粉也萬萬沒料到，會住到別莊的樓仔厝來。」因此，當旺欉伯仔看到為舉辦普渡祭祀養的豬公所受到的優厚待遇時，情不自禁地感嘆：「豬公命真好，比我這個什麼公都當得更像公。」而且，自從搬到「湖光別墅」以後，生活雖然清閒，可惜卻抓不住任何屬於自己的東西，甚至連自己的名字都快要忘記了，而老伴阿粉也變得不怕他了，因為「他自己無法掙錢，身體各方面也衰退了」。當他責怪老伴不該沉溺於賭博中時，阿粉頂嘴說：「我，我不賭博，你叫我做什麼好？你講！做什麼好？」這一句話的確道盡了老來生活無所寄託的無奈和悲哀。而旺欉伯仔自己則是一睡覺就會沉入夢魘，醒來時提心吊膽。就在這樣單調、乏味的日子裡，這對老夫妻之間開始時常發生衝突。有一天，旺欉伯仔因為醉酒後又被惡夢魘住了，阿粉深夜打牌回來叫門不應，於是高聲咒罵，吵鬧不休，將鄰居都驚動了。可是旺欉伯仔卻仍無法清醒過來，此時的阿粉以為丈夫死了，頓時哭喊出自己的真心話：

　　「阿欉啊——，阿欉啊——，你不能死，阿欉——。你要是死了，我也要跟你死——，阿，阿欉——⋯⋯」她把臉轉向鄰居的哭叫聲：「阿勇——、土殺——、⋯⋯你們哪一個好心的，快來幫我把門打開——，我家的阿欉死了——⋯⋯」

　　可是，當旺欉伯仔慌裡慌張地跳下床，光著腳半跑下樓梯，好不容易起身開了門之後，淚流滿面的阿粉卻馬上翻了臉：

　　「你不是死了！怎麼還不死？！留下來氣死我！」隨手一

個巴掌飛過去。

　　此處，小說生動呈現了農村中夫妻之間表達感情的特殊方式。阿粉婆這樣變臉比翻書還快的不一致行爲，全是因爲極度的焦灼和傷心造成的，她的打罵舉動只不過是想掩飾眞情流露的窘態。事實上，連鄰居們都十分清楚，這種夫妻之間的爭執吵鬧，「本來就是和好的前奏」。因爲這對老夫妻平日相處的狀況是這樣的：

　　這一對相依爲命的老夫妻，面對面時，誰都不願把互相關心的眞情坦然的表達出來。有時因爲一些雞毛蒜皮，常脫口說出與心裡相反的話語逗鬥對方。適才阿粉之所以禁不住揮掌過去，主要的是她爲旺欉那麼傷心的情形，竟全被旺欉聽見而羞怒了的。這樣的事件，放在他們倆老的生活方式裡，旺欉老先生完全可以溝通和接受。

　　這段話充分顯示了這對夫妻縱使時有衝突，但夫妻之間的情義仍在。反襯了旺欉伯仔和兒子情義的淡薄。換言之，就是當旺欉伯仔把地契、房契交給兒子去償債之後，兒子從此不見踪影，父子之間關係的維繫就只剩下每月寄回家的六千元生活費了。就在這樣無所事事地消磨時光的過程中，旺欉伯仔卻也有了一項意外的「收穫」，那就是他打蒼蠅的技術已經達到了爐火純青的地步。小說用一段深具反諷意味的精彩描寫來表現旺欉伯仔因閒著發慌而打蒼蠅的情景：

　　一隻蒼蠅才著地，拍子緊接著落下來。蒼蠅死了。死得連

蒼蠅自己都不知道。因為時間極短，事情發生得極快，死得像遇到偶發的空難，沒有對象可怨。這樣的功夫，是老先生打啊打啊，一直打到上個月才修煉出來的新招。

在這裡，可以看出旺欉伯仔打蒼蠅的技術實在是純熟得令人佩服，然而，他打蒼蠅的技術愈高超，就愈反襯了他心靈的空虛與淒涼，就愈說明了他生活的貧乏和單調。小說雖然沒有直接點明旺欉伯仔失去土地與房屋的不捨心情，但一輩子勤於農耕與農事的雙手，到老來只能拿來練習打蒼蠅的技術，確實會令人感到痛心。小說非常具體地反映出了社會變遷中老人的困窘處境。

旺欉伯仔就這樣邊打蒼蠅邊引頸翹望著郵差趕快送匯款來，因為過幾天就要舉辦普渡祭祀活動了，可是每一輛路過巷口的機車都讓他的希望一再落空之際，卻意外地等來了因老伴阿粉賭博被抓而上門罰款的警察。面對這樣難堪的局面，以及「自己無法掙錢」所導致的家中權威地位喪失的鬱悶，旺欉伯仔不知該去向誰傾訴他的心事，不得已的他只好以繼續打蒼蠅來發洩一通：

難過的事像蒼蠅一隻接一隻地飛來，他想到阿粉賭博，想到阿粉向別個男人說她的乳頭小得像箸頭，想到……，蒼蠅飛下來，他不再斟酌運力了，狠狠的打，不管拍子會不會壞，挨打的蒼蠅一隻一隻都被打糊了，牢牢地粘在地面。蒼蠅還是一隻接一隻地飛來，他想到炳炎仔，想到初三普渡，想到姓黃的那位警察，想到……，想到自己的無能，拍答拍答狠狠的打，令他難過的事情和蒼蠅，越打越多，永遠都讓他打不完。

　　由此可見，隨著旺欉伯仔的蒼蠅愈打愈多，他心中的不如意也愈來愈明顯。而那越打越多的蒼蠅，不正象徵著旺欉伯仔那越來越多的煩惱嗎？而就在旺欉伯仔等匯款掛號信等到快要麻木、絕望的時候，騎著機車的郵差終於「千呼萬喚始出來」了，小說結尾對這一場面做了精心刻畫：

　　一部機車騎進巷子裡來了。

　　旺欉仍然狠狠地打他的蒼蠅。

　　機車在他家門口停了。郵差大聲地往屋裡叫「

　　「林旺欉掛號──！」

　　旺欉又打糊了一隻蒼蠅。他抬頭看到郵差，也聽到郵差的叫聲。但並沒引起他絲毫的興奮或是緊張。

　　「林旺欉掛號──，順便把印章帶出來。」

　　旺欉一下子沒有辦法站直。他在努力。當他聽到郵差第二次叫他的時候，他有了感覺了，不知是興奮或是緊張。他想大聲應聲，但是一股感動塞在喉頭，不是不能發出聲音，而是不敢，怕在郵差面前失態。他十分焦急，越急身體越緊得不容易站起來。

　　當旺欉聽到郵差叫他第三聲時，他只好撿一顆小石子往郵差丟過去。

　　新來的郵差轉過頭來，看到他問：

　　「林旺欉是你？」

　　旺欉頭一點，淚也掉下來了。

　　在這裡，「旺欉頭一點，淚也掉下來了」這一句，可謂勝過千言萬語，達到了此時無聲勝有聲的效果。為兒女辛苦了大

半輩子的老人，臨到生命的黃昏，還要將僅存的土地也交付出去，得到的只是困居鄉間，整日無所事事的空虛。工商業社會中倫理親情的疏離。的確在此暴露無遺。

小說透過旺欉伯仔的遭遇，深刻揭示了以倫理親情維繫的家庭關係，在金錢至上的工商社會所遭到的毀滅性的打擊——「老人們逐漸失去大家庭中尊長的權力，他們的地位和決策權威遭到剝奪，晚輩們急於遠離無法獲取財富的鄉下，長輩們卻不能接受構築在財富上的新世界思維，種種因時代潮流的衝擊帶來的失落感，更是凸顯出故事中濃烈的悲劇性。」[6]

第四節　〈瞎子阿木〉

小說〈瞎子阿木〉也發表於一九八六年。這是一篇藉父女關係來揭示鄉村裡殘廢老人不幸處境的作品。故事情節並不複雜，線索也只有一條，主要是由主人公瞎子阿木回憶和思念女兒秀英的片斷連綴而成的。

小說一開始就營造了一個淒清、冷寂的氛圍。瞎子阿木在一個「沒有風，空氣凍得令人覺得易碎」的清晨，離家前往莊尾找久婆，請求久婆施法術讓他離家出走的女兒秀英回來。隨著瞎子阿木一路所遇到的人事，觸動了他心底深處那對女兒的深深思念。小說仔細刻畫了他身上的殘疾，暗示了他比一般老人更加不幸的命運——他是一個瞎子。殘疾使他在生活的艱難與失去女兒的痛苦之外，還要讓他經受被人嘲笑、歧視的不幸命運。雙目失明的阿木時常遭到鄉人的戲弄，甚至有人惡作劇地以幫他點煙為名，卻故意點燃了爆竹傷害他。經歷了一次又一次的傷害之後，瞎子阿木已經可以達觀對待別人的欺負了，所有對他的輕視與侮辱，他都能以低姿態、自我嘲弄的方式化

解掉。小說在瞎子阿木登場時，就詳細描寫了他應對別人侮辱的方式：

> 瞎子阿木仰著臉望著猴養，隨他的移動而移動，笑納對方的罵話。哪知道，那凝聚注意力支撐開的，又大又突出而翻白粘濕的雙眼，移轉到某一個角度，映著微弱的天光的模樣，竟叫彼此熟得不能再熟的猴養，不意地給嚇了一跳。

不過，瞎子阿木雖然在外邊經常遭受欺凌，值得慶幸的是他有一個乖巧的女兒秀英。可是現在女兒卻拋下他，突然失蹤了。這對父女之間到底發生了什麼事呢？小說由此鋪展開來。隨著瞎子阿木一路行往莊尾，他碰到的人愈來愈多，想得也愈來愈多，從而也引出了他和女兒秀英之間的一場重大衝突。瞎子阿木的女兒秀英長得很美，可是三十幾歲了還沒有出嫁，是一個「很打拼」與「認份」的女兒。因為老父的失明，她犧牲了自己寶貴的青春，將所有家事一肩挑起，無怨無悔奉養著失明的老父，為瞎子阿木打理著生活中的一切瑣事。因此，無論是在生活上，還是在感情上，瞎子阿木對女兒秀英都有著非常強烈的依賴性，瞎子阿木也從來不曾考慮過秀英的婚姻大事。原本父女倆的生活倒也平靜無波，然而，有一天，莊裡來了測量隊，秀英可能與測量隊裡的人談上了戀愛，但自私的阿木卻想把女兒留在自己身邊一輩子，加上阿木一貫以來父權的威勢，以及自尊心的驅使，當秀英有「幾個晚上晚回來」之後，阿木竟然用拐杖頭對秀英施以毒打。這樣的做法連村長的父親都看不下去了，忍不住批評他的自私與無情：「我們村子裡哪裡還可以找到像秀英這麼認份的查某囝仔？是你不知命好。有

什麼天大地大的事，那幾個晚上晚回來，你就用拐杖頭把她打成那個樣子。你是不是忘了秀英幾歲了？你不知道，我告訴你好了。三十多了，早就該讓她嫁，不然就給她招個女婿，你曾替她打算過嗎？」這次的父女衝突直接導致了秀英的突然失踪。而測量隊也是此時離開莊子的。「事情就是那麼湊巧，那麼奇怪，他們走了，我的乖女兒也丟了。」因此，瞎子阿木雖然懷疑女兒秀英是跟著測量隊跑了，但是，一想到秀英獨自出外可能發生的不測，身為父親的阿木又寧願秀英是跟測量隊跑了，希望女兒是平平安安地好好生活著，並以此來進行自我安慰，平息那股對女兒的思念與擔憂之情：

　　「要是丟掉了也是命，死掉了也是命，不過，不過，……」只是他對現實的答案，感到心有不甘。不過事到如今，他不能不承認現實，另方面還想騙騙自己，以為同樣的問題問多了，可能會出現另一種讓心裡好過一點的答案。

　　由此可見，此時的瞎子阿木對於無法控制自己女兒的行動反而看開些了，並逐漸調整了自己的觀念了，甚至於還「對測量隊有了好感」。自從秀英突然失踪以後，瞎子阿木的日常生活頓失所依而變得一團混亂。小說敘述了這麼一個情節：

　　秀英突然出走，餵豬的工作也一並落在瞎子阿木的身上。四、五十斤重的豬胚靈活得跟狗一樣，阿木飼料還沒倒進槽裡，它們就半站起來半空攔截，每次都把豬菜煮餿水的飼料弄翻得滿地。這個經驗，叫瞎子阿木每次餵豬，右手握棍棒，左手提裝豬菜的桶子，他一邊罵一邊揮動棒子趕豬，同時左手倒

豬菜。但是這兩頭豬，兵分兩路，一頭誘棍棒，一頭背地打劫，飼料到頭來還是被弄翻滿地。這不打緊，豬還把空桶子頂到圈子裡的內角，逼得阿木不能不進入圈子裡，把桶子找出來。當他爬進豬圈，站在煮爛的豬菜上，兩頭豬胚的亂撞，不一下子就把阿木絆倒了。棍棒一鬆手，也不知扔到哪裡，想站起來，還沒站穩滑了一跤，又是四腳朝天和一聲驚叫，把豬也嚇得亂撞不停。他拿豬簡直就沒有辦法，乾脆坐在豬圈裡面哭起來：

「秀英，你不要回來沒關係。我要死的時候，你至少也該在我的身邊。秀英，我現在就快死了。秀英……。」

就在這樣的混亂中，瞎子阿木漸漸地體悟到了自己的自私，在失去了愛女的傷痛與對死亡的恐懼之中，他才深刻認識到自己是如此的依賴秀英，感到深深的後悔。小說深刻表現了他痛失愛女的悔意：「村長，你們碰到秀英儘管告訴她，說我希望她回來，我讓她打回去。真的，我是說真的。我這話是對大家說的，我，我要讓她好好打回去。只要她能回來，……」瞎子阿木就這樣不斷呼喚著女兒回來，可是已經過了一個禮拜了，女兒還是沒有出現，最後他只好求之於會施法術的久婆的幫助，盼望能找回出走的女兒。

故事結尾時，瞎子阿木以無比虔誠的態度，遵照久婆施行法術的交待，深情地召喚女兒回來，小說精心敘述了這一幕：

他拿起秀英的梳子抱在懷裡，口中喃喃的叫著：「秀英回來，秀英回來……」向來就沒用過這麼動聽的聲音叫過女兒，也向來沒覺得叫女兒的名字會令他這麼疼痛和感動。到了叫第

三聲，一股傾滿了感情將大聲呼喚時，另一股斂力鎖住喉頭，而使瞎子阿木最後叫出「秀英——回——來——」的聲音，在寒冷的空氣中顫然帶著無限的蒼勁。

此處，瞎子阿木對女兒「傾滿了感情」的大聲呼喚，不僅「在寒冷的空氣中顫然帶著無限的蒼勁」，而且也強烈地震撼了人們的心，令人感到無比的酸楚與悲涼。如果秀英真的能夠聽到老父如此深情的呼聲，想必她會回來吧。

小說通過瞎子阿木與女兒秀英之間的衝突，告訴人們：愛不是自私、偏狹的，而是雙向、對等的付出；更不能依恃父親的權威獨占女兒的愛，否則將徹底失去愛，從而毀掉人間最寶貴的骨肉親情。換言之，唯有不怕失去愛，才能獲得更多的愛。

第五節　〈死去活來〉與〈售票口〉

發表於一九九八年〈死去活來〉寫的是一個「笑中含淚」的故事。小說以幽默的筆調敘述了八十九歲的粉娘子孫滿堂，但平時卻難得與兒孫一聚，只有在自己即將離世之際才能見到子孫一面。誰知造化弄人，鬼門關前轉了幾遭之後，她竟都奇蹟般地死而復生。小說通過粉娘的兩次「迴光返照」，譴責了現代社會中倫理的淪喪與親情的淡薄。

故事開始時，主人公粉娘就被醫生宣布病情嚴重，回天乏術，讓她回家等死。這個老病殘軀的粉娘，「在陽世的謝家，年歲算是她最長，輩分也最高。」因此後代子孫也最多，可是平時卻少見子孫們來探視她，性好熱鬧的她只好孤單地一個人住在山上。由於疾病的折磨，粉娘被醫生判定馬上就要死了。此時，分散在各地的兒孫們才匆匆趕回來奔喪，這固然是他們

孝心的一種表現，更主要的原因是「回來看看自己將要擁有的那一片山地。」然而，當粉娘「在家彌留了一天一夜」之後，她似乎是感到了親人們都回來團圓的氣息，竟然重新「活」了過來，面對著環繞在身邊的兒孫們，她高興地問大家：「呷飽未？」大家對此都感到既驚奇又好笑，更有些意外。她的么兒為了確定她是否真的復活了，還「當場考她認人。我，我是誰？」當粉娘清醒地回答道：「你呃，你愚坤誰不知道。」之後，眾多的子孫們在同粉娘笑鬧了一陣之後，全都迫不及待地離開了。「當天開車的開車，搭鎮上最後一列車的，還有帶小孩子被山上蚊蟲咬的抱怨，他們全走了。」子孫們似乎一刻都不想在剛剛「活」過來的粉娘身邊多待，她的生活很快「又與世隔絕了」。此時，尚很虛弱的粉娘雖然不敢確定兒孫們是否曾回到了她的身邊，可是「心裡還在興奮，至少她是確確實實地做了這樣的一場夢吧。她想。」一個兒孫眾多的老人，兒孫偶然一次的回家探視，竟成了她不敢期待的奢望。這是多麼令人感到悲哀的事啊！小說由此嚴厲嘲諷了那些只知曉回家從老人手中分財產，送終時才會露一面的不孝子孫們。

渴望子孫承歡膝下的粉娘，拖著殘病之軀還向神明燒香，請求保佑她的兒孫：「……神明公媽的香我都燒好了，就是欠清茶。我告訴神明公媽說，全家大小都回來了，請神明公媽保庇他們平安賺錢，小孩子快快長大念大學」。這一席話，令粉娘對兒孫的拳拳愛心滿溢而出，寧不令人感動？由於殷切地希望兒孫們能再次回家探視她，幻想著家中會又一次出現那熱鬧團圓的景象。在這樣的精神狀態下，「不到兩個禮拜的時間，粉娘又不省人事」了。很快又處於彌留狀態了。可是這第二次的「死」，卻令在外的兒孫們產生了懷疑，小說對此進行了生

動的敘述：

　　炎坤請人到么女的高中學校，用機車把她接回來，要她打電話聯絡親戚。大部分的親戚都要求跟炎坤直接通話。

　　「會不會和上次一樣？」

　　「我做兒子的當然希望和上次一樣，但是這一次醫生也說了，我也看了，大概天不從人願吧。」炎坤說。對方言語支吾，炎坤又說，「你是內孫，父親又不在，你一定要回來。上次你們回來，老人家高興得天天念著。」

　　幾乎每一個跟炎坤通話的，都是類似這樣的對答。……

　　這些骨肉至親的兒孫們，在老人彌留之際，擔心的竟然不是粉娘的病情，反而懷疑粉娘是否又一次同他們開「狼來了」的玩笑。真讓人不敢相信，現代社會的人心竟冷酷至斯！最後回來的子孫只有零零星星的幾個。經過一天一夜的等待，經過確認粉娘已經「沒脈搏和心跳」之後，兒孫們請來道士為她做功德，但鑼聲才響起來，粉娘的屍體竟然側臥，她又「活」了過來，還叫肚子餓。再次「死去活來」的粉娘感覺到自己這一次的「復活」顯然與上一次有很大的不同，「她從大家的臉上讀到一些疑問」。面對這種尷尬的場面，粉娘感到十分抱歉：「真歹勢，又讓你們白跑了一趟。我真的去了。去到那裡，碰到你們的查甫祖，他說這個月是鬼月，歹月，你來幹什麼？」為了證明她的誠意，她甚至帶回了陰府的消息：「我也碰到阿蕊婆，她說屋漏得厲害，所以小孫子一生出來怎麼不會不兔唇？」面對粉娘這種似乎能夠自由穿梭在生死時空中的能力，兒孫們愈發露出了疑惑的眼神。面對此情此景，粉娘急得發誓

說：「下一次，下一次我真的就走了。下一次。」為兒孫操勞了一輩子的粉娘，沒有得到兒孫的關心，反而見到的是一雙雙懷疑的眼睛，甚至還要為自己沒有成功地「死掉」而無奈地發誓保證——「下一次我真的就走了。」這是何等得慘痛啊！

孔子云：「老者安之。」這本是人生應享的最基本權利，然而對於八十九歲的粉娘來說，她的兩次「死去活來」的經歷，不僅使她遭受了身體上的折磨，心靈上也因兒孫的懷疑而受到重創，這真是讓她情何以堪！小說以幽默的筆調表達出了現實的殘酷與無情。這個「笑中含淚」的故事確實促使人們在笑過以後，陷入深深的反思中。

至於一九九九年發表的《售票口》，這是本書成稿前所看到的黃春明的最後一篇小說。依舊反映的是「老人問題」。故事情節不複雜，人物也不是特別鮮明，然而涵義卻很深刻。小說敘述的是一群在家鄉殷切期盼在外子女能利用假期回家過節的老人們的一個生活橫切面。

眾所周知，台灣社會進入九〇年代以後，已經基本上進入了後工業時代，城市化已經完成。台灣基本上可以說是一個「都市島」。在這樣的情形下，年輕人幾乎全都到鄉土以外的世界去打拼，留居於鄉間的只有年邁的老人，子女們平日難得返家探視父母。這對於期盼安享晚年，兒孫承歡膝下的老人來說，人生的黃昏只好寂寞孤單地度過，這真是難耐啊！為了能夠多幾次和兒女們相處的機會。於是每到假期開始之前，這些風燭殘年的老人們便自發自動地集體前往車站去排隊購票。不過，他們要買的不是讓子女回家的車票，而是假期結束之後子女們回台北時的「坐票」，其目的就是為了讓子女安心在家多住幾天，不會因假期結束前的票源緊張而擔心，只有得到了能

夠按時返回台北的保證，他們的子女才可能回家。面對這群老人如此的情懷，怎麼不讓人深感悲憫呢？小說用諷刺的筆法沉痛地敘述了鄉居老人為子女排隊買票的悲哀。因為他們知道若不提前去排隊買好票，子女們便不會回來；也正因此，這一張張的車票使他們一層不變的生活開始有了新的期盼。小說用這些排隊購票的老人之間的聊天，將他們的無奈及盼望真實地表達了出來：

「是他母親有福氣啊，小孩長大了還能留在身邊。哪像我們還得來這裡為他們排車票。」

「這個時代的孝子和我們那個時代的孝子不一樣了。這個年輕人是屬於我們那一代的孝子。沒了，沒地方找了。」

「是啊，到了這一代剛好反過來。什麼時候讓它顛倒過來都不知道。當知道的時候已經就反過來了。」說的人無奈地笑著，聽的人也一樣地笑著。但是不管冒著這一天的嚴寒，或是雨天來車站排隊買預售票的老年人，沒有一個是不情願的，並且還抱著深深的期盼。

面對父母甘心為兒女當「孝子」的怪異現象，除了無奈之外，人們應該還有更多的感觸吧。古人說：「父母在，不遠遊。」而今，作兒女的不要說「不遠遊」了，僅僅是偶爾回家探視父母一次也難得一見。很顯然，在傳統文化裡，中國人最重視的「孝道」，在現代社會早已蕩然無存了。小說中刻意描寫了火生和玉葉這對老夫婦淒慘無奈的情形。他們年紀老邁，疾病纏身，還打算在寒冷的清晨替歸鄉的子女排隊買車票。小說將這一對苦於病體卻又必須掙扎外出的老人的處境描寫得十

分真切：

老伴看得出來，火生仔這次不知是哪兩條筋絆在一塊，又在生氣。他一連串的老人久年咳，叫他咳得上氣接不上下氣，整個臉漲得通紅，身體像拉緊的弓，一咳就彈跳，合不攏的嘴巴，口水直垂牽絲。玉葉一看心一急，自己的哮喘也附身上堂，像拉破風箱的氣喘聲也急促鳴響。兩人有一段時間，誰都照顧不了誰，各自扶著牆壁和扶著桌子穩住自己，演奏起極限主義派的二重奏。

……

但是咳嗽咳不停，每咳一聲，全身就彈一次，每彈一次，閃腰的地方就疼痛得不得了。火生仔癱臥在冰冷的地上，除了腦筋由得他去生氣，身體的部分只有由它愛怎麼咳怎麼痛，根本就沒法抑制，連想叫苦叫痛都不能。整個人像一隻被撈上岸的蝦子，一弓一鬆地彈動不已。老伴試著扶他，卻連動都不動。自己使了力氣，氣喘就加劇。最後她留了一點力氣叫救命。但是，不仔細聽也不容易聽清楚。她叫：「救、救……救人……」每一個字都得呼吸一次，並且呼吸又是那麼困難。好在家裡的那一隻黑狗，虧它知道發生了事情，它不尋常地狂吠，這才把隔壁人家的媳婦淑英吵醒。

然而，就在這樣一個咳，一個喘，嚴重到威脅生命的狀況下，這對老夫婦想的還是如何想辦法，強撐起病體去為子女買車票的事：

「我看，不要去了。等天亮我打電話給他們，說沒買到票。

要不要回來，隨他們。你不要去買車票了。外面冷死人了。」

「若他沒時、時間回來，你卻……。」咳嗽由不得火生仔說完，又咳嗽了。心裡很惱怒。

這樣精神與肉體的雙重壓力，終於使得火生和玉葉這對老夫婦因無法負荷而嚴重發病了，最後被鄰居送進醫院急救。小說在這裡將這對老夫妻的形象刻畫得十分鮮明，老人盼望子女歸鄉的那份無奈多麼令人感慨啊！作者沉痛地道出了這些被子女遺棄在鄉下的老人的心聲，並直接對那些子女進行了嚴厲的譴責：

「現在不用排車票，他們的孩子和孫子也都會回來了。」有人這麼帶著諷刺地說。

「等到這種地步年輕人才肯回來，那也太悲哀了。」

「你說我們一大早四點就出來排隊買票，要排三四個小時這樣，這不悲哀？夏天蚊子叮，像現在寒天，霜風像刀割。有時稍遲一點，還排不到票。這不悲哀？」

整個候車室等候為在外地的年輕人排車票的老年人，聽了這句話，都露出淡淡的苦笑。

為了能讓子女安心放假回鄉，為了多爭取一次與子女相聚的機會，這些老人們不惜冒著生命危險在寒風刺骨的大清早排隊買票；為了幾張車票，老人們甚至不惜毀棄鄰人親友之間多年的和睦與友情，爭得面紅耳赤。然而，對於這群滿心期待子女回鄉的老人們來說，卻不知他們是否還有命能活著見到子女？更不知是否還有機會去享受那種全家團圓的快慰？小說由

此向整個社會提出了一個發人深省的問題。

　　除了上面各節所介紹的作品之外，黃春明這一時期創作的小說中，除了對老人問題的關注之外，還涉及到了另外一些關於社會問題的題材。一九八三年他發表了一篇小說〈大餅〉，反映的就是台灣社會失業日漸增多的問題。小說主人公蔡萬得，由於經濟不景氣，成了失業隊伍中的一員。他不積極外出找工作，卻整天待在家裡發牢騷。更糟糕的是：失業的「這種挫折竟徹底侵襲到生理的本能」，這令他沮喪無比，夜裡睡不著，竟無聊地替兒子寫了一篇「論憂患意識」的作文。簿子發下來之後，得了個紅紅的「丙」字。他看著這個「丙」字，一個人自顧自地笑道：「哈哈哈，我們餓不死了，我們餓不死了，光雄得了一個大餅回來！」這種近乎發狂的舉動，最後使「全家人除了光雄，都覺得奇怪的望著他，他合起本子，不笑了，也不喋喋不休了。」小說以表示作文不及格的「丙」來隱喻蔡萬得在現實社會中謀生的能力也不及格。因此失業的他，只能「畫餅充饑」。這不正是「生命中不能承受之輕」嗎？小說以諧謔幽默的筆調來寫這個故事，將一個「輕喜劇」置換成嚴肅而沉重的現實問題，從而引起人們的思索，表達了作者對於台灣社會現實境遇的一種焦慮。〈呷鬼的來了〉通過一群年輕人外出旅遊過程中聽到的濁水溪上流傳的古老的「鬼故事」，既隱喻了光鮮美麗的現代生活中的各種誘惑，之於年輕人來說，就像濁水溪上那以美色勾引人，從而取人性命的女鬼一樣，有著極大的危險；同時也指出這類在民間流傳了數千年的古老傳說，在今天的社會並非全無存在的意義，其實它的意蘊還是很豐富的，仍然具有讓現代人借鑒的意義。〈最後一隻鳳鳥〉寫得是一個傳統孝子的故事。小說主人公吳新義從小受

繼父虐待，並被一群忘恩負義的同母異父弟弟孤立、排斥，即使他已成家立業了，繼父還時常到他家中去打罵他，連鄰居都看不過去而爲他打抱不平，但他仍然善待異父的弟弟，而對母親的思念三四十年來也始終沒有停息過。吳新義老先生只要「一聽到母親，什麼事都行，死也沒有關係」，表達出兒子對母親深沉的愛。但是像吳新義這樣的傳統孝子恰如他的妻子所說的那樣：「世界要找到你這款人，可以說少之又少」。小說用「最後一隻鳳鳥」象徵了吳新義這個傳統孝子在現代社會的稀罕和珍貴，突顯出現代社會中倫理親情關係疏離的問題。至於〈九根手指頭的故事〉則敘述了山地孤女蓮花與爺爺、老兵之間的關係，以及他們的心情與處境。

　　蓮花是和爺爺住在山裡長大的。她最喜歡爺爺抱她，家裡也只有爺爺有時間抱她。
　　蓮花慢慢長大，山裡的年輕人，從山頂上像溜滑梯溜到平地，留下來的老年人也不多了。爺爺和山一樣，不再說話。
　　蓮花十四歲那一年，有一位……她一邊脫她的衣服，一邊說她的爺爺的事……老兵常去找蓮花講手指頭的故事，蓮花也把老兵當著爺爺一樣愛他。
　　……有一天，輔導會和另外幾個老兵帶著斷指老兵的遺書來找蓮花的時候，蓮花已不在那裡了。她也沒回到山上。據說蓮花又被轉賣走了。

　　這就是一個山地女孩蓮花的故事。雖然篇幅很短，情節也顯得頗爲鬆散，但卻通過隱喻手法揭示了山裡女孩可能遭受的不幸命運，更涉及了山地人的就業問題、雛妓問題，以及退伍

老兵的安置贍養等重大社會問題，體現了作者對這個不公社會的批判。

〔1〕黃春明：〈放生·自序〉，見小說集《放生》，台北，聯合文學出版社一九九九年十月初版。

〔2〕黃春明：〈放生·自序〉，見小說集《放生》，台北，聯合文學出版社一九九九年十月初版。

〔3〕黃春明：〈放生·自序〉，見小說集《放生》，台北，聯合文學出版社一九九九年十月初版。

〔4〕參閱了由林明德主持、陳正梁記錄的「來自故鄉的歌手——黃春明小說座談會」的會議記錄，這段話是「楊澤」所說的，見一九七八年九月的《幼獅文藝》（四八期），第一四〇頁。

〔5〕季季：〈放生評介〉，見《七十六年短篇小說選》，台北，爾雅出版社一九九七年七月初版，第二〇一～二〇三頁。

〔6〕參閱了徐秀慧的〈說故事的黃春明〉一文中的相關論述，該文是提交給一九九八年十月在北京由「中國作家協會」舉辦的「黃春明作品研討會」的論文之一。

結語
扎根台灣大地的人民作家

　　黃春明是扎根台灣大地的人民作家，「土地」和「人民」始終是黃春明源源不斷的創作源泉與動力。因此他曾這麼說：「我是絕對地贊成以真摯的人生態度為基礎底關心人，關心社會的文學。」[1]因為「世界上，沒有一顆種子，有權選擇自己的土地。同樣的，也沒有一個人，有權選擇自己的膚色。」[2]美國漢學家葛浩文也曾指出：「黃春明既是鄉下人，又是大都市的市民，他的見識因此有兩種不同的來源，使得他所關心的人物及事物也來自這兩種來源。但無可否認，黃春明心底最惦記的地方、最關心的，都是小地方的小人物。」[3]所以黃春明的創作有一種深深吸引人的力量，因為他始終是緊緊貼著土地和人民的心在說話，這是他堅持的道德立場。而且「黃春明喜歡普通人，普通人也喜歡他，回到故鄉，住在他所深愛的土地和人們中間，他看來很快樂。這些親切的生活片斷，所反映出的為人性情，誠如陳映真所說的：黃春明的人民性很強，對人有最大的熱誠和興趣，無論大人、小孩、男人、女人、販夫走卒，都喜歡跟他說話，瞎眼的、瘸腳的、甚至瘋子、白痴，都有辦法溝通，叫旁觀的人嘆為觀止。」[4]由此可見，黃春明是真正的「大地之子」和「人民之子」。

　　六〇年代初期，黃春明帶著他的處女作〈「城仔」落車〉正式步入文壇，雖然早期作品中曾受到過現代主義的影響，但這類創作並沒有繼續下去。從一九六七年起，隨著對生活的深入觀察和對生活本質認識的加深，黃春明進入了他所熟悉的鄉土題材的創作，擁抱著他所熱愛的鄉土人物，找到了文學創作取之不盡、用之不竭的源泉，正如林海音說的那樣：「在土地的舞台上，他可以隨意調兵遣將，把人物放進故事裡叫他們自己說話，或拈出個人抽樣特寫，讓他自己推動情節，整個社會成員爭先恐後排隊等他寫」。[5]黃春明以寫實主義手法表現他所熟悉的故鄉風情人物，塑造了一群底層「小人物」栩栩如生的形象，勾勒了台灣傳統的帶有自然經濟色彩的農業社會向帶有原始積累特徵的初級資本主義演變的軌跡，因此，這一時期「黃春明筆下的人物，多數都是底層的、窮困的，掙扎在溫飽線上的小人物，但是他們的精神世界卻是美麗的。」[6]因為「造成弱小者的貧困和悲哀的原因」是因「社會結構使然」，也正因如此，黃春明執著地守望和衛護著鄉村社會，對世代生活在自己所開發和耕耘的熱土上的勤勞、淳樸的農民有著深厚的感情，「對於鄉村生活的描繪，無人能出其右。鄉村的價值觀、村人的作息與俚語、動植物的生長情形、節氣變化等等，他永遠能描寫得最準確、自然、細膩」，[7]因此他的創作充滿著濃郁的鄉土氣息，既是田園生活的牧歌，又是民族古風的輓歌。但黃春明也是一個充滿歷史感和使命感的作家，面對台灣社會暴露的各種弊端，他揮動如椽之筆進行了不遺餘力的理性批判，因此進入七〇年代之後，黃春明的視野逐漸由鄉村擴大到城市，其作品的主要內容涉及到了鄉村人走向城市後的苦惱和困惑、經濟發展，以及傳統價值觀的變化導致的一些社會現

象等方面，批判新殖民主義和崇洋媚外的社會風氣成爲他的創作的主題。進入八、九〇年代以後，黃春明關注的焦點是台灣社會進入後工業化時代出現的老人問題、環境問題，以及資訊傳媒問題。由於黃春明的筆尖始終跳動在時代的脈搏上，因此他能成爲和時代同步前進的作家，他的創作也成爲映照當代台灣社會的一面鏡子。

　　黃春明以他半個多世紀的文學創作，爲豐富台灣文學，乃至中國文學的寶庫做出了巨大貢獻，他與同時代的作家陳映眞、王禎和等人一道開創了鄉土文學的新紀元。黃春明之於時代的意義，恰如高天生所言：如果「將文學史比喻成一棵多年生的樹，黃春明曾自謙地說：我覺得自己不可能是那樹幹。在多少萬的樹葉中，我可能是一葉，落下來，參加作爲肥料的行列。然而，這個時代許多讀過黃春明小說的人都知道，黃春明是可以期待的，他即使是樹葉，也是特別豐厚的一片。」[8]

〔1〕黃春明：〈《莎喲娜拉‧再見》‧再版序〉，見《莎喲娜拉‧再見》，台北，皇冠文學出版社一九九四年版。

〔2〕黃春明：〈屋頂上的番茄樹〉，見散文集《等待一朵花的名字》，台北，皇冠出版社一九八九年七月版，第四四頁。

〔3〕〔美〕葛浩文：〈台灣鄉土作家黃春明〉，見一九八二年一月的《海峽》。

〔4〕劉春城：《愛土地的人──黃春明前傳》，台北，圓神出版社一九八七年六月版。

〔5〕林海音：〈這個自暴自棄的黃春明〉，見小說集《小寡婦》的

「序」，遠景出版社一九七五年版。

〔6〕林海音：〈這個自暴自棄的黃春明〉，見小說集《小寡婦》的
　　「序」，遠景出版社一九七五年版。

〔7〕季季：〈放生評介〉，見《七十六年短篇小説選》，台北，爾雅出
　　版社一九九七年七月版，第二〇一頁。

〔8〕高天生：〈開創鄉土文學新紀元〉，見《暖流》（第二卷）的第
　　二期。

大地之子
黃春明的小說世界

發行人　呂正惠

作者　肖成

責任編輯　馮京麗

繁體編輯　范振國　陳乃慈　李俊傑

美術編輯　陳乃慈

出版者　人間出版社

地址　108 台北市長沙街二段 64 號 3 樓

電話　(02)23898806

郵撥帳號　11746473 人間出版社

印刷　承印實業股份有限公司

電話　(02)29555284

總經銷　聯經出版事業股份有限公司

電話　(02)26418661

登記證　局版台業字第三六八五號

ISBN　978-986-6777-05-9

初版一刷　2007 年 12 月

定價　新台幣 360 元

國家圖書館出版品預行編目資料

大地之子：黃春明的小說世界 / 肖成作. --
初版. -- 臺北市：人間, 2007. 12
　　面；公分

ISBN 978-986-6777-05-9（精裝）

1.黃春明　2.臺灣小說　3.文學評論

863.572　　　　　　　　　　　　96022795